a mulher do meio-dia

a mulher do meio-dia

Julia Franck

Tradução de Marcelo Backes

Título original: DIE MITTAGSFRAU

Originalmente publicado como *Die Mittagsfrau*
Copyright © S. Ficher Verlag GmbH, Frankfurt am Main 2007
Copyright de tradução © by Marcelo Backes

A publicação desta obra recebeu incentivo do Projeto Litrix.de, uma iniciativa da Fundação Federal de Cultura da Alemanha, em cooperação com o Goethe-Institut e a Feira do Livro de Frankfurt. Direitos de edição da obra em língua portuguesa no Brasil adquiridos pela EDITORA NOVA FRONTEIRA S.A. Todos os direitos reservados. Nenhuma parte desta obra pode ser apropriada e estocada em sistema de banco de dados ou processo similar, em qualquer forma ou meio, seja eletrônico, de fotocópia, gravação etc., sem a permissão do detentor do copirraite.

O tradutor agradece ao convite da Academia Européia de Tradutores para participar das frutíferas discussões sobre o presente livro com 18 tradutores, de diversos países do mundo, com o crítico literário Denis Scheck e com a autora Julia Franck. Elas tiveram lugar na série de encontros "Von der Legende der Mittagsfrau" (2. STRAELENER ATRIUMSGESPRÄCH), promovida pela Academia Européia de Tradutores, em Straelen, entre 30 de junho e 4 de julho de 2008. Pessoalmente, a autora agradece o apoio do Litrix, que financia e incentiva a literatura alemã contemporânea.

EDITORA NOVA FRONTEIRA S.A.
Rua Bambina, 25 – Botafogo – 22251-050
Rio de Janeiro – RJ – Brasil
Tel.: (21) 2131-1111 – Fax: (21) 2286-6755
http://www.novafronteira.com.br
e-mail: sac@novafronteira.com.br

CIP-Brasil. Catalogação-na-fonte
Sindicato Nacional dos Editores de Livros, RJ

F893m Franck, Julia
        A mulher do meio-dia / Julia Franck ; tradução de Marcelo Backes. – Rio de Janeiro: Nova Fronteira, 2008.

        Tradução de: Die Mittagsfrau

        ISBN 978-85-209-2140-1

        1. Romance alemão. I. Backes, Marcelo. II. Título.

CDD: 833
CDU: 821.112.2-3

*Não está nada ruim; quando você ultrapassou a soleira, tudo ficou bem.
É um outro mundo, e você não precisa mais falar.*

(Franz Kafka, *Diários*, Décimo segundo caderno, 1922)

Prólogo

Prologue

No peitoril da janela, uma gaivota gritava. Alto. Como se tivesse o mar Báltico na goela. As coroas de espuma de suas ondas. Agudo. O colorido do céu. Seu canto ecoou pelo silêncio absoluto da praça Real, onde agora jaziam os escombros do teatro. Peter piscou os olhos achando que a simples agitação de suas pálpebras pudesse espantar a gaivota, fazendo-a voar para longe. Desde que a guerra terminou, Peter podia aproveitar o silêncio das manhãs. Há alguns dias, a mãe vinha preparando uma cama no chão da cozinha para ele. Agora já era um rapazinho crescido e não podia mais dormir na cama dela. Um raio de sol o atingiu, ele puxou o lençol sobre o rosto e ficou escutando a voz suave da senhora Kozinska, que penetrava pelas rachaduras do piso de pedra, vinda do apartamento de baixo. A vizinha cantava. Ah, meu querido, se você soubesse nadar, poderia vir até aqui me encontrar. Peter adorava aquela melodia, a melancolia da voz, o desejo e a tristeza. Aqueles sentimentos eram tão maiores do que ele... mas como queria crescer, não havia nada melhor do que isso. O sol esquentou o lençol sobre o rosto de Peter; de repente ele ouviu ao longe os passos da mãe aproximando-se. O lençol foi puxado. Vamos, vamos, levante, pediu ela. O professor está esperando, prosseguiu a mãe. Mas o professor Fuchs há muito nem se perguntava sobre a ausência de cada criança. Poucos conseguiam ir todos os dias à aula. Há dias a mãe e ele se dirigiam de tarde para a estação ferroviária, com uma malinha nas mãos, e tentavam pegar um trem em direção a Berlim. Quando passava um, estava sempre tão lotado que eles não conseguiam entrar. Peter se levantou da cama e foi se lavar. Com um suspiro, a mãe tirou os sapatos. De rabo de olho, Peter a viu também tirar o avental, a fim de deixá-lo de molho em um balde. Todos os dias o avental branco da mãe ficava manchado de fuligem, sangue e suor, e tinha de permanecer de molho durante horas, antes que ela pudesse pegar a tábua de esfregar para lavá-lo com tanta força que suas mãos ficavam vermelhas, e as veias dos braços, inchadas. Usando as duas mãos, a mãe de Peter tirou a touca, puxou os grampos que lhe prendiam o cabelo, deixando os cachos caírem suavemente sobre os ombros. Não gostava quando Peter ficava observando o que ela fazia. Olhando para ele de revés, disse: "Isso aí também", parecendo apontar para o membro do filho com alguma aversão, mandando que ele o lavasse; depois, virou as costas para ele e penteou os volumosos cabelos com uma escova. O cabelo luzia dourado ao sol, e Peter concluiu que tinha a mãe mais bonita do mundo.

Mesmo depois que os russos conquistaram Stettin na primavera e alguns soldados passaram a pernoitar na casa da sra. Kozinska, ela podia ser ouvida cantando desde bem cedo, pela manhã. Num dia da semana passada, a mãe de Peter estava sentada à mesa, remendando o avental. Ele lia em voz alta, tarefa que o professor Fuchs havia lhe dado para que melhorasse seu desempenho. Peter odiava ler em voz alta, e diversas vezes notou que a mãe não estava prestando muita atenção. Ela provavelmente detestava que perturbassem o silêncio. Na maior parte das vezes, estava tão imersa em seus pensamentos que nem parecia se dar conta quando, no meio de uma frase, Peter começava a fazer uma leitura silenciosa. Enquanto lia assim, para si mesmo, ficava ouvindo a sra. Kozinska cantar. "Seria bom se alguém torcesse o pescoço dela", ouviu sua mãe dizer subitamente. Surpreso, Peter olhou para a mãe, mas ela apenas sorriu e enfiou a agulha no tecido de linho.

Os incêndios de agosto passado haviam destruído a escola completamente, e, desde então, as crianças se encontravam com o professor Fuchs na leiteria de sua irmã. Só raramente ainda se vendia alguma coisa ali, e a srta. Fuchs ficava de braços cruzados junto à parede atrás de seu balcão vazio, à espera. Mesmo tendo ficado surda, ela ainda tapava os ouvidos com freqüência. A grande vitrine havia sido quebrada; as crianças sentavam no parapeito, e o professor Fuchs lhes mostrava os números no quadro: três vezes dez, cinco vezes três. As crianças lhe perguntavam onde, em que momento a Alemanha tinha perdido, mas ele não queria responder a elas. "Não pertencemos mais à Alemanha a partir de agora", dizia ele, alegrando-se com isso. "Mas a quem pertencemos, então?", queriam saber as crianças. O professor Fuchs dava de ombros. Hoje Peter queria lhe perguntar por que ele se alegrava com aquilo.

Peter estava parado junto ao tanque, enxugando, com a toalha, os ombros, a barriga, o membro e os pés. Quando mudava a ordem, coisa que há tempos não acontecia mais, a mãe perdia a paciência. Ela havia separado para ele uma calça limpa e sua melhor camisa. Peter foi à janela, deu umas batidas na vidraça, e a gaivota levantou vôo. Desde que a fileira de prédios do outro lado da rua desaparecera, assim como as casas dos fundos e as da rua seguinte, ele tinha a vista aberta para a praça Real, onde ficava o que restara do teatro.

"Não volte muito tarde para casa", disse a mãe, quando ele ia saindo. À noite, uma enfermeira teria contado no hospital que hoje e amanhã trens especiais estariam circulando. "Vamos embora daqui", assentiu Peter; há semanas vinha se animando com a possibilidade de enfim andar de trem. Só uma vez, dois anos atrás, quando entrou na escola e seu pai veio visitá-los, pegou o trem. Os dois foram, nessa ocasião, visitar um colega de trabalho do pai, em Velten. A guerra agora já terminara há oito semanas, e o pai não voltara para casa. Peter adoraria perguntar à mãe por que ela não queria continuar esperando pelo pai, adoraria se tornar seu confidente.

No verão passado, na noite de 16 para 17 de agosto, Peter ficou sozinho em casa. Naqueles meses, era comum sua mãe trabalhar dois turnos seguidos, e, nesse dia, ela emendou o turno da tarde ao da noite no hospital. Sempre que ela não estava em casa, Peter ficava com medo da mão escondida debaixo da cama, que apareceria durante a noite, no espaço entre a parede e o lençol. Ele sentia o metal de seu canivete junto à perna, e mais de uma vez imaginou a rapidez com que teria de puxá-lo, caso a mão aparecesse. Naquela noite, Peter havia se deitado de barriga para baixo na cama da mãe, e ficou atento, escutando tudo, como nas outras noites. Era melhor ficar deitado bem no meio da cama, pois assim sobrava espaço suficiente dos dois lados para ver a mão a tempo. Teria de golpeá-la, rápida e firmemente. Peter suava de nervoso quando imaginava que a mão talvez aparecesse sem que ele estivesse em condições de enfiar a faca nela.

Lembrava-se muito bem de como, com as duas mãos, uma delas segurando também o canivete, puxara o veludo pesado da coberta e esfregara o rosto no tecido. Baixo, quase suave, o primeiro toque da sirene se fez ouvir; depois, ressoando insistentemente, ficou tão alto, a ponto de se tornar um uivo longo e lancinante. Peter fechou os olhos. O som fazia os ouvidos arderem. Ele não gostava de porões. Silêncio. Sempre bolava novas estratégias para evitar os porões. O som da sirene voltou a ficar mais alto. Seu coração batia, sua garganta parecia demasiado estreita. Tudo nele ficou rijo e paralisado. Tinha de fazer força para respirar. Penas de ganso. Peter pressionou o nariz no travesseiro da mãe e inspirou profundamente seu cheiro, como se aquilo pudesse saciá-lo. Depois, tudo ficou em silêncio. Um silêncio formidável. Levantou a cabeça e ouviu seus dentes baterem; tentou manter os maxilares cerrados, trincou os dentes com toda força, deitou a cabeça uma vez mais e colou o rosto às penas. Enquanto esfregava o rosto no travesseiro, balançando a cabeça para lá e para cá, ouviu o farfalhar de algo sob si. Cautelosamente, pôs a mão debaixo do travesseiro, e as pontas de seus dedos tocaram um papel. Nesse mesmo instante, um sibilar sinistro tomou conta de seus ouvidos, o sibilar do primeiro projétil arremessado, e sua respiração se acelerou; tudo estalava e se estilhaçava, o vidro não suportava a pressão, as vidraças arrebentavam, a cama sobre a qual estava deitado tremia, e Peter de repente teve a sensação de que cada uma das coisas à sua volta tinha mais vida do que ele mesmo. Depois, o silêncio. Apesar dos acontecimentos lá fora, usou a mão livre para puxar a carta. Reconheceu a letra. Sentiu-se compelido a rir como um louco; ah, seu pai, ah, ele se esquecera completamente do pai, apesar de este estar sempre pronto para protegê-lo. Ali estava a letra dele, o "M" de minha, o "A" de Alice. Inabaláveis, ali estavam as letras, uma do lado da outra, nada parecendo conseguir perturbá-las um tantinho que fosse... nem sirene, nem bomba, nem fogo, e Peter sorriu para elas, um sorriso cheio de carinho. Seus olhos queimavam, e as letras ameaçavam desaparecer. O pai lamentava alguma coisa. Peter tinha de ler a carta de seu protetor, tinha de ler o que estava escrito ali, pois enquanto estivesse lendo, nada lhe aconteceria. O destino submetia a Alemanha inteira a uma dura prova. A folha tremia nas mãos de Peter, sem dúvida porque a cama estava balançando. No que dizia respeito à Alemanha, ele estava dando o melhor de si. Ela perguntava se ele não poderia trabalhar num dos estaleiros. Estaleiros, claro, sirenes uivavam, não as de navios, outras. Peter estava com os olhos cheios de lágrimas. Precisavam urgentemente de engenheiros como ele em outros lugares. Um sibilar muito próximo, parecendo bem diante da janela, um estrondo, um segundo estrondo, ainda mais alto. Terminar a auto-estrada do *Reich*, no Leste havia pouco a fazer. Pouco a fazer? Mais uma vez Peter ouviu o sibilar, o cheiro de queimado primeiro fazia cócegas em seu nariz, depois, tornava-se penetrante, quase perfurante, mas Peter continuava rindo, com a carta do seu pai nas mãos. Era como se nada pudesse lhe acontecer. Alice. A mãe de Peter. Ela o acusava de escrever pouco.

Fumaceira por todos os lados. Será que não havia cheiro de fumaça ali, um incêndio não estalava ali perto? Isso não tinha nada a ver com a origem dela. Nada a ver, nada a ver com o quê, que origem, o que o pai estava escrevendo? Uma ordem de pagamento com dinheiro. O nome daquilo devia mesmo ser ordem de pagamento, ordem de expulsão? Segundo seu pai, estavam acontecendo coisas, o que mudaria tudo entre eles.

Como havia sido difícil decifrar aquela carta. Se soubesse ler melhor, se soubesse ler tão bem quanto hoje, quase um ano depois e perto dos oito anos de idade, talvez pudesse ter acreditado na proteção da carta; mas ela havia falhado, Peter não conseguira lê-la até o final.

A caminho da leiteria do professor Fuchs, naquela manhã, tudo estava bem, e ele não precisava mais de cartas de um pai para conseguir superar a noite, jamais voltaria a precisar de uma. A guerra havia terminado, e sua mãe e ele estavam planejando ir embora hoje. Peter viu uma lata na sarjeta e deu-lhe um pontapé. Ficou maravilhado observando-a saltar ruidosamente. O horror ficaria para trás, nem em sonho deveria continuar se lembrando dele. Peter teve de pensar nos primeiros ataques, no inverno, e mais uma vez sentiu a mão de Robert. Foi com esse amigo que outrora saltitou em cima do muro baixo, pintado de branco, ao longo do caminho, para atravessar a rua do Portão de Berlim e para pular dentro da vala diante da banca de jornais. Os sapatos dos dois resvalaram no gelo, e eles escorregaram. Algo deve ter atingido seu amigo, amputando sua mão. Mas Peter foi adiante, cambaleando pelos metros que faltavam, sozinho, como se o fato de terem lhe arrancado o amigo apenas o fizesse andar mais depressa. Sentira a mão, firme e quente, e não a largara. Quando percebeu, mais tarde, que continuava segurando a mão, não conseguiu simplesmente deixá-la cair na vala, e a levou consigo para casa. Sua mãe veio abrir a porta. Ela o obrigou a se sentar numa cadeira e o convenceu a soltar a mão. Sentou-se diante dele no chão, segurando um dos guardanapos brancos de tecido com suas iniciais, e esperou, acariciando as mãos dele, apertando-as de leve até que ele largasse o que trazia.

Até hoje Peter se perguntava o que ela fizera com aquilo. Deu um chute vigoroso na lata, fazendo-a rolar para o outro lado da rua, quase até a leiteria. Ainda agora era como se segurasse a mão de Robert; no instante seguinte, parecia que ela o segurava, e como se seu pai, na carta, não se referisse a outra coisa a não ser àquele acontecimento. Só que ele não via o pai há dois anos, e jamais pudera lhe contar a história da mão.

Na noite do bombardeio, em agosto do verão passado, quando Peter leu a carta do pai, só conseguiu decifrar uma a cada três ou quatro frases. A carta não ajudara em nada. As mãos haviam tremido. O pai queria se mostrar digno com a mãe de seu filho, queria ser honesto: tinha conhecido uma mulher. Passos puderam ser ouvidos na escadaria; mais uma vez um sibilar bem próximo deixou os ouvidos como que tapados por uma fração de segundo, depois um estrondo e muita gritaria. Peter passou apressadamente os olhos sobre as linhas. Deviam permanecer firmes, a guerra em breve seria ganha. O pai, ao que tudo indica, não poderia aparecer nos próximos tempos — a vida de um homem exigia decisões, mas logo ele voltaria a mandar um pouco de dinheiro. Peter ouviu um ribombar na porta de casa, era difícil dizer se os uivos vinham de um projétil, de uma sirene ou de uma pessoa. Dobrou a carta e a pôs de volta no lugar em que estava antes, embaixo do travesseiro. Ele tremia. A fumaça fazia as lágrimas saltarem de seus olhos, e o fogo se aproximava da cidade em ondas quentes.

Alguém o agarrou e o carregou nos ombros escada abaixo, até o porão. Quando rastejou para fora, junto com os outros, horas mais tarde, já havia amanhecido. As escadarias que davam para a casa ainda estavam de pé, só o corrimão havia sido destruído, e jazia desmanchado sobre os degraus. Fumaça por todo lado. Peter subiu os degraus engatinhando; teve de rastejar sobre algo preto, em seguida, abriu a porta com um impulso e se sentou sobre a mesa da cozinha. O sol estava batendo em cheio ali, e ele teve de fechar os olhos por causa daquela claridade toda. Tinha sede. Por muito tempo, sentiu-se demasiado fraco para levantar e ir até a pia. Quando abriu a torneira, ouviu apenas um gorgolejar, mas nada de água. Poderiam se passar horas até que sua mãe voltasse da rua. Peter esperou. Com a cabeça encostada sobre a mesa, acabou adormecendo. Sua mãe o despertou. Segurou a cabeça do filho com as duas mãos e a apertou contra a barriga; só quando ele também a envolveu com os braços, ela cedeu um pouco. A porta do apartamento estava aberta. Nas escadarias, Peter viu o monte preto. Pensou na gritaria da noite anterior. A mãe abriu um armário com força, colocou lençóis e toalhas sobre os ombros, procurou as velas na gaveta, às apalpadelas, e disse que não podia perder mais tempo; tinha de sair de novo. Ordenou que Peter a ajudasse a carregar as coisas; faltavam ataduras e álcool para desinfetar os feridos. Eles passaram por cima daquele monte de carne carbonizado caído diante da porta do apartamento, antes que Peter percebesse, pelos sapatos, que se tratava de uma pessoa. A pessoa havia encolhido, e Peter descobriu um relógio de bolso grande e dourado. Aquilo que percorreu seu corpo naquela manhã era quase uma sensação de felicidade, pois parecia impossível que aquele relógio pertencesse à sra. Kozinska.

A fotografia do homem alto e imponente no terno fino, apoiando-se com um braço nobremente curvado numa carroceria preta e brilhante, fitando o céu com olhos claros, como se vislumbrasse o destino, ou ao menos acompanhasse o vôo de alguns pássaros, continuava de pé, emoldurada, na cristaleira da cozinha. A mãe de Peter afirmava que, agora que a guerra havia terminado, o pai voltaria e os levaria para Frankfurt. O pai estava trabalhando ali na construção de uma grande ponte sobre o rio Meno. Indo para lá, Peter poderia freqüentar uma escola de verdade, segundo disse sua mãe. Peter achara desagradável ouvi-la mentir assim. "Por que ele não escreve?", perguntou Peter em um momento de revolta. "O correio...", respondera sua mãe, nada mais funcionava desde que os russos estavam na cidade. Peter baixara os olhos, envergonhado com a pergunta. Desde então, esperou junto com sua mãe, dia a dia. Era possível que o pai mudasse de idéia.

Certo dia, à tardinha, quando a mãe saiu para trabalhar no hospital, Peter remexeu embaixo do travesseiro dela. Quis ter certeza. A carta havia desaparecido. Com uma faca pontuda, abriu a escrivaninha da mãe, mas encontrou apenas papel, envelopes e alguns selos, que ela guardava em uma caixinha. Vasculhou o armário de sua mãe, erguendo seus aventais passados e cuidadosamente dobrados. Encontrou duas cartas da irmã da mãe, Elsa, vindas de Bautzen. Elsa tinha uma letra tão garranchuda que ele só conseguiu ler a primeira linha: "Minha pequena Alice." Não conseguiu encontrar mais nenhuma carta do pai.

Quando Peter entrou na leiteria naquela manhã, o professor Fuchs e sua irmã já haviam se mandado. As crianças esperaram em vão; olhavam para as outras pessoas que vinham à leiteria, e entravam ali, primeiro com certa hesitação, depois intempestivas, abrindo todos os armários. Caixas, cubas e jarros eram revolvidos. As pessoas xingavam e praguejavam: não há um pingo de creme de leite, um só pedaço de manteiga! Uma mulher de mais idade chutou o armário, arrebentando, com isso, as dobradiças da porta.

Mal o último adulto havia deixado o recinto, o garoto mais velho se ajoelhou no chão, levantou um dos azulejos com habilidade e descobriu um esconderijo refrigerado embaixo dele. Outro garoto assobiou; as meninas acenaram, cheias de admiração. Mas o esconderijo estava vazio. O que quer que tenha sido guardado dentro dele, manteiga ou dinheiro, já não estava mais ali. Quando o garoto ergueu a cabeça e seu olhar inquiridor recaiu justamente sobre Peter, perguntou-lhe por que havia se enfeitado tanto. Peter olhou para as próprias roupas, e só então, por causa da camisa de festa, lembrou-se de que tinha de chegar em casa o mais rápido possível. Vamos embora daqui, fora a última coisa que sua mãe lhe dissera.

Já na escadaria, Peter ouviu as panelas batendo. Na última semana, sua mãe havia trabalhado no turno da noite. Há dias ela limpava a casa, como se estivesse muito suja; encerava o chão, limpava cadeiras e armários e esfregava janelas. A porta da entrada estava apenas encostada. Peter a abriu. Viu três homens em volta da mesa da cozinha e a mãe sobre ela, meio sentada, meio deitada. A bunda nua de um homem se mexia à altura dos olhos de Peter, para a frente e para trás, e com isso a carne balançava tão violentamente que Peter sentiu vontade de rir. Mas os soldados seguravam sua mãe. A saia dela estava rasgada, seus olhos, arregalados. Peter não sabia se ela o via ou se estava olhando através dele, sem enxergá-lo. A boca de sua mãe estava aberta... Mas ela permaneceu muda. Um dos soldados se deu conta de que Peter estava ali, segurou a braguilha para fechá-la e quis empurrar o garoto porta afora. Ele gritou: "Mãe, mãe." O soldado deu um pontapé violento em suas pernas, fazendo com que Peter tivesse de se dobrar diante da porta; depois, um pé o atingiu na bunda e a porta foi trancada.

Peter se sentou na escadaria e esperou, ouvindo a sra. Kozinska cantar. Um passarinho empoleirado num galhinho verde. A noite de inverno cantava, inteira, e sua débil voz soava bem alta. Mas era verão, e Peter estava com sede; os trens logo iriam embora, queria dar o fora dali, se mandar com sua mãe. Peter apertou os lábios com força. Seu olhar se deteve sobre a porta e o buraco onde outrora havia estado a fechadura. No chão, ainda jaziam lascas de madeira. Com os dentes, Peter arrancou a pele fina dos lábios. Sua mãe já recebera a visita dos soldados uma vez antes, fazia poucos dias; tinham provavelmente arrombado a porta a pontapés e arrancado a fechadura. Ficaram lá o dia inteiro, bebendo e berrando sem parar. Peter batera à porta com insistência. Alguém devia ter apoiado alguma coisa pelo lado de dentro; talvez uma cadeira tivesse sido colocada debaixo da maçaneta. Peter espiou pelo buraco da fechadura arrancada, mas a fumaça estava tão densa que não conseguiu reconhecer nada. Então, sentou-se na escadaria e esperou, como agora fazia. Peter não conseguia amolar os dentes mastigando com cuidado um pedacinho de pele roída. Enquanto mordia os lábios, os indicadores esfregavam os polegares. Ainda que a mãe cortasse suas unhas o mais curtas possível, ele sempre conseguia arrancar alguma pele do polegar com o indicador, lá onde a unha se aninha em seu berço.

Quando a porta enfim se abriu, na última vez, os soldados saíram tropeçando pela escadaria, descendo degrau a degrau, e bateram à porta da sra. Kozinska. O último se voltou e gritou alguma coisa a Peter em alemão: "Tenho em casa um menino assim, que nem você. Cuide bem da sua mãe", acrescentou o soldado levantando o indicador e rindo. Quando Peter entrou na cozinha enfumaçada, viu a mãe acocorada em um canto da cozinha, alisando um lençol. "Você agora já é um rapazinho crescido", disse ela sem olhar para o filho, "e não pode mais dormir na minha cama".

Ela não olhara para ele, não como hoje, jamais vira uma expressão como aquela nos olhos de sua mãe... uma expressão gelada.

A espera diante da porta era difícil para Peter; ele ficava em pé, voltava a se sentar nas escadas, e se levantava de novo. Pelo buraco da fechadura arrancada, tentava reconhecer algo. No último degrau, ficou na ponta dos pés e se inclinou para a frente. Assim era capaz de perder o equilíbrio com facilidade. Ficou impaciente, sentia o estômago roncar. Sempre que a mãe trabalhava no turno da noite, chegava em casa pela manhã, acordava-o para ir à escola, e ao meio-dia esperava com uma comidinha pronta. Preparava uma sopa de água, sal e cabeças de peixe. Depois de pronta, tirava as cabeças de peixe e acrescentava um pouco de azeda-miúda. A mãe dizia que a sopa era saudável e nutritiva; muito esporadicamente conseguia um pouco de farinha, e a usava para fazer pequenas bolotas que cozinhava junto com a sopa. Não havia mais batatas desde o último inverno. Também não havia carne, lentilhas, ou repolho. Nem no hospital havia outra coisa além de peixe para oferecer às crianças. Os olhos de Peter se detinham na porta trancada e no buraco deixado pela fechadura, como da última vez. Ele se sentou no degrau mais alto. Lembrou-se de que depois da última vez a mãe lhe pedira para providenciar uma fechadura nova. Havia fechaduras por todos os lados, em cada casa, em cada apartamento abandonado, deixado às moscas. Mas havia se esquecido.

Agora Peter mastigava a pele no canto da unha do polegar; ele conseguia arrancá-la em tiras estreitas. Sua mãe poderia ter trancado a porta, caso ele não tivesse esquecido a fechadura. O olhar de Peter passeou pelo portal carbonizado e prosseguiu em direção ao apartamento deixado pelos vizinhos. Por todos os lados, viam-se os rastros do fogo: paredes, tetos e pisos estavam pretos. Ele e a mãe tiveram sorte, só o apartamento acima do deles e o dos vizinhos idosos, ao lado, pegaram fogo.

De repente, a porta se abriu, e dois soldados saíram. Batiam no ombro um do outro, estavam de bom humor. "Será que já poderia entrar em casa?", pensou Peter. Antes havia contado três soldados. Um dos homens ainda devia estar lá dentro. Sem fazer barulho, levantou-se, foi até a porta de casa e abriu uma fresta. Ouviu um soluçar. A cozinha parecia deserta. Desta vez, nenhum dos soldados fumara, tudo parecia tão limpo e confortável quanto pela manhã. Sobre o armário da cozinha, estava estendido o pano de limpeza de sua mãe. Peter se virou e viu o soldado nu atrás da porta. De pernas dobradas, a cabeça apoiada nas mãos, estava sentado no chão e soluçava. Peter achou aquilo estranho, sobretudo porque o soldado usava um capacete, mesmo que de resto estivesse completamente nu, e a guerra já tivesse terminado há tempos, conforme diziam.

Peter deixou o soldado sentado atrás da porta e entrou no quarto contíguo, onde sua mãe acabava de trancar o armário de roupas. Estava de sobretudo e pegou a mala pequena de cima da cama. Peter queria dizer-lhe que lamentava ter esquecido a fechadura, que não pudera ajudá-la, mas só conseguiu dizer uma palavra: mãe. Pegou a mão dela. Ela se desvencilhou dele e seguiu em frente.

Os dois passaram pelo soldado ainda aos prantos, encolhido no chão da cozinha, atrás da porta da entrada; desceram a escadaria e seguiram direto para o cais dos Peixes. A mãe se deslocava tão rapidamente com suas longas pernas que Peter tinha dificuldades em acompanhá-la. Ele a seguia, num passo todo saltitante, na verdade já pulando, quase correndo, e enquanto fazia isso foi dominado por uma grande sensação de felicidade. Foi invadido pela certeza de que hoje conseguiriam pegar o trem, de que hoje fariam a grande viagem, a viagem para o Oeste. Peter imaginava que não iriam a Frankfurt, talvez fossem a Bautzen, onde morava a irmã da mãe, mas primeiro seguiriam para Berlim. No passado, à noite, antes de dormir, sua mãe havia lhe falado a respeito do rio, da bela praça do mercado em Bautzen e do cheiro maravilhoso da gráfica de seus pais. Peter bateu palmas e começou a assobiar, até que a mãe surgiu diante dele de repente e ordenou-lhe que parasse com aqueles assobios. Mais uma vez, Peter tentou pegar a mão dela; será que não percebia que ela estava carregando a mala e sua bolsa de mão?

"Posso carregar a mala", ofereceu-se Peter. A mãe recusou.

Peter havia acompanhado a mãe muitas vezes ao mercado de peixes. Ela conhecia bem uma das poucas vendedoras que ainda sobrara e continuava trabalhando. Era uma moça que tivera o rosto queimado em agosto, o que encobria quase inteiramente sua juventude. A princípio, a queimadura parecia uma mácula, e muito provavelmente ela havia sido a salvação da jovem naquelas semanas. Ela era a única que continuava abrindo todos os dias, bem cedinho, um enorme guarda-sol vermelho, como antes, diziam as pessoas. Esse antes a que se referiam era bem recente, época em que todo o mercado de peixes era coberto por enormes guarda-sóis vermelhos. Nos últimos anos e meses, eles haviam desaparecido. Era com essa vendedora que a mãe de Peter costumava comprar os peixes para as crianças: enguias, lúcios, bremas, carpas e, às vezes, um peixe de laguna que se extraviou procurando o lugar da desova. No hospital contentavam-se com qualquer peixe. Na primavera a mãe trouxera um sável, um sardinhão, para Peter. Quando eles chegaram ao cais do porto, a vendedora há tempos já havia colocado suas caixas sobre o pequeno carrinho de madeira e deitado o guarda-sol atravessado sobre elas. No calor do dia de verão, tudo cheirava a alcatrão e peixe. Em meio aos escombros do cais dos Peixes havia muitos gatos, e Peter ficou observando um dos machos famintos correr ao longo da margem, tomar impulso de leve e saltar sobre a pinguela de madeira. Onde no ano anterior várias chalupas, largas e pachorrentas, embalavam-se junto aos batéis de pesca, não havia nem mesmo um barco. O gato tocou a água com uma das patas e, de imediato, encolheu a cabeça, recuando, como se algo o assustasse. Será que ali havia um peixe, ou justamente não havia nenhum? A mãe abriu a bolsa de mão e mostrou algumas notas. Era o que ela estava devendo. A vendedora secou as mãos num avental com milhares de escamas reluzentes, que mais parecia uma roupagem de sereia, pegou as cédulas e agradeceu. Então, viu a mala, e quando a mãe lhe estendeu a mão, ela disse: boa viagem. Os lábios da vendedora estavam quase intactos, carnudos, seu aspecto era rude e jovem, sua voz parecia gotejar, como se fosse dar uma risadinha. Ela não tinha mais sobrancelhas, os cílios só haviam crescido um pouco; Peter gostava de se virar para o lado e fechar os olhos. Um pouco atrapalhada, ela disse algo como: pois então, muita sorte. Peter supôs que ela estivesse olhando para ele, desejando aquilo a ele. Ficou de pé ao lado da mãe, encostou a cabeça em seu braço, deixou o nariz roçar ali meio sem querer, até que a mãe deu um passo para o lado e pegou a mala com a outra mão.

Foram até a estação ferroviária a passos longos. Já nas escadarias que davam na estação, porém, uma enfermeira uniformizada e barriguda, colega da mãe, ao que tudo indica, veio ao seu encontro e disse que os trens especiais não passariam por Stettin; eles teriam de sair da cidade, ir até Scheune, a estação seguinte, pois os trens passariam lá.

Eles correram no meio dos trilhos, seguindo-os. A enfermeira acabou ficando um pouco sem fôlego. Ela se esforçava para acompanhar a mãe de Peter e ele corria atrás das duas; queria entender o que elas falavam. A enfermeira dizia que não conseguira pregar o olho, que ficava pensando nos cadáveres que tinham encontrado à noite no pátio do hospital. A mãe de Peter ficou em silêncio. Não disse nada a respeito da visita dos soldados. A colega soluçava; admirava a mãe de Peter por seu empenho, mesmo que todos agora soubessem que havia algo errado com sua origem racial. A enfermeira pôs a mão na barriga abaulada; estava ofegante, mas não queria falar sobre isso naquele momento. Quem tinha essa coragem, afinal de contas? Ela jamais teria conseguido agarrar uma das estacas e arrancá-la do corpo de uma das mulheres, enfiadas em espetos como animais, com todo o baixo-ventre em frangalhos. A colega ficou parada e apoiou o corpo pesado nos ombros da mãe de Peter; respirava com dificuldades. A sobrevivente não teria parado de chamar pela filha, que morrera há tempos, sangrando ao seu lado, se a mãe de Peter não tivesse parado e lhe dito bruscamente que calasse a boca. Pelo amor de Deus. Cale a boca.

Em Scheune, a plataforma estreita estava lotada de pessoas à espera. Estavam sentadas em grupos no chão, e observavam os que chegavam com desconfiança.

Enfermeira Alice! O chamado vinha de um daqueles grupos. Duas mulheres acenavam enfaticamente. A mãe de Peter atendeu ao chamado da mulher, que parecia ter reconhecido. Sentou-se perto daquela que já estava sentada. Peter deixou-se cair ao lado da mãe. A grávida os seguiu, mas ficou parada, indecisa. Trocava o pé de apoio a todo o instante. As mulheres sussurravam, e duas delas, com um homem, desapareceram com a grávida. Quando uma mulher precisava urinar, ela era acompanhada por várias outras, na medida do possível. As pessoas contavam que atrás das moitas os russos estavam à espreita, prontos para atacar as mulheres.

Várias horas se passaram até o primeiro trem aparecer. A turba se acotovelou junto ao trem antes mesmo de ele parar, todo mundo tentando agarrar alças e corrimãos. Parecia até que as pessoas é que tinham feito o trem parar, que tinham conseguido segurá-lo. A impressão que dava era que o trem não tinha portas suficientes. Braços gesticulavam, pés chutavam, batiam, cotovelos golpeavam. Pragas e assobios. Os mais fracos eram empurrados para o lado, ficavam para trás. Peter sentiu a mão da mãe em suas costas, empurrando-o no meio da multidão, e também o tecido das roupas roçando em seu rosto, os sobretudos, uma mala que o golpeou nas costelas; por fim sua mãe o agarrou por trás e o levantou acima dos ombros das outras pessoas. O cobrador fez soar o apito. No último instante, a mãe de Peter conseguiu vencer os metros decisivos que a separavam de seu objetivo; ela o segurava com força e o empurrou para dentro do trem. Peter se virou. Segurava a mão da mãe, agarrava-a. O trem sacolejou, começou a se mover, as rodas giraram. A mãe de Peter correu. O menino se segurou na porta e puxou a mãe: mostraria a ela como era forte. "Pule!", gritou ele. Nesse instante, as mãos deles se soltaram. As pessoas que ficaram na plataforma correram ao lado do trem. Alguém deve ter puxado o freio de emergência ou a locomotiva teve dificuldades em seguir adiante, as rodas rangeram sobre os trilhos. Uma senhora de chapéu, corpulenta, gritou lá de trás: "Salsichas, salsichas!" Muitos se viraram para ela, pararam, se esticaram, se espicharam, a fim de ver quem havia gritado, e onde estavam as tais salsichas. A mulher aproveitou a oportunidade e avançou alguns metros, abrindo caminho a cotoveladas. A multidão empurrou a mãe de Peter e sua mala para dentro do trem. Peter abraçou a mãe, jamais a soltaria de novo.

 Ficaram parados no corredor, com as pessoas empurrando e tentando abrir espaço; as crianças tinham de ficar em pé sobre as malas. Peter gostou da idéia, agora estava tão alto quanto a mãe. E nos momentos em que ela se virava, coisa que volta e meia acontecia, seus cabelos faziam cócegas nele; um dos cachos havia se soltado do coque preso no alto da cabeça. A mãe cheirava a lilases. Ao lado dela, a porta que dava para a cabine com assentos ficou aberta. Lá havia duas mocinhas usando vestidos de mangas curtas, se segurando nos bagageiros lotados. Debaixo de seus braços, cresciam esparsos os primeiros pelinhos, e Peter se esticou sobre os ombros da mãe para ver melhor seus vestidos, que em alguns lugares já assumiam formas arredondadas. Sob o queixo, Peter sentiu a fricção agradável do sobretudo da mãe. Ela devia estar suando, mas parecia não querer tirar o sobretudo de jeito nenhum. Houve um novo solavanco e o trem começou a se movimentar, devagar. Pela janela, as pessoas que não haviam conseguido arranjar um lugar foram ficando para trás. Uma das duas mocinhas acenava e chorava, e Peter viu que debaixo do outro braço também nasciam pelinhos finos.

"Segure firme", pediu a mãe, indicando com um gesto de cabeça a abertura da porta que dava para a cabine com assentos. Sobre seus cabelos louros presos no alto da cabeça estava a touca, que ela continuava usando, apesar do sobretudo, e embora estivessem bem longe do hospital. "Você está sonhando? Segure firme", impôs ela, em tom imperioso. Mas Peter pôs as mãos nos ombros da mãe, lembrou-se do soldado que ficara sentado atrás da porta, soluçando, ficou contente por terem enfim conseguido ir embora, e quis abraçar a mãe. Mas então levou uma cotovelada nas costas e esbarrou na mãe com tanta força que esta quase perdeu o equilíbrio; a mala sob seus pés balançou, ele se desequilibrou e acabou caindo sobre a mãe. Ela foi parar dentro da cabine. Jamais teria gritado, apenas resmungou, com raiva. Peter pôs as mãos nas ancas da mãe, para não perder o contato com ela. Queria ajudá-la a se levantar. Os olhos dela lançavam chispas. Peter pediu desculpas, mas a mãe pareceu não ouvi-lo, sua boca permaneceu fechada, com os lábios cerrados, e ela afastou sua mão. Agora Peter queria conquistar a atenção dela a todo custo.

"Mãe", chamou ele, mas ela não o ouviu. "Mãe", mais uma vez tentou pegar a mão dela, aquela mão fria e forte que ele amava tanto. No instante seguinte, o trem deu mais um solavanco, fazendo com que as pessoas caíssem umas sobre as outras e a mãe de Peter decidisse se segurar com as duas mãos no compartimento de bagagens e na porta até o fim da viagem, enquanto o menino segurava agora seu sobretudo, sem que ela percebesse e pudesse impedi-lo.

Pouco antes de Pasewalk, o trem simplesmente parou. As portas foram abertas e as pessoas se acotovelaram e se empurraram para sair. Peter e a mãe foram levados pela massa de gente até alcançarem a plataforma. Uma mulher gritou alto que haviam-lhe roubado a bagagem. Só agora Peter percebeu que tinham se perdido da grávida. Talvez ela sequer tivesse voltado a se juntar ao grupo em Scheune, quando fora obrigada a desaparecer para fazer suas necessidades. A mãe de Peter agora andava bem rápido; pessoas vinham ao encontro deles e atravancavam seu caminho. A cada instante o menino levava um safanão e se segurava ainda mais à mãe.

"Fique esperando aqui", mandou ela, quando chegaram a um banco, do qual naquele instante um homem idoso acabava de se levantar. "Daqui os trens vão para Anklam e Angermünde, talvez haja passagens. Volto logo." Ela pegou Peter pelos ombros, obrigando-o a se sentar no banco.

"Estou com fome", disse o menino rindo, e pegando-a pelo braço.

"Volto logo, espere aqui", disse ela.

Ao que ele retrucou: "Vou junto."

"Largue-me, Peter", disse ela. Mas ele já se levantava para segui-la. Então, com a maleta, ela o empurrou de volta ao banco. Peter agora tinha de ficar com a mala no colo, e assim não conseguia mais segurar a mãe.

"Espere aqui", disse ela com severidade. Com um sorriso no rosto, ela acariciou o filho, que ficou todo contente. Ele pensou nas salsichas que a senhora havia anunciado em Scheune; talvez ali vendessem salsichas, queria ajudar a mãe a procurá-las, aliás, queria ajudá-la em tudo. Abriu a boca, mas a mãe não tolerou nenhuma réplica, virou-se e desapareceu na multidão. Peter tentou ver para onde ela ia, e descobriu seu vulto bem atrás, na porta que dava para o saguão da estação ferroviária.

Estava precisando ir ao banheiro e olhou para ver se achava algum, mas também queria esperar até que ela estivesse de volta, afinal de contas, qualquer um podia se perder com facilidade em estações como aquela. O sol se pôs devagar. As mãos de Peter estavam frias; ele segurava a mala com firmeza e balançava os joelhos. Pequenas partículas de tinta da mala, vermelhas como sangue de boi, grudavam em suas mãos. Olhava constantemente para a porta, onde vira sua mãe pela última vez. Pessoas passavam aos borbotões. Os postes de iluminação se acenderam. Em algum momento, a família ao lado dele, no banco, se levantou e outros se sentaram. Peter se lembrou de seu pai, que construiria uma ponte sobre o Meno em algum lugar em Frankfurt; sabia como ele se chamava, Wilhelm, mas não onde morava. Seu pai era um herói. E sua mãe? Também sabia o nome dela, Alice. Ela tinha uma origem misteriosa. Peter olhou mais uma vez para a porta que dava para o saguão da estação ferroviária. Seu pescoço enrijecera, porque já estava sentado assim havia horas, de olhos fixos naquela direção. Chegou um trem, as pessoas pegaram suas malas e se encontraram com aqueles que lhes eram próximos; tudo tinha de ser mantido bem firme nas mãos. Anklam, o trem não iria a Angermünde, e sim a Anklam. As pessoas ficavam satisfeitas se as coisas andavam. Já passava da meia-noite, Peter não precisava mais ir ao banheiro, apenas esperava. A plataforma estava vazia, provavelmente os que não conseguiram pegar o trem tinham entrado no saguão da estação. Se houvesse um guichê de venda de passagens, ele já não teria fechado há muito tempo? Talvez nem existisse mais um saguão atrás daquela porta. Era bem possível que a estação também tivesse sido destruída, como acontecera com a de Stettin. No lado oposto da plataforma, apareceu uma mulher loura. Peter se levantou, a mala agora estava presa entre suas pernas; ele se espichou, mas não era sua mãe. O menino ficou parado por algum tempo. Quando voltou a se sentar e a morder os lábios, ouviu a mãe dizer que não devia ficar descascando e comendo assim partes do próprio corpo, e viu a expressão enojada de seu rosto à sua frente. "Alguém", disse o menino consigo mesmo, "alguém tinha de aparecer". Peter sentiu seus olhos se fechando, ele os abriu: não podia dormir, pois do contrário não perceberia quando esse alguém viesse procurá-lo. Lutou contra o sono, pensou na mão que o perseguia e levantou as pernas, colocando-as em cima do banco. Deitou a cabeça sobre os joelhos e não desviou o olhar da porta da estação. Quando o dia começou a raiar, acordou com sede, e o tecido molhado dos fundilhos de sua calça colava em sua pele. Então ele se levantou; queria procurar um banheiro e água.

O mundo está de portas abertas para nós

Em uma cama de metal, esmaltada em branco, havia duas garotas que batiam alternadamente com os pés nus contra o cobre quente da botija. A menor ficava tentando puxá-la para o seu lado, golpeando-a com os dedos dos pés e empurrando-a com o calcanhar. Mas, no último instante, era bloqueada pela perna comprida da irmã. O comprimento das pernas e os pés estreitos e graciosos era o que Helene mais admirava em Martha. Mas a determinação com que Martha, aparentemente sem fazer o menor esforço, exigia para si a botija, rechaçando as ambições de Helene, deixava esta última desesperada. Ela apoiou as mãos nas costas da irmã e, com os dedos gelados dos pés, tentou achar um caminho entre aquelas pernas e aqueles pés que se estendiam sob o cobertor pesado. A luz da vela bruxuleava a cada rajada de vento desencadeada pelo bafafá debaixo da coberta, levantada e baixada repentinamente. Helene quis rir e chorar de impaciência ao mesmo tempo; apertou os lábios com força e abraçou a irmã. Como a camisola havia subido, Helene tocou com a mão a barriga nua, os quadris e as coxas de Martha. Helene queria lhe fazer cócegas, Martha, porém, esquivava, e as mãos de Helene acabavam resvalando. Teve então de beliscá-la para conseguir manter algo do corpo da irmã entre seus dedos. Havia um acordo tácito entre elas: nenhuma das duas podia emitir o menor som.

Martha não gritou, simplesmente segurou as mãos de Helene. Seus olhos brilhavam. Com toda a força que tinha, apertou as mãos da outra entre as suas. Ouviu-se um estalo, Helene gemeu, ganiu, Martha apertou mais forte, até que a resistência de Helene pareceu cessar, e mais uma vez a pequena voltou a sussurrar: "Largue-me, por favor, largue-me."

Martha sorriu; agora gostaria muito de virar uma página de seu livro. Os cílios loiros da irmã menor tremiam, os olhos esbugalharam. Como eram finas as ramificações das veias que envolviam as pupilas de seus olhos... não havia dúvida, Martha perdoaria Helene, cedo ou tarde. E tudo isso por causa de uma botija feita de cobre, a seus pés, posta ali para amenizar o frio do inverno. As súplicas de Helene soavam familiares; Martha ficou tranqüila. Ela largou as mãos da pequena, virou as costas para a irmã e puxou o edredom para si.

Com frio, Helene se sentou na cama. Mesmo que suas mãos ainda estivessem doendo, ela as esticou, tocou o ombro de Martha e tentou agarrar sua trança grossa, da qual escapavam pequenos cachos por todos os lados. O cabelo de Martha era desgrenhado e macio ao mesmo tempo, só um pouco mais claro do que os cabelos negros da mãe. Helene gostava de olhar quando a mãe permitia que Martha a penteasse. A mãe ficava sentada ali, de olhos fechados, e cantarolava uma canção, que soava como o ronronar de uma gata. Ela ronronava em diferentes tons, agradavelmente, enquanto Martha passava o pente em seus cabelos grossos e longos. Certa vez, Helene estava parada junto ao tanque de lavar roupas, enxaguando o lençol, e depois de tirar todo o sabão, ela o torceu sobre o balde grande. Cuidou para que nenhum pingo de água respingasse no chão da cozinha. Era apenas uma questão de tempo até a mãe levantar gritando. Ela não gritava alto e claro, mas sim com uma voz incisiva e gutural, com o ardor de um animal gigantesco. A mãe se punha em pé. A cadeira, em que ainda há pouco estava sentada, acabava ruidosamente no chão. Empurrava Martha, e a escova também caía no chão. Com gestos violentos, e a esmo, golpeava à sua volta, fazendo grampos e pentes voarem da mesa, chutava a cadeira, agarrava-a, erguia-a e a jogava na direção de Helene. Seu berreiro ecoava como se a terra tivesse aberto um abismo em sua goela e começado a rugir. O material de tricô voava pelo ambiente inteiro. Alguma coisa espetara sua cabeça.

Enquanto a mãe xingava e insultava sua filha, dizendo que havia parido uma cria inútil, Helene repetia a mesma frase, como se fosse uma oração: posso pentear seu cabelo? Sua voz tremia: posso pentear seu cabelo? Quando uma tesoura voou pelo ar, ela levou os braços à cabeça tentando se proteger: posso pentear seu cabelo? E se encolheu embaixo da mesa. Posso pentear seu cabelo?

A mãe parecia não ouvi-la, e só quando Helene se calou, ela se voltou para onde a filha estava. Ela se inclinou para ver melhor Helene debaixo da mesa. Seus olhos verdes faiscavam. "Não me venha com essa", bufou a mãe. Voltou a se endireitar e bateu com a mão espalmada sobre a mesa, com tanta força que com certeza lhe doeu. Mandou que Helene saísse imediatamente debaixo daquela mesa miserável. Ela era ainda mais desajeitada do que a grandalhona. A mãe olhou para a menina, com seus cachos claros e dourados quase como o de uma estrangeira, rastejando e se levantando com dificuldades.

"Então você quer pentear meu cabelo?", perguntou a mãe, com um sorriso malvado. "Ora, não sabe nem mesmo torcer a roupa direito!" Disse isso pegando o lençol dentro do balde e arremessando-o ao chão. "Mas talvez você não queira estragar suas mãos, não é?", prosseguiu a mãe, dando um violento pontapé no balde, e depois mais um, até ele virar, derramando toda a água.

Involuntariamente, Helene estremeceu, sobressaltada, e se esquivou. As meninas conheciam as explosões da mãe, e só o caráter repentino com que se manifestavam, sem qualquer aviso prévio, é que as deixava assustadas. Bolhinhas minúsculas explodiam nos lábios da mãe; novas se formavam, cintilando. Não havia dúvidas, ela espumava, fervia. Babando de raiva, ergueu o braço, fazendo Helene dar um passo para o lado e pegar a mão de Martha. Algo passou raspando pelo ombro da menina e se despedaçou em cacos no chão, enquanto a mãe berrava. O vidro se estilhaçou. Em milhares de fragmentos, muitos milhares. Helene sussurrou o número inimaginável, os incompreensíveis muitos milhares. Milhares brilhavam. Cacos incontáveis jaziam esparramados. A mãe devia ter arrancado seu vaso de cristal da Boêmia do armário. Helene quis correr, só que suas pernas estavam pesadas demais.

A mãe se curvou, começou a chorar e depois caiu de joelhos. Os cacos por certo rasgariam o tecido do vestido que usava, mas ela pouco se importou com isso. Perpassou os cacos verdes com as mãos, e o sangue começou a brotar entre seus dedos; chorava como uma criança, com uma vozinha suave, perguntou se por acaso não havia nenhum maldito Deus à disposição, que pudesse ajudá-la. Ficou choramingando, e por fim começou a balbuciar incessantemente o nome Ernst Josef, Ernst Josef.

Helene quis se abaixar, se ajoelhar junto da mãe, consolá-la, mas Martha a reteve, decidida.

"Nós, mãe", disse Martha em voz severa e contida. "Nós estamos aqui, Ernst Josef está morto, assim como seus outros filhos, mamãe; ele nasceu morto, você está ouvindo, mamãe? Está morto há dez anos. Mas nós estamos aqui."

Na voz de Martha soavam a revolta e a raiva. Não era a primeira vez que ela enfrentava a mãe.

"Ah!", rugiu a mãe, como se Martha lhe cravasse um punhal no peito.

Então Martha levou Helene consigo para o quarto.

"Que horror", sussurrou Martha, "não somos obrigadas a ficar ouvindo isso, anjinho, venha, vamos sair daqui".

Martha passou o braço pelos ombros de Helene. Foram ao quintal e penduraram a roupa.

Helene não parava de erguer os olhos para a casa. As queixas e os gritos da mãe podiam ser ouvidos pela janela aberta e se tornavam cada vez mais baixos e raros até, por fim, cessarem de todo, de modo que a menina passou a temer que a mãe tivesse se esvaído em sangue ou talvez feito coisa ainda pior.

Sentada na cama ao lado de Martha, Helene ficou pensando que a mãe talvez só conseguisse gritar diante das filhas, pois sozinha isso com certeza lhe pareceria inútil. Por que gritar, se ninguém ouvia? Helene tiritava de frio; tocou a trança da irmã, a trança de onde se soltavam cachinhos delicados e macios, a trança da irmã que era boa, que a protegia no desespero.

"Estou com frio", disse Helene. "Por favor, me deixe ficar debaixo da coberta."

Ficou contente quando a montanha de panos à sua frente se abriu e Martha lhe estendeu a mão, levantou o braço como um pilar de proteção para ela se esgueirar para debaixo das penas. Helene enfiou o nariz na axila da irmã, e quando esta se voltou mais uma vez para seu livro, a menina encostou o rosto nas costas da mais velha, inspirando profundamente seu cheiro morno e familiar. Helene se perguntava se devia ou não fazer sua oração da noite. Podia juntar as mãos para rezar. Estava se sentindo bem. Um sentimento de gratidão tomava conta dela, mas em relação a Martha, não em relação a Deus.

À sombra da luz da vela, Helene brincava com a trança de Martha. O brilho pálido fazia o cabelo da irmã parecer ainda mais escuro, os cachos eram quase negros. Helene acariciava a própria testa com a ponta da trança de Martha, os cabelos lhe fazendo cócegas nas faces e nas orelhas. Martha virou uma das páginas do livro e Helene começou a contar as sardas nas costas dela. Contava as sardas de Martha todas as noites. Quando tinha certeza do número no trecho que ia do ombro esquerdo até sua pinta de nascença, passando sobre a coluna vertebral, puxava a trança para o lado e continuava a contar à direita. Martha deixava, virava mais uma página e ria baixinho.

"O que você está lendo?"

"Nada que lhe interesse."

Helene gostava muito de contar. Era excitante e acalmava ao mesmo tempo. Quando Helene ia à padaria, contava os pássaros no caminho de ida e, no caminho de volta, as pessoas que encontrava. Quando saía de casa com o pai e o cachorro dele, um cachorro gigantesco e amarelado chamado Baldo, contava quantas vezes o animal levantava a pata, e também quantas vezes eram cumprimentados, e se alegrava quando os números eram altos. Certa vez chegou a colocar os dois números em disputa: cada cumprimento anulava uma das marcas que o cachorro deixava. De vez em quando, dirigiam a palavra ao pai animadamente, chamando-o de senhor professor, no que se via mais a expressão da lisonja do que de algum mal-entendido. Todo mundo sabia que Ernst Ludwig Würsich há alguns anos editava livros filosóficos e literários e os mandava compor em sua gráfica, mas nem por isso havia conseguido um título de professor universitário. O prefeito Koban ficou parado e deu alguns tapinhas na cabeça de Baldo. Os homens discutiram o número de cópias da publicação comemorativa referente à reunião dos conselheiros, e Koban perguntou ao pai de Helene de que raça era seu cachorro. Mas ele sempre se negava a conjecturar acerca da mistura da qual o cachorro surgira, e, como sempre, respondeu: "É dos bons."

Helene ficava admirada com os muitos conhecidos que passavam por eles sem cumprimentar, sempre que saía de casa com a mãe — que parecia não se dar conta disso. Helene contava em silêncio e secretamente o número de cumprimentos, ainda que na maior parte das vezes não passasse de apenas um. A mulher do padeiro Hantusch, que, aliás, só faltava se jogar nos braços do pai de Helene, nem a olhava. Preferia baixar um pouco a sombrinha, que passava a empunhar diante de si como se fosse um escudo protetor, que impedia qualquer troca de olhares. Provavelmente foi Martha quem lhe contou que nunca chamavam a mãe delas de sra. Würsich. Os moradores da Tuchmacherstrasse falavam daquela estranha que, embora tivesse se casado com o respeitado cidadão de Bautzen, o mestre impressor Würsich, ficasse atrás do balcão da gráfica do marido e passeasse levando pela mão as filhas que ambos haviam tido, continuava sendo uma estranha. Ainda que na região do Lausitz fosse costume se casar no lugar de origem da esposa, no caso deles, mesmo dez anos depois das núpcias havia fofocas acerca da origem daquela noiva. Dizia-se que o casal havia recebido a bênção civil em Breslau. Bênção civil: isso soava a uma união desonrada. Todo mundo sabia que a estranha não acompanhava o marido à catedral de São Pedro aos domingos. Corria o boato de que ela era atéia.

Sendo assim, pouco adiantava que as filhas tivessem sido batizadas na catedral. Os moradores de Bautzen pareciam considerar a ausência de um casamento na igreja uma vergonha para a reputação da classe burguesa. Ninguém se dignava a se dirigir à estranha com um cumprimento sequer. Cada olhar, ainda que não pudesse atingir Selma Würsich, porque ela sabiamente dava mais atenção às raridades encontradas entre as pedras do calçamento do que aos cidadãos do lugar, era desdenhosamente acompanhado por gestos negativos de cabeça e sussurros. Orgulhosos ou constrangidos, os pedestres olhavam Helene e sua mãe sem vê-las, e seus olhares passavam pela mulher de cócoras no chão e através dela como se não existisse. Quando, ao sair de mãos dadas com a mãe, Helene encontrava o prefeito Koban — um amigo do pai —, ele atravessava a rua sem um cumprimento que fosse. Os filhos do juiz Fiebinger riam e viravam as costas, porque achavam escandalosos os tecidos finos que a mãe de Helene usava no verão, e estranhas as roupas espalhafatosas que vestia no inverno. Mas ela parecia não notar nada disso. Abaixava-se e mostrava a Helene, radiante, uma pequena conta de vidro que havia encontrado no chão. "Olhe só, não é bonita?" E Helene assentia. O mundo estava cheio de tesouros.

Sempre que saía de casa, ia recolhendo tudo que encontrava no chão — eram botões e moedas, uma botina velha que parecia ainda poder ser aproveitada e talvez usada por alguns meses; se não a botina inteira, pelo menos o cadarço, que, ao contrário da sola, ainda estava inteirinho, assim como os ganchos no cano, que pareciam muito raros e especialmente valiosos aos olhos da mãe. Mas um fragmento colorido de cerâmica às margens do rio, quando arredondado pelo efeito das águas, também arrancava da mãe uma exclamação de alegria. Certa vez ela encontrou um espanador de penas de ganso diante da porta de casa e chorou lágrimas de emoção.

Martha afirmara na época que era bem provável que alguém tivesse colocado o espanador ali apenas para ver como a estranha se abaixaria para apanhá-lo. As penas já estavam estropiadas pelo uso, alguns cotos já se destacavam como dentes quebrados: brilhantes e curtos.

A mãe colecionava espanadores, ainda que raramente fizesse uso deles. Ela os pendurava na parede detrás de sua cama. Um bando de pássaros para conduzir as almas, era essa a expressão com que ela se referia à sua coleção. Só um espanador encontrado podia ocupar um lugar naquela parede. Eram nove, com aquele, e ela esperava pelo décimo. Quando fossem dez, ela poderia completar as vinte e três letras do alfabeto e iluminar caminhos, como dizia. Nenhuma das duas filhas perguntava de onde e para onde, e quais as almas que deveriam ser conduzidas. Para elas, a idéia de uma alma errante era sombria; afinal de contas, remetia a mundos paralelos e se baseava neles. É que além do mundo delas, no qual uma coisa era uma coisa e um ser vivo era um ser vivo, ainda existiria um outro, no qual as relações entre vida e coisa compunham uma unidade. Helene tapava os ouvidos quando ouvia essas coisas. Já não era suficientemente difícil ter de imaginar a constituição de uma alma? O que não poderia acontecer a uma alma se ainda por cima se metesse a vagar por aí? Por acaso ela continuaria sendo a mesma alma, uma alma reconhecível e única? Será que a gente de fato voltaria a se encontrar num outro mundo quando chegasse a hora? A mãe fazia ameaças com esse argumento. "Quando eu estiver morta, voltaremos a nos encontrar, estaremos unidas mais uma vez. Não há escapatória." De tanto medo, Helene não queria mais saber nada sobre almas. Para cada objeto, a mãe conhecia algum uso presumível, e, em caso de necessidade, inventava um. Durante os anos do casamento, a casa havia se enchido, não apenas dentro de armários e cristaleiras, mas também no chão, entre os móveis, existia a ameaça constante de uma paisagem teimosa: colinas e montes se formavam, coleções de objetos determinados e menos determinados. Só a governanta, Maria, chamada de Mariechen pelos patrões, e que era pouco mais velha do que a mãe das meninas, conseguia, com muita paciência e obstinação, manter uma ordem precária em alguns dos ambientes. A cozinha estava submetida ao reinado de Mariechen, assim como a sala de jantar e a escada estreita que levava aos dois andares superiores. Mas no quarto da mãe e na sala contígua havia apenas atalhos que mal podiam ser reconhecidos e que deixavam o caminho precariamente aberto para os outros. A mãe colecionava galhos e barbantes, penas e tecidos, mas as louças quebradas também não podiam ser jogadas fora, nenhuma caixa, por mais amassada que estivesse, e tampouco um tamborete tomado por cupins, mesmo quando já não era mais um assento estável, porque uma das pernas apodrecera e ficara curta demais. O que Mariechen conseguia tirar dos ambientes de que tomava conta era levado pela mãe para os quartos do andar de cima, onde ela a princípio se limitava a guardar as panelas furadas ou os copos quebrados, na esperança de encontrar algum dia uma utilidade ou mesmo um outro dono para esse objeto. Ninguém conseguia reconhecer uma ordem no material coletado; somente a própria mãe sabia em que pilha seria necessário vasculhar para encontrar determinado recorte de jornal e em qual monte de roupas havia enfiado determinada renda eslava cara. A estampa filigrânica daquela renda não era absolutamente peculiar? Onde mais se poderiam encontrar lírios tão delicados, que se destacavam com tanto arrojo da trama do tecido?

À procura de um vestido de lã para o inverno, que Martha desprezara há quase dez anos, e que agora Helene deveria usar, a mãe remexeu a montanha de roupas mais alta, que chegava quase até o teto do quarto. Em pouco tempo, tinha sumido ali debaixo, e, por fim, reapareceu, rastejando com um outro vestido na mão, já demasiado pequeno. A montanha de roupas havia se espalhado enquanto ela procurava, e agora se estendia sobre a estante, duas cadeiras e a única brecha pela qual se podia caminhar. Para Helene, parecia que a casa logo iria desmoronar com o peso de tudo que a enchia por dentro. A mãe se abaixou, ergueu algumas das peças, colocou-as de lado à esquerda e à direita, e assim conseguiu avançar até o canto do quarto. Lá, próxima ao chão, deu com uma caixa de chapéu redonda. Apertou-a junto ao peito como se fosse um filho perdido.

Foi ali dentro que trouxe para o novo lar o chapéu que usara no noivado, um chapéu de abas incomumente largas, com véu e penas azul-escuras, de um brilho quase negro. Com ternura, acariciou o papel fino e cinzento da tampa e as bordas quase intactas da caixa. Mas em seguida olhou para ela desconfiada, virou-a e sacudiu-a, e algo tilintou ali dentro, como se o chapéu do noivado tivesse se transformado em pregos e moedas. Por um instante, tentou desatar a fita violeta de cetim que dava várias voltas na caixa. Até que perdeu a paciência. A ira desfigurava seu rosto. Com um grito, jogou a caixa aos pés de Martha: "Você vai conseguir!"

Martha pegou a caixa, que agora estava bem amassada em um de seus lados. Depois, olhou em volta e não conseguiu descobrir nenhum lugar livre nas proximidades sobre o qual pudesse deixar aquele tesouro. Sendo assim, levou a caixa para baixo, até a cozinha, e a colocou sobre a mesa. Helene e a mãe a seguiram. As mãos de Martha eram ágeis, e ela desatou os nós com habilidade.

A mãe queria tirar a tampa ela mesma, e suspirou quando viu o interior da caixa. Um mar de botões e outros utensílios de costura apareceu, flores de bilros e retalhos de tecido, com os quais provavelmente seriam recobertos os botões ainda nus e que precisavam ser consertados.

Teve de se sentar numa cadeira e respirar fundo. Ao fazê-lo, seu peito arfava com violência, como se estivesse se defendendo com todas as forças contra a irritação que crescia dentro dela. Ela soluçava, lágrimas lhe corriam pelo rosto, e Helene se perguntou em que lugar dentro da mãe, que era tão magra, podia se esconder aquele estoque aparentemente infinito de lágrimas.

Já perto do entardecer, a mãe fora se deitar e as meninas estavam sentadas perto da cama: Helene no banquinho, Martha na cadeira de balanço. Helene se curvou sobre a caixa redonda e estava ocupada procurando colchetes pequenos e grandes, dourados e negros, brancos e prateados. No novelo composto de linhas de costura e sutaches, Helene descobriu um ninho de traças. As cascas vazias das larvas estavam coladas entre os tecidos. Helene olhou ao seu redor. A mãe estava deitada num travesseiro alto, com uma das mãos sobre seu pequeno cofre de duas gavetas, onde havia cartões-postais e cartas, mas também folhas secas e cartas de baralho desemparelhadas — quem sabe um dia não conseguiríamos reunir um baralho completo ou precisaríamos de uma das cartas para integrar um baralho incompleto. Na gaveta inferior, a mãe guardava, sobretudo, selos de café e de cartas. Ela fechara os olhos, mas não sem antes dizer às filhas que fizessem seu trabalho como quisessem. Há horas padecia de violentas dores de cabeça, e sua testa mostrava, entre os olhos, o triângulo de rugas de uma sofredora. Pelo visto, Martha considerou a oportunidade favorável. A tarefa que lhe havia sido destinada devia lhe parecer cansativa e absurda: a mãe lhe pedira para desenrolar os fios embolados dos carretéis jogados de qualquer jeito dentro da caixa de costura e voltar a enrolá-los, cada qual em seu devido lugar. Os carretéis tinham de ser arrumados de acordo com a cor e a qualidade.

Assim que o braço da mãe resvalou do pequeno cofre e sua respiração se tornou mais regular, mostrando que pegara no sono, Martha puxou um livro fininho, de cor mostarda, que mantinha escondido sob o avental, e começou a lê-lo. Dava risadinhas consigo mesma, balançando os pés para cima e para baixo, como se fosse dançar a qualquer instante ou pelo menos se levantar de um salto. Helene olhou nostalgicamente para Martha; adoraria saber qual o motivo da alegria da irmã. Contemplava o novelo amontoado de linhas de costura em suas mãos. O nojo tomou conta dela quando descobriu na seda azul-escura de seu vestido um verme branco, que se arrastava com dificuldade em direção ao seu joelho. E logo caiu um segundo verme diminuto do ninho de traça que tinha nas mãos e que acreditara abandonado. Caiu em seu colo, bem perto do lugar em que estava o primeiro. O verme se retorceu, e não dava para saber em que direção iria rastejar. Cheia de esperanças de que Martha pudesse salvá-la, Helene perguntou, num sussurro: "Posso jogar isso fora?"

Pela cortina fechada, brilhava a luz verde das folhas. De tempos em tempos, uma rajada de vento levantava as cortinas e, no raio de sol estreito que rompia brevemente o espaço aberto na janela, dançava uma minúscula e fina poeira. Martha balançou o corpo para a frente, ficou imóvel por um instante, depois moveu o corpo voltando à posição em que estava. Virou uma página, e não se dignou a lançar um olhar sequer ao novelo nas mãos de Helene. Ao ver Martha sacudir a cabeça com severidade sem no entanto deixar de sorrir, Helene nem teve certeza se ela a ouvira. Talvez Martha estivesse abstraída em seu mundo e em seus pensamentos no meio de seu livro, talvez estivesse simplesmente alegre por não precisar segurar nas mãos aquele novelo de larvas e linhas rasgadas e roídas. Helene sentiu ânsias de vômito. Cautelosamente, depositou o novelo na cama da mãe, a cujos pés jaziam diversas ligas, meias e peças de roupas antigas.

Martha se encostou no espaldar da cadeira de balanço e esticou as pernas. Com um movimento suave, afastou o cachinho que se soltara de sua trança grossa, colocando-o atrás da orelha. De vez em quando, estalava a língua, cruzava as pernas e franzia o cenho, lambia os lábios, como se o gosto daquilo que estava lendo fosse extraordinariamente bom. Só no instante em que o pai entrou no quarto com o cachorro ela se encolheu assustada. Baldo estava com o rabo entre as pernas e foi logo se deitar diante do fogareiro.

O pai, no entanto, não percebeu as faces coradas da filha mais velha nem o livro que ela fez desaparecer às pressas debaixo do avental. Só tinha olhos para a mulher. Não sabia como deveria se despedir, e suspirava enquanto caminhava para lá e para cá em seu uniforme de hussardo. A cada vez que dava meia-volta, olhava para a mulher, como se precisasse de sua ajuda e implorasse por seu conselho. A Helene pareceu que o pai iria falar, mas ele apenas respirou pesadamente e engoliu em seco, para enfim mandar as meninas saírem do quarto.

Mais tarde, Helene bateu à porta encostada para lhes desejar boa-noite. Queria também aproveitar a oportunidade para dar uma olhada no sabre novo e na faixa do uniforme do pai. Aos olhos de Helene, o medo que Martha e a mãe expressavam diante da ida do pai à guerra era absolutamente infundado. O pai — com seu bigode imperial, um pouco mais curto que o do imperador, mais por admiração e respeito a ele do que por alguma dúvida em relação à sua política —, a confiança pétrea e o amor que ele tinha por aquela mãe maravilhosa eram, para a menina, coisas impossíveis de ser maculadas. Essa impressão era sublinhada pelo brilho e pela resplandecência do novo sabre recurvo.

Quando ela bateu, a porta se entreabriu um pouco. Pela fresta, a menina viu o pai ajoelhado no chão de madeira escura, um parquete de carvalho que havia sido encerado há apenas alguns dias. Tudo cheirava a resina e cebolas. Ele apoiara a testa na mão da mulher.

"Boa noite", sussurrou Helene, lançando um olhar ao sabre, que o pai havia posto casualmente sobre a cadeira de balanço. Uma vez que o pai não respondeu, Helene pensou que ele estivesse dormindo. Nas pontas dos pés, aproximou-se da cadeira de balanço. Passou o dedo sobre o gume e se admirou ao perceber que ele não era afiado e que era frio. Um leve estalido a assustou; viu que o pai agitava uma das mãos, mandando-a ir embora dali. O pai queria ficar sozinho com a mãe. Não o incomodava o fato de Helene tocar o fio de seu sabre, o que o incomodava era tão-somente sua presença. Ele tinha de se despedir da mulher. Selma Würsich estava deitada de olhos fechados, estendida sobre a cama. Talvez só a gola alta mantivesse seu pescoço ereto. O cheiro de cebola arrancava lágrimas de seus olhos fechados. Não ouvia nada, não via nada, não dizia nada.

Furtivamente, Helene recuou até a porta, e ficou ali parada. Tinha esperanças de que o pai ainda lhe perguntasse alguma coisa. Ele, porém, voltara a apoiar a testa na mão da mulher e repetia as palavras: "Minha pombinha, meu amor." Helene admirava o pai pelo amor que ele sentia. Quem amava sua mãe não poderia ser atingido por guerra nenhuma.

Na noite seguinte, as meninas não desejaram boa-noite ao pai. Ouviram-no caminhando para lá e para cá no quarto ao lado, e sabiam que ele não tinha recebido nem conselho nem ajuda. Às vezes ele dizia algo que soava como sinal de alegria! Ou de certa divindade! Só às vezes elas ouviam gemidos que pareciam caninos entre essas palavras.

As meninas estavam deitadas bem juntinhas, aconchegadas uma à outra. Helene apertava o nariz entre as omoplatas da irmã mais velha, de tempos em tempos erguendo o queixo para respirar, enquanto Martha virava uma página a intervalos regulares e ria baixinho consigo mesma. Mas então as meninas ouviram com nitidez a voz rouca da mãe, um tanto afetada pelo excesso de fumo: "Se você for embora, vou morrer."

Helene passou a mão sobre a pinta marrom das costas de Martha, que eram magras e delicadas, e tocou também as sardas, passando os dedos nas rendas finamente bordadas da camisola, para lá e para cá.

"Só uma palavra, por favor."

"Nada de mendigar."

"Por favor. Só uma palavra."

"Primeiro continue. Em cima, sim, mais pra cima."

Helene seguiu as orientações de sua irmã e fez sua mão acariciar a pele, subindo pela camisola e pelos ombros, em gestos circulares, e descendo de lá pelo braço, sobre a pele nua, e depois, mais uma vez sobre o linho, pelas costas, acima e abaixo, e ao longo da coluna vertebral, vértebra por vértebra, que ela podia sentir com nitidez sob o tecido. E em seguida parou.

"Uma palavra."

"Estrela."

Helene mexeu a mão apenas um pouco, desenhou as pontas, parou e pediu.

"Mais uma."

"A estrela da minha esperança quer se apagar."

Helene recompensou Martha. Massageou seu pescoço. Linha por linha, estrofe por estrofe, Helene conseguia arrancar com as mãos as palavras de Byron da boca de Martha.

Sob a janela, passou um coche puxado a cavalos. Com o sacolejar sobre o pavimento algo balançou e tilintou como se o veículo estivesse carregado de cristais. Era provavelmente um fornecedor da hospedaria Três Corvos, que na primavera havia se instalado na nova casa da Tuchmacherstrasse. A inauguração havia animado a rua. O cervejeiro obstruíra a calçada com seu coche e seus barris, as damas mais finas chegavam no meio da manhã para tomar seu café, enquanto suas cozinheiras e governantas faziam as compras mais acima, no Mercado de Cereais, e à tardinha os hussardos berravam no meio da rua, que de repente parecia demasiado estreita e pequena para tanta gente.

Nos finais de semana, nas noites de sábado para domingo, o bairro ao sul do Mercado de Cereais agora fervilhava. Homens e mulheres cantavam e sapateavam até de manhã, acompanhando as melodias conhecidas de um piano. Quando o pianista cansava e as teclas silenciavam, alguém tirava seu acordeão do estojo. Eram pessoas que vinham das aldeias nas montanhas, de Singwitz e Obergurig; até mesmo pessoas de Cunewalde e Löbau viajavam até ali nos finais de semana. Pela manhã, iam ao mercado, vendiam suas escadas e cordas, seus cestos e cântaros, suas cebolas e seus repolhos, e adquiriam as coisas que não existiam onde moravam. Laranjas e café, cachimbos finos e tabaco cortado grosseiramente. Depois dançavam a noite inteira na hospedaria Três Corvos, antes de, bem cedo pela manhã, atrelarem suas carroças para subir nelas, enquanto alguns simplesmente puxavam seus carrinhos de mão de volta às aldeias da montanha. Mas durante a semana era tudo calmo em Bautzen.

Helene acariciava as costas da irmã, passando a ponta do polegar ao longo de sua coluna vertebral.

"Mais forte", disse Martha, "com as unhas".

Helene virou um pouco os dedos, a fim de que suas unhas curtinhas pudessem tocar pelo menos um pouco a pele da irmã. Talvez ela deixasse as unhas crescerem por amor a Martha, para depois afiá-las em ponta, conforme vira em uma de suas amiguinhas.

"Assim?" Com a mão esquerda, Helene desenhou um mapa celeste no ombro da irmã, traçando uma linha de sarda a sarda, unindo-as para formar as constelações que conhecia. A primeira foi Órion, que carregava a pinta de Martha como um escudo diante do peito; a mediana, entre os três cinturões de estrelas mais claros, era um pouco mais elevada. Helene sabia como Martha reagia, em que lugares precisava tocá-la para que ela se esticasse ou se alongasse, sem fazer ruído, e também em quais lugares ficava paralisada, em quais se retorcia ao ser tocada. No mapa de Helene, depois de Cassiopéia vinha a constelação Serpens, que era uma serpente de cabeça bem grande. No meio dela se erguia o Serpentário. Helene o conhecia de um livro que havia encontrado na estante do pai. Havia dias nos quais Martha se contorcia sob as mãos de Helene, e se esta ouvia com atenção, percebia que a respiração de Martha parecia um sibilar. Helene imaginou como seria pegar Martha no colo, carregá-la; qual seria seu peso. O suspiro de Martha era imprevisível, Helene o atraía, acreditava conhecer cada tecido, cada nervo sob a pele da irmã. Acariciava-a como se fosse um instrumento musical que soava apenas quando se tocavam as cordas de um jeito absolutamente preciso e cuidadoso. Aos olhos de Helene, Martha já era uma mulher. Ela lhe parecia completa, perfeita. Tinha seios, cujos botões se abaulavam, claros, delicados e macios, e em determinados dias do mês ela lavava escondida suas roupas de baixo. Mas quando Helene ficava de castigo por comer passas quando não era permitido ou dizer uma palavra inadequada, Martha passava suas roupas de baixo a Helene. Ela lavava o sangue de Martha do linho, pegava a garrafinha marrom com óleo de terebintina, girava a tampa e contava trinta gotas para a última lavagem. No inverno, Helene colocava as roupas de baixo para secar diante da janela do sótão, que dava para o sul. A terebintina evaporava e o sol fazia sua parte para voltar a deixar as roupas refulgentemente brancas. Ainda levaria muito tempo até Helene ter de torcer suas próprias roupas de baixo; era nove anos mais nova que Martha, e só no ano anterior se matriculara numa escola.

"Mais embaixo", disse Martha. Helene obedeceu, acariciando os flancos da irmã, até o lugar em que os quadris se abaulavam suavemente, e voltou dali, traçando um arco, ao final da coluna vertebral.

Martha suspirou profundamente. Ao suspiro se seguiu um estalido, como se ela abrisse a boca para dizer alguma coisa.

"Rinzinho", disse Helene.

"Sim, e para cima, nas costelinhas, perto do pulmão, meu coração."

Já há alguns minutos Helene não escutava mais o som de uma página sendo virada. Martha permanecia deitada de lado, as costas voltadas para ela, à espera. As mãos de Helene iam e vinham. Ela fazia o desejo de Martha aumentar, queria ouvir mais um suspiro, só mais um, e suas mãos agora roçavam suavemente a pele, não tocavam mais em cheio, só um pouco, o mínimo possível. O desejo que ambas sentiam acelerava sua respiração, primeiro a de Helene, depois a de Martha, e por fim a das duas juntas; o som era como o do ofegar ao torcer roupa, quando se estava só com a peça nas mãos e não se ouvia nada a não ser a própria respiração e os gorgolejos da roupa na água da bacia esmaltada, o borbulhar do sabão em pó, barrilha espumante, e aqui o ofegar de duas meninas, não ainda o gorgolejar, apenas o respirar, um borbulhar, até que Martha se virou de repente.

"Meu anjinho", disse Martha envolvendo as mãos de Helene, que ainda há pouco a acariciavam; ela falava em voz baixa e compreensível: "Amanhã eu saio do trabalho às quatro, e você virá me buscar no hospital. Vamos descer até o rio." Os olhos de Martha brilhavam como muitas vezes nos últimos tempos, quando ela anunciava uma ida ao rio Spree.

Helene tentou soltar as mãos. "Com Arthur." Não foi bem uma pergunta, foi uma afirmação.

Martha pôs o indicador sobre os lábios da irmã. "Não fique triste."

Helene fez que não com a cabeça, embora estivesse triste. Arregalou os olhos; não iria chorar. Mesmo que quisesse, não conseguiria. Martha acariciou os cabelos da irmã. "Anjinho, vamos encontrá-lo no vinhedo velho, atrás da linha do trem." Quando Martha estava feliz e animada, seu riso gorgolejava na garganta. "Ele vai estudar botânica na Universidade de Heidelberg. Lá vai poder morar com seu tio."

"E você?"

"Vou ser a esposa dele."

"Não."

A palavra foi mais rápida que o pensamento. Explodiu boca afora. Ela acrescentou baixinho: "Não, isso não pode acontecer."

"Não pode acontecer? Tudo pode acontecer, meu anjo, o mundo está de portas abertas pra nós." Martha sorria, radiante e atraente, mas Helene cerrou os olhos e sacudiu a cabeça, com teimosia.

"Papai não vai deixar."

"Papai não vai deixar homem nenhum ao meu lado." Martha soltou as mãos de Helene e teve de sorrir, apesar de concordar. "Ele me ama."

"Papai ou Arthur?"

"Arthur, claro. Papai é meu dono. Ele não pode me entregar. Mesmo que quisesse, simplesmente não poderia. Não me entregará a ninguém."

"A esse daí, com certeza não."

Martha se virou e juntou as mãos como se fosse rezar. Deus do céu, que lhe resta fazer, se não isso? "Tenho duas pernas com as quais posso fugir daqui. E uma mão, que vou dar a Arthur. Por que você está sendo tão dura comigo, Helene, tão medrosa? Sei no que está pensando."

"No que estou pensando?"

"Você acha que papai implicaria com a família de Arthur, que ele faria algumas restrições. Mas isso não é verdade. E por que faria? Eles sequer freqüentam a casa de rezas. É, tá certo, às vezes, papai fala mal dessas pessoas... mas você não percebe que ele fica rindo quando faz isso, se divertindo, como quando chama você de sujismunda, anjinho? Ele não teria casado com mamãe se pensasse essas coisas que diz."

"Ele ama a mamãe."

"Ele contou a você como foi que se conheceram?" Helene abanou a cabeça, e Martha prosseguiu. "Contou como viajou a Breslau e que conheceu a srta. Steinitz com seus chapéus chamativos lá, na gráfica? Ela era diferente, foi o que ele disse, uma moça bem diferente, usando um sobretudo azul. Ela ainda o tem até hoje. E trocava de chapéu todos os dias."

Diferente, disse Helene consigo mesma. A palavra soava como um bombom, deveria caracterizar algo nobre, mas o gosto dos bombons era amargo.

"O tio dela era chapeleiro, e ela, a modelo preferida do tio. Nenhum daqueles rolos feiosos de feltro pode ser jogado fora, mesmo hoje em dia. Certa vez ouvi como papai a acusou de ser apaixonada pelo tio, dizendo que por isso não conseguia se separar dos rolos de feltro. Aí mamãe apenas riu, riu tanto que pensei que a desconfiança de papai fizesse sentido. Você acha mesmo que ele se importou com o fato de ela ser judia?"

Helene olhou para Martha, incrédula, e apertou os olhos. "Mas não é isso que você está dizendo." Para reforçar o que disse, sacudiu a cabeça. "Não é verdade."

"Você não percebe? Por que acha que ela não usa peruca? E a qual sinagoga ela poderia ir? Ela não separa as louças, deixa que Mariechen se responsabilize pela cozinha. Mas é claro que é. Você acha que a chamam de estranha em Bautzen por causa do sotaque de Breslau? Acha mesmo isso? Você acha que isso é sotaque de Breslau? Pois eu não acho; essa é a língua que a linhagem dela usa. Ela usa, claro, palavras que você considera conhecidas, mas que nem imagina como são capazes de mostrar exatamente o que ela é."

"Martha, veja lá o que está falando", censurou Helene ainda sacudindo a cabeça, devagar e teimosamente, como se com isso pudesse estancar as palavras de Martha.

"Mas é verdade. Ela não precisa fingir na nossa frente. Por que você acha que ela nunca vai à igreja? Ela dá uma volta e tanto para não passar perto da catedral."

"É por causa do açougue. Ela diz que os balcões do açougue fedem." Helene queria que Martha se calasse.

Martha, no entanto, não se deu por vencida. "Quando vamos com papai e vovó à missa, no Natal, ela sempre diz que tem de ficar preparando a comida. Ora, ora. Por que ela tem de preparar a comida justamente no Natal? Porque quer dar folga a Mariechen, porque é muito generosa... Ora, lógico que não, é porque ela simplesmente não tem nada a ver com o Natal na igreja, e com nosso Deus, anjinho. Nunca percebeu isso?"

Helene apoiou a cabeça em uma das mãos, imitando o gesto de Martha. "Você falou com ela sobre isso?"

"Mas é claro. Ela sempre diz que isso não é da minha conta. Eu disse a ela que, se eu quisesse me casar, seu nome não seria encontrado em nenhum registro da igreja, e que o livro dos registros familiares dela ia me fazer falta, pois meu próprio registro estaria incompleto... E adivinhe o que ela me disse? Que eu não devia ser tão atrevida. Que, se continuasse assim, ninguém iria querer se casar comigo."

Helene olhou para Martha e imediatamente soube que a mãe estava enganada. Martha era pelo menos tão bonita quanto a mãe, tinha herdado seu belo nariz afilado, a pele branca coberta de sardas e os mesmos quadris arredondados. A quem haveria de interessar um livro dos registros familiares, com tudo isso?

Martha disse que pouco adiantava Mariechen ensinar-lhes os pontos, para que soubessem bordar suas iniciais em linho. A mácula era sua origem, não as iniciais.

Mariechen era considerada, também entre seus parentes eslavos, uma mestra das artes manuais. Ainda que as mulheres muitas vezes batessem à porta na Tuchmacherstrasse para encomendar-lhe tecidos rendados, toucas e cobertas, ela recusava todos os pedidos. Dizia que tinha emprego fixo, e dava um sorriso sincero. Só de vez em quando fazia algo para dar de presente a uma irmã, prima ou sobrinha. A maior parte das rendas e cobertores que Mariechen tricotava e bordava em seus minutos livres ficava na casa. Sua fidelidade incondicional acabou criando uma aliança de caráter especial entre a eslava e a patroa, a sra. Selma Würsich. Talvez apenas compartilhassem o amor pelos tecidos.

Helene observava Martha. Não reconheceu mácula nenhuma. A irmã lhe parecia completa, perfeita. As feições delicadas de seu rosto de forma alguma atraíam apenas os olhares de Arthur. Quando atravessava o Mercado de Cereais com Martha, não eram apenas os rapazes que a seguiam com os olhos e assobios contentes, desejando bom-dia. Também os mais velhos produziam ruídos que soavam como gemidos e grunhidos. Os passos de Martha eram leves, longos, ela mantinha as costas eretas e orgulhosas, de modo que sempre chamava atenção quando passava. Pelo menos era isso que Helene sentia.

Os homens estalavam os beiços e a língua, como se estivessem com melado na boca. Até as vendedoras do mercado se dirigiam a Martha chamando-a de bela senhorita e minha flor. Dia a dia, aumentava o número de homens que se apresentava na pequena gráfica da Tuchmacherstrasse querendo casar com Martha. Se ela por acaso estivesse parada atrás do balcão na lojinha frontal, ajudando, um bando de rapazes se postava ali, no decorrer da tarde. Eles pediam que ela lhes mostrasse diferentes tipos de papel e formas de impressão, mas raras vezes conseguiam se decidir a comprar alguma coisa. Avaliavam, conversavam uns com os outros, bravateavam, lançando olhares evidentes para Martha e falando de seus próprios negócios e habilidades, fazendo de tudo para conquistá-la. Só quando um deles se atrevia e lhe perguntava se podia convidá-la algum dia para tomar um café a decisão por uma pequena encomenda impressa se aproximava um pouco. Mas eles acabavam voltando; vigiavam uns aos outros, cada um tomando cuidado para que nenhum dos outros conseguisse uma maior preferência por parte de Martha. Helene conseguia entender os homens muito bem, mas gostaria de adormecer e acordar sozinha por toda a vida ao lado da bela Martha. O casamento com um homem parecia a Helene totalmente absurdo e desnecessário; para ela, isso era pura e simplesmente o fim da picada.

"E por que você acha que papai não vai dar sua mão em casamento a nenhum Arthur Cohen?"

"Porque não, ora." Martha deixou a cabeça afundar no travesseiro, não estava pensativa, mas irritada; quando pegou um lenço atrás do travesseiro e assoou o nariz, como a mãe fazia depois de chorar por muito tempo, Helene se arrependeu de ter feito a pergunta. Mas eis que então inesperadamente Martha deu um sorriso, coisa que ela mal conseguia evitar nos últimos tempos, que facilmente se transformava em risadinha e raramente — quando os pais não estavam nas proximidades — virava uma gargalhada alta e desabrida.

"Anjinho, como ele poderia confiar em mamãe? Quando ela viaja a uma feira anual, não é vista por vários dias. Com certeza vai a hospedarias de Zwickau e Pirna e dança com homens desconhecidos até o amanhecer."

"Jamais!", disse Helene sorrindo, porque não sabia se Martha estava falando aquilo só para implicar, ou se havia um fundo de verdade naquela afirmação.

"Quem vai cuidar de você, então? Ele não pode pegar o cavalo e ir pra guerra sem saber se alguém tomará conta de nós. Ele está com medo, essa é que é a verdade. E gostaria que eu tomasse conta de você. É o que vou fazer. Você vai ver só."

Helene não queria replicar nada. Imaginava que qualquer palavra pudesse fazer Martha pensar duas vezes sobre a possibilidade de fugir às suas obrigações. Há semanas não pensava em outra coisa a não ser em como poderia começar uma vida conjunta com Arthur Cohen.

"De quem é isso que você está lendo?"

"Não é da sua conta."

"Mas quero saber."

"Você sempre quer saber de tudo." Martha esfregou o nariz. Divertia-se com a curiosidade de Helene e com a vantagem que ainda possuía. Helene só pôde passar a freqüentar a escola municipal de meninas no Lauengraben há um ano, e mesmo assim já sabia ler e escrever. Havia aprendido com Martha a tocar o velho piano, e, quando o fazia, a irmã mais velha a contemplava cheia de admiração e com uma ponta de inveja, pois suas mãos deslizavam flexivelmente sobre as teclas desde o princípio, sem precisar de qualquer exercício, a seqüência de sons que tocava no instrumento era rápida, mesmo nas oitavas mais profundas, e ela se lembrava com segurança das melodias que Martha muitas vezes tinha de fazer força para lembrar nota por nota. Sua agilidade e segurança não se restringiam ao piano, mas se mostravam também nos números e contas que fazia de cabeça. Fossem quais fossem os números que Martha lhe propusesse, Helene não tinha a menor dificuldade de subtraí-los, multiplicá-los, dividi-los ou somá-los e dar os resultados. Já depois de poucas semanas na escola, a professora mandara Helene se sentar com as alunas mais velhas e lhe repassara as tarefas destinadas às que já tinham dez anos, embora ela só tivesse sete. Ao que tudo indica, em poucos meses a professora teria ensinado à menina tudo que sabia, sem que ela tivesse chegado à idade adequada. Helene se envergonhava disso, de não envelhecer suficientemente rápido. E também sentia medo. Com catorze, no mais tardar dezesseis anos, as meninas voltavam para a casa dos pais, assumiam a economia doméstica e eram encaminhadas a homens supostamente abastados e que gozavam de boa reputação, uma reputação que a moça agora faria aumentar. Só umas poucas tinham a oportunidade de freqüentar uma faculdade, e se tornavam conhecidas por isso e eram invejadas pelas outras meninas da cidade. Se uma amiga expressava o desejo de se tornar professora de jardim-de-infância, Martha ouvia dos pais a seguinte pergunta, cheia de desprezo: "Isso é mesmo necessário? A família tem dinheiro, a família possui uma formação que já lhe basta, e poderia escolher um homem abastado e competente entre os dois pretendentes que se candidataram." Quando Martha falava de suas amigas a Helene, parecia estar contando uma história de terror. Fazia uma pausa significativa, dizia que aquela amiga queria casar com alguém que amava, e que dissera isso aos pais. Estes haviam se limitado a sorrir. Ostentando sabedoria, o pai da amiga pedira que ela pensasse se não era mais conveniente ter a seu lado um homem adequado, pois só assim o amor poderia se manifestar. O juiz Fiebinger, cujos filhos fariam a faculdade apenas depois de servir por algum tempo no regimento da cidade, mandara as filhas de cara a Dresden. Uma delas foi para o conservatório, a outra, para o convento de professoras. Martha contava muitas vezes a Helene sobre as filhas do juiz. O jeito era ser professora. Há poucos anos estivera sentada ao lado da futura professora e ajudara a moça a fazer as contas de matemática. Teria ela chegado à faculdade sem sua ajuda? Martha sussurrou ao ouvido de Helene que seu pai a mandaria estudar fora, se continuasse assim; poderia ir até para a Universidade Tecnológica de Dresden, e depois certamente para Heidelberg. Seus lábios tocaram a orelha de Helene ao sussurrar. A cócega foi agradável, e a menina quis mais. Depois de ter permitido que Martha freqüentasse a escola de enfermeiras, o pai com certeza não se acovardaria diante da inteligência de Helene: dirigiria todo seu orgulho à filha menor e acabaria mandando-a a Heidelberg, para que fosse uma das poucas mulheres a estudar medicina na universidade da cidade. Quando Martha lhe acenava com um futuro semelhante, Helene prendia a respiração; tinha esperanças de que a irmã continuasse contando aquela história, queria que continuasse falando e narrasse como ela um dia haveria de estudar a anatomia humana e os nomes engraçados dos órgãos internos do corpo, a medula vertebral e o canal medular, e tudo isso em uma grande sala de aula em Dresden. Helene nunca ficava satisfeita, estava sempre querendo ouvir as palavras que Martha dizia ao voltar para casa, as palavras que lhe disse uma, duas vezes, e que depois acabava esquecendo. Queria saber mais sobre o rombencéfalo e as artérias do occipício, mas Martha começava a gaguejar, como se tivesse sido pega em flagrante. Perplexa, olhava para Helene e confessava que conhecia apenas as palavras, não o lugar em que ficavam os órgãos ou sua história. Acariciava a cabeça de seu anjinho e a consolava; logo, logo ela mesma iria estudar, era só esperar mais alguns anos... Quando o fluxo narrativo de Martha cessava, esta podia adormecer feliz ao lado de Helene, ao passo que a irmã mais nova era assaltada por pensamentos menos agradáveis. Lembrava-se agora de que só recentemente o pai permitira que ela passasse a se ocupar da contabilidade da gráfica, e se incomodava apenas, embora todo meigo e silencioso ao se chatear e ficar reclamando consigo mesmo, quando ela achava algum erro. Nitidamente parecia não querer perceber qualquer inteligência na filha mais nova. Quando ficava no escritório do pai até tarde fazendo contas, Helene nunca notava nele qualquer sinal de surpresa ou alegria. A menina fazia colunas inteiras de cálculos apenas para que ele, em dado momento, parasse e percebesse, admirado, que ela em pouco tempo lidava com mais facilidade com os números dele do que ele próprio. O pai, no entanto, não via os esforços de Helene. Quando a professora chamou os pais da menina ao prédio da escola, no Lauengraben, e contou que no decorrer do ano letivo Helene havia assimilado o conteúdo dos primeiros quatro anos em algumas matérias, ele esboçou um sorriso amistoso e pouco atento, bem a seu modo, deu de ombros e olhou cheio de carinho para a mulher, que tirara cerimoniosamente uma agulha de costura e linha do bolso do sobretudo e se pusera a remendar um buraco em seu vestido malva com a linha vermelha, no meio da conversa, sem se importar com a presença da professora. Os pais ficaram aliviados com o fato de Helene não ter roubado nada e não ter feito qualquer outra travessura, mas não foram capazes de compreender por que a professora os havia chamado à escola nem por que disse que em pouco tempo não saberia mais o que poderia ensinar à menina. Se não se opusessem, simplesmente a mandaria ler poemas e contos de fadas. A mãe cortou a linha com os dentes, o buraco estava remendado. O cachorro batia impacientemente o rabo longo na perna do dono. O olhar questionador da professora desagradava o pai de Helene. Por que teria de dizer à professora o que ela deveria fazer com sua filha?

Ao voltar, não contaram a Helene nada da conversa que tiveram com a professora. Pareciam até envergonhados da filha.

Helene gostaria de continuar na escola, tinha algumas dúvidas consideráveis a respeito do sonho que Martha tecera para ela. Seus pais jamais pronunciaram as palavras Heidelberg ou faculdade. Não queria de forma alguma ser mandada de volta para casa, para perto da mãe, não queria ter de recolher seus ninhos de traças de dentro dos armários.

"O QUE VOCÊ quer ser quando crescer?" Às vezes Martha fazia essa pergunta a Helene.

Contudo, já sabia a resposta, era sempre a mesma: "Vou ser enfermeira, como você." Helene apertava o nariz no ombro de Martha e inspirava o cheiro da irmã. Martha cheirava como um pãozinho, com um leve toque do vinagre com que esfregava as mãos depois do fim do expediente. Helene observava o sorriso de Martha. Será que se contentava com a resposta honesta de Helene? Será que se sentia lisonjeada pelo fato de a pequena dizer que queria fazer o mesmo que ela? Mas no instante seguinte, Helene reconhecia que o sorriso da irmã não se devia à sua resposta. Martha acariciava as letras impressas em dourado da capa do livro que estava lendo.

"Que presente!"

"Deixe-me ver."

"Feche os olhos. Assim, muito bem. Você poderia ler até se fosse cega."

Helene sentiu que Martha pegava sua mão e a levava não à capa do livro, mas à própria barriga. Tocou o umbigo, que tinha o formato de uma pequena

47

cova, ao contrário do seu, que era virado para fora, e mais parecia um botão. Helene cerrou os olhos e sentiu que Martha pegava seus dedos e os apertava de encontro àquela cova.

"E então, o que consegue decifrar?"

Helene sentiu a leve curvatura da barriga de Martha. Como era macia sua pele... Ao contrário da barriga da mãe, que se alargava sobretudo abaixo do umbigo, Martha tinha uma barriga bonita, que se insinuava suavemente apenas na vertical. Helene tateou as costelas da irmã e pensou nas letras douradas no livro de cor mostarda, que ela há tempos já havia decifrado. Byron, era o que estava escrito ali. E ela disse, então: "Byron."

"Byron", disse Martha, corrigindo a pronúncia de Helene. "Fique de olhos fechados e continue lendo."

Helene percebeu pela voz de Martha que esta estava entusiasmada com sua capacidade de ler às cegas. "Continue lendo", pediu Martha uma segunda vez. E Helene sentiu a irmã pegar sua mão e conduzi-la, em círculos, por sua barriga, por seus quadris, acariciando. "Continue lendo."

"Poemas líricos diversos."

Helene havia guardado na memória as letras douradas, e se perguntava há um bom tempo o que eram poemas líricos. Mas então Martha pegou sua mão e a pôs no arco inferior das costelas.

"Você também consegue ver embaixo da pele, anjinho? Sabe o que fica aqui, debaixo das costelas? Aqui fica o fígado. Sabedoria de irmã. Guarde bem isso, mais tarde você vai ter de aprender tudo. E aqui fica a vesícula, bem pertinho." Helene tinha a palavra baço na ponta da língua, mas não queria dizê-la, queria apenas abrir os olhos, mas Martha percebeu e ordenou: "Fique de olhos fechados."

Helene sentiu Martha pegar sua mão e conduzi-la pelo arco das costelas do outro lado, empurrando-a depois mais para cima, até os seios.

Ainda que mantivesse os olhos bem fechados e não pudesse ver o que tocava, Helene percebeu seu rosto ficar subitamente quente. Martha conduziu sua mão, e Helene percebeu claramente que tocava o bico de seus seios, a parte dura, a parte mole, a saliência toda. Depois desceu em direção ao vale, onde sentiu um osso.

"Costelinha."

Martha não respondeu mais, e logo estava subindo a colina seguinte. Helene piscou, mas os olhos de Martha não a fiscalizavam mais; eles passeavam sem destino sob as pálpebras semicerradas, deliciados, e Helene viu como os lábios de Martha se entreabriram e se moveram.

"Venha cá."

A voz de Martha estava rouca. Ela puxou a cabeça de Helene para junto de si com a outra mão e apertou a boca contra a boca da irmã. Helene se assustou, sentiu a língua exigente de Martha em seus lábios. Jamais teria conseguido imaginar que a língua de Martha fosse tão áspera e ao mesmo tempo tão lisa em contato com seus lábios. Fazia cócegas, e Helene chegou a ter vontade de rir, mas a língua de Martha endureceu e forçou seus lábios, como se estivesse procurando alguma coisa. Conseguiu abri-los e bateu contra seus dentes; Helene precisou respirar, queria ar, e nesse instante abriu os lábios e sentiu a língua de Martha enchendo sua boca, completamente. Sentiu a língua de Martha se mexer em sua boca, para lá e para cá, batendo nas bochechas por dentro, empurrando e pressionando sua própria língua. Pensou no último passeio ao Spree, quando Martha mandou que caminhasse alguns passos atrás dela e de Arthur, e percebeu, de repente, que sua mão agora permanecia, sozinha, sobre o seio de Martha, e que as mãos de Martha há tempos já se mexiam em seu cabelo e em suas costas.

Os dois haviam ido ao ressalto escondido atrás do vinhedo, aonde se podia chegar apenas atravessando a passagem. O chão era negro e escorregadio. "Venha", chamou Martha alguns metros à sua frente e saiu correndo com Arthur. Saltavam de toco de árvore em toco de árvore, o chão estava liso, cedia, os pés nus afundavam. Por todos os lados, a água, formando pequenas poças, borbulhava. Nuvens de mosquitos minúsculos zumbiam. Ali, na curva do rio, o Spree havia aberto uma pequena enseada, um solo que não era mais resistente, e raras vezes era palmilhado por alguém a passeio. Dentes-de-leão do banhado floresciam para onde quer que se olhasse. A coroa de malmequeres, que Martha havia trançado para Helene na encosta do prado, ameaçava cair da cabeça da menina, e ela a segurava com uma das mãos e com a outra levava os sapatos e levantava o vestido, para que não se sujasse. Era difícil saber onde o solo estava firme, vira e mexe ele cedia, e, por mais rápido que andassem, só com as pontas dos dedos tocando o chão, logo ficaram pretos de lama até a panturrilha. As folhas em forma de espada dos lírios brilhavam prateadas ao sol.

Arthur vestiu seus trajes de banho, escondido atrás de um salgueiro. Foi o primeiro a correr até o rio e se atirar na água. Em seguida, começou a dar braçadas vigorosas para impedir que a corrente o levasse rio abaixo. Parecia estar se movendo sem sair do lugar. O vento dobrava os juncos, que se embalavam e se inclinavam até beijar a água. No instante seguinte, o ventou soprava os ramos amarelo-esverdeados e os talos também se dobravam. O marulhar quebrava nos ouvidos de Helene. Ainda que Arthur chamasse por elas repetidas vezes, Martha não conseguia se decidir. Não tinha mais maiô; no ano passado crescera tanto que o velho já não lhe servia mais.

"Vamos ficar de combinação e molhar só os pés na água."

Martha e Helene tiraram seus vestidos e os penduraram no galho de um salgueiro mais baixo. A água estava gelada, o frio retesou suas panturrilhas. Quando Arthur chegou à margem e quis molhá-las respingando água, as meninas fugiram. Martha berrava e ria; de vez em quando gritava por Helene. Arthur queria se deitar com Martha na relva ao pé da encosta, mais abaixo no rio, mas ela pegou a mão de Helene e disse que não podia ir a lugar nenhum sem a irmã menor. Era provável que a relva lhes marcasse a pele se deitassem nela vestidas apenas de combinação. Arthur disse que ela poderia se sentar sobre seu casaco, mas Martha rejeitou a idéia. Apontou para a boca e deixou Arthur ouvir como seu queixo batia.

"Vou esquentar você." Arthur pôs as mãos nos braços de Martha. Queria acariciá-la e esfregá-la, mas ela agora batia os dentes ainda mais, fazendo um barulho tão alto como só ela era capaz de fazer.

Arthur trouxe o vestido a Martha. Pediu que ela o vestisse, e a moça lhe agradeceu.

Mais tarde, as duas irmãs estavam na encosta. Arthur havia descoberto morangos silvestres um pouco mais acima, e agora engatinhava pela relva. Vez ou outra, vinha até as meninas, ajoelhava-se diante de Martha e lhe estendia um punhado de frutas sobre uma folha de parreira.

Mal ele se afastava, Martha pegava as frutas e enfiava alternadamente uma na boca de Helene, outra na sua própria. Elas se deixaram cair de costas sobre a relva e ficaram contemplando as nuvens. O vento amainara e só trazia até elas um cheiro suave de madeira vindo da serraria. Helene inspirou aquele cheiro adocicado de uma flor qualquer; misturado a ele, havia o perfume. Martha descobriu um hussardo, cujo cavalo tinha apenas as patas dianteiras, e mesmo estas desapareciam quando se ficava olhando por mais tempo. Enquanto ali embaixo o vento parecia ter cessado quase que completamente, as nuvens acima delas se moviam cada vez mais rápido em direção ao leste. Helene achou que havia reconhecido um dragão, mas Martha disse que dragões tinham asas.

"Não é de admirar que o mundo inteiro fale em mobilização", gritou Arthur lá de cima, onde estava. "Quando vejo vocês duas deitadas assim, colher moranguinhos nem parece mais tão difícil!"

As irmãs trocaram um olhar expressivo. O que Arthur queria era a proximidade delas, não estava interessado em mobilização alguma, disso tinham certeza. Nenhuma das duas tinha a menor noção do que Arthur queria dizer com mobilização. Desconfiavam de que ele achava o conceito tão enigmático quanto elas mesmas. Em fragmentos, o vento trazia até as irmãs os assobios do rapaz: era uma marcha alegre. Quem quereria ir à guerra e por quê? Por acaso existia um lugar mais maravilhoso do que a margem do Spree, e uma certeza maior do que saber que o sol já brilhava em todo seu calor há meses? As férias não terminariam nunca, ninguém obedeceria ao chamado para a mobilização.

"Foi o que consegui encontrar", disse Arthur, quando voltou depois de algum tempo com duas mãos cheias de morangos silvestres e se sentou diante das duas irmãs. "Você quer?", perguntou, estendendo as mãos para Martha. As frutas rolaram e quase caíram no chão.

"Não, não quero mais."

"Talvez você."

Helene abanou a cabeça. Por um instante, Arthur olhou indeciso para as próprias mãos.

"Querida...", disse ele dirigindo-se a Martha em tom de súplica, mas sorridente. "Eles são pra você."

"Nada disso, vamos dar comida ao anjinho."

Martha abriu as mãos e pegou os morangos; alguns caíram na relva.

"Segure-a", disse Martha, indicando Helene com um gesto de cabeça. Arthur obedeceu, lançou-se sobre Helene, imobilizou-a, ajoelhando-se com firmeza sobre seu corpo miúdo e segurando seus braços com toda força junto ao chão. Enquanto Arthur e Martha riam, Helene lutava. Cerrou seus punhos e gritou, pedindo que a soltassem. Helene tentou se contorcer para se desvencilhar de Arthur, mas ele era pesado. Ele ria e era tão pesado que suas costas cederam ao peso. Então Martha passou a enfiar uma frutinha após a outra entre os lábios de Helene. A menina apertou os lábios com toda a força que foi capaz de reunir. O suco lhe escorria dos cantos da boca descendo pelo queixo e pelo pescoço. Ela tentou implorar, sempre com os maxilares cerrados, para que a deixassem em paz. Agora Martha enfiava as frutinhas no nariz de Helene, fazendo com que ela mal conseguisse respirar e o suco lhe queimasse o interior das narinas. Martha amassou as frutinhas sobre os lábios de Helene, sobre seus dentes, esmagando-as a ponto de irritar a pele em volta da boca por causa do suco doce. Até que Helene abriu a boca, lambendo não apenas os morangos de seus dentes, mas também os dedos que Martha enfiou em sua boca.

"Ai, está fazendo cócegas", disse Martha rindo, "qual a sensação disso, hein, hein, diga".

E Helene sentiu os dedos de Arthur em sua boca. Não pensou em nada, simplesmente mordeu. Arthur gritou e se levantou de um salto.

Correu por alguns metros.

"Está louca?!", exclamou Martha olhando a irmã, horrorizada, "Estávamos só brincando".

Agora, sentindo a língua de Martha em sua boca, Helene pensava se devia ou não morder. Mas não conseguiu, alguma coisa na língua de Martha lhe agradava, e ao mesmo tempo a menina sentia vergonha.

MARTHA A SACUDIU, acordando-a. Ainda estava escuro, e ela tinha uma vela nas mãos. As meninas foram instadas a seguir o pai ao quarto contíguo. Lá estava deitada a mãe, rígida sobre a cama, com os olhos embotados. Nenhum olhar parecia mais vir deles. Helene pensou ter visto uma piscadela; apoiou-se na cama e se inclinou sobre a mãe, mas os seus olhos permaneceram imóveis.

"Vou morrer", disse a mãe em voz baixa.

O pai ficou calado, parecia sério. Impaciente, tamborilava no cabo do sabre recurvo. Não queria falar mais um dia sequer sobre o sentido da guerra e sua missão nela. Já era esperado na caserna, nos arredores da cidade, desde a semana anterior; o regimento não tolerava atrasos. Não havia mais possibilidade de adiar, nem de escapar. O fato de sua mulher preferir morrer a se despedir dele não surpreendia Ernst Ludwig Würsich. Muitas vezes ela brincara com essa idéia, e a revelara em voz alta aos outros, ou em voz baixa para si mesma. Cada um dos filhos que perdera depois do nascimento de Martha lhe parecia uma intimação a pôr fim à sua própria vida. O pêndulo do relógio de parede quebrava o tempo em pequenas unidades passíveis de serem contadas.

Cuidadosamente, Helene se aproximou da mão da mãe, pois queria beijá-la. A mão se moveu para afastá-la. Helene se inclinou sobre seu rosto. Mas, sem presenteá-la com um de seus olhares de estranheza, a mãe virou a cabeça para o outro lado. Aqueles quatro filhos eram meninos que morreram um após o outro, dois ainda no corpo da mãe, os outros dois pouco depois do nascimento. Todos tinham pele escura, quase azul. O quarto havia agonizado na manhã de seu nascimento, agonizado custosamente; parecia que estava inspirando profundamente, mas em seguida tudo ficou em silêncio. Exatamente como se o ar não pudesse mais deixar seu pequeno corpo. E ele sorrira, ainda que recém-nascidos não costumem sorrir. A mãe chamara a criança morta de Ernst Josef. Manteve a criança morta cerrada nos braços sem querer soltá-la durante dias. Ficava deitada na cama com a criança nos braços, e, quando tinha de ir à privada, levava-a junto consigo. Mais tarde Mariechen contou a história a Martha e Helene, disse que havia sido encarregada pelo pai das meninas de cuidar para que tudo ficasse em ordem, e que entrara no quarto da mãe, onde esta embalava a criança. Só depois de vários dias ouviram-na rezar e perceberam que ficara mais aliviada. A mãe havia proferido um longo *kadish* a Ernst Josef, ainda que não houvesse ninguém para dizer amém, ninguém para compartilhar o seu luto. O pai e Mariechen estavam preocupados com ela, nenhum dos dois chorava pela criança morta. Sempre que alguém lhe dirigia a palavra nos dias subseqüentes, lhe dizia alguma coisa, lhe perguntava alguma coisa, sua voz ficava só um pouquinho mais alta, virava um murmúrio, um balbuciar. Parecia até que ela estava falando sem parar consigo mesma e continuaria falando até não ser mais ouvida, bem baixinho, ao longo das horas nas quais ninguém lhe dirigia a palavra. Até hoje podia ser ouvida rezando todos os dias. Os sons estranhos saídos de sua boca soavam como uma língua inventada. Helene não conseguia imaginar que a mãe soubesse o que estava dizendo. As palavras tinham algo que isolava, que excluía, não possuíam absolutamente nenhum significado aos ouvidos de Helene, e mesmo assim protegiam a casa, repousavam sobre ela como um silêncio, um silêncio cheio de ruídos.

Quando Mariechen levantava as cortinas, pela manhã, a mãe voltava a baixá-las. Desde então, havia somente um ou dois meses por ano nos quais a mãe despertava de sua escuridão e se lembrava de que tinha uma criança viva, uma menina chamada Martha, com a qual queria brincar, fazer coisas bobas, como se ela mesma fosse uma criança. Era Páscoa e a brincadeira de rolar ovos pela montanha de Protschen abaixo era a oportunidade perfeita. A mãe parecia animada, e usou um de seus chapéus com penas. Atirava o chapéu para o ar como um disco de arremesso, deixava-se cair na relva, rolava pela grama, descendo a encosta e ficava deitada lá embaixo. Martha corria atrás. A uma distância segura, damas e cavalheiros com seus guarda-sóis olhavam para as duas. Não ficavam mais surpresos com a presença da estranha, e, incomodados com a visão, abanavam a cabeça e simplesmente viravam para o outro lado. Seus ovos deviam lhes parecer mais importantes do que aquela mulher, que ainda há pouco rolara pela encosta. O pai de Martha, que viera ao encontro da mulher e da filha, inclinou-se sobre Selma e segurou sua mão, para ajudá-la a levantar. Martha, que na época tinha oito anos, segurou a outra mão da mãe. Esta soltou seu riso gutural e disse que amava mais o Deus dele do que o dela, mas que os dois eram uma única e mesma coisa, ou seja, nada a não ser o fantasma coletivo de alguns habitantes da Terra felizes e meio doidos, vermes humanos, que há séculos e milênios passavam a maior parte de suas vidas refletindo acerca de uma justificativa plausível para sua existência. Peculiaridade estranha a desses seres vivos, ridículo.

Para acalmá-la, Ernst Ludwig Würsich a levou para casa.

Martha foi confiada à criada, e o homem da casa se sentou com a mulher à beira da cama. Jamais havia esperado que sua mulher o respeitasse, isso ele disse em voz branda, mas em relação a Deus pedia que ela se calasse. E acariciou a testa da mulher, que estava banhada de suor. Perguntou-lhe se estava com calor, e a ajudou a tirar o vestido. Com cautela, acariciou seus ombros e braços. Beijou o veio de água em sua têmpora. Deus era misericordioso e justo. Assim que fechou a boca, soube que havia dito algo errado, pois a mulher abanou a cabeça e sussurrou: "Ernst Josef." Só quando quis tapar sua boca com um beijo, segundos mais tarde, e acalmá-la, é que ela completou sua frase num sussurro: "E além dele, houve mais três. Como você pode chamar de misericordioso e justo um Deus que me tira quatro filhos?"

Lágrimas jorraram de seus olhos. O marido beijou seu rosto, suas lágrimas, bebeu sua infelicidade e se deitou junto dela, na cama.

Ainda na mesma noite ela lhe disse: "Esta foi a última vez, não quero mais perder filho nenhum." Não teve de lhe perguntar se a compreendia, pois ele a compreendia, ainda que não lhe agradasse o que ela dissera.

Quase dez meses depois, uma criança foi dada à luz. Grande, pesada e de pele branca, de um brilho rosado, cabeça careca e olhos gigantescos, que em poucas semanas irradiavam um azul que assustou a mãe. Era uma menina, e a mãe não reconheceu nada de si na criança. Quando o pai quis levar a filha até o pastor, foi Mariechen quem escolheu o nome que iam lhe dar: Helene.

A mãe não tinha olhos para Helene, não queria pegar a criança nos braços e não podia apertá-la junto ao peito. A menina chorava; enquanto crescia, emagreceu; rejeitava o leite de cabra e cuspia mais do que bebia. A fim de acalmá-la, Mariechen aninhou a criança junto ao peito, mas ele estava velho, jamais cheirara a leite, não podia amamentar. A criança chorava. Arranjaram uma ama-de-leite. A criança mamou, voltou a engordar e a ficar roliça. Seus olhos dia a dia pareciam se tornar mais claros, e os primeiros fios de cabelo que brotaram eram uns chumaços de um louro quase branco. A mãe jazia imóvel na cama; desviava o rosto quando lhe traziam a criança. Quando falava dela, não dizia seu nome, e, ademais, "minha filha" era uma expressão que não lhe vinha aos lábios. Dizia apenas: a criança.

Helene sabia daqueles primeiros anos. Ouvira a criada conversando com Martha a respeito. A mãe não queria mais saber de Deus nenhum. Havia se apropriado de um quarto da casa, um quarto só para ela, e lá dormia em uma cama estreita, debaixo de espanadores, e falava da comitiva das almas. Quando Helene estava deitada na cama de Martha, à noite, contava as sardas e apertava o nariz da irmã pelas suas costas. E acontecia cada vez mais freqüentemente, sem intenção, de ela assumir aquele ângulo que por certo havia sido reservado unicamente a um deus. Ela imaginava os muitos, pequenos e honestos seres que engatinhavam sobre o globo terrestre e criavam imagens dele, inventavam nomes para ele, histórias da criação. A idéia de ridículos vermes terrestres, como a mãe os chamava, lhe parecia bem plausível. Por outro lado, porém, a menina se compadecia desses seres, que, a seu modo, não eram muito diferentes das formigas, dos lemingues e dos pingüins. Constituíam hierarquias e estruturas que correspondiam a seu modo de viver, e que incluíam suas ponderações e suas dúvidas, porque um homem sem dúvidas era absolutamente inimaginável. Ela sabia como o pai era sensível a esse tipo de idéia. Ele podia muito bem chamar isso de Deus, sobretudo quando a mulher dizia, rindo, que passara uma noite com todas as almas. Agora que Selma carregava um filho na barriga, seu marido percebia com toda bem-aventurança por que ela logo poderia querer ir embora com as almas, sua carne com as almas, para sempre. E ficava sério e mudo. Helene ouviu um amigo, o prefeito Koban, tentar convencer seu pai a levar a mulher a uma certa instituição. Mas ele não queria saber de nada disso. Amava-a. Torturava-se ao imaginar uma instituição daquelas, mais que pela idéia da partida da mulher. Não se incomodava quando ela passava vários meses por ano nos ambientes sombrios da casa, sem sequer pôr os pés na Tuchmacherstrasse.

Mesmo quando os caminhos no interior da casa ficaram estreitos porque a mulher, nos poucos meses em que ficava desperta, não parava de trazer coisas do lado de fora para colecioná-las e lhes dar lugar em diferentes pilhas, pilhas que ela cobria com panos de diferentes cores, o pai preferia aquela vida à perspectiva de viver sem a mulher.

Se no princípio ele ainda se opusera às coisas recolhidas e colecionadas, aconselhando-a uma vez ou outra a se desfazer de algum objeto — ao que ela retrucava, explicando detalhadamente a utilidade do objeto em questão, que podia ser uma tampinha de garrafa descoberta por acaso e na qual julgava poder observar uma metamorfose —, nos últimos anos ele só perguntava qual a finalidade de uma coisa quando precisava ouvir uma declaração de amor. As declarações de amor que ela fazia a coisas usualmente tidas como supérfluas e sem valor eram as narrativas mais emocionantes que Ernst Ludwig Würsich conhecia.

Certa vez Helene estava sentada na cozinha ajudando Mariechen a botar groselhas no vidro de conserva.

"Onde estão as cascas de laranja que pendurei para secar na despensa?"

"Desculpe-me, minha senhora", apressou-se em dizer a criada, "estão em uma caixa de charutos dentro da despensa. Precisávamos de espaço para as flores de sabugueiro".

"Flores de sabugueiro! Chá!", exclamou a patroa em tom de desprezo, bufando e dilatando as narinas. "Isso cheira a mijo de gato, Mariechen, quantas vezes já lhe disse isso? Colha hortelã, ponha milefólio para secar, mas não flores de sabugueiro".

"Minha pombinha", intrometeu-se o pai. "O que está querendo inventar com essas cascas de laranja? Elas já estão secas."

"É, elas lembram pele, não acha?" A voz da mãe se fez sedosa, ela começou a delirar. "Cascas de laranja, tiradas da fruta de uma só vez, como a pele de uma cobra a se enrolar, e postas para secar. O cheiro da despensa não é maravilhoso? E vê-las se retorcer quando as penduramos sobre o fogareiro com um fio é mesmo bonito demais. Espere um pouco, vou lhe mostrar." Foi até a despensa, ágil como uma mocinha, procurar a caixa de charutos e pegou as cascas de laranja com todo cuidado. "É igualzinho a pele, não acha?" Pegou a mão do marido para que ele acariciasse a casca de laranja, exatamente como ela fazia, para que sentisse o que ela sentia, para que soubesse do que ela estava falando. A pele de uma tartaruga ainda novinha.

Helene observava a ternura com que o pai olhava para a mulher; ele acompanhava com os olhos os dedos dela sobre a casca seca da laranja, via como ela a levava ao nariz, semicerrava os olhos e dilatava as narinas para cheirá-la, e parecia não querer lhe dizer que o tempo das fogueiras já havia passado. Ela teria de guardar as cascas de laranja na caixa de charutos até o verão seguinte, até o verão depois do verão seguinte, para sempre, pois ninguém podia jogar fora o que quer que fosse, e o pai de Helene sabia por quê. A menina amava o pai por suas perguntas e seus silêncios no momento certo, ela o amava quando ele olhava para sua mãe como agora. Em silêncio, por certo agradecendo a Deus por aquela mulher.

Pouco menos de dois anos depois do fim da guerra, Ernst Ludwig Würsich conseguiu enfim se pôr a caminho de casa junto com um enfermeiro de Dresden que também estava voltando. Foi uma trajetória difícil, durante a qual na maior parte do tempo ficou sentado em uma carroça puxada pelo enfermeiro, que o insultava conforme os turnos do dia: de manhã porque se desculpava pelos transtornos que estava causando; à tarde porque queria avançar demais; e à noite porque, apesar da perna que lhe faltava, ele estava um pouco acima do peso.

Para sua decepção, ele não fora admitido no 3º Regimento Saxão de Hussardos, criado quatro anos antes, por causa do atraso com que havia se apresentado na caserna, apenas algumas semanas depois do princípio da guerra. A quem ele poderia confidenciar que sua mulher lhe dizia em casa que estava prestes a morrer, e que para ele, sem a existência dela, o sentido de qualquer atitude heróica ameaçava faltar? Mas o que com certeza era ainda pior, motivo pelo qual não podia falar com ninguém acerca da morte que ameaçava a mulher, era que aquela não tinha sido, de forma alguma, a primeira oportunidade que a levara a fazer semelhante declaração. Ainda que há vários anos as palavras dela não lhe saíssem dos ouvidos, os motivos eram diferentes, não havia possibilidade de ele se adaptar a essa ameaça extrema. Também tinha consciência de que palavras como aquelas teriam pouco efeito sobre qualquer guarnição e jamais poderiam ser motivo para se recusar à obediência imediata das ordens de seu Estado. Diante de um *Reich* alemão, ao qual devia sua vida, a ameaça de morte de sua Selma simplesmente parecia ridícula e desprovida de importância.

Ao chegar à velha caserna, nas imediações da cidade, haviam lhe apreendido sem titubear o uniforme de hussardo e o sabre recurvo que adquirira há apenas alguns meses, dizendo-lhe que sobre seu cavalo, àquela hora, um outro já havia partido para a França, indo ao encontro da morte heróica. A artilharia também já estava longe; ele deveria se apresentar na nova caserna da infantaria. Pelo menos seu cachorro, o velho Baldo, havia encontrado o caminho que o levaria até o dono enquanto perambulava por aí. Ele o mandara embora, mas Baldo se recusou a partir, simplesmente não queria deixar seu dono sozinho. "Deus esteja conosco!" Foi o que Ernst Ludwig Würsich gritou para Baldo, mandando-o embora com o braço estendido. O fato de um animal que foi batizado em homenagem ao chanceler do *Reich* Theobald von Bethmann Hollweg não querer obedecer ao ouvir aquela ordem talvez nem fosse tão incompreensível assim. Baldo baixou a cabeça e abanou o rabo, rente ao chão. O cachorro o seguiu tão teimosamente de portão de caserna em portão de caserna que seu dono sentiu as lágrimas aflorarem, e teve de ameaçá-lo com umas palmadas para obrigá-lo a voltar para casa, onde estava sua mulher e onde ninguém esperava por ele. Na caserna da infantaria, entregaram ao cidadão Würsich, que ainda há pouco era hussardo, o uniforme simples de soldado, visivelmente já honrado pelo uso, e levaram algumas semanas pensando em que direção seria melhor mandá-lo. Em meados de janeiro, ele deveria se deslocar para a Masúria. As rajadas de neve mal permitiam que os soldados avançassem. Enquanto os homens que seguiam à sua frente, a seu lado e atrás dele falavam em vingança e revés, ele sentia falta das penas de ganso que o aqueciam na cama da Tuchmacherstrasse, em Bautzen. Embora o regimento ao qual fora destinado pouco depois tivesse travado sua primeira batalha entre plantações cobertas de gelo e lagos congelados, Ernst Ludwig Würsich acabou perdendo a perna esquerda antes mesmo de poder pôr suas armas em ação. Tudo aconteceu na orla de um bosquezinho de carvalhos ainda jovem e baixo, em um ataque de sua tropa, devido a uma granada de mão de seu vizinho mais próximo acionada por engano. Dois camaradas o arrastaram sobre o gelo do lago Löwentin e ainda em fevereiro o levaram ao hospital de campanha de Lötzen, onde ficou esquecido pelos anos restantes da guerra, e portanto impedido de voltar para casa.

Assim que conseguiu retomar alguma consciência em seu leito de enfermo, apesar da dor que sentia, mandou procurar seu talismã; sua mulher havia lhe dado a pedra em um dos dias da despedida, inicialmente decerto na esperança de que o talismã pudesse fazê-lo mudar de idéia e ficar ali; e, mais tarde, quando ele já polia o sabre, ela o aconselhou a contemplar a pedra como algo que lhe daria sorte. Ela estava costurada no bolso interno de seu uniforme: era uma pedra em forma de coração. Sua mulher julgou ter reconhecido dentro dela uma folha de tília, e ele deveria colocar a pedra sobre qualquer ferimento que porventura viesse a sofrer, a fim de que sarasse. Uma vez que o ferimento ali embaixo, no coto da perna, agora lhe parecia grande demais, e nas primeiras semanas depois do infortúnio evitava baixar os olhos, e, mais ainda, tocar a carne exposta, acabou colocando a pedra sobre a órbita de seu olho. Lá seu peso era grande, e seu frescor, agradável.

Com a pedra na órbita do olho, Ernst Ludwig Würsich dizia a si mesmo palavras de consolo, palavras que lhe lembravam as palavras de sua mulher, palavras boas, *meu querido*, e palavras encorajadoras, *vai ficar tudo bem de novo*. Mais tarde, pegou a pedra na mão, apertou-a com força, e foi como se não apenas empurrasse para dentro dela a sua dor — eterna confidente a açoitá-lo, cujo aumento repentino, branco e brilhante sempre voltava a lhe roubar a luz dos olhos e o som dos ouvidos —, mas também as suas últimas forças, bafejando-lhe vida. Pelo menos um pouco, tão pouco e ao mesmo tempo muito, a ponto de fazer com que a pedra logo lhe parecesse mais quente do que sua própria mão. Só depois de deixá-la um bom tempo ao seu lado sobre o lençol podia servir-se dela novamente para refrescar a órbita do olho. E assim passava seus dias dedicado a essas simples ações. Esses dias no princípio lhe pareceram qualquer outra coisa, menos apáticos; a dor o mantinha acordado, animava-o, incomodava-o, tanto que teria preferido sair correndo por aí, com as duas pernas; sim, ele sabia exatamente como se corria. Nunca antes pensara com a paixão de agora em sua mulher, jamais a sensação do amor havia lhe parecido tão clara e tão pura e sem qualquer desvio e sem a mínima dúvida, como nesses dias nos quais sua atividade se resumia a pegar e largar a pedra.

A dor continuava, porém, esgotava-lhe os nervos, e na clareza dos primeiros dias se abriram fissuras mínimas, a percepção de seu amor puro se estilhaçou e por fim desmoronou. Certa noite, acordou devido às dores que sentia, não conseguiu se virar nem para a direita nem para a esquerda, a dor não era mais branca e brilhante, havia se tornado líquida, negra, uma lava sem luz; só de longe ouvia os gemidos e queixumes sob os outros lençóis perto dele, e lhe pareceu que todo o amor, o ato de descobrir o que significava sua existência, não era nada mais do que um resistir corajoso e vão diante da dor. Nada mais lhe parecia puro e claro. Tudo era dor. Ele não queria gemer, mas já não havia mais tempo, não havia mais espaço para o querer. A enfermeira cuidava de outro ferido, que não resistiria mais por muito tempo, disso ele tinha certeza, os lamentos do outro lado da barraca tinham de parar, logo, bem antes dos seus. Queria ficar em paz. Gritou, quis acusar alguém, e sentiu que lhe faltava a recordação de Deus e da fé. Mendigou, pedindo socorro. A enfermeira veio, deu-lhe uma injeção — e a injeção não surtiu o menor efeito. Só depois da aurora é que ele conseguiu pegar no sono. À tarde, pediu que lhe dessem uma folha de papel e lápis. Sentia a mão pesada e sem forças, mal conseguia segurar o lápis na posição ereta. Escreveu a Selma. Escreveu para não permitir que a ligação entre eles se rompesse, tão lívida lhe parecia agora a lembrança de seu amor, tão arbitrário o objeto de seus desejos. Por fidelidade, dedicou os dias seguintes à sua pedra. Um sentimento cavalheiresco tomava conta dele ao tocá-la. Gostaria de conseguir chorar. Com cautela, seus pensamentos palmilharam conceitos como casamento e consciência. Ernst Ludwig Würsich sentia vergonha de sua existência. O que era, afinal de contas, um homem ferido, sem perna? Não chegara sequer a ver um russo, não ficara cara a cara com nenhum inimigo. E muito menos pôs a vida à disposição de alguma missão arriscada e honrosa naquela guerra. Sua perna era um acidente lamentável, e não podia ser considerada de forma alguma um tributo ao inimigo. Sabia que pegaria e largaria a pedra até que a próxima infecção tomasse conta da ferida ou dos intestinos, incendiasse seu corpo, queimasse-o, e ele caísse mais uma vez vítima da febre e do lusco-fusco da dor.

O sucesso daquela batalha de inverno permaneceria estranho a Ernst Ludwig Würsich, bem como qualquer indagação sobre o sentido da guerra. Quando, certo dia, pouco depois do final do conflito, o hospital de campanha foi desativado, quiseram levá-lo, assim como a todos os outros feridos, para casa. Mas o transporte se mostrou difícil e demorado. A meio caminho, alguns pioraram, o tifo se espalhou entre eles, alguns morreram e os restantes foram alojados provisoriamente em um acampamento nas proximidades de Varsóvia. De lá, foram levados por veículos de transporte de feridos até Greifswald. Agora, toda semana diziam-lhe que estavam esperando apenas por sua convalescença, para então mandá-lo de volta a Bautzen. Mas por mais que estivesse melhorando, faltavam ajudantes e recursos para providenciar sua volta. Escrevia duas ou três cartas por mês para casa, todas elas dirigidas à mulher, ainda que não tivesse como saber se ela continuava viva. Jamais chegou a receber uma resposta. Escrevia a Selma contando que o coto de sua perna não queria sarar, ao passo que os ferimentos do rosto, no local onde antes ficava seu olho direito, tinham cicatrizado maravilhosamente bem, as marcas ficavam cada dia mais lisas. Ao menos, era o que sentia ao passar a mão ali. Não tinha como saber ao certo, uma vez que não tinha espelho. Esperava que ela ainda o reconhecesse. Justamente o nariz ficara quase como era. O rosto havia sarado muito bem; só com um exame atento e por comparação com o restante de sua fisionomia é que se poderia saber onde um dia estivera o olho direito. No futuro, quando fossem ao teatro, mais que nunca gostaria de lhe pedir emprestado o binóculo dourado, que ele mesmo lhe dera de presente por ocasião do primeiro aniversário de casamento, oferecendo-lhe, em troca, o seu monóculo. Por acaso não a ouvira dizer sempre que o monóculo ficava melhor nela do que nele?

Achava que, se ainda estivesse viva, a mulher poderia pelo menos sorrir daquele seu jeito encantador, caso lesse a carta e ficasse sabendo de seus ferimentos. Só quando imaginava o cintilar dos olhos dela, cuja cor variava entre o verde, o castanho e o amarelo, o arrepio do desejo e do sentir-se bem no mundo lhe perpassava as costas. Mesmo a dor que até então desconhecia, que vinha de algum lugar no cóccix ferido devido à postura, ao que tudo indica, subindo de maneira pulsante pelas costas como se as camadas superiores da pele estivessem sendo cortadas em tiras bem estreitas, mesmo essa dor ele deixou de sentir por alguns minutos.

Como poderia imaginar que Selma, sua mulher, dava suas cartas sem lê-las e antes mesmo de abri-las a Mariechen, para que esta as guardasse?

Cheia de horror, Selma Würsich dizia a Mariechen que sentia cada vez mais nojo de receber correspondências de guerra daquele homem, que era como agora se referia a ele, daquele homem que contra sua vontade expressa e ainda assim supostamente por amor a ela quisera virar herói. Julgava reconhecer naqueles sinais de vida um escárnio presunçoso, que aliás suspeitava existir no marido já bem antes da guerra, desde o momento em que se conheceram. Bem lá dentro de si, esperava pelo dia de sua volta e pelo momento em que poderia se dirigir a ele com a mais pura indiferença e com um dar de ombros expressivo, dizendo as seguintes palavras de boas-vindas: "Ora, vejam só, você ainda existe?"

Uma indiferença exposta dessa maneira prometia-lhe, depois das primeiras semanas em que sentira sua falta e das semanas e meses seguintes de raiva por sua partida, o maior triunfo que poderia alcançar. A criada eslava, uma donzela já de mais idade, como Ernst Ludwig caracterizara Mariechen diante das filhas certa vez, era agora a única pessoa com quem ela ainda falava, mesmo que bem pouco.

Selma Würsich passava as estações do ano à espreita. Não encontrava mais tempo, um cansaço interior a perseguia durante a primavera, de dentro para fora. De repente, uma das filhas surgia à sua frente e perguntava algo; a palavra ascensão era dita, e Selma se voltava para o outro lado, pois palavras como aquela não tinham nada a ver com ela, pelo menos era o que dizia. Embora essas palavras ecoassem em seus ouvidos, e os olhos de uma das filhas se voltassem para ela, era impossível que aquilo pudesse dizer-lhe respeito. Então ela dizia simplesmente que não queria ser incomodada e pedia para ser deixada em paz.

Enfeitar os ovos de Páscoa ficava por conta de Mariechen, que aliás era bem mais jeitosa nessas coisas. Estar junto com outras pessoas era cada vez mais incômodo para Selma, faltava-lhe simplesmente a paciência para suportar as tagarelices e questionamentos das filhas. Em seu íntimo, agradecia muito aos céus por Mariechen manter aquelas necessidades de socialização longe dela.

No verão, Selma colheu as poucas cerejas da grande árvore que não havia sido podada. As crianças da rua e suas próprias filhas haviam saqueado as frutas durante semanas. Para isso, usou um de seus chapéus de abas largas com véu, por baixo do qual podia olhar para os lados do Mercado de Cereais sem que ninguém percebesse, e a todo instante, do alto da escada, virava-se na direção em que acreditava estar percebendo a aproximação do marido. Sentada com o cesto cheio de cerejas nos degraus da escadaria diante da casa, foi mordiscando a polpa magra das frutas já esburacadas pelos vermes, livrando-a dos caroços. O gosto era azedo e levemente amargo. Os caroços foram colocados ao sol para secar. Ficavam brancos como ossos. Dia sim dia não, pegava um punhado daqueles caroços e os sacudia nas mãos em concha. O ruído a aquecia, "esse poderia ser o som da felicidade", pensou Selma.

No outono, julgou ter visto o marido caminhando sobre a folhagem seca do outro lado da rua, e se virou às pressas para estar dentro de casa quando ele chegasse. Esforçou-se para não sentir mais do que indiferença. Mas foi um esforço vão, a campainha da porta não tocou, e o marido não chamou. O homem que caminhava sobre a folhagem seca era decerto outra pessoa, talvez alguém que agora estava sendo recebido com um abraço apaixonado, para em seguida sentar-se à mesa em companhia da mulher, diante de um prato de sopa de repolho bem quentinha.

Quando o inverno começou, Selma Würsich tirou com uma faca as cascas das nozes ainda verdes e das que já estavam pretas e secas, e enquanto fazia isso olhava o movimento cadenciado dos flocos de neve pela janela. Eles desciam e subiam, como se desconhecessem a lei da gravidade. Ela o via muitas vezes descendo pela Tuchmacherstrasse. Ele devia estar mais velho e cheirar a coisas estrangeiras. Quando voltasse, veria o que é bom.

Mas a espera e a vontade de se vingar que duraram até a primavera e o verão seguintes foram substituídas por um esgotamento absoluto. Os negócios apenas se arrastavam, pois quase ninguém precisava mais de impressos. O papel ficou mais caro. Enquanto Selma ficava sentada à janela com o olhar perdido, Helene estipulava novos preços para envelopes impressos e anúncios fúnebres a cada novo trimestre. Os cartões-postais vendiam tão pouco que não eram impressas novas tiragens já havia vários meses. Cardápios praticamente não eram mais encomendados, a maior parte dos donos de restaurantes agora anunciava seus poucos pratos escrevendo-os num quadro. As economias dos tempos anteriores à guerra — quando a gráfica ainda funcionava a todo vapor e o pai de Helene começara a imprimir livros curtos sobre a vida conjugal, cadernos e revistas de palavras cruzadas e por fim até mesmo poemas — diminuíam visivelmente. O número de almanaques vendidos por ano era agora inferior a cem. Só o preço a ser pago para remunerar as ilustrações das folhas para o ano de 1920 prometia ser mais alto do que a perspectiva de lucros com a venda deles.

Pondo em prática algo que lhe ocorrera à noite, a mãe de Helene havia passado a adiantar em vários meses o pagamento do tipógrafo que já trabalhava há tantos anos com eles. Ao que tudo indica, acreditava poder evitar, dessa forma, a necessidade de reajustar seu salário, afastar essa necessidade pela esperteza. Mas as encomendas diminuíam cada vez mais, e o tipógrafo ficava sentado na gráfica sem fazer nada, preenchendo palavras cruzadas, enquanto os cadernos continuavam empilhados no estoque porque ninguém mais os comprava. O regimento preferiu não convocá-lo para a guerra, por causa de seu corpo de anão e de suas pernas curtas. Sua mulher e os oito filhos passavam fome com ele; algumas das crianças mendigavam no Mercado de Cereais, pedindo pão e banha, e não raro eram surpreendidas roubando maçãs e nozes.

Certa noite Selma encontrou um punhado de cubos de açúcar no bolso do avental do tipógrafo, que ele havia pendurado junto à porta no final do expediente. Pela forma e pela cor, Selma não teve dificuldades em reconhecer que se tratava de açúcar roubado de sua cozinha. Na manhã seguinte, ficou aborrecida ao ver o homem perambulando pela gráfica sem fazer nada. Repugnava-lhe a idéia de falar com ele sobre o açúcar, o roubo e os custos de sua força de trabalho. Esperava desculpas e preferiu achar uma saída, uma saída definitiva. Ela o encarregaria de ensinar a tipografia, o trabalho com as letras e a prensa à sua filha mais nova. Afinal de contas, não precisaria pagar Helene pelo trabalho, que ademais era tão pouco, e pelas raras encomendas que ainda eram feitas.

A menina se entediava terrivelmente em seu último ano de escola. Já era hora de se tornar útil para alguma coisa. A mãe não cedia à insistência de Helene, que queria estudar em um liceu para moças. Se ela já se entediava no colégio, aos olhos da mãe, prorrogar essa vadiagem por mais dois anos parecia um divertimento um pouco caro demais.

Selma Würsich estava junto à janela, olhando para a Tuchmacherstrasse; segurava o roupão com as mãos para mantê-lo fechado, pois há dias não conseguia achar o cinto; os sinos tocaram, logo suas filhas viriam da igreja. Nem a idéia de que a filha pudesse vir a se tornar professora — assim como ela, entregue à sua ingenuidade infantil, certa feita expressou o desejo de estudar medicina — lhe agradava. "Menina teimosa... sempre do contra", sussurrou consigo mesma.

Martha segurava o braço de Helene ao descerem a rua despreocupadas, vindo do Mercado de Cereais. Próxima à vidraça, Selma viu uma fita de presente em cetim violeta. Sua criada devia tê-la enrolado cuidadosamente e deixado ali. Selma a atou no lugar do cinto que estava faltando em seu roupão. Com todo cuidado, deu um laço e sorriu satisfeita com a idéia que tivera. Agora ouvia o som alto da campainha.

"Subam, quero falar com vocês!" Do alto da escada, a mãe acenava para as meninas, fazendo-lhes sinal para que subissem até onde estava. Sequer esperou que se sentassem.

"Há anos você faz a contabilidade, Helene, não será nada mau aprender um trabalho prático", disse isso lançando um olhar precavido à filha mais velha, pois temia sua crítica. Mas Martha parecia estar longe, perdida em seus pensamentos. "Agora, por exemplo, eu já não conseguiria pagar os impostos sem sua ajuda na contabilidade, e é você quem se encarrega da compra de papel e da assistência técnica. O tipógrafo ainda vai acabar devorando nosso último centavo. Seria bom que ele lhe ensinasse as coisas mais básicas e pudéssemos despedi-lo."

Os olhos de Helene brilharam. "Maravilhoso", sussurrou ela. Saltou ao pescoço de Martha, beijou-a e disse: "A primeira coisa que vou fazer é imprimir dinheiro para nós. A segunda, um livros dos registros familiares pra você."

Martha se desvencilhou de Helene, afastando-a. Ficou vermelha e não disse nada. A mãe pegou Helene pelo braço e obrigou-a a se ajoelhar.

"Que besteira é essa!? Sua alegria me dá medo, menina. O trabalho não vai ser fácil." Afrouxou então a pressão, e Helene pôde se levantar.

Divertida, Helene olhava para a mãe. Não a surpreendeu o fato de a mãe achar que se tratava de um trabalho difícil, afinal de contas, ela só pisava nas salas da gráfica de vez em quando — era provável que jamais tivesse visto como os tipos eram colocados na prensa, e à distância o trabalho devia lhe parecer bem misterioso. Helene pensou no estalar e no resfolegar baixo da prensa, nos cilindros rodando. Como um olhar assim era capaz de tornar as coisas diferentes! Justamente aquilo que parecia ser o correto para o tipógrafo deixava Helene impaciente. Via claramente como poderia ajustar as letras e palavras de forma que as lacunas entre elas dessem origem a mais clareza e harmonia. A idéia de trabalhar sozinha na grande prensa a deixava animada. Há muito desejava fazer o trabalho do tipógrafo sozinha.

Selma observava a filha mais nova. O luzir de seus olhos lhe parecia sinistro. Aquela alegria fazia com que Helene ficasse ainda maior e mais clara que de costume.

"O que falta a você", disse a mãe agora com severidade, "é uma certa medida para as coisas". A voz dela era cortante, cada palavra parecia aguda como uma lâmina. "Ainda não reconhece a ordem das coisas. Pelo visto, é por isso que é tão difícil para você avaliar a situação em que nos encontramos. Uma coisa importante que poderá aprender com nosso tipógrafo é a subordinação, menina. A humildade."

Helene sentiu o sangue lhe subir à cabeça. Baixou os olhos. Claro e escuro se chocaram e se desintegraram, as cores se anuviaram. Ainda faltava todo e qualquer pensamento que pudesse lhe proporcionar uma resposta. O caleidoscópio girou, um prego enferrujado por várias vezes ficou próximo de cascas de nozes, era impossível saber se algum dia não se precisaria de uma coisa ou de outra. Passaram-se alguns segundos até que uma imagem nítida voltasse a se formar em sua mente. A mãe estava parecendo um embrulho de presente, com aquela fita violeta de cetim amarrada ao corpo, com aquele laço que tremia quando ela falava. Ele estava pedindo para ser desatado, sem dúvida alguma, foi o que pensou Helene. A menina agora olhava para a paisagem materna de restos de roupas, para as pontas de espanadores cobertos de uma crosta de sangue negro, para as fronhas de travesseiro, de cujas extremidades cheias de furos caíam caroços de cereja, para as montanhas de jornais colecionados. Simplesmente não conseguia reconhecer a autoridade com que a mãe queria lhe falar sobre a ordem vigente. Helene não conseguia mais erguer os olhos para encontrar os da mãe. Buscando ajuda, olhou para Martha, mas a irmã não veio em seu socorro; não dessa vez.

Em poucas semanas Helene perdeu sua reverência pela estrela da gráfica de seu pai. A moderna máquina impressora chamada Monopol não exigia mais sua devoção, mas o empenho de seu corpo. O tipógrafo, baixo demais para ficar sentado no banquinho e alcançar o pedal, levantava com jeito uma das pernas e mantinha a máquina em movimento com pisadas fortes. Nas primeiras tentativas de Helene, o pedal não se mexeu um centímetro sequer. Ainda que soubesse lidar muito bem com a máquina de costura e não tivesse nenhuma dificuldade em manter suas rodas em movimento pisando constantemente no pedal, a Monopol aparentemente exigia a força de um homem. A menina pisou no pedal com ambos os pés e caiu. A roda só deu um solavanco para a frente. O tipógrafo riu. Talvez fosse melhor ele lhe ensinar a limpar os cilindros, propôs Helene em tom agudo, vendo que estes estavam cobertos por uma camada de pó de um dedo de altura.

Helene não aceitava que seu aprendizado pudesse fracassar por falta de força corporal. Mal o tipógrafo deixou a casa, ao anoitecer, ela se encaminhou para a Monopol e começou a praticar com a perna direita. Apoiou-se no depósito de papel e pisou e pisou, até que a grande roda passou a girar cada vez mais rápido, e o rascar dos cilindros produziu um barulho maravilhosamente soturno. Ela suava, mas não conseguia mais parar.

Durante o dia, o tipógrafo lhe mostrava como operar a máquina de encadernar, a de compactar e a de grampear. Fazia suas tarefas com diligência, e mesmo assim não deixava de observar furtivamente que a Monopol obedecia apenas a seu mestre. Provavelmente o tipógrafo achava que ele era esse mestre, já que o pai das meninas estava ausente. Sentia-se bem com a certeza de sua suposta indispensabilidade.

Ninguém sabia que entre Helene e o tipógrafo se desenvolvera uma relação de trabalho amistosa ao longo dos últimos anos. Ele era a primeira pessoa adulta que a levava a sério. Desde o momento em que ela começara, com sete anos, a fazer a contabilidade pessoal do pai, e na ausência deste, devido à guerra, assumira a compra de material, além da contabilidade da empresa, o tipógrafo lhe dedicava toda a sua admiração. Ele a chamava de srta. Würsich, e isso agradava a Helene. Aceitava qualquer cálculo que ela fizesse sem fazer a menor objeção.

Mesmo quando Helene não cedeu de todo a seu pedido de aumento de salário depois do fim da guerra, ele não alterou em nada sua postura diante da menina. Era com ela que falava sobre as urgências de produção na gráfica. E se alguma das máquinas tinha de ser consertada, o tipógrafo combinava tudo com a menina. Sobretudo desde que a mãe se isolara mais uma vez, por meses a fio, na parte superior da casa, fechando as cortinas e dando as costas à janela. Helene gostava do tipógrafo. Era ela quem ia até a cozinha, vasculhava a despensa, olhando várias vezes ao seu redor para evitar ser surpreendida, e enchia um cone de papel-jornal com cevadinha, outro com sêmola e num terceiro colocava um pepino, um nabo e um punhado de nozes para dar ao amigo. Quando um dia descobriu, na parte mais alta da despensa, a caixa gigantesca cheia de cubos de açúcar, arrancou sem titubear uma das páginas do calendário financeiro de Bautzen, enrolou uma boa quantidade das pedrinhas e levou também este pacote ao tipógrafo.

Mal ele ia embora, ao anoitecer, Helene treinava em segredo como pedalar a Monopol. Depois de alguns dias, passou a praticar não apenas com o pé direito, mas também com o esquerdo. Exercitava-se até não poder mais. E quando não dava mais, continuava treinando, treinava como superar o não-poder-mais e depois continuava treinando. Ao terminar, sentia que suas pernas estavam duras, e na manhã seguinte notava um retesar incomum que, até então, só conhecia pela descrição dos garotos. Eles chamavam aquilo de "ressaca muscular", denominação que a menina achava séria e engraçada ao mesmo tempo.

Certa noite, subiu à banqueta de seu pai, que ficava presa ao chão. Para sua surpresa, não precisou sequer esticar as pernas — a banqueta parecia ter sido feita para ela. Colocou os dois pés sobre o pedal e pisou firme. Para tanto, tinha de contrair a barriga, e as cócegas que sentia eram agradáveis; a sensação era de um frio na barriga, semelhante ao que sentia quando se embalava. Não pôde deixar de pensar nas mãos de Martha e nos seios macios da irmã.

Só quando Selma Würsich perguntou, algumas semanas depois, se a filha enfim havia aprendido tudo é que o tipógrafo conduziu Helene à guilhotina. Até então, ele evitara até mesmo deixar que ela se aproximasse daquela máquina. Agora, porém, sentiu-se tomado por um vago pressentimento. Observou os cabelos louros de Helene, que ela prendera em uma trança grossa no alto da cabeça, e depois de muito vacilar, as palavras lhe vieram enfim aos lábios. Seus comentários eram breves: "Primeiro abrir. Ajustar ali." O tipógrafo empurrava as réguas como se fossem frisos uma sobre a outra. "Assestar aqui."

Sem lhe pedir desculpas, ele empurrou Helene um pouco para o lado, mostrou-lhe em silêncio como tinha de bater a pilha de papel primeiro, para só então ajeitá-la, para, em seguida, ajustá-la na máquina. A seus olhos a guilhotina era perigosa, não porque Helene fosse uma menina delicada de apenas treze anos, mas porque ela agora sabia usar todas as máquinas, todas, com exceção da Monopol.

Por ocasião do vigésimo segundo aniversário de Martha, a mãe mandou Mariechen preparar um assado de vitela com casquinha de tomilho. Como sempre acontecia quando havia carne, ela não comeu nada. Ninguém fez qualquer comentário a este respeito, mas as filhas concordavam que aquilo necessariamente tinha algo a ver com determinadas prescrições alimentares. Não havia nenhum açougueiro *kosher* em Bautzen. Embora, segundo se dizia, os Kristallerer pedissem ao açougueiro que abatesse e cortasse a carne segundo as prescrições religiosas e levassem suas próprias facas para o açougue com esse fim. Mas parecia que a mãe não gostava de manifestar tais desejos, pois assim teria de se expor perante a severa opinião pública da cidade. Talvez também fosse verdade o que ela afirmava — que simplesmente não gostava de carne.

Martha pôde convidar sua amiga Leontine para a festa. A mãe usava um vestido longo de veludo cor de café. Ela mesma alongara a bainha com uma renda, que Helene achou inadequada e um tanto ridícula. Na véspera, a menina havia enrolado os cabelos de Martha para que passassem a noite inteira assim. Agora prendia o cabelo da irmã, tarefa que já durava a tarde inteira: fez uma trança, prendeu-a no alto da cabeça e entremeou-a com malvas sedosas. Martha ficou parecendo uma princesa, e, de certa forma, uma noiva. Em seguida, Helene ajudou Mariechen a pôr a mesa. A preciosa porcelana chinesa foi tirada do armário; os guardanapos foram enfiados nas argolas feitas de prata em forma de pétalas de rosa que haviam pertencido ao dote da mãe e normalmente eram usadas apenas no Natal.

Quando a campainha tocou, Martha e Helene correram para a porta ao mesmo tempo. Lá fora estava Leontine. Seu rosto estava escondido atrás de um gigantesco buquê de flores, que aparentemente ela mesma havia colhido no campo. Flores de escovinha, arruda e cevada. Ela soltou uma gargalhada e girou o corpo, dando uma volta completa. Cortara o cabelo, deixando-o curto. Onde antes havia um coque grosso, agora via-se o seu pescoço branco, e as ondas do cabelo curto com seus redemoinhos emolduravam-lhe as orelhas. Helene não se cansava de olhar a novidade.

Mais tarde, à mesa, manteve os olhos fixos em Leontine; tentou desviá-los, mas em vão. Helene admirava o pescoço longo da moça. Ela era magra e forte. Em seus antebraços, a menina conseguia reconhecer todas as veias e tendões. Leontine trabalhava com Martha no hospital municipal. Embora não fosse enfermeira-chefe, aliás, era jovem demais para isso, conseguira, com seus vinte e três anos, assumir o primeiro lugar entre as enfermeiras na sala de operações há alguns meses. Leontine era o braço direito do cirurgião. Conseguia erguer qualquer paciente sozinha — e ao mesmo tempo suas mãos permaneciam tão calmas e determinadas durante as operações que o cirurgião, nomeado professor da universidade ainda há pouco, muitas vezes pedia sua ajuda nas suturas mais difíceis.

Quando Leontine ria, era sempre uma risada longa e gutural.

Toda vez que havia uma oportunidade, Helene passava o tempo com Martha e Leontine. Leontine ria tanto que todo mundo chegava a ficar com dor na barriga. Quando se sentava, dava para perceber, por baixo de sua saia, que seus joelhos pontiagudos se abriam. Ela ficava sentada ali, de pernas abertas, com toda a naturalidade e fazendo a maior cara de pouco caso. De vez em quando, apoiava a mão no joelho, dobrando levemente o braço, deixando o cotovelo apontado para fora. Fazia observações breves que davam conta de alguma infelicidade, mas que eram seguidas por seu riso gutural. Na maior parte das vezes, Leontine ria sozinha. Martha e Helene ouviam a risada dela de boca aberta; talvez assim a risada conseguisse entrar em sua barriga, passando melhor pelo diafragma. As irmãs levavam algum tempo para desconfiar do que Leontine estava rindo. É bem provável que fizessem cara de bobas. Abanavam a cabeça não porque achassem que aquela risada viesse fora de hora, mas porque estavam surpresas. Helene gostava particularmente da voz da amiga. Era uma voz firme e clara.

Estavam ali festejando o aniversário de Martha, sentadas à mesa em volta de um assado de vitela, quando Leontine disse: "Meu pai quer me mandar para a universidade."

"Para a universidade!?", exclamou a mãe das meninas, surpresa com aquela revelação.

"É, ele acha que seria bom se eu ganhasse mais dinheiro."

A mãe abanou a cabeça. "Mas os estudos universitários custam caro", observou ela, estendendo a bandeja de bolinhos para Leontine.

"Eu também não queria", disse Leontine, afastando o cabelo da testa com a mão. O cabelo escuro agora lhe caía de lado sobre o rosto, como o de um homem.

A mãe assentiu com um gesto, concordando. "Entendo isso muito bem. Quem gostaria de aprender esse monte de coisas inúteis? Como enfermeiras, sempre precisarão de vocês. A cada hora, em qualquer lugar, uma enfermeira sempre vai encontrar trabalho."

"Por que acha que são coisas inúteis?", perguntou Helene olhando para Leontine, em cuja boca desapareceu um grande pedaço de assado de vitela.

"Talvez nem tão inúteis", respondeu Leontine, "mas eu não queria me afastar".

"Se afastar do quê?", perguntou-se Helene. Como se lesse seus pensamentos, Leontine disse que não queria se afastar de Bautzen. Helene aceitou aquela explicação, ainda que duvidasse do que ela dissera.

Mais uma vez a mãe concordou com um gesto de cabeça. Helene se perguntou se a mãe de fato compreendia as palavras de Leontine, pois, afinal de contas, ela mesma estava longe de ter fincado raízes em Bautzen depois daqueles anos todos. A cidade não deveria ter a menor importância para sua mãe. Aos olhos de Helene, não podiam existir muitos motivos para Leontine querer ficar ali. Seu pai era um advogado respeitado, e tinha uma postura de viúvo alcoólatra bem peculiar. Ele preferia suas filhas mais moças. Quando fazia viagens a negócio, sempre levava uma delas e a trazia de volta com um novo vestido ou uma sombrinha da moda. Era um homem abastado, e não se podia afirmar que sua filha mais velha era uma gata borralheira obrigada a fazer trabalhos mais pesados. Tampouco ele batia nela. Mas Leontine parecia incomodá-lo. Incomodava-o o fato de ela não se casar. De tempos em tempos, ele dava sugestões e brigava com ela. Depois da morte da esposa, há mais de dez anos, o advogado vivia sozinho com as três filhas e a sogra, que há anos se mostrava perturbada. Aos domingos, levava as filhas mais moças pelo braço, uma à direita, outra à esquerda, passava pela prefeitura e depois entrava na catedral de São Pedro. A sogra andava junto com a cozinheira alguns passos atrás, e parecia que Leontine não tinha um lugar cativo naquela família. Ficava a cargo dela própria procurar companhia para si. Muitas vezes, era a avó quem apoiava Leontine, mas assim que chegavam à igreja e a moça avistava Martha no aglomerado de gente à entrada, aproveitava a oportunidade para ir de mãos dadas com ela até o banco que as duas iriam ocupar. Ali, ficava sentada entre Martha e Helene, no lugar que em pensamento ainda era reservado ao pai, que ainda não voltara para casa apesar de a guerra já ter terminado. Helene gostava quando Martha deixava a mão de belos e longos dedos ao lado da sua durante o culto, e seus dedos se entrelaçavam. Às vezes, sentia um peso morno em seu ombro do outro lado, e então aninhava a cabeça no braço de Leontine como se tivesse encontrado nela uma mãe.

Eram poucos os dias em que Martha não trazia Leontine consigo à Tuchmacherstrasse depois de encerrado o expediente no hospital. Juntas, faziam os trabalhos domésticos e, conforme os turnos, ajudavam na grande lavanderia, localizada no prado às margens do Spree. Eram inseparáveis.

"Nem dez cavalos me arrancariam daqui", reforçou Leontine, pegando um bolinho um pouco menor, e Helene percebeu muito bem que Martha tocou Leontine com o cotovelo, enquanto as duas evitavam trocar qualquer olhar que pudesse denunciá-las.

"Podem comer toda a carne, meninas. Helene, como vão as coisas na gráfica?", indagou a mãe, sorrindo com um certo ar de escárnio. "Você aprende as coisas com tanta rapidez... Já consegue fazer tudo? Há algo que ainda não saiba fazer?"

"Como posso saber o que ainda não sei?", disse Helene, pegando uma fatia de carne.

A mãe revirou os olhos. Suspirou. "Talvez seja melhor você se limitar a responder a minha pergunta, senhorita."

"Como é que eu poderia responder a sua pergunta? Sinceramente não sei como."

"Então vou responder por você, queridinha."

A mãe jamais a chamara de queridinha. E a palavra soou como se fosse de uma língua estrangeira, aguda, como se a mãe quisesse mostrar à amiga de Martha como gostava das filhas, ainda que isso não fosse tão fácil assim para ela. "Já se passaram dez semanas, tempo suficiente para você ter aprendido o essencial. O que ainda não sabe nem consegue fazer agora aprenderá sozinha, por si mesma. Amanhã cedo vou despedir o tipógrafo. Sem aviso prévio."

"Como!?", exclamou Martha deixando o garfo cair. "Ele tem oito filhos, mãe."

"E daí? Também não tenho duas filhas? E nós nem sequer temos um homem em casa. Não podemos continuar pagando o salário dele. Não temos mais lucros. Helene, você sabe disso melhor do que nós todas. Em que pé ficamos no ano passado?"

Helene pôs os talheres de lado. Pegou o guardanapo e limpou a boca, tocando-a de leve. "Melhor do que este ano."

"E pior do que qualquer outro ano antes, não é verdade?"

Helene não assentiu, odiava admitir à mãe que ela estava, presumivelmente, certa.

"Pois bem. O tipógrafo está demitido."

As semanas seguintes foram bem difíceis para Helene. Não estava acostumada a ficar o dia inteiro sozinha. O tipógrafo não dera mais as caras desde o dia em que fora despedido. Dizia-se que ele tinha deixado a cidade com a família. Helene passava o dia inteiro sentada na gráfica, esperando por uma clientela que não vinha. Levava sempre consigo o livro de Martha, para estudar para a prova de admissão ao curso de enfermagem, mas se limitava a folheá-lo, e raramente encontrava ali algo que já não soubesse. A seqüência exata das compressas e ataduras feitas nas diferentes enfermidades era assunto exigido apenas para a prova de conclusão. Aliás, a maior parte do conteúdo do livro dizia respeito ao que se deveria aprender apenas durante o curso. Os poucos detalhes desconhecidos já ficavam registrados na memória da menina pelo simples ato de folhear o livro. Helene começou, portanto, a ler outros livros, que descobriu na estante do pai. As filhas eram proibidas de tirar qualquer livro daquela estante imponente. Mas mesmo antes, quando o pai ainda estava ali, as duas consideravam uma aventura e tanto, e até mesmo uma prova de coragem, com direito a um friozinho especial na barriga, retirar os preciosos livros dali. Para que não ficasse nenhuma lacuna no lugar onde ainda há pouco estivera *A marquesa d'O...*, de Kleist, Helene empurrou o *Condor*, de Stifter, mais para a esquerda. Não havia ordem alguma na estante de livros do pai, e isso torturava Helene um pouco, mas ela não tinha certeza se essa desordem era vigiada pela mãe, nem sabia o que poderia acontecer se decidisse arrumar os livros por ordem alfabética. Ao ler, os ouvidos de Helene permaneciam atentos, e assim que ouvia um ruído, fazia o livro desaparecer debaixo do avental. Olhava freqüentemente para a porta quando julgava reconhecer a voz gutural de Leontine. Certa vez, a porta se abrira de forma bem inesperada, e Martha e Leontine entraram com um cesto dos grandes, rindo.

"Olhem só como ela está vermelha!", constatou Leontine, afagando fugidiamente os cabelos de Helene. "Mas não é febre, não?"

Helene abanou a cabeça, escondia um tesouro debaixo do avental. Ela o descobrira na prateleira superior da estante, envolvido em jornal, atrás de outros livros, como se estivesse escondido. Tinha mais de cem anos de idade. O volume de capa dura em papelão era encapado em papel colorido e tinha o título gravado: *Pentesiléia, uma tragédia*. Helene se desculpou brevemente com Martha e Leontine, acocorou-se atrás do balcão de madeira e escondeu seu tesouro na divisória inferior. A fim de cobri-lo, colocou um dos velhos calendários financeiros de Bautzen sobre o livro.

Um camponês das montanhas do Lausitz tinha dado o cesto de presente a Leontine. Há meses, ela imobilizara o pulso dele, que apresentava uma fratura grave. Agora Leontine colocava o grande cesto diante de Helene, sobre o balcão. Estava cheio de vagens grossas e verde-claras. Sem hesitar, Helene enfiou as mãos dentro dele, passando os dedos nos vegetais. O cheiro era de relva e verdor. A menina gostava de abrir as vagens com o polegar, e da sensação das ervilhas, lisas, brilhantes e verdes escorregando ao longo da vagem e saindo de dentro dela ao toque do polegar, para rolar até a bandeja posta ali para contê-las. Helene enfiava na boca as ervilhas minúsculas e ainda não de todo crescidas. Martha e Leontine conversavam sobre algo que Helene não deveria entender. Davam risadinhas e cacarejavam. Falavam apenas por meias palavras enigmáticas.

"Ele perguntou por você a todas as enfermeiras e pacientes. E você percebeu o olhar dele quando encontrou você!?", comentou Martha com um ar bem divertido.

"Minha criança." Leontine revirou os olhos, parecendo imitar o camponês.

"Ah, fico até com as pernas bambas ao ver a senhorita de novo", lembrou Martha. E bufou. "Enfermeira de corpo e alma!"

"E como não ficaria, hein?", perguntou Leontine, rindo.

"Com certeza. Você tinha de ver como ele vira e mexe metia a mão nas calças. Eu já estava vendo a hora que ele ia pular em você."

"Mas nosso bom chefe não achou graça nenhuma nessa história: a senhorita pegue suas ervilhas e suma daqui, sua folga já começou hoje ao meio-dia", disse Leontine. E acrescentou com um suspiro: "E olhe que ele sempre me quer lá o maior tempo possível."

"Isso surpreende você? Não ouvi o que ele disse a seu respeito para a enfermeira-chefe, ainda há pouco: uma metidona que nem parece mulher, vestindo a pele de cordeiro de uma donzela." Helene se viu pensando em uma mulher de chapéu e bigode, envolta pela lã macia de uma ovelhinha. Ou será que deveria imaginar uma ovelha de bigodes e chapéu?

"Ele gosta de você, mas está cada vez com mais medo."

"Medo?" Leontine fez um gesto como se jogasse algo fora. "O senhor médico-chefe e caro professor não sabe o que é o medo. E como deveria saber? Sou apenas uma enfermeira, nada mais do que isso."

As meninas debulharam as ervilhas.

O silêncio entre elas foi longo. "E se você resolver ir embora?", perguntou Martha, preparada para tudo.

Helene não quis ver de jeito nenhum o rosto sério da irmã naquele momento, e imaginou que ela fosse invisível.

Leontine não reagiu.

"Para Dresden, quero dizer. Estudar na universidade. É o que todos dizem."

"De jeito nenhum", hesitou Leontine. "Só se você também for."

"Isso é burrice, Leontine, pura burrice", disse Martha de forma triste, mas se fazendo de durona. "Você sabe que não posso."

"Está vendo", disse Leontine, "eu também não".

Nesse instante, Martha pôs a mão na nuca da amiga, puxou-a para junto de si e a beijou nos lábios.

Helene quase perdeu o fôlego, e mais que depressa se virou para o outro lado. É certo que havia algo a fazer, tinha de procurar algo na estante alta, talvez tirar uma pilha de papel do escaninho e colocá-la sobre a mesa. A imagem de Martha puxando Leontine, que fez um biquinho com os lábios, pareceu ficar gravada em fogo em sua retina. Talvez tivesse se enganado. Cautelosa, arriscou um olhar de esguelha. Leontine e Martha estavam inclinadas sobre o cesto com as vagens, e era como se não tivesse existido um beijo.

"E se você a levasse? Ela poderia ir para o colégio das irmãs, em Dresden..." Agora Leontine falava baixinho, e seu olhar se fixava em Helene. A menina fez de conta que não ouviu nada, e que não tinha percebido que falavam dela. De rabo de olho, viu Martha abanar a cabeça. O silêncio que sobreveio foi demorado. Helene sentiu que sua presença atrapalhava a continuação da conversa. Num primeiro momento, quis deixar as duas sozinhas e sair, mas acabou simplesmente ficando onde estava. Não conseguia mover seus pés, debulhava as ervilhas, tirando-as da vagem, e sentia vergonha. Não queria que Leontine as deixasse, não queria que Martha e Leontine ficassem caladas por sua causa, também não queria que Martha e Leontine se beijassem.

À noite, na cama, Helene virou as costas para a irmã. Se Martha quisesse, podia coçar ela mesma suas costas. Helene não queria chorar. Respirava fundo, sua visão estava cada vez mais turva, as narinas, menores e mais estreitas. Estava ficando cada vez mais difícil respirar.

Helene não queria contar sardas nem tatear a barriga de Martha debaixo de coberta alguma. Pensou no beijo.

E enquanto imaginava que ela mesma estava beijando Leontine, sabendo que só Martha a beijaria, não conseguiu mais conter as lágrimas.

A MÃE PEDIU a Helene que administrasse a gráfica de tal modo que pudessem sair do vermelho. Isso se tornava mais fácil a cada dia que passava. Um lucro registrado há pouco equilibrara, facilmente, as perdas do início do ano, que em comparação com o referido lucro pareciam bem pequenas. A mãe não entendia muito bem o que isso significava. Apenas ficava admirada ao ver como era raro a menina ligar uma das máquinas.

Para não desperdiçar papel inutilmente, Helene inventou tabelas de cálculo bem simples. Supunha que as pessoas poderiam precisar muito delas naqueles tempos em que tudo era inflacionado.

Só de ver uma tabela dessas, ficava feliz. Como os números estavam bem enfileirados! Valeu a pena dar mais espaço ao oito, e além disso, a margem ficou tão limpa!

Quando a demissão do tipógrafo passou a ser comentada na cidade, a mulher do padeiro Hantusch não tardou a pôr sobre o balcão, diante do qual Helene estava esperando, um pão incomumente pequeno e que passara tempo demais ao forno.

A menina disse que preferia um dos pães maiores e mais brancos que ainda estavam na prateleira. Mas a mulher do padeiro, que ainda há poucos anos lhe dava pequenos pedaços de bolo de graça, abanou a cabeça sem pescoço determinada. O vinco profundo que separava seu peito da cabeça não se moveu um milímetro sequer quando ela fez aquele gesto. Helene deveria estar feliz pelo fato de ainda poder comprar o que quer que fosse. Então pegou o pão, disposta a ir embora.

"Coitadinha da criança", disse a mulher do padeiro bufando. Suas pálpebras pesadas lhe cobriram os olhos, suas palavras revelavam compaixão, mas ao mesmo tempo soavam indignadas e ofendidas. "Agora está operando aquelas máquinas pesadas. Uma menina lidando com máquinas", acrescentou ela, abanando a cabeça com ar penalizado.

Helene ficou parada à soleira da porta. "O manuseio não é difícil", disse, e se sentiu como se estivesse mentindo. "As minhas tabelas de preço ficaram bem bonitas. Se quiser, trago uma para a senhora na segunda-feira, e poderíamos fazer uma troca. A senhora recebe uma tabela de preços, e eu, quatro fatias de pão."

"Não estou interessada", disse a mulher do padeiro.

"Três?"

"Essa história de meninas fazendo o trabalho de homens é uma coisa que não podemos apoiar. Sua mãe tem posses. Por que ela demitiu o tipógrafo?"

"Não se preocupe, em setembro vou começar a fazer o curso de enfermagem. Não temos mais nada. A única coisa que tínhamos era dinheiro. E o dinheiro não tem mais nenhum valor."

A mulher franziu as sobrancelhas, revelando suas dúvidas. Naquela época, todos desconfiavam que o vizinho era mais abastado que eles mesmos. Helene se lembrou de que, no princípio do ano, querendo dar uma alegria à mãe, entrou no quarto dela e tirou os lençóis para lavá-los. Ao erguer o colchão, para fazer a cama com um lençol limpo, viu o dinheiro, um montão de cédulas lá debaixo. As cédulas dos mais diversos valores estavam presas, em maços, entre as penas, unidas por clipes de escritório. Os números impressos sobre as cédulas eram pequenos, ridiculamente pequenos. Quando Helene, assustada com a descoberta involuntária, voltou a pôr o lençol velho sobre o colchão, a voz da mãe soou às suas costas.

"Sua vigarista! Quanto você já me roubou, hein, quanto?"

Helene se virou e viu que a mãe mal conseguia continuar se segurando no batente da porta de tanta raiva. Tragava sua cigarrilha como se buscasse a verdade.

"Há anos que venho me perguntando: Selma, quem está roubando você, e debaixo dos seus olhos?" Sua voz soava baixa e ameaçadora. "E sempre respondia a mim mesma que não podia ser a minha filha, ela não."

"Queria apenas trocar a roupa de cama, mamãe."

"Que desculpa, hein, que bela desculpa!" Com essas palavras, Selma se precipitou sobre Helene e, com ambas as mãos, apertou o seu pescoço com tanta força que, para conseguir respirar, a menina tentou empurrar a mãe para bem longe. Chegou a a beliscar seus braços, mas a mãe não afrouxou as mãos.

Helene quis gritar, mas não pôde. Só quando passos soaram na escadaria e Mariechen pigarreou de maneira bem audível é que Selma a largou.

Desde então, Helene não pusera mais os pés no quarto da mãe. Pensava no susto que levou ao ver as cédulas, e ainda se perguntava como a mãe conseguira, mesmo com a contabilidade rigorosa, juntar aquele dinheiro. Dinheiro que, tinha certeza, já agora, poucos meses depois, devia ter perdido quase todo seu valor. Dinheiro que, se tivesse sido gasto a tempo, por certo daria para comprar uma casa ou talvez pagar todo o curso de uma faculdade.

Helene olhou para a mulher do padeiro Hantusch. Sem dúvida o aborrecimento dela advinha de sua própria situação.

"Na semana passada, recebemos um papel especialmente resistente, com alto percentual de cera", comentou Helene, sorrindo de modo tão amistoso quanto possível. "Ele é muito resistente à umidade e seria o mais indicado para o seu negócio."

"Obrigada, Lenchen, muito obrigada. Mas vou continuar dizendo em voz alta o preço do pão aos meus clientes todos os dias", retrucou a mulher do padeiro, apontando para a própria boca com o indicador gorducho. "Aqui é isso que conta. Papel seria apenas desperdício."

Em uma noite do final de novembro, Ernst Ludwig Würsich, sem qualquer aviso prévio, fez seu enfermeiro, que o puxara num carrinho de mão nos últimos quilômetros até Bautzen, bater à porta de sua casa. Mariechen foi abrir com medo, já que era bem tarde. Mal o reconheceu, mas mesmo assim o deixou entrar junto com o enfermeiro, convidando-os a ir até a sala depois de algumas explicações. Sua mulher se encontrava em estado de crepúsculo anímico. Só o penico era colocado diante da porta a cada par de horas, e na maior parte das vezes, Mariechen o esvaziava. A criada deixava também uma bandejinha com as refeições três vezes ao dia em frente à porta. Selma ficava deitada na cama, e há semanas conseguia evitar que qualquer das filhas ou Mariechen entrassem em seu quarto.

O pai foi levado à sala e ali o ajudaram a sentar em um sofá. Olhou ao seu redor e perguntou: "Minha mulher, minha mulher não mora aqui?"

"Mas é claro", respondeu Mariechen, rindo aliviada. "A madame está se arrumando. O senhor gostaria de tomar um chá?"

"Não, gostaria apenas de esperar por ela", respondeu Ernst Ludwig Würsich, falando mais devagar a cada palavra.

"Como o senhor está?" A voz de Mariechen soava mais alta que de costume, clara como um sino; ela devia estar querendo compensar a espera pela dona da casa, ou quem sabe até fazer com que essa espera fosse esquecida.

"Como estou?", perguntou o pai, fitando o vazio com o olho que lhe havia restado. "Ora, na maior parte das vezes me sinto como aquele que minha mulher vê em mim." Reprimiu um gemido. Parecia que estava sorrindo.

Ainda que Mariechen quisesse contar logo a novidade à dona da casa, esta parecia estar se recusando a aparecer. Helene esquentou a sopa do meio-dia e

Martha deu de comer ao enfermeiro, que logo em seguida poderia ser dispensado. Ernst Ludwig Würsich tinha tantas dificuldades ao falar quanto em se levantar. Passou as primeiras horas encolhido no sofá grande em que estava. As filhas ficaram sentadas com ele. Esforçavam-se para não dar muita atenção à perna que estava faltando. Só que olhar para o rosto dele também era difícil, era como se o olhar deslizasse do olho aberto ao globo ocular cicatrizado e fechado, incessantemente. O olhar simplesmente escorregava. O deslizar logo se transformou em resvalar. As meninas procuravam um lugar onde pudessem se segurar. Não conseguiam ficar fitando apenas o olho solitário. Indagaram sobre os anos em que ele esteve ausente. Só perguntavam generalidades, inclusive para evitar a necessidade de se dirigir a ele de forma direta, mas queriam saber de vitórias e derrotas. Ernst Ludwig Würsich não sabia responder a nenhuma daquelas perguntas. Quando sua boca se contorcia, parecia estar sentindo dores imensas, e mesmo assim tentava sorrir. Um sorriso disposto a consolar aquelas mocinhas em que suas filhas haviam se transformado. A língua lhe grudava na boca, a dor a deixava grossa.

Helene bateu à porta da mãe e em seguida a abriu sem dar atenção aos livros, roupas e tecidos empilhados atrás dela.

"Papai voltou", sussurrou Helene no escuro.

"Quem?"

"Papai, seu marido."

"É tarde da noite, já estou dormindo."

Helene ficou em silêncio. Talvez a mãe não tivesse entendido suas palavras. A menina estava de pé, à soleira da porta, e não queria ir embora assim.

"Pode ir. Vou descer assim que estiver me sentindo melhor."

Helene hesitou. Não conseguia acreditar que a mãe quisesse ficar no quarto. Mas então a ouviu se virar na cama e puxar as cobertas sobre o corpo.

Em silêncio, Helene se retirou e fechou a porta.

Pelo visto, a mãe não se sentiu melhor nos dias seguintes. E, assim, o dono da casa ferido foi carregado até o andar superior, passando pela porta do quarto dela, e depois puseram-no deitado do lado direito da antiga cama de casal. Em poucos dias, a alcova do casal totalmente empoeirada foi transformada em um quarto de doente. Seguindo as ordens de Martha, Helene ajudou Mariechen a carregar um lavatório para cima. Durante a viagem dificultosa, o coto de perna havia inflamado de novo. Além disso, ele agora tinha febres leves e todas aquelas dores que lhe anestesiavam os outros sentidos e que, pela primeira vez, não sentia na perna que estava faltando.

Por amor ao pai, Martha ordenou que o deixassem em uma embriaguez bem dosada, que deveria durar o tempo necessário para ela poder desviar morfina e cocaína em quantidade suficiente do hospital municipal. Há um bom tempo, Martha trabalhava com Leontine na sala de operações; sabia em que momentos as substâncias poderiam ser desviadas sem que desconfiassem. Embora a enfermeira-chefe guardasse a única chave do armarinho das drogas, havia determinadas situações em que ela tinha de confiar a chave a Leontine. E quem haveria de medir, mais tarde, quantos miligramas este ou aquele paciente havia recebido?

NA MANHÃ SEGUINTE, a criada costurou um novo pijama para o pai das meninas. A janela estava aberta e do lado de fora ouvia-se o som das gralhas pousadas nos olmos ainda jovens. Mariechen havia colocado os cobertores das crianças no parapeito da janela para arejá-los. À noite, as camas cheiravam a lenha e carvão. Helene descera até a gráfica e estava sentada já há um bom tempo diante do livro grosso das contas mensais quando a campainha soou.

À porta, viu parado um homem em trajes finos, ligeiramente inclinado para a frente. O braço esquerdo lhe faltava; com o direito, apoiava-se em uma bengala. Helene o conhecia de vista, ele tinha sido convidado da casa algumas vezes, no passado.

"Grumbach", anunciou-se. Pigarreou. Disse ter ouvido que seu velho amigo, o mestre gráfico e editor de seus primeiros versos, havia voltado para casa. Mais uma pigarreada. Disse que não se viam há seis anos, e que ele não podia deixar de aproveitar a oportunidade de lhe fazer uma breve visita. Aparentemente, o pigarreio úmido se devia menos ao embaraço que a uma efetiva necessidade. Grumbach não quis se sentar.

"Faz tempo que não nos vemos." Helene o ouviu dizer. Ela não conseguia tirar os olhos do sr. Grumbach, pois temia que ele chegasse muito perto do pai com suas pigarreadas. O sr. Würsich o olhava, movendo os lábios.

"Talvez amanhã ele esteja melhor", sugeriu o visitante, parecendo ter a dúvida ele mesmo; não olhava nem para Helene nem para a criada. Retirou-se, sempre pigarreando.

Contrariando a expectativa de ambas, o visitante voltou a tocar a campainha no dia seguinte.

Seus olhos se iluminaram quando viu Martha. Ela não fora ao hospital naquele dia. Já na porta, ele permitiu que lhe pegassem o guarda-sol, mas dispensou com cortesia a xícara de chá que Helene lhe ofereceu.

No dia seguinte a esse, aceitou a xícara de chá; e desse dia em diante passou a fazer a visita diariamente. Não era preciso convidá-lo. Ele tomava o chá em grandes goles, esvaziava uma xícara após outra, e mastigava os torrões de açúcar-cande fazendo barulho. No decorrer de uma única visita era preciso voltar a encher a bandeja. O visitante tinha apenas um braço. Com o polegar de que ainda dispunha, apontou para as próprias costas. Voltara da guerra com um estilhaço no corpo, que o obrigava a se curvar para a frente e a usar bengala. Evitou dizer a palavra corcunda, mas estava feliz por ter melhorado seu humor. E pigarreou. Helene se perguntava se o estilhaço nas costas teria sido capaz de ferir os pulmões, e se era por isso que ele não parava de pigarrear. Alegremente, o sr. Grumbach prosseguiu dizendo que, durante os últimos meses, tinha escrito tantos poemas que agora poderiam preparar juntos uma edição de suas obras em sete volumes. Ele parecia não querer se dar conta de que seu velho e bom amigo não conseguia responder — depois da última injeção de sua bela filha, a saliva necessária para qualquer palavra parecia estar lhe faltando.

Ainda que Martha tivesse mandado Helene descer para ajudar Mariechen a descaroçar e cozinhar as ameixas para preparar as conservas, a menina ficou ali sentada. O cheiro delicioso das ameixas subia até o teto, entrava por cada fresta e se aninhava nos cabelos de Helene. Ela se recostou à cadeira. Jamais deixaria aquele visitante sozinho com seu pai e Martha.

"Como é bom termos enfim tempo para bater um papo", disse Grumbach, que, por certo, apreciava o silêncio habitual de seu amigo.

Helene contemplou a bengala de passeio, cujo cabo de marfim entalhado com graça contrastava estranhamente com as três plaquetas que ele havia prendido à bengala com parafusos. Uma delas era colorida, outra era dourada, e a terceira, prateada, e todas continham inscrições que Helene não conseguia decifrar à distância. Na parte de baixo da bengala, dava para perceber nitidamente que ela tinha sido encurtada pelo menos uma vez na ponteira metálica. Provavelmente Grumbach já a possuía há vários anos, mas não pôde mais usá-la em seu tamanho original depois do fim da guerra.

O visitante não perdia Martha de vista. Ela agora se esticava para abrir a janela superior.

"Você ainda se lembra de mim, do velho tio Gustav? Gusti?", perguntou ele dirigindo-se a Martha. E por certo se alegrou com o sorriso generoso da moça, que parecia expressar tanto o fato de tê-lo reconhecido quanto a alegria do reencontro.

Grumbach ocupou seu lugar na poltrona *bergère*, ao lado da cama do amigo, mas só conseguia se sentar curvando o corpo para a frente. Sua presença ali era sempre acompanhada do pigarrear incessante e do ruído da boca chupando os torrões de açúcar. Um torrão daqueles exigia dentes corajosos, mas desde que quebrou o terceiro molar, Grumbach preferia se limitar a chupá-los.

"Tio Gustav...", sussurrou Helene para a irmã assim que teve uma oportunidade, e esta não se conteve e deu uma risadinha. A tentativa de estabelecer uma intimidade e a escolha da palavra "tio" para facilitá-la pareciam a Helene tão grosseiras e descabidas que, apesar da debilidade visível do tio Gustav, ela sentia vontade de dar uma gargalhada. O ruído que ele fazia ao chupar os torrões com a boca entreaberta interrompia o silêncio de vez em quando. Helene não podia perdê-lo de vista. Via seu olhar passear pela figura de Martha, como se o fato de estar ali de visita também lhe desse um certo direito de observar o que quisesse sem a necessidade de se reprimir. Ele olhava os cabelos sedosos presos para cima, o longo pescoço branco, a cintura fina, e sobretudo o que havia em sua parte baixa. Tudo isso, ao que parecia, fazia o tio Gustav estufar o peito de orgulho e felicidade. Se ainda há poucos dias não lhe era permitido observar Martha de longe que fosse, agora sentia-se enfim adequadamente próximo dela. Como a maior parte dos homens que morava nas cercanias da gráfica, ele também acompanhara o crescimento da moça com aquela mistura estranha de surpresa e cobiça tão difícil de ser reprimida. Grumbach ficava atento aos outros galãs, cuidando para que mantivessem a distância recomendada nesses casos e, de modo igualmente cuidadoso, fazia com que eles se dedicassem a ficar de olho nele também. A volta do velho amigo e o reencontro com ele não o deixou menos contente do que a oportunidade, vinculada a essa volta e a esse reencontro, de poder freqüentar a casa e aproveitar a companhia de suas filhas. Quando o visitante observava Martha limpando cuidadosamente a seringa e a agulha, de costas para ele, e às voltas com panos e essências miraculosas no lavatório, como agora, podia-se notar uma leve inclinação da bengala e da mão que descansava sobre ela. Como se por mero acaso, ambas se deslocavam alguns centímetros para o lado, para que quando Martha se virasse ele pudesse sentir com o dorso da mão o tecido áspero do avental que ela usava. A cintura fina e o que havia abaixo dela. Martha parecia não perceber o toque — por certo as dobras do vestido e do avental eram grossas demais para tanto —, e repetidas vezes se virava e depois voltava-se de novo para o lavatório. O visitante desfrutava daquelas carícias no dorso da mão com a alegria de um ladrão bem-sucedido.

Helene observava tio Gustav; via-o levantar o nariz e farejar. Com certeza não lhe escapava nada. Ele sentia o cheiro do café no ar, e enquanto as carícias involuntárias de Martha o excitavam, talvez se perguntasse se devia ou não pedir a Helene que lhe trouxesse uma xícara. Sentia prazer em pedir às duas filhas de seu amigo que lhe trouxessem coisas. Ainda que Martha o tivesse advertido a não fumar na presença de seu pai, ele lhe pedira um cinzeiro para seu cachimbo, depois uma taça de vinho, e mais tarde não recusou o mingau de aveia que Helene preparara para o pai, e que este mal provara.

Grumbach queria saber que cheiro bom era aquele, todos os dias, quando entrava na casa, sempre na hora do almoço, como que por acaso. Creme de ruibarbo, sopa de feijões e cominho, purê de batatas com noz-moscada. Grumbach afirmava que não possuía mais relógio desde a guerra e, vivendo assim, sem mulher e sem filhos, todo mundo perdia a noção de tempo. O que tornava ainda mais surpreendente o fato de o visitante bater à porta da casa sempre ao meio-dia.

Depois que Martha e Helene já lhe haviam oferecido de tudo um pouco, na esperança de que ele então se mostrasse satisfeito e desaparecesse, Grumbach continuava sentado onde estava, balançando o tronco, alegremente, e assumindo uma posição confortável. Soltava o braço de madeira e o entregava a Helene, como se fosse a coisa mais natural do mundo, para que ela o apoiasse em um canto qualquer.

"É maravilhoso como tudo cresce e prospera", disse o visitante, com os olhos pregados às costas de Martha. Quando, ao arrumar a cama do pai, ela se inclinava um pouco mais para prender o lençol, e seu avental se abria um pouco na parte de trás, deixando entrever o vestido, o homem achava que ela se abaixava apenas por sua causa.

"Tudo caindo aos pedaços", dizia o pai de Helene, piscando o olho.

"O que está caindo aos pedaços, papai?", perguntou Martha. Mais uma vez estava de pé junto ao lavatório, e o visitante, sentado na *bergère*, deixou o dorso da mão ser acariciado pelo avental da moça.

"A casa! Olhem só para a pintura, está se soltando por todo lado, em tiras bem grandes."

E, de fato, nos anos de sua ausência, pouca coisa havia sido feita em casa. Ninguém se preocupava com a pintura, que se enrugava no teto e se soltava das paredes como pele velha.

O fato de seu amigo e pai das moças se admirar com a situação da casa não incomodava Grumbach em seu gozo silencioso. O toque das roupas de Martha lhe parecia demasiado doce. Só quando Helene se levantou é que Martha se virou para eles. Sua face levemente corada fazia os olhos dele brilhar, suas covinhas finas o deixavam enlouquecido. A inocência que o visitante podia supor nos olhos dela se abrindo de repente talvez o fizesse sentir vergonha. Pelo menos era o que Helene esperava.

"Posso ajudá-lo?", perguntou Helene, cravando os olhos no visitante, que gostava de ser chamado de tio Gustav.

Martha abanou a cabeça. Helene abriu caminho entre a irmã e o visitante e se ajoelhou à cabeceira da cama.

"O senhor está acordado?", sussurrou. Desde a volta do pai, ela só conseguia chamá-lo de senhor. Faltavam ao homem a voz e a atenção para afastar a estranheza que se instalara entre eles.

"Papai, sou eu, sua filha mais nova. Seu docinho."

Pegou a mão do pai entre as suas e a beijou. "Com certeza o senhor se pergunta o que fizemos durante sua ausência." A voz dela soava suplicante. Não saberia dizer se o pai ouvia o que estava dizendo. "Fomos à escola. Martha me ensinou algumas peças musicais, monotonia, depois *O cravo bem temperado*, papai. Acho que não tenho paciência pra tocar piano. Acompanhamos Arthur Cohen com sua bagagem, há uns bons três anos, até a estação ferroviária. Martha lhe contou sobre isso. Imagine que Arthur não pôde ir à guerra. Não quiseram aceitá-lo."

"Judeu", disse Grumbach, interrompendo os sussurros de Helene. Recostou-se ao espaldar da *bergère* e acrescentou, com um estalar de língua cheio de desprezo: "Quem haveria de aceitar um desses?"

Helene se virou para ele apenas parcialmente, o suficiente para perceber o dorso da mão do homem no vestido de Martha, e fechou os olhos. O visitante suspirou, mas não tirou a mão do avental de Martha. Isso devia lhe parecer a recompensa adequada por seu silêncio. Helene se voltou para o pai mais uma vez, beijou a palma de sua mão, o dedo indicador, cada um dos dedos individualmente, e prosseguiu.

"Quando Arthur se apresentou, disseram que sem comprovação de residência em Bautzen não podiam aceitá-lo, nem manejá-lo para nenhum regimento. Arthur protestou até que o examinaram e lhe disseram que ele não poderia ser aproveitado na guerra porque era raquítico. O que lhe restava a fazer era viajar para Heidelberg assim que tivesse conseguido juntar as recomendações e o dinheiro suficientes. Na dúvida, um médico jovem poderia ser mais aproveitado do que um soldado raquítico."

O pai pigarreou e Helene prosseguiu.

"O senhor se lembra dele? Arthur Cohen, o sobrinho do barbeiro. Ele freqüentou a escola em Bautzen. Foi seu tio quem pagou. Era um bom aluno."

O pai agora tossia mais alto e Martha ergueu os olhos de sua atividade junto ao lavatório, para lançar um olhar severo a Helene, um olhar que revelava o medo de que a irmã dissesse ao pai que ela conhecia Arthur Cohen. Nem o pai nem o visitante nem ninguém deveria saber dos passeios que eles faziam às margens do Spree.

"Agora Arthur está estudando em Heidelberg", disse Helene e fez uma pausa; respirou fundo, não era fácil dizer as palavras Heidelberg e aquela que explicava o que ele fazia por lá: botânica. "Isso mesmo, ele estuda botânica em Heidelberg. E nos mandou uma carta, dizendo que na universidade há mulheres que estudam medicina."

O pai agora tossia tão alto que as palavras de Helene não eram mais ouvidas, ainda que ela tivesse se esforçado para levantar a voz. O que mais poderia dizer ao pai a respeito de Heidelberg e da faculdade? O que o deixaria entusiasmado? Hesitou, mas no instante seguinte o pai vomitou ao tossir. Helene recuou bruscamente, e, com o movimento, arrancou a bengala das mãos do visitante. Se não tivesse se segurado no vestido de Martha, e em seguida se afastado dos joelhos do visitante sentado atrás dela, por certo teria tropeçado e caído de costas sobre ele. Como ele estava sentado com o tronco inclinado para a frente, com certeza ela cairia sobre sua cabeça e seus ombros.

Acabou caindo no chão. Seu olhar passeou pelas várias plaquetas metálicas que ornamentavam a bengala do visitante. Weimar. Kassel. Bad Wildungen. Helene se levantou e lhe devolveu a bengala.

O visitante abanou a cabeça. Levantou-se, pegou seu braço de madeira em cima da cama e ficou de pé ao lado de Martha. Sussurrou ao seu ouvido, mas tão alto que Helene pôde ouvir tudo: "Vou pedir a sua mão em casamento."

"Não, o senhor não vai fazer isso", disse Martha, com uma voz que revelava mais desprezo que medo.

"Vou sim", insistiu ele. Em seguida, desceu a escada às pressas e saiu da casa.

As irmãs limparam o pai. Martha ensinou a Helene como trocar as compressas no coto da perna, e lhe disse quais as quantidades de ópio a serem injetadas. Era preciso tomar muito cuidado agora, pois a última dose fora administrada há bem pouco tempo. Sob os olhos atentos da irmã mais velha,

Helene aplicou no pai sua primeira injeção. Gostou de ver um sorriso no rosto dele, um sorriso que sem dúvida alguma era dedicado a ela.

Já no dia seguinte, à hora do almoço, Grumbach voltou a bater à porta do amigo. Mariechen abriu. Havia nevado a noite toda sobre as montanhas do Lausitz, e por isso, ao abrir a porta, Mariechen ficou ofuscada pela luz da rua e piscou os olhos. Os flocos de neve enfeitavam os cabelos do visitante, que parecia estar usando seu melhor terno. Na mão, além da bengala, segurava um pequeno cesto cheio de nozes; essas também cobertas de neve.

"Ah, sempre que venho a esta casa sinto esse cheiro maravilhoso", disse o visitante que não havia sido convidado. Batia os pés para tirar a neve dos sapatos. Mariechen ficou parada à porta, indecisa, sem saber até onde poderia deixá-lo entrar. O olhar de Grumbach invadiu o recinto pela porta aberta, passeou pela sala e finalmente se deteve na mesa, onde havia três pratos cheios. O visitante forçou passagem para entrar na casa, deixando Mariechen de lado. O cheiro era de beterrabas. Os pratos fumegavam e ainda ostentavam colheres de sopa, como se seus donos tivessem se levantado às pressas para deixar a mesa. As cadeiras vazias estavam um pouco afastadas. Enquanto lutava para se livrar das botas, curioso, Grumbach se permitiu lançar um segundo olhar para a sala de jantar. Mariechen baixou os olhos, pois dava para ouvir no andar de cima um barulho de coisas se chocando. De repente, a voz de Selma Würsich pôde ser ouvida com nitidez.

"Seu pai precisa de cuidados?", indagou, soltando uma gargalhada seca e sarcástica. "Você ao menos sabe o que significa cuidar de alguém? Você faz de conta que é a boazinha e não traz nem um copo de água para sua mãe." Mais uma vez ouviu-se o ruído de algo sendo jogado. "Sua mãe! Está ouvindo? Espere só, um dia você vai ter que cuidar de mim. Vai ver só. De mim, está ouvindo? Até que eu morra. Vai catar minha sujeira com as mãos."

A gargalhada seca foi diminuindo até se transformar em um soluço.

"Vamos ver se está tudo bem", disse o visitante, subindo a escada decidido, na frente de Mariechen.

Justamente quando chegou ao último degrau, uma bota foi atirada contra a parede passando bem rente a seu rosto. Helene havia se abaixado, e a mãe já pegava a segunda bota e a atirava com toda força na direção da menina.

"Maldita arteira, sua parasita, ainda vai acabar me matando!"

Helene levou as mãos à cabeça para se proteger.

"Não, não vou lhe fazer esse favor." A resposta de Helene foi baixa mas clara.

Ninguém parecia querer perceber a chegada do visitante. Ele não acreditava no que seus olhos estavam vendo. Se Mariechen não o tivesse seguido de perto escada acima e agora não estivesse parada atrás dele, bloqueando sua passagem, ele teria dado meia-volta e tratado de sumir daquela casa sem ser notado. A sra. Selma Würsich estava parada ali com uma camisola cujo decote revelava bem mais de seus seios do que ela certamente pretendia. Margaridas bordadas se enovelavam ao longo da renda. Mas o cabelo solto e esvoaçante caía em ondas pelos seus ombros nus como se estivesse vivo. Os fios prateados brilhavam. Seus seios também se mostravam, furtivos. Ao que tudo indica, não imaginava que receberiam visita, e não dava pela presença daquele homem nem mesmo agora que ele estava de pé, no penúltimo degrau, procurando uma saída para aquela situação constrangedora.

"Você é atrevida, totalmente pervertida!"

"E quem foi que me educou assim, mamãe?"

"E fico alimentando uma coisa dessas dentro da minha própria casa." A mãe ofegava. "Não tem vergonha na cara?"

"É Martha quem nos alimenta, mamãe, você ainda não percebeu isso?" A voz de Helene era de uma tranqüilidade desafiadora. "Eu talvez faça suas contas na gráfica, que ora estão no vermelho ora no lucro, mas é Martha quem nos alimenta. Que dinheiro você acha que usamos para pagar o mercado, aos sábados? O seu? Existe algo que possa ser chamado de seu dinheiro?"

"Ah, seu demônio, vá embora, dê o fora daqui agora!", esbravejou a mãe, arrancando um livro da estante e atirando-o na direção de Helene.

"O bom e velho arrependimento", disse Helene em voz baixa. "Por que me deu à luz, mamãe? Por quê? Por que não me mandou logo para junto dos anjos?"

Antes que o visitante pudesse se desviar, um livro atingiu o seu ombro.

"Responda, você não sabia como?"

Só agora Selma Würsich percebeu a presença do visitante. Lágrimas lhe brotaram dos olhos, e ela caiu de joelhos, implorando: "Ouviu isso, meu senhor? Ajude-me! E aquilo ali se diz minha filha." Ela soluçava sem parar.

"Desculpe, senhora", disse ele gaguejando. Indeciso, ficou parado na escada, apoiando-se com uma das mãos na bengala — Weimar, Kassel, Bad Wildungen, onde vocês estavam? — e, com a outra, trêmula, no corrimão.

"E aquilo ali se diz minha filha!", berrava agora Selma, querendo que a cidade, a humanidade inteira ficasse sabendo de seu infortúnio. "Sua alma queria vir até mim, foi ela que me escolheu."

Helene sequer se dignou a olhar o visitante; em voz baixa, murmurou que não se podia falar em querer ou não querer, nesse caso.

Levantou-se, ajeitou o cabelo e subiu a escada, indo ao encontro do pai, que estava deitado do lado direito da antiga cama de casal e com certeza precisava de sua ajuda e de seus cuidados. Antes mesmo que o visitante pudesse seguir a menina, pois, supunha, era lá que Martha estava, a mulher de seu velho amigo se arrastou até ficar em seu caminho. Agarrou sua perna com ambas as mãos. Ela gemia, choramingava. O visitante se virou procurando Mariechen com os olhos, mas esta havia desaparecido. Estava sozinho com a estranha.

Helene tentou abrir a porta, lá em cima, mas não conseguiu. Sentou-se então na escuridão do degrau mais alto e, por entre as hastes do corrimão, ficou espiando a cena lá embaixo, sem ser notada. Sua mãe se agarrava à perna de Grumbach e rastejava à sua volta; ao passo que ele tentava em vão se desvencilhar dela.

"O senhor viu isso?", perguntou ela, cravando as unhas nos tornozelos do visitante.

"Desculpe", repetiu ele, "ai, desculpe. Posso ajudá-la a se levantar?"

"Pelo menos um homem de coração nessa casa", observou Selma estendendo-lhe a mão e se levantando com dificuldade. Por fim, com os braços nus, apoiou-se nele e em sua bengala, fazendo-o cambalear, desequilibrado. O olhar de Grumbach pousou nos seios dela e de lá passeou até o bordado delicado das margaridas, voltando depois aos seios, sobre os quais ondulavam os cachos de um prateado escuro. Com dificuldade, ele conseguiu desviar os olhos, voltando-os para o chão.

Mal se pôs de pé, Selma Würsich fitou o corcunda à sua frente.

"Quem é o senhor?", perguntou admirada.

Ela afastou os cabelos do rosto, e continuava não dando a mínima atenção a seu decote generoso. Olhava desconfiada para o homem. "Eu o conheço? O que o senhor está fazendo em nossa casa?"

"Meu nome é Grumbach. Gustav Grumbach. Seu marido editou meus poemas. *À Graciosa.*" Grumbach pigarreou, tentava esboçar um sorriso confiante apesar do nervosismo.

"*À Graciosa?*" A mãe caiu numa gargalhada que ecoou pela casa inteira.

A mudança do choro desabrido à gargalhada trovejante foi tão repentina que o visitante deve ter sentido um frio na espinha, seu coração deve ter disparado, pelo menos não ousou olhar nos olhos da mulher. Aliás, não sabia para onde olhar, pois o decote da camisola e os seios minúsculos que ele revelava tampouco deviam lhe parecer um lugar adequado para pousar os olhos. Ele conhecia Selma Würsich de vista, há pouco mais de vinte anos. No passado, ela ficou algumas vezes atrás do balcão de madeira da gráfica, decerto chegaram a conversar, só que naquele instante não lhe ocorreu mais nada que pudesse dizer. Ao longo dos anos, ela havia se retirado do convívio da cidade. Todos acabaram por esquecê-la.

Desde que voltara de Verdun, Grumbach a vira uma única vez, de longe. Se é que havia sido ela de fato. Os moradores da cidade comentavam que devia haver algo de errado com ela. Gustav Grumbach deve ter se sentido bem aliviado por não ter encontrado aquela mulher estranha na casa dos Würsich desde o início.

"*À Graciosa?*", indagou Selma Würsich, dessa vez com ar sério. Ela fez a pergunta sem largar o ombro do visitante. "E quem é essa graciosa? Quem é ela, hein?" Enquanto falava, parecia procurar algo; apalpou sua anágua e olhou impaciente por sobre os ombros do visitante. "Cigarros?", ofereceu, pegando um maço que estava sobre a estante, ao alcance de sua mão.

"Não, obrigado."

Selma Würsich acendeu um dos cigarros finos e inspirou profundamente. "O senhor sabe quem é graciosa? Suponho que tenha alguém em especial no coração, não é mesmo? Deve conhecer o Daumer, não? Uma brisa dorida, ai, suave e querida. Sim, o poeta Georg Friedrich Daumer!" Ela tinha a voz rouca. "Ai do senhor!", prosseguiu em tom profundo e ameaçador. "Ai do senhor!", repetiu rindo, e aquele som doeu nos ouvidos de Helene, que teve de tapá-los com as mãos.

Selma Würsich tragou a fumaça do cigarro e, em seguida, soltou pequenas nuvens pelas narinas.

Grumbach teve de fazer o maior esforço para que as palavras saíssem: "Sim, claro."

"Isso com certeza é mais que uma afirmação", foi o que deduziu Helene ao notar a pressão que acompanhava os sons emitidos por Grumbach e seu olhar desnorteado.

"Se quer me dar seu coração, agarre-o...", principiou a mãe a cantar a trigésima sétima 'Aria di Giovanninni', mais uma vez num tom carregado de expressão.

"...secretamente. Que ninguém seja capaz de adivinhar nossos pensamentos."

"É claro, isso também", apressou-se em dizer o visitante, que parecia não conseguir mostrar alegria de verdade com o ponto de vista em comum.

"Mas será que o senhor algum dia pensou na astúcia que está por trás desse juramento de amor? Não? Sim? Na polêmica? Pois vou lhe dizer; esse juramento o obriga a se calar para que ele seja dono da voz que traça o destino conjunto dos dois. E a voz já não é mais feliz. O senhor está me entendendo? É monstruosa, uma coisa assim. Por essa vergonha notória de suas palavras e pelo abandono de si mesmo ao infortúnio, é o leitor quem tem de chorar. Pelo menos a leitora", disse ela de modo já quase inaudível. Depois acrescentou, voltando a erguer a voz: "Mas o senhor não chora. O senhor quer triunfar. *À Graciosa!*"

Mais uma vez Helene ouviu a gargalhada maldosa da mãe, cujo abismo mal poderia ser compreendido por um visitante como aquele. "E esse Heine não deveria ser lido pelo senhor. Ouviu? O senhor o trai antes mesmo de chegar perto dele. O quê? Então o senhor o lê mesmo assim? Não tem juízo?"

"Não deveria?"

"Não pelo senhor. E o senhor faz logo um volume inteiro para expressar sua incompreensão. *À Graciosa*. O senhor está me ouvindo? Assim não é possível. Isso não é simplesmente ruim, é péssimo, péssimo."

"Perdão, minha senhora", disse o visitante, gaguejando.

A mãe de Helene, no entanto, parecia ter lá suas dificuldades com o perdão.

"A misericórdia não existe entre as pessoas. Não somos responsáveis por ela."

"Perdão, senhora. Talvez tenha razão, e eu não tenha feito mais do que gastar tinta em vão. Mas esqueçamos esse assunto, minha cara senhora Würsich. Não vale mais a pena falar disso."

"Gastar tinta em vão? Escute aqui, sr. Grumbach, gaste quanta tinta quiser, mas poupe seus semelhantes de suas coisas e de suas penas. A verdadeira misericórdia o senhor pode encontrar apenas no seu Deus." A mãe de Helene conseguiu se conter depois das últimas palavras; falava com voz clara e severa.

"Se fosse inteligente", pensou Helene, "Grumbach iria embora agora, de preferência sem abrir a boca." Mas parecia não ser uma de suas qualidades deixar que outra pessoa ficasse com a última palavra.

"Gostaria de lhe pedir encarecidamente...", recomeçou Grumbach.

"*À Graciosa!*" E mais uma vez Helene ouviu a gargalhada da mãe, cujo abismo um visitante como aquele não era capaz nem de imaginar, o que dirá de mensurar; o que era bom.

Selma estendeu o resto de seu cigarro ao visitante.

"E agora, meu senhor, leve isso aqui para mim até a porta. O senhor queria me pedir alguma coisa? Mendigar, vender e fazer música, o senhor já sabe... mas me desculpe."

De cima, da segurança de seu cantinho escuro, Helene viu o visitante assentir. Ele pegou a guimba do cigarro, que devia estar queimando seus dedos, de tão curta que estava. Mesmo depois que a mãe já havia desaparecido em sua alcova, fechando a porta atrás de si e tossindo, o visitante continuava assentindo. Desceu a escada com cautela, com a bengala e a guimba de cigarro em uma das mãos. Ainda assentia quando chegou à porta de entrada, lá embaixo, e continuou assentindo quando pisou na Tuchmacherstrasse. A porta se fechou.

Helene se levantou e quis abrir a porta do quarto de seu pai. Bateu nela várias vezes e nada.

"Deixe-me entrar, sou eu."

Primeiro ficou tudo em silêncio atrás da porta, mas em seguida Helene ouviu os passos leves da irmã.

"Por que não abriu?"

"Não queria que ele a ouvisse."

"Por que não?"

"Ele a esqueceu. Você já percebeu que nas últimas semanas não perguntou mais por ela? Eu não seria capaz de dizer a ele que ela vive no andar de baixo e simplesmente não quer vê-lo."

Martha pegou Helene pela mão e a levou até a cama do pai.

"Veja como ele parece livre e aliviado", observou Helene.

Martha permaneceu calada.

"Não acha que ele está parecendo livre e aliviado?"

Martha não respondeu, e Helene pensou que ele devia estar feliz em ter uma filha que não apenas cuidava dele como uma enfermeira sempre a postos, zelando diariamente pelo coto inflamado de sua perna perdida, mas que também lhe injetava um remédio contra a dor, e além disso dia a dia se esforçava para convencer a si mesma e ao próprio pai de que ele não havia contraído tifo. O sr. Würsich não conseguia mais reter nenhum líquido, mas isso tinha uma série de explicações que Martha se apressou em invocar, e que Helene lia em livros de medicina, supostamente para se preparar para a vida de enfermeira, mas na verdade para não perder completamente de vista o desejo de estudar em uma faculdade.

Helene foi sentar na cadeira e, enquanto Martha se preparava para lavar o pé amarelo do pai, pegou o livro mais alto da pilha ao seu lado. Erguia os olhos apenas de vez em quando. E comentou que a febre que aumentava paulatinamente podia, sim, ser um dos efeitos do tifo, um tifo que se desenvolvera tardiamente.

Martha nada disse em resposta. Percebera que o estado do pai piorara significativamente após a volta. Mas se limitou a dizer: "Você não entende nada disso."

Nas semanas que haviam passado, Martha ensinara a Helene cada uma de suas habilidades. Alternadamente, apalpavam o corpo do pai. E ele ficava deitado ali, completamente indefeso; pelo menos era essa a impressão que dava a Helene. Não lhe restava outra coisa a não ser tolerar as mãos das filhas no seu corpo. Não eram carícias motivadas pelo amor, elas faziam pressão como se tentassem descobrir algo, e como se isso fosse possível apenas assim. Martha explicou a Helene onde ficava cada um dos órgãos, ainda que a menina já o soubesse há muito tempo. A irmã mais velha foi obrigada a admitir que o baço inchava mais e mais a cada dia, e por certo sabia o que isso significava.

Já havia um bom tempo, Martha não podia mais ir ao hospital de manhã. Ficava em casa para zelar pela vida do pai e torná-la mais fácil. Helene percebeu que, com o passar dos dias, Martha se coçava cada vez mais. Depois de cada visita à cama do pai, a moça coçava as mãos e os braços com cuidado, até os cotovelos. Usava uma escova de cabelos para esfregar as costas sem piedade.

Primeiro, pediu a Helene, com alguma hesitação — pouco depois já fazia aquilo como se fosse a coisa mais natural do mundo —, que carregasse os penicos cheios de líquidos para fora do quarto, os lavasse com água fervente e limpasse o termômetro para medir a febre. Helene lavava as mãos, esfregava os dedos, a palma e o dorso das mãos com a escovinha de unhas. Nada devia coçar, nada podia coçar. Água fria sobre os pulsos, sabão, muito sabão. Tinha de fazer muita espuma. Não coçava, mas ela tinha de se lavar. Escrupulosamente, registrava os dados na curva da temperatura. Martha a observava fazendo isso.

"Sabe o que significa a inchação do baço?", perguntou Helene. Martha não a olhou. A menina queria ajudar a irmã, queria pelo menos medir a pressão do pai, mas Martha a afastou da cama do enfermo.

Certo dia, à tardinha, Helene sentiu vir até ela um cheiro adocicado e subiu a escada. A podridão quase a impedia de respirar. Abriu a janela e o cheiro da folhagem úmida lhe chegou às narinas. Um dia fresco de outubro já estava terminando. O vento passava pelos olmos, e o olho do pai não queria mais se abrir; ele respirava com a boca aberta.

"Não sem ela." Martha estava de pé ao lado de Helene; procurou a mão da irmã, apertou-a até ambas sentirem dor, e repetiu as palavras. "Não sem ela."

Martha deixou o quarto. Em caso de necessidade, usaria a força para abrir a porta que dava para a alcova da mãe.

Há dias este era o único instante em que Helene ficava a sós com seu pai. Só conseguia respirar tapando o nariz. Aproximou-se da cama. A mão dele estava pesada, e a pele, quebradiça. Tinha um tom amarelado, e não se esticou novamente quando Helene a ergueu usando os dois dedos como uma pinça. A menina não se admirou quando, à luz da lâmpada, viu o eczema vermelho no peito do pai, pela abertura do pijama. A mão dele estava agradavelmente quente; sua febre subira um décimo por dia até alcançar os quarenta graus.

Lá de baixo, ouviam-se uma barulheira e gritos furiosos. Ninguém devia perturbar a mãe. Helene trocou o lençol que servia de cobertor ao pai naqueles dias de calor interno. Involuntariamente, seus olhos pousaram no coto purulento; o cheiro adocicado havia atraído os vermes. Não quis ficar olhando por mais tempo, era como se a ferida estivesse viva, como se a morte a devorasse avidamente. Helene engoliu em seco quando descobriu o membro do pai — que lhe pareceu pequeno e ressecado, como se houvesse murchado, e agora estivesse deitado naquele lugar apenas por acaso. O instrumento de sua criação. Helene pôs a mão na testa do pai, inclinando-se sobre ele.

Nem ao menos sussurrou as palavras "amo o senhor"; estas apenas se formaram em seus lábios quando ela lhe deu um beijo na testa.

"Uma geada fina, de cristais pequenos, bem pequenos. Minha pombinha, não vamos mais passar frio", foi o que o pai balbuciou. Há semanas que já não falava. Ela mal reconheceu sua voz, mas devia ser a voz dele. Helene ficou junto do pai e deixou seus lábios pousarem na testa dele. De repente, sentiu a cabeça tão pesada que quis apoiá-la no rosto do pai. Sabia que o pai sempre chamara a mãe de pombinha.

"Nada mais do que um disfarce, um corpo como esse", sussurrou o pai. "Completamente, completamente invisível. Dentro da construção está quente, pombinha, venha para perto de mim, ninguém pode nos descobrir, ninguém pode nos assustar." O pai tapou os ouvidos com as mãos. "Fiquem comigo, minhas palavras, não acabem. A pombinha vem, minha pombinha vem."

Por um instante, Helene sentiu vergonha por ter recebido e depois decidido guardar para si as palavras dedicadas à mãe, ou pelo menos dirigidas a ela.

Só quando o tremor começou, Helene se ergueu, sempre acariciando a cabeça do pai. Em sua mão ficaram grudados incontáveis fios de cabelos. Admirada, perguntou-se como era possível ele ainda ter cabelo. O que começara como um leve tremor tornou-se um movimento mais violento; espasmos tomavam conta do corpo do pai e escorria-lhe saliva pelas comissuras dos lábios. Helene esperava que ele agora ficasse azul, como já vira acontecer há alguns dias. "Sou eu, Helene", disse ela.

Mas no meio do tremor, as palavras dele soaram incomumente claras: "Sorriso doce, você. Nós dois aqui juntinhos. Só as granadas vêm e nos denunciam, porque são tão altas e somos muito moles. Muito moles. Cuidado com os espirros!"

Helene deu um passo atrás para que o punho erguido do pai não a atingisse.

"Gostaria de beber alguma coisa, papai?"

"Uma perninha, uma perninha, ela dança sozinha", disse ele rindo, e com o riso seu tremor amainou. Ondas que se desvencilham do que as ocasionou. Helene não tinha certeza se ele estava falando da perna perdida.

"Beber?"

De repente, a mão do pai agarrou a menina com uma força inesperada e a manteve segura pelo pulso.

Helene ficou assustada; virou-se, mas não havia nem sinal de Martha. Apenas alguns ruídos pouco claros vindos do andar de baixo mostravam que Martha conseguira entrar no quarto com a ajuda de Mariechen. Helene se livrou da mão do pai, que, no instante seguinte, já parecia estar dormindo. Pegou a jarra de água da mesa de cabeceira e pôs um pouco na garrafinha que Martha utilizara nos dias anteriores para derramar água na boca do pai.

Mal aproximou a garrafinha dos lábios dele, este disse, embora continuasse a parecer adormecido: "Mulheres bebidas em minha boca."

Não conseguia beber, seu corpo não aceitava mais água. Com os dedos, ela abriu os lábios do pai.

Pegou então a seringa, tirou a agulha e injetou água na boca do pai.

Depois, recolocou a agulha e encheu a seringa de morfina até a marcação máxima. Segurou-a virada para cima e pressionou o êmbolo para que o ar saísse. Estando os braços do pai completamente perfurados, ela pretendia lhe dar a injeção no pescoço. Ali havia se formado um abscesso, mas logo ao lado ela descobriu um lugarzinho adequado para enfiar a agulha. Apertou devagar.

Mais tarde, deve ter adormecido de cansaço na cama dele. Já estava escurecendo quando ela ergueu a cabeça ao ouvir as pragas que a mãe proferia ao se aproximar. Aparentemente, estava sendo trazida à força escada acima. A voz de Martha, alta e enérgica, se fez ouvir nitidamente: "Vá vê-lo, mamãe."

A porta se abriu. Selma se defendeu, não queria entrar no quarto.

"Não quero", repetia ela incessantemente, "não quero". Debatia-se, mas Martha e Mariechen desconsideraram seus gestos, empurraram-na para dentro do quarto e continuaram a empurrá-la, até a cama do marido, ainda que ela se segurasse a ambas com toda a força.

Por um instante, houve silêncio. Selma se aprumou, ficando ereta. Descobriu o marido, que não via havia seis anos. Fechou os olhos.

"O que foi que ele lhe fez?", perguntou Martha quebrando o silêncio e sem conseguir esconder sua indignação. Pela primeira vez na vida, Helene ouvia Mariechen falar em sua língua, um cantar suave, que ela conhecia bem por ouvir no mercado. Mariechen juntara as mãos e, ao que tudo indica, estava rezando.

Sem dar atenção a isso, a mãe tateou a cama como um cãozinho cego, um filhote que não conhece seu caminho, mas já assimila as coisas. Segurou o lençol e se inclinou sobre o doente. Quando ele abriu o olho saudável, ela sussurrou com uma ternura que deixou Helene assustada: "Só quero que me diga que ainda está vivo."

Afundou a cabeça no peito do marido e Helene teve certeza de que ela agora choraria. Mas Selma ficou imóvel e calada.

"Minha pombinha", disse o pai. Com dificuldade, tentava juntar as palavras. "Não lhe dei um quarto em minha casa para que se trancasse dentro dele."

A mãe recuou.

"Mas é claro que sim", disse ela baixinho. "É no meio de todas aquelas coisas, das montanhas e dos vales que elas formam, que me sinto em casa. Em nenhum outro lugar. Sou assim. Quem tem moral para avaliar com que cuidado meus caminhos são abertos? Clareiras. Suas filhas simplesmente queriam se ver livres das edições do *Bautzener Nachrichten*. Pôr em ordem, é o nome que elas dão a isso. Rasgaram o chiffon como se ele não escondesse nada, separaram os jornais de dezembro passado de tal modo que trabalhei durante dias para voltar a colocá-los sobre a pilha, arrumando tudo conforme o tema. Tematicamente, de assunto a assunto, objeto e conteúdo, com todo o cuidado, juntar, ajeitar, guardar — e não conforme a data. Sou um animal noturno. Está escuro dentro de mim, e mesmo assim a escuridão nunca é suficiente."

Helene olhou para Martha por cima da cama e dos pais. Eles estavam tão ocupados um com o outro que a menina se sentia como se estivesse no teatro. Talvez Martha pensasse o mesmo. A mãe estava cega de coração, foi o que Martha disse um dia, quando Helene lhe perguntou o que ela tinha. Apenas se dava conta das coisas, não mais das pessoas, por isso colecionava panelas velhas, tecidos esburacados e sementes das frutas comuns. Impossível saber para que serviriam aquelas coisas algum dia. Ainda há pouco, ela costurara um caroço de pêssego no lugar de um botão de sua capa de lã. Em uma raiz curva de árvore, a mãe descobriu um cavalo e, em seu traseiro, no lugar do rabo, fez uma trança com o cabelo de uma de suas filhas cortado recentemente. Pelo buraco de um pote esmaltado, no qual estava escrito SABÃO em letras grandes, ela passou um barbante de lã, ao qual atou, com nós, diferentes botões e pedrinhas que havia juntado nos últimos anos. Ela o pendurou sobre a porta de seu quarto, para servir de sino, que a alertava antes mesmo que sentisse que alguém estava entrando ali. Helene se lembrou de um passeio há muitos anos, talvez a última coisa que haviam feito juntos antes de o pai ir para a guerra. A mãe os acompanhara a contragosto, e só depois de seu marido implorar várias vezes. Ela se abaixou de repente, pegou um ferro que havia caído de um coche qualquer e exclamou, toda feliz: "Eureca!" Reconheceu a terra no ferro e o fogo em sua forma. Ela o apanhou, o ergueu e o carregou para casa, onde lhe deu a função de calçadeira, identificando uma alma naquele objeto. Dizia que o pedaço de ferro tinha alma, emprestava-lhe uma alma, por assim dizer. A mãe na condição de Deus. Só através dela as coisas podiam se dar conta do seu ser. Eureca, Helene teve de pensar várias vezes sobre o significado dessa palavra.

A mãe só não conseguia reconhecer a filha mais nova; era cega de coração, como dissera Martha: não via mais ninguém. Suportava apenas aquelas pessoas que conhecera antes da morte de seus quatro filhos.

Helene ficou observando a mãe, que se dizia um animal noturno; anunciava seu cuidado com caminhos, clareiras, com sua existência, e em todas essas confissões parecia uma atriz brilhante. O mal havia se tornado a essência nela: o que contava era o efeito. Helene podia até estar enganada. A aparência má era para ela a única armadura, e a palavra "má", a arma usada para vencer aquilo que unira a ambos um dia: homem e mulher. Algo naquela mulher pareceu a Helene tão incomensuravelmente falso, tão impiedosamente egoísta, sem o menor resquício de amor ou mesmo de um olhar para o marido, que a menina não pôde fazer outra coisa a não ser odiar a mãe.

O pai mexia a boca, lutando com o maxilar que não queria lhe obedecer. E então disse com nitidez: "Queria ver você, minha pombinha. É por sua causa que estou aqui."

"Você não deveria ter ido."

Não havia mais pena na voz da mãe, esse sentimento havia endurecido por inteiro, a ponto de virar certeza. "Suas filhas queriam jogar meus livros fora, mas salvei um tesouro pra você, um de meus preferidos, que me consolou durante a sua ausência."

"Fico feliz em saber que você conseguiu se consolar." A voz do pai era fraca e isenta de qualquer sarcasmo.

"O nome dele é Maquiavel, você se lembra? Ouça, a primeira lei de todo e qualquer ser diz: Conserve-se! Viva! Vocês semeiam cicuta e fazem de conta que estão vendo espigas amadurecendo!"

"Perdi minha perna, olhe só, agora vou ficar aqui." O pai se esforçava para sorrir, para lhe dar um sorriso bondoso. Um sorriso de concórdia e devoção. Um sorriso com o qual ele no passado conseguia acalmar toda e qualquer discordância entre ambos.

"Aqui comigo você jamais a teria perdido."

O pai se calou. Helene sentiu uma vontade imensa de defendê-lo, queria dizer alguma coisa que justificasse sua partida, há seis anos, mas nada lhe ocorreu. Por isso disse: "Mamãe, ele foi pra guerra por todos nós, perdeu sua perna por todos nós."

"Não!", exclamou a mãe abanando a cabeça. "Por mim não."

Ela se levantou.

Saiu pela porta. Voltou-se mais uma vez e, sem se dignar a dirigir um olhar sequer a Helene, disse: "E não se meta nisso, menina. O que você sabe de mim e dele?"

Martha seguiu a mãe pela escada: não se intimidou nem se deixou impressionar.

Eis que agora essa mãe cega de coração, da qual Helene conhecia sobretudo ordens e pensamentos que a excluíam do mundo, voltava para a cama do pai moribundo. Sabia que as filhas estavam às suas costas e, mesmo assim, disse: "Não vou morrer pela primeira vez."

Helene pegou a mão de Martha, estava com vontade de rir. Quantas vezes já ouvira a mãe dizer aquela frase, quase sempre antes de exigir mais dedicação aos trabalhos de casa, mais respeito, ou pedir para levar algum recado? Às vezes aquilo era apenas uma explicação, e não dava para entender facilmente qual a intenção por trás dela ou que objetivo a mãe teria com isso. Mas ali, no leito de morte do marido, a mãe aparentemente não tinha outra intenção a não ser expressar sua própria comoção e um sentimento que já não era mais tão forte e que agora só bastava a ela mesma.

Martha soltou a mão de Helene. Pegou a mãe pelo ombro. "Não vê que é ele que está morrendo? Papai está morrendo. Não você, não é a sua morte, entenda isso de uma vez por todas."

"Não?", perguntou a mãe, olhando surpresa para Martha.

"Não", disse Martha, abanando a cabeça como se tivesse de convencer a mãe.

O olhar desnorteado de Selma recaiu de repente sobre Helene. Deu um sorriso como se estivesse descobrindo uma pessoa que não via há muito tempo. "Venha aqui, minha filha", pediu, dirigindo-se a Helene.

A menina não ousou fazer nenhum movimento, não queria se aproximar um centímetro sequer da mãe, nem um passo, por menor que fosse. Teria preferido sair do quarto. O que queria evitar não era exatamente a rejeição ameaçadora que se seguiria àquele instante, mas o toque da mãe, um toque que podia trazer consigo algo de contagioso. Helene sentiu o velho medo crescer dentro de si, o medo de um dia ficar cega como a mãe. O sorriso de Selma, ainda há pouco afável, congelou. Helene pensava em um pesadelo recorrente já de anos: dois deuses parecidos com o Apolo da gravura que ficava sobre a estante de papéis, na sala de vendas da gráfica, brigavam pelo direito a uma existência única, berrando a plenos pulmões: "Eu!" — Gritavam em uníssono: "Eu sou o Senhor, seu Deus." E tudo ficava escuro à sua volta. Tão escuro que ela não conseguia ver mais nada. Naqueles sonhos, tinha de tatear enquanto seguia em frente. Sentia uma superfície lisa junto a lesmas, calor e fogo e, por fim, o nada, dentro do qual caía. Sempre acordava antes de bater no chão, com o coração descompassado, e apertava o nariz nas costas de Martha, para sentir a respiração regular da irmã. Com a camisola colada às costas molhadas e frias, Helene rezava pedindo a Deus que a livrasse daquele pesadelo. Mas Deus parecia estar furioso. O pesadelo voltava. Talvez estivesse apenas ofendido. Helene sabia o motivo: era por imaginá-lo como um Apolo imponente, e também por vê-lo duplicado. Via o irmão, e enquanto rezava dirigindo-se a um deles, voltava as costas para o outro — suas rezas, portanto, não deixavam a um deles outra alternativa a não ser a fúria.

No instante que se seguiu à sua imobilidade diante de Selma, imobilidade que revelava claramente sua falta de vontade e de possibilidade de cumprir a ordem que lhe fora dada, ela se lembrou de que, anos atrás, na montanha de Protschen, a mãe havia falado de seu Deus e do Deus do pai, como se suas crenças fossem rivais. Helene achava que o fato de sua mãe chamar os homens de vermes terrenos era uma expressão do ódio que sempre quis pôr para fora, e que mostrava ter resultado em seus próprios sonhos com lesmas nuas e a queda em um Nada que lhe parecia o colo materno.

A menina quis se lavar, lavar as mãos até os cotovelos, o pescoço, os cabelos. Tudo tinha de ser lavado. Seus pensamentos davam voltas. Virou-se de costas para a mãe e desceu a escada aos tropeços. Ouviu Mariechen chamando atrás dela, ouviu Martha gritar seu nome, mas não podia pensar em nada, nem obedecer a nada, tinha de correr. Abriu a porta da casa e disparou pela Tuchmacherstrasse, passando pela Lauengraben até a ponte do Príncipe Herdeiro. Lá, tateou na escuridão, e desceu, na ponta dos pés, o barranco das margens do Spree, ora agarrando-se nos grossos pilares da ponte, ora se segurando em moitas e árvores. Correu pela rua de baixo ao longo da cerca de ripas, passando pelo restaurante Flor de Lúpulo, onde o movimento ainda era grande e a música ecoava, alta, pois as pessoas queriam enfim acabar com o silêncio da guerra e esquecer a derrota. Só quando chegou à balaustrada, lá embaixo, e não ouviu mais nada, a não ser o barulho das águas, Helene conseguiu parar. Ficou de cócoras e enfiou as mãos na água gelada. A neblina pairava sobre o leito do rio, e a menina ouvia sua respiração aos poucos acalmar.

Bem tarde, quando não se ouvia mais música no restaurante e suas roupas estavam úmidas e frias por causa da noite e do rio, ela voltou para casa. Pé ante pé, subiu a seu quarto escuro, tateou em busca da irmã e se enfiou embaixo da coberta. Martha pôs sobre ela um braço e uma perna, aquela perna comprida e pesada, debaixo da qual Helene se sentiu protegida.

Helene estava parada em frente à janela passando as unhas nas pétalas das flores de gelo que haviam se formado na vidraça. Uma camada fina de gelo, ainda lisa, e as flores arranhadas, já brancas. Montinhos de cristais minúsculos. Seu pai *está* morto. Ele *é* morto agora. Martha lhe dera a notícia pela manhã. Helene repetiu as palavras mentalmente, tentando entender seu significado. Por acaso "está" e "morto" já não se contradiziam, ser e estar? Como seriam a essência e o estado de algo que não *é* nem *está* mais, pois morreu? Ele não *estava* mais vivo, como podia *ser* algo se havia *morrido*? E como, além disso, alguém podia *ser*, *existir*, estando numa vida assim? Melhor estar morto. Não estar mais. Morrer, simplesmente. Ela se perguntou por que Martha não a acordara à noite para que também pudesse segurar a mão do pai. Martha ficara sozinha com ele.

"Como foi?"

"O quê?"

"Como foi que ele morreu?"

"Ora, você viu o estado dele, anjinho."

"Mas e o último suspiro, o que veio depois?"

"Nada", disse Martha, fitando a irmã de olhos bem abertos, olhos que não brilhavam e que queriam dizer que não conseguiam mentir. Helene sabia que Martha não lhe diria mais nada, mesmo que soubesse de algo. Ela manteria o segredo consigo. Depois não viera mais nada, portanto.

Helene deu uma baforada nas pétalas de gelo e encostou os lábios nas flores pontudas. Eles colaram no gelo e queimaram. Pele arrancada, pele fina da boca. Martha deve ter unido as mãos dele, puxado o lençol sobre seu rosto e virado a cama para a janela, para que sua alma pudesse ver Deus. Lábios em carne viva.

Helene gostaria de ter sido acordada. Talvez ele não tivesse morrido se ela segurasse sua mão. Pelo menos não assim, não tão simplesmente, pelo menos não assim, sem ela.

Em todos os ambientes da casa havia velas acesas, o dia insistia em não começar. As nuvens pairavam baixas e pesadas sobre os telhados, pendiam entre os muros, a noite ainda se embalava nas nuvens.

"Vamos esperar o pastor", disse Martha, e foi se sentar na escada.

"Espere você; eu vou subir e ler meu livro", respondeu Helene. Ela subiu, mas não foi para o seu quarto, onde seus confidentes a esperavam, Werther e a Marquesa, cuja impotência Helene ainda considerava estranha e inacreditável. Ela subiu mais um lance de escada. Durante a noite, esfriara ali em cima. Ninguém pôs mais lenha na lareira pequena depois que amanheceu. Foi até a cama e viu os contornos do rosto dele por baixo do lençol, esticando-o. Perguntou-se como o pai deveria estar agora. Mas nenhuma imagem se formou diante de seus olhos. Mesmo a lembrança de como ele era quando ainda estava vivo não lhe vinha à mente; no dia anterior, tentou lhe dar um pouco de água, mas ele não abriu a boca, nem um pouquinho, e esse seu aspecto da véspera não deixara em sua memória o mínimo vestígio. Por todo canto, especialmente pelos travesseiros, havia fios de cabelo, de seu cabelo longo, grisalho e sem brilho, nos últimos tempos amarelados, de que Helene se lembrava bem. Ela havia catado aqueles fios dos travesseiros e ficou com eles nas mãos por muito tempo, porque não sabia que fim lhes dar. Será que podia simplesmente jogar fora os cabelos de seu pai moribundo? Podia. Ela os levou para a casinha no pátio, e lá quis que caíssem na fossa congelada. Mas eles não caíram. Simplesmente não quiseram se soltar. Teve de usar a outra mão para catá-los, um a um. E eles não caíram, ficaram pairando, numa lentidão tamanha que chegou a fazer com que ela sentisse nojo e não pudesse continuar olhando. Disso Helene se lembrava, dos cabelos dele, ontem, mas não de seu aspecto. O lençol era branco, e mais nada. Helene o levantou um pouco, primeiro com cautela, depois totalmente. Contemplou o pai. A pele sobre a órbita do olho brilhava, imaculadamente lisa. Ele tinha uma atadura na cabeça, que por certo estava ali para manter os maxilares fechados antes que a rigidez da morte principiasse. Helene se surpreendeu com o fato de a pele dele ainda ter viço, de o rosto ainda estar brilhando. Com o dorso da mão, tocou o rosto do pai. O Nada era apenas um pouco frio.

Ela o cobriu com o lençol e deixou o aposento na ponta dos pés, pois não queria que a mãe ouvisse seus passos no quarto de baixo; a mãe não deveria saber que ela estivera com ele. Helene desceu as escadas e ficou parada diante da janela. Respirou fundo e soprou, fazendo um buraco no meio das flores de gelo. Por ele, viu o pastor caminhando apressado, vindo do Mercado de Cereais. Passou pelas casas com as paredes cobertas de fuligem, atravessou a rua e se aproximou, parando diante da porta. Procurou algo no longo sobretudo, encontrou um lenço e assoou o nariz. Em seguida, tocou a campainha.

Martha ofereceu chá ao pastor. Falavam baixinho, tanto que Helene mal os ouvia. A campainha tocou outra vez e Mariechen abriu a porta para seis homens vestidos de preto. Um deles reconheceu Helene, era o prefeito Koban, que não havia feito nenhuma visita ao doente; Grumbach também estava ali, mas teve receio de erguer os olhos e encontrar os dela. Diante da porta, um coche com uma parelha de cavalos ficara aguardando. Os animais usavam cobertas que os protegiam do frio. Eles resfolegavam, e seu hálito parecia o de uma locomotiva a vapor. Os seis homens carregaram o caixão escada acima e, pouco tempo depois, voltaram a descer com ele.

"Temos que ir, as pessoas estão no cemitério, esperando nesse frio. Na guerra a capela não perdeu só o sino, mas a lareira também", disse o pastor, e, depois, perguntou: "Sua querida mãe está pronta para sair?"

Só então Helene começou a prestar atenção.

"Não", disse Martha. "Ela não vai."

"Ela não...?" O pastor olhou para Martha sem compreender; em seguida, voltou-se para Helene e por fim para Mariechen, que baixou os olhos.

"Não", disse Helene, "ela não quer ir".

"Disse que está cansada", acrescentou Martha, falando estranhamente baixo.

"Cansada?", repetiu o pastor, atônito. Helene gostava daquele jeito macio de pronunciar a letra "D". Ele não era daquela região, vinha da Renânia, e estava na paróquia havia apenas dois anos. Helene gostava de seus sermões. Em seu modo de falar acreditava ouvir os ecos de algo que tinha a ver com o vasto mundo, algo que se elevava bem acima do mundo do Deus do qual ele falava.

Martha pegou seu sobretudo, decidida. O pastor ficou sentado. "O último cortejo", disse ele soltando um suspiro, e depois emudeceu. O "J" era suave, e o "T", duro. Onde estavam suas palavras para a falta de obediência?

"Vamos nós e ela que faça o que bem entender", disse Martha, intimando o pastor com severidade.

"Não", balbuciou ele. "Não podemos ir de jeito nenhum sem a esposa dele, sem a querida mãe de vocês... Vou falar com ela. Você me permite?", perguntou o homem, levantando-se. Esperava que Martha o conduzisse até onde estava a dona da casa. Mas a moça bloqueou sua passagem.

"De nada adiantaria, pode acreditar em mim." Martha passou as mãos nos cabelos, pronta para sair.

"Por favor", insistiu ele em uma nítida demonstração de que não desistiria facilmente.

"Como quiser. Mas diga o senhor mesmo que as pessoas estão esperando no cemitério."

Martha se voltou para Mariechen e fez um gesto indicando que queria que ela o acompanhasse, mostrando o caminho que levava ao quarto da mãe.

"Leontine virá?", indagou Helene, vestindo seu sobretudo, e percebeu que Martha enrubesceu.

De cima, as meninas ouviram o tilintar das pedrinhas e botões vindo do sino do quarto da mãe. Depois tudo ficou em silêncio, um silêncio pouco usual, nenhum grito, nenhum barulho. O rubor de Martha mostrava manchas que iam até o pescoço; ela parecia muito infeliz.

"O que foi? Vocês brigaram?"

"Que idéia é essa!?", exclamou Martha indignada. E em voz baixa acrescentou: "Leontine não pode vir."

O pastor e Mariechen vinham descendo a escada. Mariechen vestiu o sobretudo e abriu a porta. "Ela não quis vir, não é?", perguntou Helene, voltando-se para o pastor.

"Não vamos obrigá-la. Cada um encontre seu próprio caminho até Deus."

"Ela não. O senhor não sabe que ela é judia?"

"Os judeus também estarão um dia diante do Senhor", disse o pastor ponderadamente, e mostrando uma bondade austera, uma bondade incontestável, de "D", "B" e "J" macios e "T" duro. Parecia dispor de uma certeza, certeza cheia de fé, que fez Helene sentir reverência.

Para o banquete fúnebre, Martha reservara uma mesa no porão da prefeitura. Nenhum dos homens de preto disse uma única palavra. Ficaram mudos e beberam. Mariechen chorava baixinho. E enquanto o pastor citava incessantemente o livro de Jó, Helene sentia vontade de tapar os ouvidos, apesar de achar agradável a voz do religioso. Helene esticou a perna procurando Martha embaixo da mesa. Com o pé, tocou de leve a panturrilha da irmã, mas esta não lhe respondeu com qualquer gesto de aceitação, por menor que fosse.

"Como vê, srta. Martha, Deus leva para junto de si aqueles que lhe são mais caros. E dá alegria e amor a todos aqueles que ainda caminham em sua direção. Vejamos a nossa comunidade. A srta. Leontine não é uma grande amiga sua? Pois bem, seu noivado é o começo de uma nova estrada, o berço de seus filhos e de sua felicidade." O acorde em lá maior, conhecido de todos, ecoou na catedral de São Pedro; a badalada do sino parecia confirmar as palavras do pastor.

"Noivado?", indagou Helene, surpresa. Sua pergunta foi abafada pelo repicar dos sinos.

Agora Martha estava chorando, soluçava desenfreadamente.

"A srta. Leontine vai se casar em Berlim", disse Mariechen à roda dos homens, sorrindo com certo orgulho. Talvez fosse apenas alegria. Enxugou as lágrimas e acariciou o braço de Helene. Talvez estivesse aliviada com o fato de a jovem, cujo casamento parecia tão difícil, ter enfim encontrado um homem. Para Helene, ela era a única à mesa que não sabia nada acerca do noivado de Leontine.

"Você sabia disso?", perguntou Helene inclinando-se para a frente, na esperança de que Martha olhasse para ela. Mas a irmã não se virava para ninguém, apenas assentia, quase imperceptivelmente.

"Mesmo não querendo pensar nisso neste instante, srta. Martha, você também será presenteada pelo Pai. Casará e dará à luz filhos. A vida, minha criança, nos reserva tantas coisas..."

"Tantas coisas?", indagou Martha limpando o nariz. "O senhor entende Deus, entende por que Ele nos deixa sofrer?"

O pastor sorriu com benevolência, como se estivesse esperando por essa pergunta. "A morte de seu pai é uma provação. Deus quer o seu bem, Martha, isso a senhorita sabe. Não se trata de entender, minha criança, existir, continuar existindo, é que é tudo." Quando o pastor estendeu a mão sobre a mesa para tocar em Martha, consolando-a, a moça se levantou de um salto.

"Desculpe, por favor. Tenho que ir ver como está minha mãe." Martha se precipitou escada acima e deixou o porão. A Helene não restou outra alternativa a não ser ficar sentada sozinha à mesa, ainda que imaginasse que Martha tinha simplesmente encontrado uma desculpa para sair dali.

"Ela amava muito o pai", disse Grumbach, que se fazia ouvir pela primeira vez naquela roda. Os outros homens assentiram, e ao constatar a anuência geral ele disse, exaltado: "Demais."

"O amor de Deus é grande. Uma filha não pode amar seu pai demais. Pode apenas aprender com Deus a amar e a doar. Martha há de superar essa provação, em nenhum momento duvidei disso." O pastor acreditava em suas palavras e sabia do efeito delas. Os homens assentiram.

"As duas o amavam, as duas", emendou Mariechen, que não parava de acariciar o braço de Helene.

Quando o banquete fúnebre terminou, Helene mandou Mariechen procurar suas amigas para conseguir linha para os bordados. Na verdade, o que queria era voltar sozinha para a Tuchmacherstrasse. A casa estava em silêncio. A menina bateu à porta do quarto da mãe uma vez, duas vezes, e, como não teve resposta, entrou.

"Martha passou por aqui?"

A mãe estava deitada na cama de olhos abertos e fitou Helene. "Vocês estão sempre se procurando. Não têm coisa melhor pra fazer?"

"Fomos ao enterro de papai."

A mãe ficou em silêncio, e Helene apenas repetiu aquelas palavras: "Fomos ao enterro de papai."

"Pois bem."

Helene aguardou, na esperança de que ocorresse à mãe dizer pelo menos mais uma palavra, talvez uma frase inteira.

"O que foi? Por que está aí parada? Martha não está aqui, como você está vendo."

Helene desceu a escada correndo. Saiu pela porta dos fundos. A geada ainda jazia sobre as árvores negras e a folhagem. Parecia que o dia não estava conseguindo começar, como se a manhã fosse durar para sempre... manhã de novembro, logo após o meio-dia. A menina foi para o jardim, caminhou em direção à casinha, com as folhas secas estalando debaixo de seus pés. A porta estava trancada.

"Você está aí dentro?", perguntou Helene batendo à porta, hesitante. Ouviu um farfalhar vindo lá de dentro, e por fim Martha veio abrir.

"Está tudo bem", disse a irmã, afastando o cabelo do rosto, e de repente se mostrou radiante.

"Está?" Helene via os olhos vidrados de Martha. Não queria que a irmã mentisse para ela.

"Sim, está tudo bem!", respondeu Martha, suspirando profundamente e abrindo os braços. Helene a abraçou pela cintura. "Não aperte tanto, minha pequena!", exclamou Martha, rindo alto. "Não esqueça que estamos fora de casa, podem nos ver!"

"Você é terrível, Martha", disse Helene. Sorriu, envergonhada, pois não pensara mais nada a não ser em consolo. Queria consolar Martha, queria saber de tudo sobre Leontine e Martha, e mesmo assim estava firmemente decidida a não fazer nenhuma pergunta.

"Vamos subir?", propôs Martha, olhando a irmã com luxúria.

Helene não conseguiu recusar. "Só queria consolar você."

"Pois me console!", retrucou Martha, suspirando profundamente mais uma vez, respirando de forma bem audível. Debaixo do sobretudo grosso, usava seu vestido novo, preto, de gola alta. Mariechen o fizera ela mesma, especialmente para o enterro. O preto contrastava belamente com a pele branca de Martha. Sua face e seu nariz longo e afilado estavam vermelhos por causa do frio. Os olhos vidrados pareciam mais claros do que nunca. "Me console!"

Helene quis pegar a mão de Martha, mas esta se esquivou. Estava segurando algo, que agora fazia desaparecer em um dos bolsos do sobretudo.

As irmãs subiram a escada e trancaram a porta de seu quarto. Deixaram-se cair sobre a cama e se despiram. Helene retribuiu os beijos de Martha, recebeu cada um deles como se fossem destinados a ela própria, e como se não estivessem ambas pensando em Leontine.

"Meus seios não estão mais crescendo", sussurrou Helene mais tarde à luz azul do crepúsculo.

"Não faz mal", disse Martha, "vão ficar mais bonitos. Isso não é o bastante?"

Helene mordeu a língua. Martha poderia ter dito que ela ainda tinha de esperar mais um ou dois anos, afinal de contas, o tempo dava motivos para tais esperanças, mas naquela resposta amistosa Helene percebeu como era difícil para a irmã lhe dar atenção naquele dia. A menina também estava pensando sobretudo em Leontine e em seu noivado, em Berlim. Talvez ela tivesse escrito a Martha. Talvez fosse essa carta que Martha estivesse lendo escondida na casinha, e depois fizera desaparecer em um dos bolsos do sobretudo antes que Helene pudesse pegar sua mão. Uma carta de despedida, para explicar como aquele noivo surgira, assim tão de repente, e por que ela ia embora contrariando todas as promessas que fizera até então. Helene se perguntava o que seria da irmã agora. Mas Martha parecia não querer falar de Leontine.

"Estou com sede", disse ela.

Helene se levantou. Pegou a moringa do lavatório, colocou um pouco de água dentro de uma caneca e estendeu a Martha.

"Deite em cima de mim, anjinho, venha."

Helene abanou a cabeça, sentou-se à borda da cama e acariciou o braço de Martha.

"Por favor."

Helene abanou a cabeça mais uma vez.

"Então vou descer. Acho que ouvi Mariechen ainda agora. Vou ajudá-la a preparar o jantar." Martha se levantou, ajeitou suas meias de lã e foi pôr seu vestido preto.

Mal saíra pela porta — não se ouvindo mais o som de seus passos na escada —, Helene esticou o braço e pegou o sobretudo que estava jogado no chão. Helene não encontrou nenhuma carta ou bilhete no bolso do sobretudo, mas um lenço, e dentro dele uma seringa. Uma lembrança do pai? A menina ficou confusa. Por que Martha teria escondido sorrateiramente a seringa do pai? No lenço, Helene descobriu pequenas manchas de sangue. Voltou a embrulhar a seringa às pressas, desembrulhou-a mais uma vez, enrolou-a de novo e enfiou a pequena trouxa no lugar de onde a tirara ainda há pouco. Por que no bolso do sobretudo, por que se esconder com a seringa na casinha e não com uma carta de Leontine?

Não há instante mais belo do que este

No inverno que se seguiu à morte do pai, o Spree começou a congelar nas margens, até que, em janeiro, os blocos de gelo formados já estavam tão próximos que os rapazes da cidade provavam sua coragem atravessando o rio andando, pisando nas placas. Para Helene, o espetáculo significava um indício da verdade da Bíblia. Será que no deserto a água também não podia congelar, e será que aquilo não era apenas uma indicação temporal que explicaria como Jesus caminhou sobre as águas? Da chaminé, já saía fumaça bem cedo pela manhã. Aqueles rolos envolviam a cidade erguida sobre a rocha de granito. Só a ponta da torre do Lauen, a catedral de São Pedro e a torre torta de Reichen apareciam acima da neblina de Bautzen nas horas matinais, neblina que, aliás, podia ser vista de bem longe. Mesmo os muros altos da fortaleza e o velho castelo da fonte estavam mergulhados na neblina. Na maior parte das casas, a lenha para o fogo acabou no final de janeiro, e nas residências em que faltava dinheiro e o fornecimento de carvão não chegava, as pessoas passaram a usar os móveis menores, tamboretes e bancos, o mobiliário de jardim e todos aqueles que lhes pareciam inúteis em meio ao inverno. Martha e Helene viam as economias familiares diminuindo dia a dia. Mal conseguiam vender algum almanaque ou cartão-postal, o dinheiro ganho já tinha de ser gasto imediatamente. O preço do pão aumentava a cada dia. Elas queriam encontrar um arrendatário para a gráfica, mas toda a divulgação que fizeram e toda a procura foram em vão. As fábricas às margens do rio despediram seus funcionários; quem conseguia fugia para Breslau, Dresden ou Leipzig. Qualquer cidade um pouco maior acenava com a perspectiva de se ter algo para comer e um lugar aquecido para ficar.

Helene arrumou os depósitos e as estantes na oficina. Nas prateleiras superiores, a camada de pó acumulado já era bem grossa, e havia uma quantidade imensa de modelos de impressão de menor tamanho, que ninguém mais usaria. Nas divisões inferiores, Helene havia acumulado papéis nos anos anteriores, mas boa parte deles acabara no fogareiro nas últimas semanas. Qualquer foguinho era melhor do que nenhum. E é óbvio que as longas prateleiras da estante alta queimariam, proporcionando um bom calor. Não era necessário desmontá-la assim de imediato. Helene queria usar apenas a madeira das duas divisões superiores. As tábuas estavam presas firmemente às cantoneiras externas. A estante ocupava toda a parede maior, indo do chão ao teto e do fundo até a frente da loja, ultrapassando inclusive a porta. Ela ainda seria suficientemente grande, mesmo que as tábuas de cima estivessem faltando. Com um martelo nas mãos, Helene subiu a escada. Um papelão havia escorregado para trás da estante e lá ficou preso entre uma das tábuas, a parede e a cantoneira. Helene se inclinou para a frente, se segurou na estante com uma das mãos e tentou puxar o papelão. Com o martelo, quis arrancar logo a tábua de cima, livrando-a da cantoneira. Mas o papelão estava emperrado. Helene tateou pela parede e tentou soltar uma das pontas do papelão que estava presa atrás da cantoneira quando sentiu algo móvel, metálico, na parede atrás da cantoneira. Apalpou o objeto, soltou-o e, quando ele já estava em sua mão, percebeu que era uma chave. Já estava um pouco enferrujada, mas a menina soube imediatamente que chave era aquela. Conhecia bem sua forma e seus adornos incomuns. Mesmo seu peso lhe parecia familiar... embora jamais a tivesse segurado nas mãos antes. A chave parecia um pouco menor, como se tivesse encolhido. Helene se lembrava bem de como o pai, antes de começar a guerra, esvaziava a caixa ao anoitecer e, com as mãos cheias de dinheiro, se dirigia ao quartinho dos fundos, onde abria a porta que dava para o grande armário. Embora ela já estivesse voltada para a porta sempre que a caixa era aberta, seu pai invariavelmente a olhava e piscava o olho que mais tarde acabaria perdendo. "Fique de olho na porta e, se vier alguém, assobie", pedia ele. "Meninas não devem assobiar", retrucava ela às vezes. Então ele perguntava, sorrindo: "E por acaso você é uma menina?" Certa vez ele cantara atrás da porta aberta do armário aqueles versos que escrevera para ela no álbum: "Seja como a violeta na relva, decente, humilde e pura, não como a rosa orgulhosa, que quer sempre ser admirada." Em seguida ele mudava de tom e sussurrava ameaçador, quase suplicante: "Mas todas as meninas têm de saber assobiar, não se esqueça disso."

Helene sabia que na parede de trás do armário se localizava a abertura do cofre. Nos anos da ausência do pai a chave não pôde ser encontrada, e depois de sua volta não houvera oportunidade de lhe perguntar por ela. Helene amava o pai, sobretudo quando ele acariciava seu cabelo e puxava sua cabeça para junto do peito como se fosse a de um cachorro grande. Por nada no mundo ela queria abandonar aquela tranqüilidade conquistada de repente, e ficava sem se mexer, até que o pai a mandasse para a cozinha ou para a rua com um tapinha amistoso. Mesmo assim, o verso sobre a violeta não agradava a Helene. Ela gostava do cheiro doce das violetas e também de seu aspecto suave, mas a pose ereta das rosas fazia com que estas lhe agradassem pelo menos tanto quanto as violetas. Os espinhos com os quais elas se protegiam, suas cores vivas, o rosa arrebatador, o amarelo semelhante ao da luz do sol em um entardecer de outubro. Aquilo de que ela mais gostava, porém, era a canção de Maria, que caminhava pela floresta de espinhos. Leontine a havia ensinado antes de ir para Berlim. Por acaso os espinhos não provavam a Maria toda a reverência imaginável, toda a devoção com que as rosas floresciam? Tudo em uma rosa parecia a Helene se não digno de inveja, pelo menos digno de admiração. Só por respeito a seu pai é que ela tentava extrair algo da comparação entre flores e meninas, mas tudo ficava apenas na tentativa. No jardim diante da casa, Helene plantara e cultivara algumas rosas desde o ano anterior, nada de violetas. Ela não chegara a semeá-las, mas replantara algumas mudas de espécimes selvagens que encontrara na encosta do Schafberg.

Agora, ao abrir o cofre com Martha pela primeira vez, encontraram cédulas velhas arrumadas em diversos maços que somavam mais de dois mil marcos e fizeram as irmãs sorrir. O que poderiam ter comprado com aquilo tudo há alguns anos? Um pão, talvez, talvez meio. Pelo menos um quarto de um pão. "Dois mil pães", afirmou Martha. Elas descobriram um livro de endereços encadernado em couro, cujas letras da capa eram douradas, e uma pasta com litografias desorganizadas, de diversos tamanhos e origens, conforme se podia ver nas imagens impressas. As litografias eram de mulheres nuas. Mulheres corpulentas, bem diferentes delas duas e de sua mãe. Algumas só de meias, outras com véus e corpetes, e outras simplesmente não usavam nada sobre o corpo.

Juntas, as irmãs começaram a escrever em envelopes os nomes e endereços constantes no livro de couro. Em cada um dos envelopes, enfiaram um necrológio. Na letra "S", encontraram o nome de um parente, do qual jamais haviam tido notícia. Lá estava escrito: Fanny Steinitz. Após o nome, o pai havia escrito, entre parênteses, com a letra cuidadosa de um contador apaixonado por sua profissão: prima de Selma, filha do falecido irmão de Hugo Steinitz, de Gleiwitz. O endereço era Achenbachstrasse 21, W 50, Berlim-Wilmersdorf.

Em vez de esperar que a mãe tivesse um instante de clareza nas semanas seguintes para lhe perguntar pela prima que vivia em Berlim, Helene decidiu por conta própria escrever uma carta. "Sra. Steinitz", assim principiava sua carta, "é com pesar que lhe escrevemos hoje para dar uma notícia triste, pois nosso pai, o esposo de sua prima Selma Würsich, faleceu em 11 de novembro do ano passado, em conseqüência de seus ferimentos de guerra. Em anexo, segue o nosso necrológio". Helene pensou se deveria mencionar o estado da mãe e, caso o fizesse, como o explicaria. Afinal de contas, a prima da mãe ficaria surpresa ao receber a carta escrita pelas meninas e não por sua prima. "É claro que nossa mãe lhe enviaria cumprimentos calorosos, mas lamentavelmente não está bem de saúde há alguns anos. Cordiais saudações, suas sobrinhas Martha e Helene Würsich."

Helene se perguntou se a prima da mãe ainda moraria no endereço indicado. Será que ela não resolvera se casar ao longo daqueles anos todos, e inclusive mudara de nome? É óbvio que ficaria surpresa com o fato de, passado tanto tempo, elas estarem entrando em contato. Devia ter acontecido alguma coisa para aquela prima pelo lado materno, citada nas crônicas familiares, ter se calado. Mas o desejo de Helene de escrever aquela carta, sua curiosidade e a esperança de receber uma resposta de Berlim fizeram-na logo afastar qualquer receio.

A Páscoa chegou antes de o carteiro trazer um envelope singularmente estreito e dobrado, no qual estava escrito seu nome: srta. Helene Würsich. A prima escrevia com uma letra cheia de volutas e inclinada para a direita, a parte superior de seu "H" se deitava sobre o "E" de traço refinado. Ela dizia que aquela era uma surpresa maravilhosa! E, depois da exclamação, deixara duas linhas em branco. Por muito tempo não tivera qualquer notícia de sua prima doida. E se proclamava verdadeiramente feliz em constatar que agora havia duas filhas, pois seu contato com Selma terminara depois do nascimento da primeira, Martha. Já se perguntava se a prima teria deixado de lhe escrever por causa de algumas briguinhas do passado, ou se talvez morrera de alguma infecção decorrente do trabalho de parto. No pós-escrito, prima Fanny perguntava se a mãe delas por acaso estava gravemente enferma.

Começaram, então, a trocar cartas. Sobre a mãe havia pouco a dizer, já que ela há anos não estava bem e por certo nenhum médico poderia ajudá-la. As irmãs pensaram em como poderiam descrever o estado da mãe. Dizer que estava mal, uma vez que a saúde de seu corpo parecia em ordem, não explicaria suficientemente as coisas. Lembraram-se da Mulher do Meio-dia, da qual Mariechen falava de tempos em tempos. Com um sorriso estranho, a criada sempre concluía seus comentários observando que sua senhora, que era como ela chamava a mãe das meninas, lamentavelmente se negava a falar com a Mulher do Meio-dia. "Então, não há nada a fazer", dizia Mariechen, dando de ombros. E bastaria que ela falasse por uma hora inteira, dando explicações acerca do preparo do linho à Mulher do Meio-dia, nada mais do que isso, acrescentava Mariechen, piscando o olho. Era só passar adiante um pouco daquilo que aprendera. Martha e Helene conheciam a história da Mulher do Meio-dia desde crianças, havia algo de consolador nela, pois sugeria que a confusão mental da mãe não era nada, senão uma maldição que poderia ser resolvida com relativa facilidade. "Então, não há nada a fazer", dizia Mariechen mais uma vez, dando de ombros. Seu sorriso revelava que ela acreditava piamente na Mulher do Meio-dia e sentia apenas uma compaixão insignificante por sua senhora incrédula. Por outro lado, assim sua senhora lhe pertencia, inexoravelmente, pertencia a ela e à sua crença. Mas Martha e Helene desistiram de falar à prima berlinense da Mulher do Meio-dia — queriam evitar que ela pensasse que eram daquelas que acreditavam nas crenças populares dos aldeões e que as acusasse de ingenuidade. Limitaram-se, portanto, a dar uma explicação objetiva: um mal inexplicável, um tormento de alma, cujo motivo não podia ser descoberto e cujo tratamento parecia de todo impossível.

Ah, isso não a deixava nem um pouco surpresa, escreveu prima Fanny em resposta; esses males eram coisa de família, e quis saber quem estava cuidando das meninas agora.

Elas mesmas cuidavam de si, replicou Martha orgulhosa, e pediu a Helene que o escrevesse. As duas. Helene deveria apenas informar à prima que, dentro de dois anos, faria sua prova final e seria aprovada como a mais nova entre as alunas de enfermagem. Agora mesmo já estava ajudando na lavanderia do hospital, ganhando algum dinheiro com a atividade, de modo que o salário das duas era suficiente para a vida simples que levavam. As sobras do patrimônio dos pais mal davam para manter a mãe, a casa e a fiel Mariechen.

Helene hesitou. Não seria melhor dizer que se tratava de um patrimônio escasso?

"Por quê? Quando se diz patrimônio, ele não pode ser escasso. E ele era considerável, anjinho."

"Mas agora tudo acabou."

"E ela precisa saber disso? Estamos longe de ser mendigas."

Helene não queria contrariar Martha. No orgulho da irmã havia algo indomável que lhe agradava. Helene continuou escrevendo. "Não chegamos a arrendar a gráfica, mas tivemos de vender algumas máquinas, já que o que possuíamos em espécie estava acabando e não recebemos notícias de Breslau sobre a herança." Prima Fanny não saberia algo sobre o tio morto, o chapeleiro Herbert Steinitz e seu grande salão, que, segundo se dizia, nos últimos anos se localizava no centro da cidade?

"Ora, ora, o chapeleiro", escreveu Fanny em resposta. O abastado tio só gostava de uma pessoa no mundo, e essa pessoa era sua estranha prima Selma. Claro que lhe deixara toda a sua herança. Mas ela mesma não mantinha mais contato com aquele tio. Talvez isso pudesse ser mudado. É certo, porém, que o tio era bem-visto apenas devido a seu patrimônio. Ela poderia perguntar aos irmãos o que fora feito do tio; um deles ainda morava em Gleiwitz, o outro vivia em Breslau.

O outono chegaria antes de Martha e Helene receberem a herança destinada à sua mãe. Tratava-se das rendas do aluguel de uma casa e de uma loja, que o tio mandara construir em Breslau, bem como de alguns títulos que por certo teriam pouco valor e, por fim, de uma mala-armário, grande e novinha em folha, que foi trazida por uma carroça em um dos primeiros dias frios do final de setembro.

O cocheiro explicou que a mala-armário era tão leve que ele poderia carregá-la sozinho escada acima, sem o menor problema.

Foi uma sorte o fato de a mãe, em seus aposentos, não ter percebido a chegada da mala. Depois, as irmãs esperaram até que Mariechen tivesse se retirado para seu quartinho, à noite. Com uma faca e um martelo, quebraram os lacres e selos. Um cheiro de tomilho e de pinheiros do sul lhes chegou ao nariz. Na mala, entre papel de seda e um grande número de chapéus chamativos, enfeitados talentosamente com penas e pedras, havia pedacinhos de madeira quadrangulares, que soltavam um cheiro resinoso e, embora fossem lixados e lisos, colavam dos lados. Sobre cada um dos chapéus havia um saquinho meio vazio de cânhamo amarelo, cheio de ervas secas, por certo destinadas a proteger contra as traças. Debaixo dos chapéus maiores, havia dois outros, estranhos, pequenos e redondos, que pareciam potes e couberam perfeitamente na cabeça de Helene e Martha. No fundo da mala, envoltos por um veludo pesado e verde-musgo, havia uma menorá e um peixe bem esquisito. O peixe era feito de dois chifres de cores diferentes, cobertos de entalhes e unidos cuidadosamente. As cavidades de seus olhos, marcadas por uma parte mais clara em meio à cor mais escura do chifre, por certo algum dia haviam tido pedras preciosas incrustadas, pelo menos era isso o que Martha acreditava. Em seu interior, na parte oca dos chifres, Helene encontrou um bilhete enrolado. "Testamento. Repasso tudo à minha querida sobrinha Selma Steinitz, de casada Würsich, em Bautzen." E o documento era assinado pelo tio Herbert. Mais fundo na barriga do peixe, estava escondida uma fina gargantilha de ouro, com pedrinhas minúsculas e transparentes, de um vermelho azulado. Rubis, supôs Martha. Helene ficou surpresa ao ver que a irmã sabia tanto sobre pedras preciosas. Involuntariamente, Helene fez as pedras deslizarem por suas mãos e as contou: vinte e duas.

"Vamos guardar isso aqui na cristaleira", disse Martha, tirando o peixe das mãos de Helene e abrindo a cristaleira. Colocou o peixe em uma das prateleiras inferiores, que não podiam ser vistas de cima. Tomaram essa decisão como numa espécie de acordo tácito, sem perguntar à mãe o que deveriam fazer com aquele peixe. Provavelmente a palavra "guardar" corresponderia a todo tempo de vida que a mãe ainda pudesse ter. Não lhe contaram nada sobre o peixe e fizeram os dois modernos chapéus menores desaparecer em seu armário de roupas.

Certa manhã, Martha, com a ajuda de Helene, primeiro empurrou, depois carregou a mala-armário com os outros chapéus, o testamento e a menorá até onde estava a mãe, na alcova escura, pisando com cuidado e seguindo de clareira em clareira, porque o chão do quarto já não deixava nenhum caminho livre para a passagem da grande mala. Quando viu o que estava acontecendo, a mãe ergueu os olhos assustada. Como um animal arisco, acompanhou os movimentos das filhas. Elas carregaram a mala por cima de um monte de tecidos e roupas, sobre duas mesinhas cheias de vasos e raminhos, caixinhas e pedras, e incontáveis objetos que, à primeira vista, não podiam ser reconhecidos; ergueram-na bem alto e depois praticamente a deixaram cair aos pés da cama da mãe. Martha abriu a mala.

"Do tio de Breslau, o chapeleiro", disse ela, e ergueu dois grandes chapéus, extremamente adornados com bijuterias, pedras e pérolas.

"Do tio Herbert, de Breslau", reforçou Helene.

A mãe assentiu com tanto zelo e olhou para a porta, assustada, depois para a janela, e por fim de volta para Helene, de modo que as meninas não conseguiram saber se ela as havia compreendido ou não.

"Não abra as cortinas", ordenou a mãe categoricamente a Helene. Bufou de desprezo quando a filha colocou a menorá sobre o parapeito da janela ao lado de seus pequenos castiçais. A menorá da mãe havia sido acesa pela última vez no dia da morte de seu marido. Ela acendera apenas seis velas e, quando Helene lhe perguntou por que deixara justamente a do meio apagada, sussurrou, com um fio de voz, que não havia mais um Aqui, perguntando se por acaso a menina não fora capaz de percebê-lo. Helene abriu a janela quando ouviu uma risadinha atrás de si, de repente. A mãe tentava recuperar o fôlego, pois algo devia ter lhe parecido incrivelmente engraçado.

"Mãe?" Helene tentou primeiro chamando-a, afinal de contas, havia dias em que perguntas eram completamente inúteis. A mãe apenas deu outra risadinha. "Mãe?"

De repente a mãe emudeceu. "E quem mais?", perguntou, e mais uma vez se ouviu sua risadinha.

Martha, que já descia a escada, chamou por Helene. Mas quando esta chegou à porta, a mãe recomeçou.

"Acha que não sei por que você abriu a janela? Sempre que entra em meu quarto você a abre sem nem me perguntar se pode fazê-lo."

"Só pensei que..."

"Você não pensa nada, criatura. Com certeza acha que meu quarto está fedendo. É isso que queria me mostrar? Que estou fedendo? Quer que eu lhe conte uma coisa, bobinha? A idade vem, ela virá para você também, e a idade faz os seres apodrecerem. Isso mesmo, pode olhar bem, porque você também vai apodrecer um dia. Buuu!", esbravejou a mãe. Ficou de pé na cama, começou a balançar o corpo e quase caiu de cabeça no chão. Estava rindo, um riso que saía rolando da garganta, de um jeito que doía em Helene. "Vou lhe contar um segredo: se não entrar no quarto, ele não fede. Simples assim! Fique longe dele, e ele não vai feder." O riso da mãe agora já não era mau, mas despreocupado, aliviado. Helene ficou parada, indecisa. Tentou pensar no significado daquelas palavras. "O que foi? Dê o fora daqui, ou prefere ficar sentindo meu fedor, sua maldosa?"

Helene se foi.

"E feche a porta!" Ouviu a mãe gritar às suas costas.

A menina fechou a porta. Segurou o corrimão quando desceu a escada. Como ele lhe pareceu familiar... quase sentiu uma felicidade especial por aquele corrimão a conduzir com grande segurança ao andar térreo.

Lá embaixo, encontrou Martha sentada na poltrona do pai. Estava ajudando Mariechen a remendar as roupas de cama.

As irmãs agradeceram à prima Fanny por ajudá-las a obter informações sobre o tio em uma longa carta, cheia de descrições detalhadas acerca das condições climáticas e características da vida cotidiana na cidade pequena. Contaram que fizeram uma segunda semeadura de verduras de inverno na horta atrás da casa, e que só nos próximos dias plantariam os repolhos, que seriam consumidos durante o inverno. Ninguém esperava que, em tempos como aqueles, se cuidasse também das flores no jardim, mas esta era uma verdadeira questão de honra para elas. Por mais que a conta de água tivesse subido assustadoramente, haviam conseguido evitar que o canteiro diante da casa secasse durante o verão. O verão tardio, aliás, exigia muito trabalho ao ar livre. Agora Helene já cortara quase todas as folhas das roseiras e as queimara. Prepararam uma solução de cobre para usar contra a ferrugem e uma de enxofre e cal contra os fungos. As margaridas floresciam maravilhosamente. Só não tinham certeza quanto aos bulbos. Mariechen recomendava que agora fossem plantados bulbos de cilas, narcisos, tulipas e jacintos. Mas no ano anterior muitos foram plantados com antecedência e congelaram, morrendo durante o inverno. Elas gostavam muito de rapôncio e espinafre, e haviam semeado grandes quantidades dessas hortaliças para o inverno, sobretudo porque não se podia prever quando a situação geral melhoraria. Tudo que lhes restara era uma prensa pequena, que ainda funcionava muito bem e estava guardada na oficina. Com ela, imprimiram pequenos almanaques para o ano seguinte, colorindo-os à mão todas as noites. Tinham muita esperança de ganhar algum dinheiro com esses almanaques nas quermesses. Ou, o mais tardar, nas vendas de Natal, já no inverno. Graças a Deus o mercado na época natalina era reservado exclusivamente aos comerciantes locais. Do contrário, os camponeses das montanhas fariam os preços baixarem. Elas estavam tentando de tudo. Na véspera, haviam esboçado e imprimido um pequeno almanaque com máximas da comunidade camponesa e sentenças morais. As pessoas ali na província gostavam de lembretes para as suas virtudes e de pensar em Deus. Aliás, Helene estava cada vez mais convencida de que a concordância nessas questões era a responsável pela comunhão, pelo consolo e pela bravura ali no Lausitz. E o que poderia ser mais importante naqueles tempos do que a confiança e a esperança? O que a prima achava, por exemplo, das recomendações "moderação e trabalho são os verdadeiros médicos do homem; o trabalho ativa o apetite e a moderação impede a satisfação abusiva do mesmo"? Quantas vezes as pessoas não confundem costumes com etiqueta!? Perdoam mais facilmente uma travessura de garoto que uma violação das regras estabelecidas no trato com os outros. Sem dúvida, a melhor maneira de se estragar um garoto é induzi-lo a respeitar mais aqueles que pensam como ele do que os que pensam diferente. Não há maneira mais segura de enfraquecer um propósito do que divulgá-lo várias vezes.

Com essas coisas tinham a impressão de que as suas almas graciosas se transportavam até o céu de Berlim, e não esperavam nada com mais fervor do que constatar o caráter certeiro daquelas frases no coração da prima. "Educação significa conseguir falar com qualquer pessoa no tom que, conjugado ao nosso próprio, resulta em uma grande harmonia, não é verdade, cara prima Fanny? A senhora é um modelo sagrado para nós no que diz respeito a isso."

Helene e Martha se esforçavam para mostrar à prima, a cada linha, uma independência vivaz, e ao mesmo tempo gratidão. Uma alegria! Essa afirmação pareceu a Helene bela demais para não ser registrada. Martha, ao contrário, via mentira e humilhação numa expressão como essa, se comparada com o cansaço que tomava conta dela quando pensava na vida em Bautzen. A fronteira pouco nítida entre orgulho e humildade no tom lhes parecia um verdadeiro desafio no ato de escrever uma carta. A cada passo, frases eram riscadas e reformuladas.

"Modelo sagrado?", repetiu Martha, hesitante, "E ela pode entender errado...".

"Por quê?"

"Porque talvez acredite que estejamos fazendo piada. É possível que sinta algo que não tenha nada de sagrado, e que nem tenha a intenção de ser um modelo sagrado."

"Não?", perguntou Helene, fitando a irmã. "Nesse caso, pelo menos é uma oportunidade para rir. Deveríamos escrever a frase assim mesmo, senão nem vamos chegar a conhecê-la de verdade."

Martha sacudiu a cabeça, pensativa.

Só horas depois elas passavam a limpo o que haviam escrito, tarefa que ficava a cargo de Helene, já que a letra de Martha nos últimos tempos parecia cada vez mais trêmula e torta. Havia algo de errado com sua vista, afirmava Martha, mas a irmã não acreditava nela. Helene acabou mantendo a expressão "modelo sagrado" e encerrou a carta convidando a prima, com toda cortesia, a visitá-las em Bautzen.

Passaram-se dias, uma semana e mesmo duas semanas sem que tivessem qualquer resposta. Helene começou a ficar impaciente.

Com os olhos de Martha certamente não havia nada de errado. Quando saíam para passear, Helene apontava de longe para um cachorro cor de areia — parecido com o velho Baldo, que nunca mais tinham visto desde o dia em que o pai tivera de levá-lo consigo à guerra — ou mostrava uma flor minúscula na beira da estrada, e Martha não tinha a menor dificuldade em reconhecer um e outra. Helene desconfiava que a escrita, que se mostrava ruim apenas em alguns dias, assim como a distração repentina que tomava conta de Martha em determinadas horas, tinha algo a ver com a seringa que já há alguns meses jazia de vez em quando sobre a borda da pia, provavelmente esquecida por um descuido da irmã. Por mais que Helene lidasse com seringas no hospital nos últimos tempos, a visão de uma como aquela na pia de sua casa deixava-a com um nó na garganta. Tudo nela se contraía quando via a seringa, e não queria vê-la. Nas primeiras vezes, assustava-se tanto e sentia tanta vergonha por Martha que tinha vontade de fazer a seringa desaparecer antes que Mariechen a descobrisse ou talvez a própria Martha se desse conta de sua falta de cuidado. Mas esse gesto não passaria despercebido e tornaria impossível o silêncio em torno do assunto.

Com o tempo, Helene se acostumou com a idéia de que Martha cultivava um contato cotidiano com a seringa. Não lhe fez qualquer pergunta a esse respeito. Nem seria capaz de falar disso sem titubear, uma vez que sabia que, desde a morte do pai e do abandono de Leontine, Martha de vez em quando se injetava quantidades mínimas provavelmente de morfina, talvez de cocaína.

Eram sobretudo as cartas da prima Fanny que, depois da morte do pai, deixavam Helene esperançosa, pensando em uma vida diferente, além dos limites de Bautzen. As paisagens de Berlim que conhecia já bastavam para fazê-la sonhar com as diversas caras da cidade. Por acaso Berlim não era, com suas mulheres elegantemente vestidas, a Paris do Leste? Por acaso não era a Londres do continente com suas noites infindáveis?

No entanto, durante todo o mês de outubro a prima Fanny não se manifestou acerca daquela última carta, mais detalhada e mais pomposa, que Martha e Helene haviam lhe escrito. No princípio de novembro, Helene não suportou mais a espera e escreveu de novo. Dizia esperar que não tivesse acontecido nada com ela. De qualquer modo, em Bautzen estavam todos mais do que agradecidos por sua intermediação, ao pedir ajuda aos parentes de Breslau para resolver a questão da herança. Tinha recebido a última carta? Em Bautzen a vida continuava como sempre. Depois de concluir as provas — Helene acabou riscando as palavras "com louvor" —, assumira seu trabalho no setor de cirurgia do hospital, em setembro. Desde então, ganhava um pouco mais, e ficava especialmente feliz com o trabalho que lhe havia sido atribuído. Martha tirou a pena das mãos de Helene e explicou, com seus garranchos, que a irmã conquistara o lugar da enfermeira Leontine, uma amiga que há dois anos se mudara para Berlim. Em razão de seu talento extraordinário, o médico-chefe fazia cada vez mais questão de ter Helene a seu lado quando precisava de um auxiliar capaz de uma atenção incomum e de mãos seguras em cirurgias mais complicadas. Helene quis riscar as frases de Martha, pois algo nelas lhe pareceu vaidoso e inoportuno. Mas Martha disse que o maior erro que ela poderia cometer seria esconder sua habilidade e acabar nas mãos de um homem, totalmente dependente dele. Depois, devolveu a caneta a Helene.

"Você não acredita nisso de verdade, acredita?", perguntou Helene. Gostaria que a irmã não ficasse o tempo todo desafiando-a com aquele seu jeito. Helene pegou a caneta e continuou escrevendo.

Os cuidados com a mãe agora estavam garantidos graças ao que o tio havia deixado. Teriam muito prazer em recebê-la em Bautzen, e seria bem-vinda a qualquer hora. Mandou seus melhores cumprimentos, na esperança de receber alguma notícia em breve.

Helene pensou em pedir desculpas pelas descrições detalhadas da carta anterior sobre as medidas econômicas que ambas haviam tomado. Afinal de contas, Fanny poderia ter achado que aquilo fora escrito em tom bem aborrecido, e talvez tivesse ficado contrariada. Helene não queria admitir que ela poderia ter encarado a idéia de ser um modelo sagrado uma ofensa. Talvez encarasse apenas como uma impertinência o fato de ser considerada um modelo pelas duas primas protestantes dos confins do Lausitz.

Passaram-se semanas. Só pouco depois do Natal é que a carta esperada por tanto tempo chegou. Era mais longa e parecia escrita com menos cuidado do que as anteriores; as letras juntinhas mal podiam ser decifradas. A prima agora tinha uma série de coisas a fazer para os festejos de fim de ano, os filhos de seu primo já ansiavam pelo *Chanuca* e ela queria lhes comprar alguns presentes; mesmo seu amado contava com alguma atenção sua no Natal. Ele não perdia por esperar. Estava aguardando a visita dos primos de Viena e Antuérpia, com todo o clã, para o *Chanuca*. Hoje mesmo tinha muito a fazer, porque precisava discutir com a cozinheira a seqüência de pratos para os dias de festa. A cozinheira mal tinha saído dos cueiros, ainda era bastante jovem e inexperiente, de modo que sempre precisava de ajuda no preparo dos pratos. Isso lhe agradava, no fundo, pois, afinal de contas, ela mesma gostava de cozinhar, e nunca ficava satisfeita com a quantidade cada vez maior de farinha que a antiga cozinheira, finalmente aposentada, usava para engrossar molhos até transformá-los em um mingau grosso e cheio de bolotas, que a velha não devia nem ver, com seus olhos já fracos, ou que talvez visse e permitisse que se formassem por querer. Estaria entediada com o trabalho? Talvez fossem os incômodos com o marido, que a deixara trabalhar sozinha até o final da vida e usara o punho prejudicado como desculpa para explorar a eficiência da mulher. Desconfiava que a velha cozinheira derramava leite ou nata nas panelas, ainda que tivesse lhe pedido várias vezes para não fazê-lo. É claro que não estava querendo fingir e afirmar que seguia à risca as velhas prescrições alimentares do judaísmo. Não, não gostava dessas coisas com gosto de leite. Ainda mais do que as bolotas, o que a incomodava nos últimos tempos eram os xingamentos diários ao marido preguiçoso que a cozinheira tinha em casa. E isso certamente ainda era bastante coisa, uma vez que os molhos mal podiam ser chamados de molhos! No final das contas, os pedaços de fricassê ficavam praticamente em pé no mingau de farinha, e não se podia sentir nem um rastro do gosto do louro e do limão. Pudim de carne, simplesmente horrível!

Helene e Martha tiveram de rir ao ler aquela carta esperada por tanto tempo. Um mundo se abria diante de seus olhos; cada frase tinha de ser lida várias vezes.

As irmãs se perguntavam se aqueles primos de Viena e Antuérpia também não seriam seus parentes, pois o jeito como a prima os chamou e o fato de nunca ter mencionado em suas cartas um marido tornava essa suposição bem viável. Sem se dar conta, Martha e Helene se aprumaram. Estavam sentadas no banco da lareira esquentando as costas. Parecia-lhes que a carta envolvia toda a crosta terrestre em uma rede, e que a prima Fanny era uma íntima conhecedora desse mundo, se é que ela mesma não era esse mundo. No pós-escrito, afirmou que seus passos com certeza não a levariam ao Lausitz nos próximos tempos e, no pós-pós-escrito, disse que imaginava que as meninas gostariam de ir a Berlim algum dia, para fazer uma visita, e se quisessem poderiam até ficar por mais tempo. No envelope, encontrariam duas passagens de trem de primeira classe, de Dresden a Berlim. Dresden seria mesmo a estação mais próxima? O apartamento era suficientemente grande, uma vez que não tinha filhos. Ademais, com certeza encontrariam trabalho em Berlim. Gostaria muito de providenciar para que se tornassem alguém na vida.

Helene e Martha se entreolharam. Rindo, abanaram a cabeça. Se há dois anos, quando o pai morreu, acreditavam que sua vida a partir de então se resumiria a trabalhar no hospital e envelhecer em Bautzen ao lado de uma mãe que se mostrava cada vez mais confusa, agora aquela carta assinalava o primeiro movimento em direção a um futuro com o qual apenas sonhavam. Helene pegou a mão de Martha e secou uma lágrima de seu rosto. Contemplou a irmã mais velha, que sempre admirara por sua postura humilde, cujo piscar de olhos tirava sua graça de uma pureza aparentemente perfeita, mas cujo encanto era maculado por aqueles beijos entre ela e Leontine que havia presenciado. Helene sabia muito bem qual era a aparência da virtude feminina, e uma moça sempre devia cuidar de se mostrar decente e humilde, pura, nada mais, pois era isso que contava. Mas o que podia ser lido nas entrelinhas daquela carta era outra coisa, e despertou a ânsia e o desejo no coração de Helene. Beijou a irmã mais velha no lóbulo da orelha, chupou-o sem largá-lo, e quanto mais soltas as lágrimas quentes da irmã rolavam pelas faces, tanto mais loucamente Helene o chupava. Parecia até que chupar o lóbulo da orelha de Martha e suas torrentes salinas era a única possibilidade de não ver a irmã chorando e não precisar pensar nem dizer nada. Ficaram sentadas ali, uma ao lado da outra, por tempo indeterminado, de rosto colado. Só depois de alguns instantes é que os pensamentos voltaram. O choro de Martha, o alívio que o provocou e que se podia sentir nele fizeram com que Helene imaginasse quanto a irmã deveria ter sofrido. Martha já não vinha trocando cartas românticas com a amiga distante, em Berlim, que, embora infeliz no casamento, se alegrava com os muitos teatros e clubes da cidade? Há apenas alguns dias, quando, cheia de esperanças e incertezas, aguardava a resposta de prima Fanny, Helene não pôde resistir e pegou em segredo uma carta endereçada à irmã. Era de Leontine e vinha de Berlim. Helene aproveitara o serão de Martha no hospital e abrira a carta de Leontine com cuidado, colocando-a sobre o vapor da chaleira. "Doce amiguinha", assim começava Leontine. "Não posso lhe dizer o quanto sinto sua falta. A faculdade só de vez em quando exige que eu estude até bem tarde da noite. Em patologia, já dou palestras para os alunos novatos. Mas os finais de semana pertencem a mim. Ontem saímos para dançar. Antonie levou sua amiga Hedwig conosco. Exibi para elas minhas roupas novas sem o menor pudor — dei um jeito de surrupiá-las de Lorenz. Minhas amigas fizeram a maior festa, mas uso as calças dele apenas em casa. Para sair, fiz eu mesma um vestido novo. Antonie também estava usando um vestido encantador, um vestido da moda, creme, que nos fez admirá-la e elogiá-la. Só até os joelhos! Sem cintura! Dançou tão maravilhosamente vestindo-o, e sentiu prazer em nos tirar do sério! O que pode ser mais excitante do que imaginar cintura e quadris, quando o corte do vestido insiste em afirmar que ali não há nada!? No decote, florescia uma peônia de seda. Brigávamos para dançar com ela. Minha bela e grande amiguinha, eu não parava de pensar em você. Você ainda se lembra de quando dançamos até a madrugada no sótão lá de casa? Menina doce e terna, quantas não são as vezes em que penso em você! Como meu coração fica apertado em saber que neste Natal não poderei viajar até aí! Lorenz não quer saber disso. Acha que seria um gasto desnecessário, afinal de contas, meu pai estava muito bem na família de minha irmã Mimi, e ninguém sentia minha falta em casa. Lorenz sempre faz questão de ter razão em tudo. Não diz nada que possa carregar algum resquício de dúvida. Se quer saber, ele deveria ter se tornado jurista. Os tribunais se alegrariam um bocado com ele. Mas, na vida a dois, seu olhar honesto — vindo de olhos répteis e que se dirige ao mundo sempre de cima para baixo — agrada bem pouco. Você pode imaginar como as afirmações dele me irritam. Tenho sempre vontade de contradizê-lo. Mas logo suas palavras já me parecem tão indiferentes que apenas me limito a deixar o quarto e, de preferência, a casa, sem lhe responder nada. Ele gosta de dar a última palavra sozinho, e acaba por se isolar de mim por causa disso. Isso o deixa satisfeito? Por sorte nos vemos apenas raramente. Ele dorme na biblioteca. De manhã, sempre digo que se ouve seu ronco pela casa inteira. Se o problema ao menos fosse esse... A' você posso dizer a verdade: ele ronca tão poucas vezes quanto qualquer uma de nós. Mas prefiro que continue dormindo do outro lado da casa e que nos encontremos o menos possível. Hoje à noite vou ao teatro com Antonie. Aqui perto, na Hardenbergstrasse, o cinema Terra fechou, e em seu lugar abriu um teatro em outubro. A fama de miss Sara Sampson ecoa por toda a cidade. Luci Höflich no papel de Marwood deve estar simplesmente maravilhosa. Mas o que estou dizendo, minha querida? Você jamais a viu! O que eu não daria para ir com você ao teatro hoje à noite! Não fique enciumada, minha doce boquinha de mel. Antonie vai se casar em abril, e diz que está totalmente apaixonada. Vi seu noivo de longe certa vez, não parecia se tratar de um homem exatamente fino, era antes um tipo bruto, que anda com as pernas abertas! Exatamente o contrário da graciosa Antonie. Como foram as provas de Helene? Mande cumprimentos à pequena. Abraços e beijos. Do Leo."

A letra "a" estava sem sua perninha, então parecia, talvez conscientemente, um "o". Mas não havia dúvidas: a letra era de Leontine. Helene não deu a perceber que havia lido a carta. Mas quando, alguns dias mais tarde, estavam sentadas de rosto colado, depois de ler a carta da prima Fanny e Martha chorou, para, no instante seguinte, rir de alegria por causa do convite, Helene teve certeza de que tudo que a irmã queria era arrumar a mala imediatamente e viajar para Berlim e ficar lá para sempre. Uma viagem de trem na primeira classe, de Dresden a Berlim. Nesse caso, pouco importava que Bautzen tivesse uma grande estação de trem, estação onde Helene tantas vezes fora buscar os colegas do médico-chefe — tanto médicos quanto professores vindos da Alemanha inteira —, e que de modo algum podia ser chamada de provinciana. Também era dali que saíam para meio mundo, e com certeza também para Berlim, os vagões produzidos na fábrica de Bautzen. Mas não podia censurar a prima Fanny por considerar Bautzen uma aldeia, pois ela havia demonstrado uma generosidade inesperada comprando passagens na primeira classe, na qual nem Martha nem Helene jamais haviam viajado!

Em uma tarde de janeiro, quando já começava a escurecer, o médico-chefe da ala cirúrgica pediu à jovem enfermeira Helene que fosse a seu gabinete. Disse-lhe que queria viajar a Dresden por uma semana, em março. Lá iria se encontrar com colegas da universidade e pretendia organizar um livro com eles sobre as novas descobertas da medicina. Perguntou a Helene se ela o acompanharia, dizendo que isso não a prejudicaria de forma alguma. Não queria prometer demais, foi o que disse à enfermeira de apenas quinze anos, mas podia perfeitamente imaginá-la na condição de sua assistente, algum dia. Sua agilidade na máquina de escrever e seus conhecimentos de estenografia o convenciam disso. Ela era talentosa e sensata, e seria uma honra para ele levá-la consigo para o encontro dos professores. Decerto jamais andara de automóvel. Seu olhar entusiasmado deixou Helene embaraçada. A menina sentiu um nó na garganta. Ela não tinha nada a temer, prosseguiu o médico-chefe que agora sorria, precisaria apenas fazer um ou outro protocolo, pois sua antiga secretária não podia mais viajar por causa das pernas inchadas e só era capaz de assumir algumas atividades. Helene percebeu que estava enrubescendo. Ainda há pouco essa oferta teria lhe parecido o mais belo desafio. Mas agora tinha outros planos, dos quais o médico-chefe não podia saber.

"Deixaremos a cidade em março, as duas, Martha e eu", disse Helene atabalhoadamente.

O médico-chefe a fitou em silêncio, como se não estivesse entendendo o significado de suas palavras; Helene tentou, então, encontrar outra maneira de dizer aquilo.

"Queremos ir a Berlim. Temos uma prima que mora lá e que se ofereceu para nos hospedar."

O médico-chefe se levantou e, com o monóculo, inclinou-se diante do grande mapa da Pharus, pendurado a uma parede. "Berlim?" Parecia até que ele não conhecia aquela cidade, e precisava procurá-la no mapa com algum esforço.

Helene assentiu. A prima já havia lhes mandado as passagens de Dresden a Berlim, faltava-lhes apenas o dinheiro para a viagem de Bautzen a Dresden. Quem sabe o senhor médico-chefe não teria a bondade de levá-las consigo de automóvel até Dresden, e, nesse caso, ela faria com gosto os protocolos de seu encontro com os outros professores, só seguindo viagem para Berlim depois de terminar o trabalho. Quando aconteceria o encontro dos professores de que ele participaria?

O cirurgião não conseguia se mostrar de todo alegre. Não respondeu a pergunta da menina acerca do encontro, e tratou de alertá-la para que não desse nenhum passo precipitado. Quando Helene lhe garantiu que não estavam de forma alguma agindo irrefletidamente, pelo contrário, há um bom tempo não pensavam em outra coisa, ele se tornou rude.

"As jovens damas não deviam se superestimar", alertou ele. Afinal de contas, eram filhas de uma família protestante da cidade e seu pai havia sido um cidadão honrado de Bautzen. A pobre mãe estaria, pelo que ele soube, sozinha e precisando de cuidados. O que estavam pensando ao cogitar a possibilidade de virar as costas de maneira tão irresponsável ao colo que lhes dera a vida?

Helene não parava de trocar o pé de apoio. Lembrou ao médico-chefe que a enfermeira Leontine também morava em Berlim, onde estudava medicina graças, sobretudo, às recomendações dele. Mas não deveria ter dito isso, pois o médico-chefe agora estava furioso. "Graças às minhas recomendações?", esbravejou ele. "Vocês são mesmo uma gentinha ingrata, não têm o menor juízo! Gratidão então, nem se fala!" Era mais do que óbvio que aquele casamento de Leontine não tinha sido por amor. Ele ouvira muito bem ela contar a outra enfermeira que estava fazendo uma coisa inteligente. Não uma coisa boa, uma coisa inteligente! Ora, ora, algo assim era difícil de acreditar, por mais que se tentasse. Estaria ela querendo ridicularizá-lo, fazê-lo ficar com ciúmes? Talvez a pequena Leontine tivesse deixado sua veneração por ele lhe subir à cabeça! Uma decisão inteligente? Mais inteligente com certeza teria sido ficar ao seu lado. Quanto esforço vão era permitir que mulheres fizessem faculdade! Em uma profissão que exigia persistência, força e concentração, que significava a aceitação de obrigações de ordem espiritual e física por parte do ser humano, em uma profissão dessas as mulheres não conseguiriam se sair bem de maneira alguma. Ficariam sempre em segundo plano, simplesmente porque na sua classe apenas os melhores podiam pesquisar e atuar. O médico-chefe perdeu o fôlego. Agudeza de espírito, era isso que importava. Estava cada vez mais ofegante. Por que, então, uma mulher deveria fazer faculdade? Leontine havia sido uma excelente enfermeira, de fato, uma enfermeira extraordinária. Era lamentável o que tinha acontecido com ela. Quem poderia imaginar uma coisa dessas? Parecia-lhe uma verdadeira traição o fato de ela ter enfiado sua recomendação no bolso sem lhe dar a mínima, e depois ter se casado em Berlim!

Helene cobriu o rosto com as mãos. Não esperava que o médico-chefe alimentasse tanto ódio contra Leontine. Sempre que falava dela para outras enfermeiras e para os médicos, mostrava respeito e veneração por suas habilidades. Helene achava até que havia um certo orgulho na voz dele quando informava que sua enfermeira mais nova, como a chamava, agora estudava em Berlim.

"Tire as mãos daí, Helene!", exclamou ele, tentando puxar as mãos da menina para afastá-las do rosto e poder olhar em seus olhos. Com isso, acabou encostando no seio de Helene com o dorso da mão e o fez de forma tão rude que ela teve de se esforçar para admitir que fora a intenção dele. O médico agora a puxava pela cabeça, tentando erguê-la da cadeira. Suas mãos apertavam as orelhas de Helene com tanta força que ela sentiu dor. "O que está pensando, enfermeira? Acha que algum dia estará em um lugar melhor do que ao meu lado, na ala cirúrgica? Você pode segurar meus instrumentos enquanto abro cabeças. Mesmo na operação da minha mulher permiti que você fizesse a sutura. O que mais está querendo?"

Helene quis responder àquela pergunta, mas interiormente sentia-se surda e muda.

O médico-chefe soltou enfim a cabeça da menina, e ficou andando para lá e para cá a passos rápidos. Helene sentiu as orelhas doerem e queimarem. Desde que participara pela primeira vez de uma operação e descobrira as mãos dele, que pareciam calmas e seguras, quase ternas, como se estivessem tocando um instrumento e não lidando com ossos e tendões, veias e artérias; desde aquela primeira vez em que vira suas mãos e pudera observar os movimentos finos e precisos de cada um de seus dedos, passara a admirá-lo. No princípio, ela o temia, por causa da admiração que sentia e das habilidades dele. Mais tarde aprendeu a admirá-lo justamente por ele não fazer mau uso dela no intuito de humilhar qualquer um de seus colaboradores, porque estava sempre a serviço dos pacientes e de sua arte, a arte da medicina. Helene jamais o ouvira proferir uma palavra em tom mais alto, muito menos o vira fazer um gesto rude. Mesmo depois de terem trabalhado dez horas seguidas — certa vez haviam sido quinze, até a madrugada, quando do acidente na fábrica de vagões —, o médico-chefe sempre parecia tomado por uma paciência divina, que não apenas incutia nos outros a convicção acerca de sua própria capacidade, mas também transmitia a idéia de bondade. Agora ele tinha virado para ela a lâmpada de sua escrivaninha, deixando-a ofuscada.

"Leviandade?", perguntou como se estivesse fazendo uma anamnese com um paciente. "Parece que não", respondeu ele mesmo. Deu um passo em sua direção e pegou seu queixo. "Irreflexão? Com certeza", afirmou o médico-chefe inclinando a cabeça para o lado. Sua voz se tornou suave quando disse: "Talvez burrice..." Como se tentasse ajudar Helene dando-lhe um diagnóstico.

"O senhor me perdoe, por favor", pediu a menina, baixando os olhos.

"Perdoar? Burrice é a última coisa que eu poderia perdoar. Você pode me dizer aberta e claramente o que espera de Berlim, mocinha?"

Helene olhava para o chão, que havia sido encerado e estava brilhando. "Nós, nós...", balbuciava, procurando as palavras certas que dissessem mais do que era capaz de pensar. "Hoje em dia, tudo está mais caro, senhor professor. As pessoas querem ir ao conselho municipal, querem exigir trabalho e pão. Aqui no hospital também houve boatos sobre demissões. O senhor deve ter ficado sabendo disso, não? Por favor entenda, em Berlim, Martha e eu teremos outras oportunidades... Vamos trabalhar por lá, talvez... estudar."

"Estudar... talvez? Você não tem a menor noção do que isso significa, mocinha. Por acaso sabe o que uma faculdade exige, que domínio do espírito, que desafios terá de encarar? Com certeza não está à altura deles. Lamento muito dizer isso assim abertamente, mas preciso alertá-la. Sim, preciso alertá-la. E os custos, você não tem a menor noção dos custos... Quem vai financiar o seu curso, se estará estudando? Ora, você não tem autonomia a ponto de ficar batendo perna e trabalhando de bar em bar nesse mundão."

"Com certeza, senhor professor, com certeza." Helene não conseguiu dizer nada além disso. Estava envergonhada.

"Com certeza", murmurou o professor e médico-chefe. Tinha os olhos fixos no rosto grande da menina, que nada conseguia esconder. Seu olhar parecia pesado, como se a pressionasse. Queria replicar, defender-se daquele olhar, mas reconheceu nele um desejo que a fez desviar os olhos, deixando que as lágrimas lhe corressem pelo rosto. Pegou o lenço do bolso e secou os olhos.

"Helene." A voz suave do médico-chefe acariciou seus ouvidos. "Não chore, mocinha. Sei muito bem que não tem ninguém. Ninguém que cuide de você, que a proteja como apenas um pai conseguiria fazer."

Essas palavras fizeram Helene chorar ainda mais. Não queria, mas agora soluçava, e permitiu que o médico-chefe passasse o braço pelos seus ombros.

"Agora chega", suplicou ele. "Helene, perdoe-me pela severidade." O médico-chefe agora a apertava cuidadosamente contra si. Helene sentiu a barba dele roçar em seu couro cabeludo, percebeu que ele baixou a cabeça, aninhando a boca e o nariz em seu cabelo, como se eles fossem um homem e uma mulher que pertencessem um ao outro na condição de marido e esposa. Era a primeira vez que um homem se aproximava tanto dela. Ele cheirava a tabaco e vermute, e talvez a virilidade. Helene sentiu o peito arfando e o coração descompassado. Depois veio a sensação de calor e frio e, em seguida, começou a se sentir mal. Provavelmente havia se esquecido de respirar. Afinal de contas, tudo o que pensava agora era que ele tinha de largá-la, caso contrário, teria de empurrá-lo para longe de si, com toda força, pois era assim que deviam agir as mocinhas como ela.

E ele a largou. Bem de repente. Simplesmente a largou. Recuou um passo e se virou para o outro lado. Sem olhar para ela, disse em voz seca: "Vou levá-la comigo a Dresden, Helene, você e sua irmã. Pelo que disse, já têm as passagens para seguir viagem, não é?"

Helene assentiu.

O médico-chefe voltou à sua escrivaninha e empurrou a pilha de livros para o lado.

"É óbvio que vou redigir os protocolos em Dresden", apressou-se em dizer Helene. Sua voz soou baixinha.

"Como?", perguntou o médico-chefe, fitando-a. "Protocolos? Ah, é disso que está falando. Não, enfermeira Helene, você não redigirá mais protocolos para mim."

Nas semanas seguintes, só raras vezes o médico-chefe pediu que a enfermeira Helene ficasse a seu lado na sala de operações. Tampouco lhe ditou relatórios ou cartas. E em qualquer atividade que tivesse de realizar fora da sala de operações, a menina ficou submetida às ordens severas da enfermeira-chefe. Helene limpava os instrumentos, lavava os pacientes nas camas, lhes dava de comer e limpava os urinóis. Raspava a crosta da língua dos velhos e cuidava de suas feridas. Uma vez que a chave do armário das drogas ainda não lhe havia sido tirada, ela podia subtrair pequenas quantidades de morfina para Martha. Pela porta de dois batentes, ouvia os gritos e gemidos na sala de parto, e aos domingos observava como as mulheres mostravam a neve no jardim aos recém-nascidos. A ala das parturientes estava sob a mão firme das parteiras. Se Helene quisesse ficar no hospital, com certeza teria ido até lá e oferecido sua ajuda. Mas se permanecesse no hospital, estaria junto à mesa de operações, estendendo os instrumentos ao médico-chefe, para depois pegar a agulha e costurar as barrigas. Helene esfregava os assoalhos. A vantagem era que agora trabalhava mais freqüentemente com Martha, e podiam conversar sobre o futuro e sobre Berlim enquanto estavam trabalhando. A não ser pelas operações, das quais Helene praticamente não tomava mais parte, uma vez que o médico-chefe providenciara uma nova enfermeira para ficar ao seu lado, nada nele indicava que não cumpriria o que prometera. Agora o que importava era esperar até março, e depois até o mês chegar ao fim.

O médico-chefe conseguiu, com a ajuda de seu assistente, prender a mala das duas irmãs na parte traseira de seu automóvel. Logo em seguida, as jovens puderam embarcar. Durante a viagem, foi dando conselho às meninas aos berros. O motor barulhento e os demais ruídos do carro em movimento o obrigavam a tanto. Naqueles tempos, era importante investir suas posses em bens duráveis. Um automóvel como o seu era justamente a escolha certa. Quem sabe elas também não quereriam dirigir?

Com certeza. Martha foi a primeira a sentar ao volante. Depois de poucos metros, já conduzia o carro em linha reta sobre o campo. Os sulcos ainda negros da lavoura cediam quando as rodas passavam pela terra nua. Mas o veículo atolou logo, logo, e começou a soltar fumaça. Os três tiveram de descer. Sobre a água empoçada nos sulcos da lavoura, havia se formado uma fina película de gelo, que estalava quando alguém pisava nela. Enquanto Martha esfregava o braço, o médico e Helene empurraram com toda a força, até conseguir levar o carro de volta para a estrada. Agora o médico-chefe não queria mais saber da idéia de deixar a outra irmã dirigir também.

Ainda antes do meio-dia passaram pela ponte Blaue Wunder — milagre azul. O médico-chefe exaltou a pompa e a genialidade da construção, mas as irmãs só viram ali barras de metal, que se destacavam, erguendo-se ao lado das janelas, e cujo azul fabuloso que lhe deu nome não era nada em comparação à cor do rio. Bem mais suntuoso lhes pareceu o Elba, que havia transbordado. A viagem pelo bairro das mansões durou mais do que esperavam, tanto que, em dado momento, tiveram de parar e repor água no motor. Em seguida, tudo foi bem rápido. Eram ultrapassados por coches; o trânsito ficou mais denso.

Helene gostaria de ver o porto, mas o tempo era curto. O médico-chefe levou as irmãs até a estação central, conforme havia prometido. Os relógios nas duas torres marcavam horários diferentes; o médico estava certo de que se devia seguir aquele que estava dez minutos adiantado. O tamanho do salão de três naves coberto por aço abobadado deixou Martha e Helene admiradas. Era a primeira vez que viam arcos de aço como aqueles serem usados como estrutura para um telhado de vidro. O sol brilhava entre nuvens cinzentas; por certo haveria de chover. Massas de gente se acotovelavam diante das vitrines suntuosas das lojas e corriam em direção a uma das várias plataformas. Um cesto de limões virou, e as pessoas se abaixavam, como se o mundo fosse acabar, para pegar as frutas amarelas que saíram rolando. Helene também se abaixou, pegou um limão e pôs no bolso. Dois garotos abordaram Martha e Helene, tentando lhes vender um ramo de amentilhos. Uma velha com uma criança de colo nos braços estendia a mão aberta. O bebê não podia ser seu filho de jeito nenhum, e Helene supôs que a mãe talvez tivesse morrido no parto. Mas que idéia! Ficar pensando em morte de mãe! Antes de as irmãs se darem conta, um carregador acondicionou sua bagagem em um carrinho e correu à frente delas gritando: "Saiam da frente, saiam da frente." O médico-chefe advertiu Martha e Helene, dizendo-lhes que jamais perdessem de vista os próprios bolsos nem o carregador no meio da confusão. Apesar das tentativas de ambas para dissuadi-lo, ele fez questão de levá-las até o seu trem. Acompanhou-as na plataforma, até o vagão das bagagens, depois, até aquele em que ficariam e, por fim, até seus assentos, na primeira classe. Com um sorriso contido, entregou a Martha um pacotinho com provisões, que sua mulher havia lhe preparado pela manhã. "Salsichão e ovos cozidos bem duros", ofereceu ele, falando baixo. Como já acontecera antes durante a viagem, o médico-chefe evitou olhar para Helene. Mas foi amistoso, estendeu a mão às duas e desceu do trem. Talvez aparecesse diante da janela, na plataforma, para acenar com um lenço branco. Mas não, não voltaram a vê-lo.

O trem chiou. Aos solavancos, deixou a estação central de Dresden. O ribombar da locomotiva atordoava tanto os ouvidos que Helene e Martha não se falaram. Os viajantes ainda se acotovelavam no corredor, procurando seus vagões e seus lugares. As irmãs já estavam sentadas há um bom tempo em seus bancos estofados em veludo. Embora na excitação tivessem se esquecido de tirar os sobretudos e as luvas, estavam viradas para a janela a fim de não perder nada do que passava do lado de fora do trem. Tinham a nítida sensação de que, com seus assentos tão nobres, com aquela janela e aquele trem, uma nova vida estava começando, uma vida que não teria mais nada a ver com Bautzen, uma vida que as faria querer se esquecer das últimas semanas, com a mãe praguejando e cada vez mais entrevada. Do lado esquerdo, guindastes subiam ao céu à distância; com certeza pertenciam ao porto e ao estaleiro, que não podia ser visto do trem. Mariechen por certo cuidaria bem da mãe. Martha e Helene prometeram lhe mandar dinheiro suficiente todo fim de mês quando se despediram. E para que existia a renda dos aluguéis em Breslau? Juntas, haviam decidido que Mariechen a princípio ficaria morando com a mãe na Tuchmacherstrasse. Mariechen lhes agradeceu a sugestão, também não saberia mais para onde ir com sua idade já avançada, depois dos vinte e sete anos de serviços prestados à família.

As últimas casas de Altstadt, o distrito histórico, passaram por elas; o trem atravessou a Marienbrücke tão devagar que se poderia correr ao lado dele; os prados do Elba estavam mais negros do que verdes. O Elba enchia seu leito, e ali na cidade mal ultrapassava suas margens. Um barco cheio de carvão se arrastava pesadamente contra a correnteza. Helene duvidou que ele conseguisse chegar a Pirna. Mais uma vez, passaram casas, ruas, praças — o trem chegava a uma estação menor. Levou algum tempo até as casas da cidade desaparecerem, e também as casinhas baixas e jardins do subúrbio ficarem para trás. À distância, Helene julgou reconhecer a parte final das montanhas do Lausitz. Sentiu-se tomada por uma excitação e um alívio alegres ao pensar que também elas não podiam mais ser vistas e o trem enfim resfolegava entre várzeas, florestas e prados. A neblina encobria as lavouras; era bem pouco o verde que anunciava a chegada da primavera; apenas o sol conseguia romper aquele tapete enevoado.

A Helene pareceu que já estavam viajando há semanas. Abriu o pacotinho preparado pela mulher do médico-chefe e ofereceu algo a Martha. Comeram os pães com o assim chamado "salsichão", cujo gosto era de morcela e que também tinha a consistência fina de sangue coagulado. Elas devoraram os pães com o mingau negro-avermelhado como se não vissem comida há anos e como se morcela fosse algo extremamente gostoso. Para acompanhar, tomaram o chá que elas mesmas haviam trazido em uma garrafa envolta em palha trançada. Depois, sentiram-se extenuadas e, antes mesmo de o trem parar mais uma vez, fecharam os olhos.

QUANDO ACORDARAM, os viajantes já estavam parados à janela e no corredor. A chegada à cidade e à estação Anhalter lhes arrancou exclamações de surpresa em voz baixa. Quem era capaz de imaginar Berlim, seu tamanho, os muitos pedestres, bicicletas, coches e automóveis? Se Martha e Helene se acreditavam preparadas para encarar a metrópole depois da estação central de Dresden, agora uma segurava a mão fria e suada da outra. Pelas janelas abertas, o barulho ensurdecedor do saguão da estação penetrava no trem. Os viajantes se acotovelavam saindo dos compartimentos para o corredor e se apressavam em direção às portas. De fora, Helene ouviu os assobios e chamados dos carregadores, que já ofereciam seus serviços ali mesmo na plataforma. Um pânico incrível tomou conta das meninas. Temiam não conseguir sair a tempo do trem. Martha tropeçou ao descer e se enrolou no sobretudo, de modo que mais resvalou do que desceu do último degrau à plataforma. Caiu de quatro assim que tocou o chão. Helene riu e sentiu vergonha. Cerrou o punho enluvado e o mordeu. No instante seguinte, tateou tentando agarrar o corrimão, aceitou a ajuda de um senhor de mais idade e se apressou em descer do trem. Junto com esse senhor, ajudou Martha a se levantar. A estação estava lotada de pessoas que vinham buscar seus parentes e conhecidos, mas também de negociantes e moças correndo para lá e para cá, oferecendo de jornais a serviços de engraxate, passando por flores e coisas que as irmãs só agora percebiam que não possuíam ou que estavam lhes faltando. Ao mesmo tempo, uma olhou para a outra e se deram conta de seus sapatos sujos. Ainda estava grudada neles a terra da lavoura da Saxônia, de cujos sulcos haviam conseguido tirar o automóvel do médico-chefe. Suas mãos estavam vazias, embora há tempos já tivessem de ter pensado no presente que dariam à prima. Por acaso o físico Röntgen, inventor dos raios X, não havia morrido ainda há pouco? Helene vasculhou a memória, tentando se lembrar das notícias cosmopolitas mais importantes que ouvira ou lera nos últimos tempos. Só de vez em quando aproveitava a oportunidade para ler os jornais que ficavam jogados pelo hospital. O que sabiam sobre os acontecimentos no mundo, de um modo geral, e sobre os acontecimentos em Berlim, especificamente? Talvez um ramalhete de flores da estação? Será que aquilo eram tulipas de verdade? Helene nunca vira tulipas tão grandes e delgadas quanto aquelas.

Uma vez que não conseguia surpreender e agarrar nenhum de seus pensamentos fugidios — "deveriam ter tentado imprimir dinheiro?", pensou: "que absurdo; quem foi Cuno, exatamente? Presidente do Reich, Chanceler?" E então voltou a se lembrar daqueles nomes que soavam tão bem: Thyssen e França e carvão, carvão, carvão. Impressão de dinheiro, isso teria sido a coisa certa, legal ou ilegal... disse a Martha, que ainda estava ajeitando o sobretudo e enfiando o cabelo debaixo do chapéu: "Vamos lá." Seria bom que sua mala ainda estivesse onde a deixaram.

Juntas, as irmãs apressaram o passo ao longo da plataforma até o vagão da bagagem. Lá havia se formado uma fila. De vez em quando, as meninas olhavam uma sobre os ombros da outra. Embora a prima tivesse sugerido na última carta que pegassem um Kremser ou o bonde para ir até sua casa, na Achenbachstrasse, será que não viria buscá-las na estação?

"Você acha que prima Fanny nos reconheceria?"

"É o único jeito." Martha estava com o bilhete da bagagem na mão e já contava o dinheiro necessário, embora diante delas a fila ainda fosse bem longa.

"Não será difícil reconhecê-la", disse Helene, olhando Martha de cima a baixo. "Você é bem parecida com mamãe."

"A questão é se prima Fanny consegue e quer perceber isso. Talvez nem saiba mais como era a própria prima."

"Ela por certo não tem nenhuma fotografia de mamãe. Mamãe tem apenas uma tirada antes de nascermos, a foto do dia de seu casamento."

"Tem?", perguntou Martha sorrindo. Eu diria que tinha. Pelo menos eu trouxe a fotografia comigo. Precisamos de uma lembrança, não é verdade?"

"De uma lembrança?" Helene olhou para Martha, perplexa. Queria dizer: eu não, mas não disse nada.

"Precisam de alojamento? Temos uma pensão pra lá de decente, senhoritas", ofereceu alguém tocando em Martha e puxando seu sobretudo. "Ou de um quartinho barato, exclusivo? Podem tratar direto com a dona." Helene se virou; atrás dela havia um rapaz vestindo roupas esfarrapadas.

"Água corrente e luz elétrica, tudo certinho", disse um segundo empurrando o primeiro.

"Minha proposta é muito melhor, as pensões são umas boas porcarias e os hotéis custam os olhos da cara. Venham comigo!", disse uma senhora mais velha pegando Helene pelo braço.

"Largue meu braço!", exclamou Helene, mas seu medo era tanto que a voz lhe falhou.

"Obrigada, obrigada, não precisamos de nada", disse Martha, dirigindo-se a todos que as abordavam.

"Temos uma prima em Berlim", explicou Helene, e em seguida fechou o botão superior do sobretudo.

"Com certeza não gostavam uma da outra, porque prima Fanny se achava melhor do que ela", comentou Martha ao ouvido de Helene, tapando a boca com a mão. "E era mesmo!"

"Você acha? Não acredito nisso." Era comum Helene ficar aborrecida quando Martha dizia alguma coisa ruim sobre a mãe. Por mais que também sentisse medo da mãe e tivesse brigado com ela, sempre se assustava muito e tinha dificuldade em aceitar quando Martha expressava sua opinião negativa sem o menor motivo. A palavra "negativa" acabou divertindo Martha, que achou engraçada a revelação que Helene fez em voz suave e apenas depois de alguns instantes.

"Prima Fanny roubou mamãe", declarou então Helene. Lembrava-se de que a mãe dissera isso na noite em que elas lhe contaram pela primeira vez que estavam se correspondendo com sua prima.

"Ah é, e você acredita nisso?", perguntou Martha, zombeteira. "O que ela pode ter roubado? Um cogumelo seco, talvez? Se quer saber, acho que mamãe inventou isso. Talvez tenha sido justamente o contrário. Afinal, prima Fanny não precisaria disso jamais."

"Ela deve ser uma dama das mais finas, tenho certeza", observou Helene olhando para a frente. A fila havia se dispersado e as irmãs estavam tão distraídas no calor da conversa que não ouviram o homem que, diante da porta grande do vagão da bagagem, já gritava pela quarta vez o número delas e agora também chamava seus nomes em voz alta.

"Moções dos partidos democráticos rejeitadas!", berrava um homem a plenos pulmões, sacudindo furiosamente um jornal, a ponto de fazer a pilha que carregava sob o braço correr o risco de cair. "Viva a Sessão de Ataque do Partido Nacional-socialista!"

"Cafezinho requentado", zombou outro garoto, também vendedor de jornais, e, por seu turno, berrou tão alto quanto pôde: "Terremoto!" Ele também abanava furiosamente o exemplar, e Helene se perguntou se ele não acabara de inventar a notícia para vender melhor seu produto. De qualquer modo, as pessoas lhe arrancavam os jornais da mão. "Grande terremoto na China!"

"Última chamada! Primeira classe, Würsich, número 437!"

"Somos nós", agora era Helene quem gritava tão alto quanto podia e se precipitava vencendo os poucos metros que a separavam do homem, que, na falta de um proprietário, já queria empurrar a mala-armário para o grande vagão das bagagens não retiradas.

"*Rote Fahne!*" Gritava uma menina magra, anunciando pelo nome o jornal que vendia em um carrinho de mão cheio. "*Rote Fahne!*"

"*Die Vossische!*", anunciava outro vendedor.

"*Der Völkische Beobachter!*", gritava um terceiro, e Helene o reconheceu. Era o garoto de ainda há pouco. Que idade teria? Dez anos? Doze? "A ocupação no vale do Ruhr continua! Nada de carvão para a França! Terremoto na China!" Ele agora também anunciava o terremoto, ainda que não soubesse ao certo se seu jornal também tratava do assunto.

"Comprem a *Weltbühne*, minhas senhoras e meus senhores, recém-impressa, a *Weltbühne!*", bradava um homem alto, de chapéu, óculos e terno caminhando a passos largos pela plataforma. Ainda que falasse com um sotaque estranho, que Helene imediatamente suspeitou ser o de um russo, seus fascículos pequenos e vermelhos eram muito bem recebidos. Pouco depois de passar pelas irmãs, uma dama elegante comprou-lhe o último fascículo.

Só quando alguém gritou "*Vorwärts! Vorwärts! Vorwärts!*" é que Helene tomou a decisão ousada de tirar um punhado de cédulas do bolso do sobretudo. Afinal de contas, ela conhecia o *Vorwärts*, e considerou que pareceria fino e inteligente chegarem à casa da prima com um jornal debaixo do braço. Em seu sobretudo ainda estava o limão, e as cédulas de marcos agora cheiravam àquela fruta.

PEGARAM UM COCHE de vários lugares, que talvez fosse o tal Kremser a que a prima Fanny se referira. Os prédios e as colunas para colocação de cartazes já projetavam sombras bem longas. O coche parou no Schöneberger Ufer; o cavalo parecia querer se abaixar. Então, caiu de joelhos, com as patas dianteiras dobradas. Ouviu-se um estrondo, a madeira estalou e o cavalo tombou de lado. O cocheiro levantou de um salto. Gritou algo, desembarcou e bateu no pescoço do cavalo deitado. Deu a volta no coche, tirou um balde do gancho e se afastou sem dar qualquer explicação. Helene viu que ele se encaminhava para uma bomba de água, onde teve de esperar sua vez, pois outra pessoa estava enchendo seu balde. Os postes de iluminação ao longo da rua foram acesos. Por todos os lados, a cidade se iluminava. Eram tantas as luzes que Helene teve de se levantar e olhar em volta. Um automóvel com a cabine toda enfeitada por uma estampa xadrez engraçada estacionou ao lado deles. Pela janela, o motorista perguntou se estavam precisando de ajuda. Talvez quisessem um táxi, propôs o sujeito. Mas Martha e Helene abanaram a cabeça e voltaram a controlar o cocheiro. O taxista não precisou ouvir a resposta duas vezes. Mais adiante, no cruzamento, um rapaz acenava, chamando-o.

"Talvez devêssemos ter aceitado a oferta", observou Helene, olhando a seu redor. O cocheiro voltava com o balde nas mãos. Borrifou água no cavalo, depois despejou sobre o animal o balde inteiro, mas ele não se mexeu. O sol havia se posto; os pássaros ainda gorjeavam; esfriou.

"Aqui é longe para as senhoritas?" Era a primeira vez que o cocheiro se dirigia a elas.

Martha e Helene não souberam o que responder.

"Ah, claro, Achenbach. Bota longe nisso! Não posso ir a pé e carregando bagagem, ainda por cima", acrescentou o cocheiro com ar abatido.

Um guarda se aproximou. A mala foi descarregada. Martha e Helene tiveram de descer. Outro coche foi chamado e veio até elas. Estava escurecendo quando finalmente chegaram à casa da prima, na Achenbachstrasse. A entrada do prédio de quatro andares estava iluminada. Havia uma escada de pedra com cinco degraus em frente à elegante porta de entrada de madeira e vidro. Parado ali, um criado as esperava. Deu-lhes as boas-vindas e foi até o coche pegar a mala das duas. Martha e Helene subiram a escada larga que dava no andar térreo. Aquilo seria mármore, mármore italiano de verdade?

"Aí estão vocês, até que enfim", exclamou uma mulher alta. Ela estendeu as mãos, enfiadas em luvas que iam até os cotovelos, para Martha e Helene. Acima das luvas, reluziam ombros nus. Martha não hesitou por muito tempo; pegou uma das mãos, fez um cumprimento exagerado e a beijou.

"Ora, o que é isso, você não está diante de nenhum rei ou rainha. Minhas priminhas." Fanny se virou, equilibrada nos saltos, e seu longo xale acariciou o rosto de Helene. À guisa de elogio, algumas das senhoras e dos senhores parados ali ao seu redor assentiram, e para lhes dar as boas-vindas ergueram as taças na direção das irmãs, desejando saúde. As senhoras usavam vestidos de tecidos finos, sem cintura bem definida, com cordões e panos em volta dos quadris; suas saias batiam apenas um pouco abaixo dos joelhos, e nos pés usavam sandálias de tiras e saltos. Algumas tinham o cabelo tão curto quanto o de Leontine anos atrás, chegando até o lóbulo da orelha, e mais curto ainda na nuca. Em uma das mulheres, o cabelo parecia ter sido moldado em ondas bem junto à cabeça. Helene observou, curiosa, os penteados, e se perguntou como seriam feitos. Mas aqueles pescoços — a maneira como se destacavam, aqui, brotando de ombros retos e bem marcados, ali, de ombros delicadamente baixos, sempre indo em direção à cabeça das meninas, moças e damas, como se de uns tempos para cá a cabeça fosse a cereja do sorvete, o orgulho da criação, e não mais os quadris, que todo mundo já estava cansado de ver — confundiram Helene. Os senhores, vestindo ternos finos e fumando cachimbo, observavam as irmãs que acabavam de entrar com uma benevolência algo lasciva. Um homem corpulento olhou amistosamente para o rosto de Helene, depois seu olhar deslizou por seu corpo inteiro, pelo sobretudo que se abria, revelando um vestido que, a seus olhos, com certeza parecia fora de moda. Com um gesto de tio bondoso, ele se virou, pegou uma das taças da bandeja que uma mocinha tinha nas mãos e enveredou por uma conversa com uma mulher miúda, cuja estola de penas chegava até os joelhos.

"Que meninas bonitas!", exclamou uma amiga se enganchando em prima Fanny. A mulher cambaleou bêbada, com a cabeça pendendo para a frente como um touro de cachos vermelhos, em direção a Helene. Seu busto grande, coberto pelo tecido de lantejoulas, cintilou quando ela se aprumou de súbito, bem perto de Helene.

"Por que você nos manteve longe desses seres maravilhosos por tanto tempo, minha cara?"

"Lucinde, essas são minhas primas."

Um homem se inclinou, curioso, sobre o ombro nu de prima Fanny, olhou para Helene e Martha e depois de volta. Ao que tudo indica, os convidados enchiam o andar térreo até o cantinho mais distante. A porta atrás delas ainda estava aberta. Helene olhou ao seu redor. Queria fugir dali. Sentiu algo em sua panturrilha; olhou para baixo, descobriu um poodle preto como carvão, escovado recentemente. Foi a visão do poodle que permitiu que ela respirasse com mais tranqüilidade.

Uma criada e um criado pegaram as bolsas das mãos das irmãs e as ajudaram a despir os sobretudos. Tiraram-lhe o jornal sem a menor cerimônia; dois outros criados vieram com a mala e subiram a escada. Helene correu alguns passos atrás da criada que levava seu sobretudo e tirou o limão do bolso.

"Um limão, que encantador!", exclamou o touro de cachos vermelhos chamado Lucinde, tão baixinho quanto foi capaz.

"Rápido, preparem-se e mudem de roupa, o jantar será servido em uma hora." Prima Fanny estava radiante. Seu rosto, estreito e regular, lembrava uma pintura, tão carregadas de ruge estavam as faces, tão douradas e verdes cintilavam suas pálpebras. Os cílios longos subiam e desciam como véus negros sobre os olhos grandes e também negros. Um jovem passou por ela. De costas para Martha e Helene, ficou de pé, ao lado de prima Fanny. Beijou-a no ombro nu, depois, em um gesto fugidio, passou a mão em seu rosto e seguiu adiante, até outra mulher, que parecia estar esperando por ele. Fanny insinuou um bater de palmas — distinta, elegante, graciosa, charmosa... na cabeça de Helene, as palavras para caracterizá-la se confundiam —, e embora suas longas mãos se tocassem, não se ouvia som nenhum. "Fantástico. Minha pérola mostrará tudo a vocês. Otta?"

A criada Otta, de cabelos brancos e pele lisa, abriu caminho em meio à grande reunião de convidados e levou as irmãs para o quarto pequeno no final do apartamento. Ele cheirava a flores violeta. Ali dentro, havia duas camas estreitas arrumadas, um lavatório e um espelho grande, em cuja moldura viam-se lírios entalhados, que fora instalado em um nicho da parede. As velas de um candelabro de prata de cinco braços iluminavam um altar. A criada lhes mostrou onde estavam as toalhas, os urinóis e o armário de roupas. "Um banheiro e o toalete com WC", disse a criada, sussurrando essas últimas palavras, "podem ser encontrados na parte da frente, junto à entrada". Depois, pediu desculpas dizendo que precisava receber outros convidados.

"Uma festa?", disse Martha, olhando surpresa para a porta que havia se fechado atrás da criada.

"Mudar de roupa?", indagou Helene jogando seu limão na cama e pondo as mãos nos quadris. "Já estou usando meu melhor vestido."

"Anjinho, como é que ela poderia saber disso? Com certeza não prestou muita atenção."

"Você viu os lábios dela, como está maquiada?"

"Carmim. E o cabelo cortado na altura do lóbulo da orelha? Isso é a cidade grande, anjinho. Amanhã vou cortar seu cabelo louro", disse Martha, rindo nervosamente e abrindo a mala. Com as duas mãos, revirou dentro dela e suspirou aliviada ao encontrar sua bolsa pequena. Deu as costas a Helene e despejou o conteúdo da bolsa sobre o lavatório. Helene foi se sentar cautelosamente em uma das duas camas. Acariciava o acolchoado, que era bem macio. A palavra caxemira lhe veio à cabeça, mas ela não tinha idéia de como a caxemira era. Por baixo dos braços de Martha, Helene viu a irmã abrir um pequeno frasco e enfiar a seringa dentro dele para, em seguida, puxar o êmbolo e enchê-la de líquido. Suas mãos tremiam. Ela arregaçou as mangas do vestido. Jeitosa, usou o lenço grande como torniquete em volta do braço e enfiou a agulha.

Helene estava surpresa por Martha estar fazendo aquilo assim, às claras. Era a primeira vez que a irmã usava a seringa diante de seus olhos. Helene se levantou e foi até a janela que dava para um pátio sombreado de bordos, um varal de tapetes e uma pequena fonte. Narcisos da estação floresciam à hora azul do crepúsculo.

"Por que está fazendo isso agora?"

Martha, às suas costas, nada respondeu. Injetou o conteúdo da seringa bem devagar na veia e depois se jogou de costas na cama.

"Anjinho, pode existir um momento mais bonito do que esse? Chegamos. Estamos aqui." Martha ergueu o tronco e estendeu o braço na direção de Helene. "Berlim", disse ela baixinho, como se sua voz estivesse morrendo, afogando-se em felicidade, "Berlim agora somos nós."

"Não diga uma coisa dessas", retrucou Helene dando um passo em direção à mala. Encontrou a escova no bolso da tampa e soltou o cabelo.

"A droga é doce, anjinho. Não me olhe como se eu fosse uma maldita. Vou morrer, e daí? Acho que ainda posso viver um pouco, não?" Martha deu uma risadinha que fez Helene se lembrar por um instante da mãe abandonada em sua loucura.

Deitada de costas e usando os pés, Martha tirou os sapatos, cujos longos cadarços ela, ao que tudo indica, já havia desatado antes, abriu os botões de seu vestido e levou uma das mãos ao seio nu com a maior naturalidade do mundo. Sua pele era branca, lisa e fina, tão fina que Helene viu as veias cintilando debaixo dela.

A menina penteava o cabelo. Sentou-se junto ao lavatório e derramou um pouco da água da bilha prateada na pia, pegou o sabão de cheiro estranho — lavanda do sul — nas mãos e se lavou. De tempos em tempos, Martha suspirava.

"Cante uma música para mim, anjinho."

"O que quer que eu cante a essa hora?" A voz de Helene parecia ter secado. Apesar da longa soneca no trem, à tarde, estava esgotada, e sentia falta da alegria e da felicidade que esperara sentir ao chegar a Berlim e que ainda experimentara na estação.

"Você me ama, coraçãozinho querido?"

Helene se virou para a irmã. Era difícil para Martha fixar os olhos em Helene, eles estavam sempre resvalando, se desviando dela, e parecia que suas pupilas preenchiam seus olhos até as bordas.

"Martha, está precisando de ajuda?" Helene observava a irmã e se perguntava se ela sempre se sentia assim depois das injeções.

Martha cantarolava uma melodia que Helene por vezes tinha a impressão de conhecer, algo que oscilava entre fá sustenido maior e si bemol. "Será que a prima tem piano?"

"Já faz tanto tempo que você não toca..."

"Ainda não é tarde demais." Martha deu novamente sua risadinha estranha e estalou a língua de leve, como se tivesse dificuldades em engolir a risadinha. Sentiu ânsias de vômito. No instante seguinte, levantou-se, pegou um dos pequenos copos vermelhos que estavam sobre a cristaleira e cuspiu ali dentro.

"Isso é coisa das mais elegantes: um vidrinho de escarrar. Ela cuidou para que tivéssemos de tudo, a nossa refinada prima."

"Martha, o que é isso!?", exclamou Helene juntando o cabelo, enrolando-o de lado e prendendo-o no alto da cabeça. Temos de estar lá fora em meia hora. Você vai conseguir? Pode pelo menos fazer um esforço?"

"Por que se preocupa tanto assim, anjinho? Não consegui fazer tudo até agora? Tudinho mesmo?"

"Talvez seja melhor eu abrir a janela."

"Tudo, anjinho. O que me restaria senão fazer tudo? Mas agora estamos aqui, docinho."

"Por que está me chamando de docinho? Era assim que papai me chamava." Helene quis franzir as sobrancelhas, mas tudo o que conseguiu foi formar algumas rugas minúsculas sobre o nariz, tão rasa era a mossa entre sua testa abaulada e o nariz incrivelmente pequeno.

"Eu sei, eu sei. E o carinho precisa ter morrido com ele, anjinho?"

Helene estendeu uma caneca de água para a irmã. "Beba, espero que assim sua neblina se desmanche."

"Psit, psit, psit, meu coraçãozinho." Martha abanou a cabeça. "Isso aqui é o despertar da primavera, anjinho."

"Por favor, vista-se, ajudo você." Antes que Martha pudesse rechaçar a oferta, Helene já abotoava seu vestido.

"E eu que pensei que você queria me beijar, meu coração. Responder, você não respondeu. Ainda se lembra da minha pergunta?"

Helene agora se ajoelhava diante de Martha para ajudá-la a calçar os sapatos. Martha voltou a se deixar cair de costas na cama e cantarolou: "Coraçãozinho, coraçãozinho, você vai me responder?"

Depois de atar os cadarços das botinas de Martha, a menina puxou o braço da irmã para que ela se levantasse. O tronco longo de Martha era pesado e balançou. Ela caiu de volta na cama.

"Meu pé é leve demais para o parquete, segure-o firme, por favor." Helene viu Martha esticar as duas pernas rijas diante de si, de tal modo que ultrapassavam a borda da cama, e enquanto isso respirava fundo e erguia os ombros.

"Você consegue se levantar?"

"Nada além disso", disse Martha tentando agora se erguer, apoiada no braço de Helene, e levantando a cabeça. Em pé, era pouco mais alta que a irmã mais nova. Suas palavras saíram agudas, os "S" sibilaram e os intervalos entre cada uma das palavras eram longos demais. Talvez Martha acreditasse que tinha de falar assim para se mostrar clara e parecer sóbria.

Alguém bateu à porta.

"Sim?", respondeu Helene, abrindo. A criada Otta entrou, dando um passo curto para o lado e passando por ela. Sua touca estava tão branca e rija sobre a cabeça, como se ela naquela noite ainda não tivesse sido obrigada a fazer nenhum esforço.

"Será que posso ser útil, mesdemoiselles?"

"Muito obrigada, mas nós nos ajeitamos sozinhas", respondeu a menina, tirando um fio de cabelo do vestido de Martha. "Como devemos nos dirigir a uma criada em Berlim?"

"Vocês logo ouvirão o gongo, o jantar vai começar daqui a pouco. Será que não querem ir e se sentar?"

"Queremos sim", disse Martha animada, e caminhou de cabeça erguida, passando pela criada e chegando ao longo corredor. Seu andar vacilante mal podia ser percebido.

Na mesa, havia cartões marcando os lugares.

Assim que os convidados se sentaram, um senhor à cabeceira se levantou. Em cada um dos dedos de sua mão havia um anel, um mais suntuoso do que o outro. "Bonsoir, mes amis, copains et copines, cousin et cousine", principiou ele, cumprimentando, em francês, os amigos e os primos ali presentes, e erguendo, distinto, sua taça à roda. O cabelo untado e penteado para trás chegava ao colarinho de sua camisa, seu rosto branco parecia maquiado. Ele riu alto e passou a falar alemão com sotaque francês. "É uma honra desejar à minha querida prima... ah, deixemos as mentiras de lado hoje e nos dediquemos a outros vícios... É com muita alegria que desejo à minha jovem amada ainda muitos e muitos anos de vida. À Fanny, à nossa amiga!"

Helene olhou surpresa para as pessoas à sua volta. Teria ele se referido a Fanny, prima Fanny? Como podia chamá-la de jovem amada, se ela já devia estar com bem mais de quarenta anos e o orador não tinha nem trinta? Fanny agradeceu e sorriu com seus olhos negros, cujos cílios pendiam pesados sobre os globos oculares. Em seu cabelo, brilhavam estrelas. Passou a mão em seu pescoço longo como se estivesse se acariciando, ali mesmo na mesa, diante dos convidados. Em seu cabelo curto e escuro havia uma rede coberta, aparentemente de diamantes. Talvez fossem apenas bijuterias. Mas ela os usava como se fossem diamantes. Os presentes ergueram suas taças e fizeram vários brindes: à *votre santé*, *enchanté ma chère*, *à mon amie*, à prima Fanny.

Do outro lado da mesa, na diagonal, Martha se mantinha ereta. Seus olhos cintilavam, ela conversava com seu vizinho e, de tempos em tempos, ria lucidamente e permitia que lhe fosse servido champanhe. Helene ficou de olho na irmã; queria dedicar toda sua atenção a Martha. As delícias servidas mal foram tocadas por esta, que apenas espetava o garfo em uma empada e soprava sem parar o suflê, como se ele estivesse quente demais. De um grande funil de latão veio um ruído, depois um estalo, e uma voz grasnou: "Em cinqüenta anos tudo terá passado." Quando passaram da mesa à *chaise longue*, Martha aceitou agradecida o braço do homem que sentara ao seu lado no jantar e ficou ouvindo sua tagarelice. Em dado momento, Helene pensou ver a irmã chorar. Porém, mal conseguira fazer o caminho até ela, atravessando a sala, e já todos riam. Então, viu Martha passar no rosto aquele lenço que antes havia atado em volta do braço, para secar umas lágrimas de alegria. Durante a noite, Martha aceitou cigarros e os fumou com uma piteira que Helene jamais vira em suas mãos. Mais tarde, o amante de Fanny, chamado Bernard, falou em francês acendendo um cachimbo. O que poderia ser melhor que o ópio para louvá-la da forma adequada? Os amigos bateram palmas.

Em dado momento, Martha disse em voz mais alta: "Prima, que festa maravilhosa!" Helene não acreditou em seus ouvidos, porque jamais ouvira a irmã falar tão alto e rir em um meio daqueles. Do outro canto da grande sala berlinense, prima Fanny exclamou, rindo: "Prima? Queridinha, por acaso é esse o meu nome? Deixe disso, assim me sinto como se tivesse cem anos a mais. Uma anciã. Não é isso que é uma prima de segundo grau, quase uma tia? Pode me chamar de Fanny, queridinha, apenas Fanny!"

Não ofereceram cachimbo ou cigarros a Helene, pois logo se espalhou pela sala que ela ainda não completara dezesseis anos e vinha do Lausitz. Dois senhores se ocuparam da caçula; serviram-lhe champanhe e depois água, e pareciam gostar de lembrar um ao outro, de tempos em tempos, que Helene ainda era uma criança. E que criança! Que encantador seu jeito de beber água! Sua sede seria sempre assim tão grande? Os dois senhores se divertiam, enquanto Helene se preocupava em não perder a irmã de vista. Martha ria para todos os presentes e ficava franzindo os lábios, fazendo um biquinho insinuante, como se quisesse beijar o jovem que não tirava o gorro por nada. Um pouco depois, Martha passou o braço em volta de uma mulher seminua, de vestido sem mangas como o da prima, cujos gritos ecoavam por cima de todos e chegavam agudos aos ouvidos de Helene, a ponto de fazê-los doer. "Oh là là", gritava a mulher às vezes, e agora também passava um dos braços em volta de Martha. Helene via nitidamente aquela mão apertando o ombro de sua irmã e, um pouco mais tarde, envolvendo sua cintura. A mulher parecia não querer mais largá-la. Aquilo que a irmã estava tragando era um cachimbo? Talvez tivesse se enganado.

"Mais um pouquinho?", perguntou um dos senhores, fazendo um salamaleque antes de servir a Helene um pouco de água da jarra de cristal.

Tarde da noite, os convidados se aprontaram para sair. Mas não para ir para casa, como pensou a menina a princípio. Queriam ir todos juntos a um clube.

"Ajude minha prima a vestir o sobretudo", ordenou Fanny com voz sedosa a um dos galãs altos e louros, dirigindo seu olhar para Martha. Disse a Helene, de forma amistosa, que se sentisse em casa e sonhasse com os anjos.

Sonhar com os anjos não foi fácil. Helene não conseguiu pegar no sono de jeito nenhum. Depois de ficar sozinha com a criadagem da casa, foi imediatamente para o quarto, mas não pôde fazer outra coisa senão esperar o dia amanhecer. Só quando a luz da manhã entrou pálida através das cortinas verde-musgo é que ouviu barulhos na casa. Uma porta se fechou. Vozes, risos, passos se aproximavam pelo longo corredor. A porta do quarto se abriu e Martha foi empurrada para dentro. Cambaleando e tropeçando, acabou caindo na cama da irmã. A porta voltou a se fechar. Lá fora, no corredor, Helene ouviu Fanny rindo com seu amante francês e uma amiga. Talvez fosse Lucinde. Levantou-se, puxou a outra cama para junto da sua e tirou as roupas de Martha, que só o que conseguia fazer era mexer os lábios.

"Anjinho, chegamos. O penhor é um beijo. Você só precisa abrir a porta do paraíso enquanto ainda puder passar por ela." Martha não conseguia mais dar aquelas suas risadinhas, estava ofegante, e logo adormeceu. Sua cabeça pendeu para o lado.

Helene vestiu a camisola em Martha, soltou seus cabelos e a deitou ao seu lado. Martha cheirava a vinho e fumaça, mas também tinha um cheiro pesado, floral e resinoso, que Helene não conhecia. Abraçou a irmã com força. Martha já estava roncando baixinho há tempos e ela ainda fitava o crepúsculo.

O inverno seguinte trouxe muita neve. Martha e Helene haviam empurrado a mala bem para o fundo, para debaixo da cama, e mesmo no Natal não lhes ocorreu arrumá-la e visitar a mãe em Bautzen. A cada início de mês, chegava uma carta de Mariechen. Ela descrevia o estado de saúde de Selma, dava notícias do tempo e das finanças domésticas. Fanny gostava da companhia de Martha e a levava a todos os clubes e programas musicais, ao passo que Helene desfrutava a tranqüilidade do andar térreo. Que biblioteca grande Fanny possuía! E cheia de livros que ela aparentemente jamais havia lido, embora se sentisse honrada por vê-los ali. Muitas vezes Helene passava as noites lendo na *chaise longue*. Quando já quase de manhã Fanny e Martha chegavam trôpegas, sempre acompanhadas do homem que tinham arrastado consigo, olhavam Helene e caíam na gargalhada. Fanny estaria esfregando o nariz de puro desdém? Talvez não gostasse de ver Helene lendo seus livros. "Criancinha", zombava ela, erguendo o indicador como se fosse uma ameaça, "quem quer ficar bonita tem de dormir". Mais tarde, deitada ao lado da irmã, que cheirava a fumaça e perfume da noitada, Helene esticava o braço, hesitante, e acariciava as costas de Martha, deixando a mão pousada em seus quadris. Ouvindo a respiração regular da irmã, acabava adormecendo também.

"Amo vocês", declarou Fanny certa manhã, quando estavam na varanda sentadas à mesa de ladrilhos com desenhos de rosas em tom pastel, diante de um bule de chá e biscoitinhos de gengibre. A varanda estava tomada pelo cheiro de bergamota; Fanny tomava seu chá com muito açúcar-cande e sem leite. Sobre a mesa havia, como em todas as manhãs, um prato com bolo de papoula, que Helene jamais experimentara por vergonha de se esticar-sobre-a-mesa-e-pegar sem ser convidada a fazê-lo. Certamente o amante da prima ainda estava na cama, no quarto grande com lareira, conforme Fanny gostava de dizer. Pelo menos um deles. Nos últimos tempos, muitas vezes aparecia outro, o alto e louro Erich. Assim como Bernard, ele também era alguns anos mais jovem que ela, mas a diferença de idade não devia ser grande. Prima Fanny parecia ainda não ter se decidido entre os dois, mas raras eram as vezes em que convidava ambos ao mesmo tempo. Como Bernard, Erich dormia até o meio-dia, mas enquanto o primeiro gostava de passar o resto do dia apostando em corridas de cavalo no hipódromo, o louro Erich se sentia atraído pelas quadras de tênis a céu aberto e, agora no inverno, pelos ginásios em Grunewald. Certa vez, perguntou a Helene se não queria acompanhá-lo. Fez a proposta em um momento em que Fanny não estava presente, e pôs a mão em sua nuca de modo tão repentino e impetuoso que, desde então, Helene passou a ter medo de encontrá-lo. Embora ele não desse a menor atenção a ela na presença de Fanny, seus olhares se tornavam devoradores quando esta lhes dava as costas. As janelas da varanda estavam embaçadas; dentro da moradia a calefação foi aumentada; a neve de fevereiro ficava sobre as árvores e telhados, sem derreter.

A porta se abriu e a criada Otta trouxe um bule com chá fresco em uma bandeja. "Do Ceilão", disse ela, pondo o bule sobre a mesa, protegendo-o com uma cobertura térmica para que não esfriasse. Em seguida pediu licença e saiu.

"Amo vocês", sussurrou Fanny mais uma vez. Seu poodle real negro, que atendia pelo nome de Cleo — ela o pronunciava à inglesa, e o nome viria de Cleópatra —, abanava o rabo curto, uma bolinha macia. Seu pêlo brilhava. Olhava atento de uma das jovens mulheres a outra. Quando Fanny lhe jogava um pedacinho de bolo de papoula, ele o abocanhava no ar sem olhar para ela, como se não esperasse por nenhum carinho, e sua atenção fosse dirigida exclusivamente à conversa. Fanny levou o lenço ao nariz, limpando-o; não era apenas no inverno que ele escorria.

"Meu nariz está sensível mais uma vez", sussurrou ela fitando os próprios joelhos, perdida em pensamentos, "aliás a minha voz também está, minhas crianças: amo vocês".

Leontine estava sentada no braço da poltrona de Martha, balançando e mexendo os dedos dos pés, impaciente. Martha havia reencontrado Leontine no verão, e desde então as duas se viam todos os dias. Leontine passava as noites no andar térreo da Achenbachstrasse com uma freqüência cada vez maior.

"Meu namorado diz que eles têm apenas uma vaga. Precisam de uma enfermeira experiente. E Martha é experiente", disse Fanny olhando para Helene e fazendo um biquinho de pena. Piscou os olhos repetidas vezes para que Helene visse como ela lamentava e acreditasse nisso. "Minha boa Helene, queridinha, vamos encontrar outra coisa pra você, logo, logo."

Já na semana seguinte, Martha deveria começar seu trabalho na Exercierstrasse, no norte da cidade. O admirador de Fanny era médico-chefe na ala dos pacientes terminais do hospital judaico. Segundo a prima, ele era velho e lascivo, e abrira a vaga estipulando certos requisitos. A enfermeira deveria ter entre vinte e trinta anos. Portanto, Martha tinha a idade certa. Ele gostava de mulheres na idade certa. Só delas. Motivo pelo qual sua admiração por Fanny havia diminuído nos últimos anos. A ala dos pacientes terminais era difícil de agüentar, devido aos inválidos e moribundos, por isso a administração preferia uma enfermeira mais velha. Embora vinte e seis anos não significassem exatamente uma idade avançada, Martha tinha mais experiência que Helene, não é verdade?

Helene se esforçava para dar a seu rosto um ar de humildade. Martha não conseguiu reprimir um bocejo. Ainda vestia o roupão de seda que a prima lhe dera há algum tempo.

Leontine assentiu, olhando para Martha: "Não há dúvida, Martha instala e remove pacientes, limpa e acalma, dá de comer e troca fraldas como ninguém."

"E a rezar você ainda vai aprender, não é?" Fanny estava falando sério. Levava Martha consigo à sinagoga nos feriados mais importantes, mas a moça já não era uma rezadora muito convicta na catedral de São Pedro, em Bautzen.

Martha pegou um biscoitinho de gengibre da tigela de vidro em forma de flor, esticou o dedo mindinho e mordiscou o biscoito, com alguma hesitação. Helene e Martha haviam discutido várias vezes nos últimos meses, pois não queriam ser um peso para a tia nem viver à sua custa. Desfrutavam a vida juntas no grande andar térreo, mas gostariam de colaborar com as despesas e ainda ter algum dinheiro à disposição. Era desagradável ter de aceitar os presentes em dinheiro que a prima lhes dava. A herança de Breslau acabou se revelando uma dificuldade. Os aluguéis não chegavam regularmente, o administrador contratado já não dava notícias há meses. As irmãs não se atreviam a pedir dinheiro à prima para mandar a Bautzen. Quando receberam uma carta de Mariechen pedindo ajuda, dizendo que não sabia como comprar algo de comer para a mãe, Helene foi sorrateiramente até a despensa, subtraiu alguns víveres e os enviou para Bautzen em um pacote. Na mesma ocasião, havia surrupiado um dos discos de Fanny e trocado por um pouco de dinheiro na casa de penhores. Um empréstimo, foi assim que as duas definiram esses gestos. Um dia, porém, prima Fanny lhes perguntou de passagem se sabiam onde teria ido parar seu Richard Tauber, o tenor. Helene teve um acesso de tosse para não ter de mostrar a Fanny o tamanho do peso que traria na consciência. Martha respondeu imediatamente que tinha deixado o disco cair, quebrando-o. Só não tivera coragem de dizê-lo à prima. Falso arrependimento? O jeito como arregalava os olhos e a inocência que exibia em suas feições eram sempre surpreendentes. E Fanny sabia demonstrar generosidade.

Martha e Helene haviam se apresentado em alguns hospitais nos meses anteriores, mas até agora sem sucesso. Toda a cidade parecia estar procurando trabalho, e quem já o tinha queria um melhor, um que pagasse um salário maior. Quem não conseguia trabalho fazia negócios, mas as irmãs ainda entendiam muito pouco deles. À boca pequena, falou-se de tráfico e apostas, e do fato de que apenas meninas bonitas podiam se vender, pelo menos no teatro de revista. Lucinde, a amiga de Fanny, trabalhava em um deles, nua, ou, como gostava de dizer, vestida apenas com seus cabelos. Os boletins de Helene em Bautzen até causavam algum efeito, mas sua idade deixava todo mundo temeroso. Achavam que ela era jovem demais para um emprego fixo no hospital.

"Vou fazer isso", disse Martha, pondo o biscoitinho de gengibre mordiscado na beira de seu pires. Encostou a cabeça em Leontine, e mais uma vez tapou a boca com a mão. Fanny observava Leontine e Martha. Sorrindo, passou a língua primeiro nos dentes e depois nos lábios.

"Isso me deixa feliz. Vocês sabem que são minhas convidadas pra sempre, se preferirem. Por mim, não precisam trabalhar, nenhuma das duas. Sabem disso, não é?" Fanny olhou ao seu redor. Embora não fosse casada e seus pais já tivessem morrido, ao que tudo indica era tão rica e sozinha que não precisava se preocupar com questões financeiras. "Fora Leontine, naturalmente", disse Fanny. "E quem não gostaria de ter uma bela mulher como sua médica de família? Leontine, quando fará suas provas finais?"

"No outono. Mas não quero lhe dar falsas esperanças, vou começar trabalhando com o professor Friedrich, na Charité. Pode ser que ele tente conseguir uma livre-docência."

"Assim você me decepciona, queridinha, vejo-a com uma maleta de médica e um carrinho modesto, parando diante da minha casa. Por que não um consultório? Poderia contratar assistentes bem jovens para ajudá-la, alguém como Erich ou Bernard."

Leontine sorriu, lisonjeada. Ela havia adquirido uma flexibilidade estranha em Berlim: sorria com mais freqüência, às vezes apenas com os olhos, e mesmo seus movimentos haviam se tornado semelhantes aos de uma gata. Levantou-se e deu a volta na mesa. Pegou a trança loura de Helene com ambas as mãos como se quisesse avaliar o peso daquele cabelo e depois pôs a mão na cabeça da menina. Helene sentiu que estava esquentando; nada melhor do que ter a mão de Leontine na cabeça.

"Os pacientes particulares ainda não confiam em médicas", disse Leontine, erguendo as sobrancelhas em um pedido de desculpas. "Além disso, não disponho dos meios necessários pra isso."

"É claro que não precisam ser assistentes homens, podem ser também assistentes mulheres, Leontine. Como Martha e Helene." Fanny deu uma risadinha. "Pelo que ouvi, você está casada com um paleontólogo débil mental. Acho que alguém como ele deve ter o dinheiro a que você se referiu."

"Lorenz, débil mental?", questionou Leontine com os olhos brilhando. "Quem afirmou uma coisa dessas? Meu maridinho com certeza não confia na minha competência como médica." Agora Leontine dava sua velha e conhecida risada de humor negro.

"Ah, só um débil mental pra não perceber que sua mulher não passa as noites em casa...", observou Fanny, passando mais uma vez a língua nos dentes superiores e depois nos lábios.

"Lorenz é um liberal convicto e, além disso, simplesmente perdeu o interesse por mim."

Fanny jogou um pedaço do bolo de papoula para seu poodle real Cleo e se serviu de uma taça de conhaque. Agora seu olhar se voltava para Helene. "Leontine diz que você é boa em datilografia e estenografia." O nariz de Fanny escorreu, mas ela o percebeu tarde demais. Só conseguiu aparar o muco com o lenço quando este já lhe chegava ao queixo. "Era você quem fazia a contabilidade na gráfica de seu pai?"

Helene deu de ombros, sem confirmar nem negar. Pareceu-lhe que já fazia muito tempo que não se ocupava de coisas assim. Sua velha vida estava agora muito longe e preferia não se lembrar dela. O que treinava era a ausência de lembranças, "só assim", dissera ainda há pouco a um rapaz em uma reunião, "a gente consegue se manter jovem". Disse isso fitando-o de modo tão inocente que ele teve de levá-la a sério e concordar.

Os meses passados em Berlim consistiram, para Helene, sobretudo em leituras na biblioteca de Fanny, em alguns passeios, e na preocupação secreta que Martha lhe inspirava. E enquanto isso admirava o destemor com que Martha e Leontine iam a qualquer dos clubes da Büllowstrasse, por mais mal-afamados que pudessem ser. Odiava as noites em que era acordada pelos gemidos da irmã e da amiga. Jamais se sentia tão sozinha na cama estreita do que quando a menos de um metro, em uma cama igualmente estreita, Martha e Leontine ofegavam em voz alta. Ora riam baixinho, ora tentavam se conter, e cochichavam e se perguntavam tão alto se Helene por acaso seria despertada por seus sussurros, que ela não podia deixar de ouvir. Depois, mais uma vez o estalar de beijos, os suspiros, sobretudo de Martha, e o ruído das cobertas. Às vezes, Helene tinha a impressão de sentir o calor exalado pelos corpos das duas.

"Você conhece meu amigo Clemens, o farmacêutico? Ele está procurando uma auxiliar, alguém que saiba lidar com a máquina de escrever, que seja bonita e saiba lidar bem com os clientes. Eu poderia sugerir o seu nome."

"Ela é a pessoa certa!", disse Leontine, acariciando o cabelo de Helene.

"Mas ela não é caladona demais?", indagou Martha, franzindo a testa, com ar de dúvida.

"Isso ela é", disse Leontine, sem parar de acariciar o cabelo da menina.

"Farmacêuticos guardam segredos", observou Fanny, não mais sussurrando, e sim ronronando com sua voz sedosa, "os meus, os de Bernard, os de Lucinde, os de metade da capital".

Helene não sabia o que deveria responder. Na presença de Martha, não conseguia conquistar a confiança e a atenção de Fanny. Embora já morassem há quase um ano com a prima, e esta lhes tivesse dado seus vestidos e as apresentado a seu círculo de amigos, parecia que ela considerava Helene uma criança inocente e queria fazer de tudo para que nada mudasse no que dizia respeito a isso. Às vezes, Helene acreditava perceber em Fanny uma espécie de timidez diante dela. Determinadas coisas a prima discutia apenas com Martha, quer se tratasse das roupas que vestiriam, quer se tratasse das fofocas sociais. Raras vezes, como acontecia na presença da prima, sentira aqueles nove anos como uma diferença tão grande. Costumeiramente, todas as portas do andar térreo ficavam abertas. Mas quando Fanny chamava Martha a seu quarto, muitas vezes trancava a porta. Helene imaginava que ali dentro Fanny logo apanhava sua latinha redonda com a colherzinha e o pó branco, que dividia apenas com Martha, com ninguém mais. Nesses momentos, ficava espionando na ponta dos pés, e ouvia as duas aspirando e suspirando. Parada assim naquele corredor escuro, na ponta dos pés frios, e tendo apenas o pêndulo do relógio branco de caixa alta inglês com seu mostrador dourado como companhia, Helene se arrependia de ter vindo a Berlim com Martha. Nem uma única vez Fanny perguntara se Helene queria acompanhá-las nas saídas à noite.

Apenas quando Leontine ia com Martha ao parque de diversões noturno já meio decadente, Helene podia ir junto. Lá, as moças ficavam na piscina de ondas, acionadas pelo vento, conversavam, pulavam na água, pouco se importando com os homens, jovens ou mais velhos, que ficavam parados à borda da piscina espiando. A tal piscina era conhecida pelos apelidos de "tanque das ninfas" e "aquário das putas", coisa que às moças parecia uma expressão infeliz para designar a alegria que aqueles homens sentiam ao contemplá-las. As meninas pagavam, elas mesmas, suas entradas, pois gostavam das ondas e do escorrega, no lago. Isso não negaria aos espectadores homens o direito de se sentirem rufiões ou amantes potenciais?

"A cidade é pequena, reconheço. O mundo inteiro se acha grande simplesmente porque é uma bolha de sabão maravilhosa e produzida por nossa fantasia." Fanny acendeu um de seus charutos ingleses e jogou a cabeça para trás. "Cada uma das bolhas fantásticas que a gente cria incha, vai ficando maior, mais brilhante e mais frágil. Ela fica pendendo?" Fanny deu uma tragada no charuto fino. "Sobe?" Fez pequenos anéis de fumaça. "Desce?" Gostou daquela idéia, e seu sorriso logo desapareceu. "É bom que você saiba guardar segredos, Helene. O farmacêutico vai dar valor a isso. E eu também. Vou lhe falar a seu respeito", concluiu Fanny assentindo, como se tivesse de reforçar suas palavras e infundir coragem a si mesma. Bebeu o último gole de conhaque de sua tacinha e passou cuidadosamente o lenço no nariz. Uma lágrima lhe escorria do canto do olho. "Minhas caras, minhas crianças, amo vocês. Vocês sabem que não precisam trabalhar, não é? Por que não poderiam viver tão bem quanto Erich e Bernard? Fiquem comigo. Encham minha casa e meu coração", prosseguiu ela, agora visivelmente tocada e comovida. Helene se perguntou se a prima estaria assim por causa da solidão ou por ter se dado conta de seu grande coração. Fanny assoou o nariz e acariciou o focinho de Cleo.

A campainha tocou. Pouco mais tarde, Otta apareceu e anunciou uma visita. "Seu amigo, mademoiselle, o senhor Conde. Está carregado de malas. Devo preparar um quarto?"

"Ah, como fui me esquecer disso? Minha boa e velha Otta, por favor, sim, prepare um quarto, o dourado, de preferência. Ele ficará por um bom tempo, está querendo dar uma olhada em Berlim." Voltou-se para Martha e disse: "Ele é pintor, um artista de verdade." Fanny arregalou os olhos avermelhados. A cinza de seu charuto já estava bem longa. Fanny olhou à sua volta como se procurando algo. Havia perdido o cinzeiro de vista, então, bateu o charuto no prato do bolo de papoula. "Tentou ganhar a vida em Paris, agora vem pra cá. Aqui poderá pintar até cair. Se fosse apenas isso... Hoje em dia todo mundo quer logo fundar um clube e se tornar chefão." Fanny estremeceu ao dizer isso. Recentemente conheceu um homem baixinho e animado, que vivia falando de si e ficara famoso. Era um artista que se opunha a qualquer conteúdo. Para ele, só a forma, a condição de artista, o reconhecimento e, é claro, o séqüito importavam. Fundara um clube e se nomeara chefão. Levava tudo a sério, o que muito surpreendeu Fanny. Algo no encontro a desagradou bastante, talvez aquela reivindicação de um séqüito que o amasse e endeusasse.

Curiosas, as moças arregalaram os olhos, pois jamais haviam conhecido um aristocrata. Mas logo ficou claro que ele não era nobre. Só seu nome: Heinrich Conde.

Ele não tinha muita coisa, sobretudo tinha pouco dinheiro. Mas queria dividir o pouco que tinha com uma moça jovem e bonita que aceitasse posar de modelo e se deixasse retratar até que ele estivesse exausto. Conde era um homem baixo, o que significava que era exatamente do mesmo tamanho de Helene. Tinha a testa alta e entradas no cabelo, formando uma clareira que se estendia da testa até a parte traseira da cabeça. Helene gostou daqueles olhos com uma expressão triste e perdida que por certo despertavam confiança nos outros com muita facilidade, e faziam com que uma mocinha como ela o considerasse mais alto.

Mesmo achando desagradável o modo como Conde a olhava, Helene sentia que ele podia representar uma certa proteção contra as investidas do grandalhão Erich. Este já não perdia uma oportunidade de empurrá-la para um cantinho escuro — enquanto Fanny ia rapidamente à cozinha ver o que Otta estava fazendo, Martha trabalhava no hospital e só Cleo testemunhava o que acontecia, com aqueles olhinhos atentos e o rabo abanando cheio de confiança —, passar a mão em seus seios e, ofegante, enfiar a língua grossa e molhada em sua orelha. Helene prendia a respiração, assustada, e não conseguia gritar pedindo ajuda. Erich só a largava quando ouvia o barulhinho das patas de Cleo e também os passos de Fanny, voltando da cozinha. Soltava-a tão repentinamente quanto a tinha agarrado e rumava a passos firmes em direção a Fanny. Ela não gostaria de pegar a raquete e ir com ele a Grunewald? Tinha pedido um automóvel emprestado... sabia como ela gostava de andar de carro.

Certo dia, Conde tirou os óculos, limpou-os e passou a mão espalmada na testa protuberante e sem cabelos. Perguntou a Helene se ela não queria ganhar algum dinheiro. Helene ficou lisonjeada: jamais um pintor a quisera retratar. Mas logo sentiu vergonha. Quem, além de Martha, já a vira nua?

A vergonha era coisa para outras moças, não para beldades como ela. Foi o que ele lhe disse do outro lado do quarto, onde haviam marcado um encontro em um domingo de manhã, já que não ocorria mais a ninguém ir à igreja ou mesmo pensar em Deus. Ele achava que com isso conseguiria atrair Helene para trás do pára-vento. Ela também não o faria de graça, não se mostraria de graça. Receberia algo por isso. Conde abanou uma cédula. O fato de os seios da menina serem minúsculos não incomodou Conde, que considerava isso um sinal de sua juventude. Seu cabelo loiro o deixava feliz. Ele riu. Ora, ela ainda era uma criança. Também gostava disso. E desenhava sem o menor sinal de cansaço. Mas Helene ficou cansada. Depois de algumas semanas, ele disse que ela era uma feiticeira, já que cada vez tinha uma aparência diferente e o fazia vê-la de forma nova. Disse também que ela lhe dava novos olhos de presente todo dia. Seu pagamento eram moedas recém-cunhadas e cédulas recém-impressas, nas quais agora não estava mais escrito marcos de renda e sim marcos do Reich. Para Helene, aqueles eram os tíquetes de entrada para sua independência.

Agora que já provara sua discrição, trabalhava na farmácia durante o dia, e, à noite, tirava a roupa para Conde, um Conde que a via como feiticeira e criança e, em cuja presença, no entanto, se sentia mulher pela primeira vez. Evidentemente não contou isso a ele. Afinal, sentia vergonha e um certo nervosismo quando ele passeava à sua volta com aquele olhar avaliativo, pedindo para que se sentasse um pouco, para que se deitasse, para que dobrasse o braço e abrisse um pouco mais a perna esquerda, sim, para ficar com as pernas mais abertas. Certo dia ele apareceu com uma inflamação nos tendões. Helene não conseguiu se lembrar daquele dragão que vivia sobre o rochedo e se alimentava de virgens. Não tinha a consciência pesada. Ele lhe dava pena por não conseguir mais segurar o carvão de desenho. Helene não precisava mais tirar a roupa. Agora que não ganhava mais aquele dinheirinho, passou a trabalhar mais tempo na farmácia.

À noite, quando voltava do trabalho, trazia uma caixinha de pó branco que, na hora do jantar, entregava a Fanny sem dizer nada, como prova de sua confiabilidade. De Martha, quem cuidava agora era Leontine, ainda que contrariada. Só às vezes, quando havia uma boa oportunidade, Helene trazia um pouco de morfina para Martha. Na sala berlinense, Conde ficava deitado na *chaise longue* esperando que ela chegasse com olhos tristes e perdidos. Helene gostava do fato de ele só ficar olhando, sem tocar nela. Todas as mulheres com quem convivia tinham relações. Ela não se sentia mais tão novinha, mas não conseguia se decidir. Pôs uma atadura no braço de Conde e fez aplicações de gelo e água quente em seus tendões. Ganhou dele um ramalhete de rainhas-margaridas amarelo-claras, o que a deixou satisfeita. Ao pôr as flores em um vaso, imaginou que eram rosas tardias. Como seria se Clemens, o farmacêutico, tivesse lhe dado aquelas flores? Helene queria amar, com toda a incondicionalidade e todo o medo que por certo faziam parte disso. Mas será que amar se resumia àquele frio na barriga e ao arrepio nos seios? Teve de rir. Não tinha a mesma opinião que Fanny, que acreditava que Clemens era um amigo. O farmacêutico acabado, em quem Helene pensava muitas vezes quando tinha um dia livre, não olhava para Fanny nem para qualquer outra mulher por um tempo maior do que o necessário. Seu olhar também não acompanhava nenhuma delas e ele não lhes dirigia uma palavra a mais que o necessário. Só quando sua mulher entrava na farmácia, com dois ou três de seus, ao todo, cinco filhos na barra da saia, para pegar alguma coisa ou perguntar por algo — o frio havia enrubescido seu rosto redondo e seus olhos azuis gigantescos estavam iluminados —, é que o rosto do farmacêutico desanuviava e ele despertava de seu sono eterno. Beijava a mulher e apertava os filhos junto ao peito, como se os visse apenas de vez em quando.

O farmacêutico não vinha de uma família abastada; ganhava seu dinheiro com dificuldade e tinha de pagar as dívidas que fizera para adquirir a farmácia. Durante o dia, ele se consumia pensando na mulher e nos filhos. Se Fanny via nele um amigo, era por não entender como era importante para ele ganhar dinheiro. Helene datilografava as encomendas, cartas e prestações de contas. Ele lhe ensinava a consistência que deveriam adquirir gorduras e ácidos ao serem misturados; para tanto, transmitiu-lhe os conhecimentos necessários acerca das reações entre bases e ácidos e lhe emprestou um livro grosso para que ela estudasse em casa. Helene sabia que poderia precisar daqueles conhecimentos se eventualmente entrasse para a faculdade, portanto, tudo que lhe era oferecido acabava sendo útil. Adquiriu o hábito de empacotar cinco drops para o farmacêutico no final do expediente, e quando o vidro grande estava vazio, pegava para ele, no menor, balas violeta e de framboesa. Seus filhos se alegrariam com isso. Helene adiantava o trabalho contábil e preparava bálsamos. Depois do expediente, ficava na farmácia, ao passo que ele se apressava em ir para casa para encontrar a mulher e os filhos. Desviar drogas era coisa das mais fáceis. Em pouco tempo, Helene conhecia as assinaturas e carimbos dos médicos, sabia quem receitava o que a quem, e onde podia acrescentar um zero à quantidade de itens da encomenda. Dois gramas de cocaína se transformavam em vinte, mas só esporadicamente um grama de morfina se transformava em dez ou cem. Ela mesma recebia as encomendas, e sempre sabia quando o entregador ia chegar. Arrumava, também sozinha, os vidros e caixas, confirmava o recebimento e pesava as substâncias. O farmacêutico sabia que podia confiar em Helene. Ela aliviava o trabalho dele assumindo certas responsabilidades. Quando os cristais eram moídos e encapsulados e os líquidos eram postos em vidrinhos, bastavam breves indicações e um sorriso fugidio. Com o passar do tempo, Helene aprendeu mais coisas, misturava álcool com substâncias ativas mais caras e classificava os corantes segundo sua acidez ou adstringência, de modo que o farmacêutico não precisava mais se importunar com essas coisas.

O sorriso do farmacêutico, no entanto, era demasiado fugaz. O ligeiro frio na barriga e o arrepio que sentia nos seios ainda não eram capazes de acender um fogo e proporcionar a Helene a relação que ela acreditava necessitar agora.

Conde a cortejava, lisonjeando-a, e a vigiava com olhares atentos; mas não aproveitava as oportunidades, por mais favoráveis que fossem, de tocá-la.

Certa vez, eles estavam sentados juntos no início da noite; Martha deitara a cabeça no colo de Leontine e adormecera; Fanny discutia com Erich o que deveriam fazer mais tarde; Helene lia em voz alta a nova edição de *O vermelho e o negro*. Conde havia se sentado na poltrona ao lado dela e bebericava uma taça de absinto enquanto a ouvia.

Leontine pediu desculpas por Martha e por si mesma, e se levantou com dificuldades. Martha reclamou; seus ossos, seus nervos, as raízes de seus cabelos doíam, e Leontine praticamente teve de carregá-la até a cama, apoiando-a com o próprio corpo. Mal haviam deixado a sala, Erich levantou decidido. A noite era uma criança, e não por muito tempo. Enfim, queria sair. Fanny o segurou pela camisa. Erich se desvencilhou. "Leve-me com você", implorou ela. As portas bateram.

De repente, Helene se viu sozinha com Conde, mas continuou lendo. Julien oferecia a madame de Renal a possibilidade de deixar sua casa, supostamente querendo salvar a honra da dama de seu coração e também o amor dos dois, mas ela se levantou, disposta a enfrentar todo o sofrimento. Não seria aquele o momento ideal para a distância entre Conde e Helene se desfazer, diminuir completamente? Como ela estava excitada pela paixão alheia, que ali parecia se tornar maior do que nas páginas do livro, bastaria que Conde esticasse a mão. Mas ele não fez mais que levantar o braço para descansar a mão, pousando-a entre si e Helene no encosto da poltrona. Com a outra, segurava firme a taça. Tomou o último gole e voltou a enchê-la. Helene percebeu sua impaciência se transformar em raiva, mas conseguiu se conter lendo mais um pouco.

"Quer beber alguma coisa, Helene?"

Ela assentiu, ainda que não quisesse. Stendhal jamais permitiria que Julien dissesse algo assim profano. O olhar de Helene se deteve na primeira página: "A verdade! A amarga verdade!" Helene imaginava o que esse tal de Stendhal pretendia com a exclamação de Danton. Com toda desenvoltura, Conde encheu uma tacinha para Helene, fez-lhe um brinde e lhe pediu que continuasse lendo. Talvez estivesse percebendo sua hesitação. Embora tivesse estado na França e falasse francês fluentemente, ainda não encontrara tempo para ler aquele romance. Como ficava grato, agora, por ela lhe abrir também aquele mundo! Helene sentiu seu cansaço aumentar, e só não conseguiu disfarçar um bocejo. Uma virgem permaneceria virgem, permaneceria virgem. Enquanto prosseguia a leitura, sem vontade e com algum esforço, suas faces, ainda há pouco enrubescidas pela esperança, empalideceram. Uma dor de cabeça lhe subiu pela nuca. Quando o relógio de caixa alta do corredor bateu dez horas, Helene fechou o livro.

E não é que ela queria ler mais um pouco? Conde parecia surpreso.

Não. Helene se levantou. Tinha a garganta seca, o gosto do absinto lhe causou um leve mal-estar. Agora queria apenas ir para a cama e esperava que Martha e Leontine já estivessem dormindo a sono solto no quarto que dividiam.

A primavera passou voando; sem despertar nem acordar. Em junho, na noite mais curta do ano, Helene completou dezenove anos. Ainda não tinha vinte e um, mas, na opinião de Fanny e Martha, já tinha idade suficiente para ir com elas ao Camundongo Branco. Fanny lhe entregou um envelope fino, dentro do qual havia um vale-brinde preenchido em sua maravilhosa caligrafia deitada, que lhe dava o direito de freqüentar um curso de gramática para moças na Marburger Strasse. O curso já deveria começar em setembro e poderia ser facilmente conciliado com o trabalho de Helene, uma vez que era noturno. Por algum motivo que a menina não logrou identificar, Fanny havia intitulado o vale-brinde de "Suspensão condicional". Sublinhou esse título altissonante, e pareceu a Helene que a prima se referia àquele fosso invisível entre ambas, que de forma alguma poderia ser tampado com gestos.

Helene agradeceu, mas Fanny apenas a olhou com severidade e começou a conversar com Martha sobre o primeiro concurso de beleza a ser realizado em solo alemão. Estava previsto para o próximo ano, e, segundo Fanny, Martha não podia deixar de participar.

"São apenas um bando de ossos e nervos", disse Martha, esgotada.

"Ah é", replicou Fanny, "por fora a gente as vê melhor. Olhe à sua volta", disse Fanny, pondo a mão comprida na nuca de Martha. Helene teve de desviar o rosto.

Por um capricho, e para a surpresa de Conde, Leontine cortou os cabelos de Helene à tarde, deixando-os curtos, na altura da orelha. A nuca ficou bem batida, pois foi raspada com uma lâmina. Como sua cabeça agora estava leve...

"Para festejar o dia", disse Leontine, deixando que Helene a beijasse em agradecimento. Quem diria que algum dia Helene estaria tão próxima dos lóbulos de sua orelha, que eram colados à cabeça? Seria possível beijar aqueles lóbulos? Helene apenas roçou a face de Leontine contra a sua; seus beijos se perderam no ar... dois, três, quatro, só o seu nariz tocou as orelhas da amiga. Como Leontine conseguira manter o cheiro do Lausitz até aquele dia?

Conde não parara de passar diante do banheiro enquanto Leontine cortava os cabelos da menina: metia a cabeça pela porta aberta dando desculpas esfarrapadas e emitia sons variados enquanto espiava. Não podia ver aquilo, exclamava, tateando, hesitante, a clareira na própria cabeça, mal conseguindo cobri-la. Aquilo era um pecado!

Martha deu a Helene um vestido de cetim e chiffon que ia até os joelhos, e que ela mesma vestira na temporada anterior. Originalmente, o vestido pertencera a Fanny. Não havia dúvida de que Helene agora era suficientemente grande. Mas não era tão magra quanto Fanny e Martha. Sem hesitar, Leontine desmanchou as costuras do vestido e pediu uma agulha. Em menos de meia hora, o vestido servia em Helene como se tivesse sido feito para ela. De rabo de olho, Helene viu Conde se abaixar e pegar os chumaços de cabelo que haviam caído no chão. Pegou as longas mechas douradas e escondeu-as discretamente, saindo do banheiro. Fanny declarou que se sentia velha e ao mesmo tempo jovem demais para usar cetim. Era perfeito para Helene, disse Fanny, e não voltou a olhar o vestido enquanto a moça o experimentava. Curso de gramática e vestido deviam lhe parecer o caminho certo para se livrar de Helene.

Era uma noite de verão, o ar estava cálido e ventava um pouco. Helene por acaso estava estranhando o novo penteado? Usou o chapéu que havia sido mandado para Bautzen como herança do tio-avô de Breslau. Ele parecia um pote, semelhante aos que as mulheres agora usavam; mas o dela era de seda e enfeitado com *strass*.

Fanny foi andando na frente com Lucinde e Conde. Mais atrás, Helene seguia entre Leontine e Martha, e as três se deram as mãos. O cheiro de flores de tílias veio ao encontro delas. Helene compensara a falta do casaquinho com uma echarpe transparente de organza. Agradavelmente fresco, o vento fazia carícias em seu pescoço.

Na entrada do Camundongo Branco, estavam paradas duas pessoas de rosto pálido, cuja maquiagem não permitia distinguir se eram homens ou mulheres. Os porteiros negociavam, sem sorrir, a entrada dos convidados: conhecidos eram cumprimentados; estranhos, mandados embora. Fanny foi reconhecida. Aproximou o rosto de um dos porteiros e deve ter lhe dito que Conde, Lucinde e as jovens senhoritas eram seus acompanhantes. O porteiro concordou e, com um gesto que os convidava a entrar, abriu a porta. O lugar não era especialmente grande, por isso, as pessoas ficavam paradas bem próximas umas às outras. Mais à frente, sobre um palco, havia mesas, às quais os convidados se sentavam. A época em que uma certa Anita Berber exibia sua dança do vício e do espanto — um espetáculo que agora se chamava apenas dança macabra — havia passado; diziam que ela agora se apresentava em um palco de verdade, mas não aparecia muitas vezes. Aqueles convidados, no entanto, ainda podiam vê-la se apresentando ali. Os olhares voltavam sempre às cortinas vermelhas, quando se desconfiava que ela poderia aparecer por lá a qualquer momento e dançar. Todos leram nos jornais que ela foi roubada e abandonada por seu amado em Viena, e que, depois disso, este viajara para os Estados Unidos, onde se casou com quatro mulheres diferentes no decorrer de apenas um ano. O boato mais recente dava conta de que o suspeito voltara a Hamburgo e lá morrera bem rápido.

Mas em vez de Berber, quem apareceu no palco foram três músicos, com trombone, clarinete e trompete. Helene achava que eles ainda estavam afinando os instrumentos com aqueles sons alongados, mas convidados isolados já começavam a dançar. Empurraram-na em meio à multidão. Fanny deixou sua capa no vestiário e tirou o chapéu da cabeça de Helene sem lhe perguntar nada. Lucinde mandou vir champanhe e taças. Elas sussurravam: "Aquela não seria Margo Lion, parada no meio de um monte de gente?" Conde só tinha olhos para Helene. Fitava seu rosto, seus ombros, suas mãos. Aquilo dava à moça uma sensação de segurança, mas ao mesmo tempo era desagradável. A nudez de seu pescoço era por certo um desafio; não involuntário, como admitiu consigo mesma, mas sem sombra de dúvida excitante. De repente, sentiu uma respiração em seu ombro, e Conde disse, com voz suave, que fazia questão de preservar a integridade dela: "Helene, sua echarpe escorregou dos ombros." Helene olhou para o próprio corpo e, sem entender, fitou Conde, que, naquela noite, lhe parecia mais baixo que nunca. Mais uma vez ele aproximou os lábios de seu pescoço, quase beijando-a: "Estou vendo as marcas dos seus ombros; elas me deixam louco."

Helene teve de rir. Alguém lhe bateu suavemente às costas.

"É melhor pôr a echarpe nos ombros de novo, do contrário outros homens vão descobrir você."

Conde por certo estava querendo expressar um direito sobre a sua nudez. Helene se virou. Atrás dela estavam Fanny e Lucinde, que haviam encontrado Bernard e um amigo. Fanny animou os amigos e as primas a pegar uma taça da bandeja. Era uma sorte tudo ser tão barulhento naquele lugar, pois Helene não queria responder a Conde. Deixou a echarpe relaxadamente sobre os braços. O piscar de cílios postiços também era excitante, e ela não se importava nem um pouco que outros homens vissem seus ombros.

Leontine cumprimentou um rapaz e apresentou-o: seu nome era Carl Wertheimer. A música ficou tão alta que ela teve de gritar, enquanto o rapaz tapava os ouvidos com as mãos. Era um de seus alunos de patologia, gritou ela, um que havia conseguido entrar sorrateiramente. Na verdade, ele estudava filosofia e línguas — latim e grego —, mas também literaturas modernas. Aparentemente, queria se tornar poeta. O rapaz abanou a cabeça com veemência. Jamais. Mas claro, disse Leontine rindo. Já o vira declamar um poema no círculo de estudantes; com certeza um poema que ele mesmo escrevera. Carl Wertheimer não sabia o que fazer. Disse ser um estudante absolutamente comum, e se citava Ovídio ou Aristóteles, isso não devia ser comparado aos esforços imitativos de adolescentes. De resto, não tinha coragem de, diante das damas, reconhecer tais esforços. Leontine passou a mão pelos cabelos do rapaz — como uma irmã mais velha —, deixou que ele assumisse o papel de garoto. Helene agora o fitava inquiridora; os olhos dele estavam na mesma altura dos seus, aquele corpo esguio era o de um menino. Devia ter a mesma idade que ela. Por um instante ela o olhou como se pertencesse ao rapaz, mas a atenção dele ainda estava voltada exclusivamente para Leontine. Era visível que Carl Wertheimer olhava Leontine de baixo para cima, não apenas porque ela parecia ser alguns centímetros mais alta, mas provavelmente porque admirava aquela mulher incomum na condição de professora. Talvez inclusive estivesse um pouco apaixonado por ela.

No palco, novos músicos se juntaram aos primeiros, e também tocavam trombone, clarinete e trompete. Os sons eram arrastados, o compasso se enovelava e embalava. Para surpresa de Helene, o número de pessoas que dançava à sua volta aumentava cada vez mais. Além de mal poder entrever a pista de danças, o parquete debaixo de seus pés vibrava com a música. Fanny e Bernard avançaram intempestivamente; Lucinde pegou o amigo de Bernard pela mão; mesmo Martha e Leontine se misturaram aos que estavam dançando; só Conde se manteve afastado. De costas para a parede, ele vigiava a bandeja com as taças deixadas de lado e não tirava os olhos de Helene, que ainda parecia indecisa. Uma mão pousou suavemente no braço da menina. Ela não queria dançar, embora um homem imberbe a tivesse convidado, pegando a taça de sua mão e puxando-a consigo. Com uma das mãos, ele segurava Helene com firmeza, como se tivesse de cuidar dela e a música pudesse afastá-la. Primeiro carregando-a, depois rapidamente, e com a outra mão roçava como que por acaso os braços nus da moça ao dançar. Nada nem ninguém foi poupado pela música, que perpassava tudo o que estava ali, agarrava toda e qualquer partícula e, em frações de segundos, transformou o estado agregado do ambiente, ainda há pouco tranqüilo e rígido, em estado de revolta — pelo menos era assim que Helene percebia —, uma revolta que não apenas fazia vibrarem moléculas e órgãos, mas também inflava os invólucros dos corpos e as fronteiras do ambiente, sem rompê-los. A música se estendeu, encheu o ambiente com seu brilho pálido e uma cintilação suave. Melodias das mais finas eram borrifadas aqui e ali, não parecendo obedecer mais nenhuma medida usual, e a música retorcia os corpos dos que dançavam, dobrava-os, deixava-os eretos, como juncos ao vento. Em dado momento, o imberbe pôs as mãos nos quadris de Helene, fazendo-a estremecer; estava apenas tentando protegê-la do choque com outro casal de dançarinos. Helene olhava para os lados e reconheceu o pescoço de Leontine, aquele seu cabelo escuro e curto. Forçou passagem, deslocando-se em meio aos corpos que se curvavam e se desviavam, serpenteando entre os que dançavam, tendo sempre o imberbe em seu encalço. Passou por baixo dos braços de alguns dançarinos, até que conseguiu surpreender a mão de Martha e encontrar a risada de Leontine. O imberbe agitava os braços; ameaçou, plantou bananeira e depois voltou a ficar de pé. Helene foi obrigada a rir. Tentava seguir os giros da música, movendo ombros e braços; as pessoas ao seu redor se debatiam, rolavam ao sabor daquele ritmo, se enganchavam e pisavam nos pés umas das outras. Para Helene, a música se assemelhava a um balanço: quando se era empurrado, o impulso levava tudo consigo e parecia forte e certeiro, mas, no compasso seguinte, vinha o cambalear. Quando a gente se deixava embalar e esticava as pernas, ora em uma, ora em outra direção, começava um vacilar e um bordejar em forma de elipse com círculos concêntricos que se reduziam cada vez mais... então a conseqüência era inevitável. A cabeça de Martha balançava preocupantemente; seus cabelos haviam se soltado. Como uma pessoa afogada, ela esticava os braços para Leontine, dando um sorriso embriagado, um tanto apalermado. O trompete continuava a estimular os movimentos, dando o pontapé inicial, e os dançarinos começaram a suar. Os braços e ombros nus das mulheres brilhavam na escassa claridade das lâmpadas. No momento seguinte, Helene já não conseguia mais ver o violeta do vestido de Leontine, e aquele sorriso comovente de Martha havia desaparecido. Um novo ritmo começou. A moça olhou ao seu redor, mas não conseguiu divisar Leontine ou Martha. Viu, no entanto, as costas do seu imberbe parceiro de dança, que agora dançava com outra moça.

Helene estava sozinha em meio à multidão enfurecida. A música a envolvia, tomava conta dela, queria entrar nela e ao mesmo tempo sair. Helene sacudia braços e pernas. Um medo se apossou de seu corpo; não conhecia nenhum daqueles movimentos e também não sabia mais onde estava o chão. Mesmo quando o piso cedia, seus pés batiam nele para em seguida voltar a se erguer. Todos ali se encontravam em uma relação de dependência mútua. Helene queria chegar à beirada, onde imaginava estar Conde, mesmo que não pudesse avistar seu chapéu e não encontrasse nenhum dos seus, mas os dançarinos a empurravam constantemente para o meio, e suas pernas não paravam de acompanhar aquele ritmo. Em lugar algum parecia haver oportunidade de sumir, a não ser no meio daquelas pessoas dançando. Helene se entregou; seus pés foram acossados pelos sons do clarinete, e o compasso a ultrapassava enquanto ela fazia buracos no ar com os braços fora do ritmo.

Um homem que ela não conhecia a agarrou. Ele tinha o rosto maquiado de branco e os lábios quase negros. Helene dançava. A cada dança, o rosto e a figura à sua frente mudavam. Pouco depois, Leontine e Martha reapareceram. Martha riu para ela sem parar de dançar; talvez o riso nem fosse para ela, mas para os sons, para justificar o desaparecimento, contudo, Helene não procurou mais se aproximar dela. Um olhar a seguia há um bom tempo, vindo da escuridão ao lado do palco, de uma das mesinhas com lâmpadas verdes. Helene reconheceu Carl Wertheimer e ficou contente por ele enfim tê-la descoberto. Talvez estivesse apenas curioso a respeito dos amigos de Leontine. Seu olhar não era incômodo, mas atento. Carl Wertheimer ainda vestia seu sobretudo de gola feito de uma pele lisa brilhante, talvez estivesse prestes a ir embora. Fumava um cachimbo curto e fino. Seu olhar deslizava para os outros dançarinos, ia até Leontine, e depois voltava a parar em Helene. Ela teve de admitir que, apesar da juventude, as feições do rapaz eram sérias e dignas.

O clarinete chamava, Helene saltou; o trombone a empurrava, ela cedia; o trompete a chamava de volta, ela resistia. Por enquanto.

Logo em seguida, Helene torceu o pé, tropeçou e perdeu o equilíbrio. Para não cair, segurou no ombro da irmã, se apoiando. Martha deve ter achado que era outra pessoa e, sem prestar atenção, afastou a mão de Helene com um gesto brusco. A tira da sandália de Helene havia rebentado, portanto, não lhe restou outra coisa a fazer a não ser pegar a sandália nas mãos e abrir caminho entre os que dançavam e seu cheiro agridoce. Parou do lado esquerdo na borda do palco. Mal conseguira escapar ao calor úmido dos dançarinos e suas garras suadas, sentiu uma corrente de ar frio na escuridão. Havia janelas ali? Não. Talvez alguém tivesse aberto a porta para arejar. Helene olhou por cima das cabeças, e bem atrás, na escuridão do ambiente, vislumbrou o rosto branco de Fanny. Por sorte o chapéu de Conde não podia ser visto em lugar nenhum. "Quer beber algo?", perguntou alguém, tocando-a quase com brutalidade. Helene hesitou por um momento e logo seguiu adiante. Em seu caminho passou por figuras esgotadas pela noite e rostos de uma palidez matinal. Sentiu um calafrio perpassando suas costas e, sem o perceber, olhou nos olhos daquele homem de feições magras.

"Perdão, a senhorita não é uma das amigas de Leontine?", perguntou ele. Sua voz era surpreendentemente grave para sua juventude. Helene fitou a gola de pele do sobretudo dele. O brilho era tão bonito que ela gostaria de tocá-la.

Helene assentiu. Era evidente que ele não sabia o seu nome. Portanto, tratou de dizê-lo: "Helene, Helene Würsich."

"Wertheimer, Carl Wertheimer. A srta. Leontine teve a gentileza de me apresentar ao seu grupo no início da noite."

"O estudante."

Ele assentiu e lhe ofereceu o braço. "Precisa de ajuda?"

"E como, minha sandália rebentou", disse ela, mostrando-lhe o calçado que tinha na mão. Lembrou-se de Martha. Temerosa, olhou ao seu redor e viu a irmã entre os que dançavam. Estava com os braços em volta de Leontine, logo, logo beijaria Leontine diante de todo mundo. Um leve mal-estar, um nojo suave tomou conta de Helene, era mais o temor de ver o estranho descobrindo aquilo, de ver revelada aquela trama da qual fazia parte na condição de irmã e cúmplice, do que a sensação débil de estar sendo excluída. Às pressas, Helene quis desviar os olhos de Wertheimer.

"A senhorita já conhece a dra. Leontine há muito tempo?"

"Nossa prima nos convidou. Seu círculo de amigos é grande". Helene fez um gesto qualquer. "Tenho medo de ter que ir embora."

"Claro. Posso acompanhá-la? Não seria muito bom se a senhorita tivesse de caminhar mancando, e ainda por cima sozinha, pelas ruas desertas."

"Com prazer. Nem cinzas nem pombos me concederam a graça", disse ela, e percebeu que suas orelhas ardiam. Com a palavra "graça" queria dizer algo como "paciência virginal".

Helene se despediu da prima. Fanny não se dignou sequer a olhar o jovem estudante Wertheimer e garantiu a Helene que Otta lhe abriria a porta em casa.

Lá fora, havia clareado. Os pássaros já aclamavam o dia de verão em gorjeios que haviam perdido o primeiro entusiasmo, e os postes de iluminação estavam apagados. Um coche esperava por clientes. Ao que tudo indica, as primeiras pessoas já estavam indo para o trabalho. Na esquina, havia um vendedor de jornais, oferecendo o *Morgenpost* e o *Querschnitt*.

"O *Querschnitt*, bem cedo pela manhã e em plena rua", disse Carl e abanou a cabeça, sorrindo.

Helene desfrutou a companhia de Wertheimer, e enquanto faziam as primeiras perguntas um sobre a vida do outro, ela lhe escondeu quão perto morava. Com um pé na sandália, o outro pisando o calçamento, Helene sentia o chão pegajoso, era decerto o néctar que havia pingado das tílias durante a noite.

"Venha, vamos nos esconder dos outros e ficar mais próximos...", disse Wertheimer fitando-a com um ar perscrutador.

"A vida cai em todos os corações." Helene disse a frase de passagem, como se não tivesse nada a ver com ela.

"Assim como nos túmulos." Wertheimer se rejubilava, mas Helene não respondeu, preferiu sorrir. "O que foi, a senhorita não quer prosseguir?"

"Não me lembro mais de como continua."

"Não acredito." Seu olhar manifestou estranheza. Ela o tranqüilizou.

"O senhor diz isso de um jeito tão alegre... mas o 'Fim do Mundo' é um poema triste, não acha?"

"A senhorita chama isso de triste? Ele é otimista, Helene! O que pode ser mais promissor do que a entrega, o beijo, uma nostalgia que toma conta de nós e nos faz morrer?"

"O senhor acha que a autora está querendo se referir a Deus?"

"De maneira alguma, o divino está mais próximo dela. Como começa o poema, se não com uma dúvida múltipla? Ela fala do choro como se o querido Deus tivesse morrido. Se acreditasse em Deus, admitiria sua imortalidade, mas na medida em que a põe em dúvida, o que faz é rejeitar a fé, e duplamente.

Não acredita em um Deus bondoso assim como não acredita em Deus nenhum. A morte de Deus deveria provocar choro no mundo; o mundo deveria chorar por Ele, ou porque conseguiu se livrar Dele?"

Helene olhou para Wertheimer. Não podia, de maneira nenhuma, se esquecer de cerrar os lábios. Martha não dizia sempre que ela deveria fechar a boca, pois do contrário as moscas acabariam entrando nela? Ela jamais ouvira outra pessoa falar de um poema.

"O poema então não pertencia a ela, apenas a ela?" Seu fervor cresceu. Helene começou a falar aos borbotões, mais por causa do poema do que de sua própria vida, no entanto, já não era mais possível separar nitidamente as duas coisas diante de alguém como Wertheimer.

"A poetisa Lasker-Schüller não se deleita por causa de Deus. Mas também não se alegra com os homens ou com seu sofrimento, ao qual eles também obedecem, porém, se permite lhes dar um beijo diante de seu caráter passageiro. Pode acreditar em mim, a própria mortalidade, que ela desafia cara a cara — pouco importa se com nostalgia e acompanhada de um choro ou não —, a mortalidade humana, e sua compreensão, sua inevitabilidade, ora, é posta nitidamente em confronto com a imortalidade de Deus."

"O senhor sempre lê poemas de trás para a frente?"

"Só quando encontro alguém que faz questão de primar pela linearidade."

O rapaz quis pegar o bonde ou um ônibus e dobrou a esquina.

"E a senhorita gosta de usar conceitos latinos, tem prazer em me acusar de ser linear? Gosto de deixar a reta, e certamente não farei questão de nada, não diante da senhorita." Wertheimer deu um tom de severidade àquelas palavras, mas no momento seguinte seus olhos já luziam, travessos. "E que tal o lixo da cultura e da ciência? Pode me dizer se não acha todos os nossos esforços uma pretensão condenável? O clube em que qualquer um pode ser diretor não é aquele que encontra maior aceitação? O dadaísmo é um cesto de lixo para a arte?"

Helene refletiu. "Pode me dizer o que existe de tão ruim nas diferenças?" Era uma pergunta franca, afinal de contas, pensou Helene. A quem incomodavam todos aqueles clubes, na medida em que qualquer um podia fundá-los ou se tornar seu sócio, na hora em que quisesse?

Na Kurfürstendamm, deixaram o primeiro bonde passar, pois estava lotado, e só os corajosos tomaram impulso e entraram. A conversa deles não permitia pausas, não podia ser interrompida para encontrar um pouco de coragem, nem para o beijo.

"Conhece o Lenz, de Büchner. Do que ele sofre, Helene?"

Helene viu com que curiosidade Carl esperava por sua resposta, e hesitou. "Sofre por causa da diferença. Acredita nisso? Mas nem toda diferença causa sofrimento."

"Não?" De repente Carl Wertheimer parecia saber onde queria chegar. Não esperou mais pela resposta dela. "A senhorita é uma mulher, eu, um homem... acha que isso traz felicidade?"

Helene teve de rir, e deu de ombros. "O que mais se não isso, sr. Wertheimer?"

"Naturalmente, a senhorita deve dizer. Pelo menos é o que espero. Admitamos que seja assim. Mas apenas porque felicidade e sofrimento não excluem um ao outro. Pelo contrário, o sofrimento carrega consigo a noção de felicidade, de certa maneira a guarda dentro de si. A noção de felicidade jamais pode ser perdida no sofrimento."

"Só que a noção de felicidade e a felicidade em si são coisas diferentes." Helene sentiu sua lentidão. Mancava, e só agora percebia como seus pés estavam doendo. "Lenz tem tudo, ora, suas nuvens são rosadas, seu céu é iluminado, tudo com que qualquer outra pessoa só consegue sonhar."

Helene e Carl entraram em um ônibus que ia na direção leste. Foram sentar na parte de cima. O vento soprava em seus rostos, e, para que a moça não sentisse frio, Carl colocou o sobretudo em seus ombros.

"Mas isso faz o Lenz de Büchner sofrer", atalhou Carl. "De que importam as nuvens, as montanhas pra ele, se não consegue ganhar Oberlin?"

"Ganhar?" Helene acreditou descobrir uma imprecisão nos pensamentos de Carl. Quase não conseguiu continuar ouvindo, ignorando aquela percepção. Carl pareceu ter entendido de forma errada a pergunta que fizera.

"O que as trouxe a Berlim? Uma visita à prima?"

Helene assentiu, decidida. "Uma visita longa. Já estamos há três anos aqui." Helene aninhou o queixo na gola de pele do sobretudo de Carl. Como era lisa, como cheirava bem... uma gola de pele no verão. "Martha trabalha no hospital judaico. Eu também me tornei enfermeira, e fiz minhas provas finais ainda em Bautzen, mas aqui em Berlim as coisas não são fáceis pra uma enfermeira, se ela é tão jovem quanto eu e não tem referências pra apresentar." Os pés de Helene queimavam. Pensava se não devia dizer a ele que era seu aniversário, que começaria um curso de gramática para moças, que queria estudar na universidade, mas acabou abrindo mão disso. Afinal de contas, seu aniversário já havia passado há algumas horas, e o sol da manhã, o primeiro sol do verão depois do solstício, que agora brilhava morno em seus rostos, era um pouco mais importante, sobretudo enquanto ela podia sentir aquela pele em suas faces.

"Tão jovem?", surpreendeu-se Carl, fitando-a com um olhar inquiridor. As faces de Helene arderam, seus pés haviam ficado frios, uma das sandálias jazia em seu colo, nas costas, o vestido — molhado por causa da dança — colava à pele, fazendo-a passar frio, mas suas faces ardiam. Ela sorriu e retribuiu o olhar de Carl.

Ele se inclinou para ela; Helene achou que ele queria beijá-la, mas o rapaz sussurrou baixinho em seu ouvido: "Se eu tivesse coragem, gostaria muito de beijar a senhorita."

Helene apertou ainda mais a echarpe em volta dos ombros. Seu olhar atravessou as folhas dos plátanos chegando às lojas que passavam por eles. Levantou de um salto, pois tinha de descer ali mesmo.

"Mas só andamos uma estação...", protestou Wertheimer correndo atrás dela; desceu a escadinha e saltou.

Helene mancava. Sua perna direita agora estava bem mais curta do que a esquerda.

"Eu a carregaria, Helene, mas isso talvez não a agradasse."

"As coisas que não me agradariam..." Helene revirou os olhos; a noite a animara e a claridade do dia fez com que se sentisse mais corajosa. Divertida, passou o braço em volta de Carl Wertheimer. Ele ficou surpreso e hesitou por um instante. Mal a abraçou para levantá-la, ela deu um beijo fugidio naquele rosto áspero e, em seguida, o empurrou delicadamente, afastando-o.

"O sol já está brilhando." Helene ficou parada, se apoiou ao ombro de Carl Wertheimer e tirou a outra sandália. "Não se preocupe, as pedras estão quentinhas."

Ela caminhava alguns passos à frente. Ele quis alcançá-la, mas ela começou a correr. Disse a si mesma que ele a beijaria na despedida. De repente, Helene teve a impressão de que era capaz de descobrir as intenções das pessoas, de saber exatamente que passo dariam e em direção a que objetivo. Podia conduzir as pessoas, cada uma delas, direcioná-las para caminhos que ela mesma escolhia, como marionetes presas a fios, e isso valia de modo especial para Carl Wertheimer, que ela sabia estar vindo ali atrás, cujos passos se aproximavam cada vez mais, cuja mão sentiu em seu ombro logo em seguida. Diante de casa, ela parou e se virou para Carl Wertheimer. Ele a pegou pelo braço, puxou-a pela entrada da casa e depois pôs a mão em seu rosto.

"Tão macia...", admirou-se ele. Helene gostou daquela mão em seu rosto. Achou que podia encorajar o jovem enamorado pondo a mão sobre a dele e apertando-a; em seguida deu beijos próximo a seus dedos. Cuidadosamente, procurou o olhar de Carl. A pálpebra de um olho do rapaz tremia, adejava como um filhote de passarinho medroso. Talvez ele jamais tivesse beijado uma moça. Ele a puxou para junto de si. Ela gostou de sentir a boca dele em seu cabelo. Helene não sabia o que fazer com as mãos; o sobretudo de Carl parecia rechaçá-la em sua rudeza. Ela passou a mão nas têmporas dele, nas maçãs do rosto, nas órbitas dos olhos, procurando com os dedos a pálpebra que abanava. Protetora, tapou o olho dele, para que se acalmasse. Helene sentiu pontadas do lado; respirava fundo e regularmente, tão regularmente quanto possível. Nos braços de Carl Wertheimer, não era pequena nem grande demais; as mãos dele em seu pescoço nu aquentavam e provocavam arrepios em seus braços também descobertos. Helene estremeceu. Ainda não conhecia aquele tipo de toque, o desejo lhe era tanto mais íntimo. Um melro trinou bem alto; outro o superou cantando; em seguida ouviu-se um terceiro trinado três tons abaixo, e os dois melros anteriores começaram um duelo. Helene suspirou de tensão; Carl pareceu achar que ela estava rindo. Depois, a moça sentiu o olhar sério que ele lhe lançava e o riso se tornou mais baixinho. Sentiu vergonha. Temia que ele percebesse a onipotência que ela identificara em si mesma ainda há pouco, uma casca, cujo conteúdo estava podre e da qual não sobrava nada a não ser a aparência de soberba ou até mesmo de vaidade, à qual ele por certo dava pouco valor. Ela se perguntou o que ele estava querendo. O que pretendia de um modo geral e em relação a ela. O coração de Helene batia descompassado, quase saltando pela boca. Eles tiveram de se despedir.

Orgulhosa, ela lhe disse que tinham um aparelho telefônico, adquirido há pouco.

Carl Wertheimer perguntou o número. Como se não a tivesse ouvido, olhou para atrás e acenou; ela acenou também, sentindo as mãos quentes.

Parada diante da porta suntuosa erguendo o pesado anel de latão para anunciar sua chegada, Helene decidiu firmemente não se virar para ver Carl se afastar. Otta veio abrir a porta, de avental e touca, vestida da cabeça aos pés. Helene duvidava que Carl fosse telefonar. Ele queria apenas um caso, talvez apenas um beijo, coisa que já conseguira, e era bem provável que aquilo fosse tudo, que ele não quisesse nada mais.

Sentiu o cheiro de café. O relógio de caixa alta soou, eram seis e meia. Da cozinha vinha o barulho familiar de talheres e louças; com certeza a cozinheira preparava o café-da-manhã, sem dar atenção ao fato de suas senhoras não estarem em casa; devia estar cortando o bolo de papoula e mexendo o mingau de aveia que Fanny tanto gostava de comer quando podia. Helene não sentia nenhum cansaço. Com passos leves, que ainda pareciam ser os de uma dança ao som de trompete e clarinete, foi até a varanda e deixou-se cair em uma das cadeiras baixas e estofadas. As mechas de seu cabelo, que agora mal alcançavam o nariz, cheiravam a fumaça. Sentia o cabelo na nuca. A leveza com que agora podia mexer a cabeça não tardou a lhe dar vontade de fazer movimentos rápidos, e quando eles eram executados de forma mais brusca, o cabelo lhe caía sobre o rosto. Tirou os cílios postiços. Seus olhos ardiam por causa da fumaça da noite. Ao pôr os cílios sobre a mesa, pensou que seria bom se pudesse tirar também os olhos e colocá-los de lado. Cleo saiu de seu cesto embaixo da mesa e apareceu abanando o rabo. Lambeu a mão de Helene fazendo cócegas. Isso fez com que a moça se lembrasse das cabras que ordenhara certa vez, quando criança, no jardim da Tuchmacherstrasse. Pressionando os dedos de cima para baixo, a pele do úbere parecera áspera ao toque de suas mãos, que depois teriam de ser lavadas com todo o cuidado, de preferência com água quente e muito sabão, pois o cheiro se entranhava como se fosse piche e enxofre — tinha algo de rançoso, cabras rançosas. Tinha escapado, pensou Helene, aliviada, e enquanto se deleitava aproveitando o conforto da cadeira estofada, envergonhou-se só um pouquinho, e docemente, por estar pensando aquilo. O que significava escapar? Passar pela vida às pressas. Agir conseqüentemente, conseqüentemente, sussurrou Helene para si mesma, e quando ouviu o próprio sussurro, disse mais alto, com voz segura, as palavras que encerravam o Lenz de Büchner: "Conseqüente, conseqüente." Helene acariciou a cachorrinha, passando a mão em seu pêlo teso e encaracolado. "Que bichinho querido!" Suas orelhas caídas eram sedosas e suaves. Helene beijou o focinho longo da cachorra; jamais havia beijado Cleo, mas, naquela manhã, não conseguiu conter o gesto.

O aparecimento inesperado de Carl Wertheimer não mereceu muita atenção na casa da prima. Embora ele não tivesse telefonado, mandou flores por um mensageiro. Helene ficou surpresa, espantada, alegre. Com um gesto protetor, passou a mão em volta das flores, em volta do ar que as circundava e que era denso demais para carregar seu cheiro suave. Levou as anêmonas para o quarto como se fossem um tesouro. Ficou ali sozinha, alegre por Martha só chegar mais tarde. Perguntou-se onde ele conseguira encontrar anêmonas àquela época. Contemplou as flores; seu azul mudava ao longo do dia. As folhas delicadas ganhavam peso.

As anêmonas haviam murchado, no fim do dia, mas ela proibiu Otta de tirá-las do vaso. Helene não conseguia dormir. Quando fechava os olhos, via tudo azul. Aquela excitação se devia a um encontro diferente de outra coisa que jamais tivesse vivido, um encontro com uma pessoa que compartilhava seus pensamentos, que compartilhava sua curiosidade, e como dissera a Martha, que compartilhava sua paixão pela literatura.

Diante de tal confidência, Martha apenas bocejou. "Você quer dizer dividir, anjinho, não compartilhar."

Helene agora sabia nitidamente que havia acontecido algo bem especial com ela. Não queria mais disputar a atenção da irmã; seu encontro com Carl era incomparável, e parecia não poder ser comunicado a uma pessoa como Martha.

No domingo, a campainha enfim tocou. Ao ouvir a voz de Otta no corredor perguntando cortês e claramente por "Carl Wertheimer?", Helene se levantou de um salto, pegou seu casaquinho de seda — que há bem pouco tempo Fanny havia dispensado e lhe dado de presente — e seguiu Carl naquela manhã de verão.

Pegaram o bonde para o Wannsee e passearam até o Stölpchensee. Carl não ousava pegar a mão dela. Uma lebre saltou diante deles, cruzando o caminho em meio à floresta. Entre as folhas, viram a água cintilando lá embaixo e, à distância, as velas brancas dos barcos se enfunarem. Helene parecia ter um nó na garganta. De repente teve medo de gaguejar e de descobrir que sua recordação daquilo que eles haviam vivenciado juntos e de sua alegria pudessem se revelar isoladas e unilaterais.

Então Carl começou: "O bastante da natureza em si, o instante senhor de si mesmo, como Lenz o revela, não é o elogio da vida?"

"A injúria contra Deus."

"A senhorita se refere à dúvida, ela seria permitida, a dúvida não é uma injúria."

"Talvez o senhor veja isso de modo diferente; para nós, cristãos, é assim."

"Protestante, estou certo?" A pergunta de Carl Wertheimer não continha nem um resquício de zombaria, e Helene confirmou com um breve aceno de cabeça. De repente, pareceu-lhe inválido o que expressara acerca de sua filiação à fé luterana e sua essência, não porque pensasse no ateísmo e no nascimento diferenciado de sua mãe, mas porque ali sentia Deus como que distante e expulso do mundo por Büchner. Quem era capaz de conhecer e reconhecer tudo a partir de Deus, afinal de contas?

"Posso lhe confiar uma coisa, Carl?" Pararam ambos em uma bifurcação do caminho. À direita estava a ponte; à esquerda, a floresta ficava cada vez mais densa. A decisão por um dos dois caminhos não podia ser tomada antes de ela dizer a ele o que pesava em seu coração, como chumbo.

"Sabe, nos últimos anos, desde que viemos para Berlim, senti vergonha de Deus em qualquer momento que me ocorresse a lembrança dele, pois sabia que o tinha esquecido por muitos dias e semanas. Não fomos a uma igreja desde que chegamos aqui."

"E houve alguma compensação?"

"O que quer dizer com isso, Carl?"

"Alguma coisa lhe trouxe alegria... a fé existe?"

"Ora, pra ser sincera, não me fiz essa pergunta."

Carl cerrou o punho e o ergueu: "E era como se ele pudesse esmagar o mundo com os dentes e depois cuspi-lo na cara do Criador; ele jurou, blasfemou."

"Não brinque com isso, está querendo rir de coisa séria."

"Não estou querendo rir, de jeito nenhum. Jamais ousaria fazer uma coisa dessas." Carl conteve sua alegria até onde pôde.

"Pode rir. Com o riso, o ateísmo já tomou conta de Lenz, por exemplo."

"Acha que sou ateu? As coisas não são tão simples, Helene. Deus realmente não sabe o que é riso. Não é uma pena?" Carl enfiou as mãos nos bolsos da calça.

"Nunca pensaria em confundir o senhor com Lenz", disse Helene, piscando para ele. Agora sabia, enfim, por que passara horas diante do espelho dos lírios entalhados, nas últimas semanas, treinando esse gesto com um dos olhos. Então ela se fez séria e olhou Carl com severidade. "Queria contar um segredo pra você."

"Eu sei ficar quieto." E de fato se calou.

Helene levou uma eternidade para conseguir quebrar seu silêncio.

"Não sinto mais vergonha, é isso que me deixa horrorizada. Entende? Não fui mais à igreja, me esqueci de Deus, e por muito tempo senti vergonha quando não me lembrava Dele. Mas agora? Nada."

"Vamos seguir adiante." Carl pegou o caminho que levava à ponte. As nuvens se adensaram, eram nuvens grossas e brancas, solitárias; o céu azul atrás delas continuou inabalável. Do outro lado da ponte havia um restaurante com jardim. Ali quase não havia mesas livres; os grupos com guarda-sóis e crianças conversavam em voz alta; eles também pareciam não pensar mais em Deus nenhum. Carl escolheu um lugar. Disse que aquele local lhe pertencia. Primeiro pertencera apenas a seus pais, e desde que passou a ir sozinho ali de vez em quando, o lugar passou a lhe pertencer. Helene imaginou como devia ser bela uma vida com pais em um restaurante ajardinado como aquele. Carl apontou para outra mesa, sussurrando-lhe que ela muitas vezes era ocupada por pintores. Para Helene, a magia daquele mundo parecia tão estranha que teria preferido se levantar e ir embora. Mas agora Carl pegava sua mão e lhe dizia que ela tinha um sorriso lindo e que já sentira vontade de dizer isso muitas vezes.

Carl Wertheimer era de boa família, abastada e culta; seu pai era professor de astronomia, e, assim, apesar das perdas econômicas dos últimos anos, os estudos universitários do filho puderam ser financiados. O garçom trouxe refresco de framboesa. Carl apontou para a direção nordeste; lá atrás, na outra margem, ficava a casa de seus pais. Seus dois irmãos haviam desaparecido na guerra: o mais velho morrera, seus pertences haviam sido mandados de volta à família, mas os pais se recusavam a acreditar em sua morte. Helene pensou em seu pai, mas não quis falar sobre isso.

Ele mesmo, Carl, não tivera de ir à guerra, para felicidade de sua mãe. Sua irmã concluiria a faculdade de física no final do ano; era a única mulher em sua faculdade. No próximo ano, pretendia se casar. Não havia dúvidas, Carl sentia orgulho da irmã. Era o mais novo dos filhos, ainda tinha tempo, como dizia sua mãe. Carl estalou a língua pedindo desculpas. Seus olhos relampejavam, e o lamento era tão visível que fez todo o resto parecer sério. Um pardal pousou na mesa deles; saltitava para a frente e para trás, bicando os farelos deixados ali por aqueles que os antecederam.

A vista para o mundo pacífico de Carl, junto ao lago, ao Wannsee, despertou em Helene uma angústia indeterminada. O que ela poderia objetar, o que poderia acrescentar? Em seu refresco de framboesa se debatia uma vespa, lutando pela vida.

Carl por certo percebeu que Helene emudecera do outro lado da mesa. E lhe disse: "Seus olhos são mais azuis do que o céu." E quando descobriu o sorriso dela, que parecia entalado como se estivesse entre as presas de um torno, talvez tenha pensado que Helene sentia vergonha, mas que não esquecera seu Deus. Não é milagre, já que insisto em pegar a mão dela. E, por certo, apenas para livrá-la dessa tristeza, disse: "Minha querida, sua vida agora está mostrando uma rachadura monstruosa?"

Helene viu o Carl brincalhão nos olhos do rapaz. Mais uma vez descobriu algo nele, como se já o conhecesse um pouquinho melhor — e isso foi o bastante para consolá-la. Ele agora não podia mais parar de revirar o baú de suas recordações: "Para não deixar tudo por conta de Lenz, gostaria de lhe aconselhar que deixasse as palavras abstratas dele derreterem em sua boca como cogumelos mofados. Até mesmo Hofmannsthal foi capaz de se recuperar do tédio. E por acaso não é tedioso quando o Nada se apresenta na nossa frente e nos enche de mal-estar?"

Ali estava ele mais uma vez, o mal-estar. Helene interpretou aquelas palavras como uma indiscrição, algo ameaçava dar errado. A vespa em seu refresco de framboesa escorregava na parede do copo, caindo de volta no líquido. Helene achava que logo sentiria dor de cabeça. Na mesa ao lado, alguém riu bem alto, e Helene se esqueceu de responder a Carl.

"Gostaria de andar de barco com a senhorita. Quero que se deite no barco e a água fique nos levando enquanto você olha pro céu, me promete isso?" Carl acenou chamando o garçom e pediu a conta.

Em frente ao restaurante havia uma Mercedes conversível. As pessoas se acotovelavam em volta do carro, olhavam admiradas, passavam a mão na carroceria como se fosse um cavalo, dando batidinhas aqui e ali. Helene estava contente por enfim poder se levantar com Carl e abandonar a vespa a seu destino.

Ele a pegou então pela mão. A dele era inesperadamente fina e passava uma sensação de confiança. Era bom andar de mãos dadas com ele. Não havia mais nenhuma sombra plúmbea, nada mais afligia com seu peso tumular, ainda faltava muito para o mundo se acabar. Um barulho no céu os fez parar. Helene ergueu a cabeça.

"Também posso contar um segredo pra você, Helene?"

"Mas é claro", disse a moça, protegendo os olhos com a mão, pois o sol a ofuscava. "Tem um fraco por aviões, é isso?"

Carl deu um passo em sua direção. Junkers F-13. Ela sentiu o hálito que acompanhava aquelas palavras no pescoço.

Sem tirar a mão da testa, Helene baixou a cabeça, quase roçando as sobrancelhas de Carl.

O rapaz voltou a recuar um passo. "Não posso falar estando tão perto. Não, não era o meu fraco por aviões o meu segredo." Carl estacou. "Sua boca é bonita. Ela me lembra uma frase de um autor famoso... Mas por que eu usaria as palavras de outro? Sou eu quem gostaria de beijá-la!"

"Talvez, um dia."

"Ano que vem? Sabia que a companhia Junkers planeja um vôo sobre o oceano?"

"Já fracassou várias vezes", disse Helene, com ar cosmopolita.

"Da Europa aos Estados Unidos. Mas não posso esperar tanto tempo por seu beijo."

Helene se adiantou; gostava do fato de Carl não ver seu sorriso. Eles caminharam por muito tempo em silêncio. Cada um seguia voltado para si mesmo, mas sabia da proximidade do outro. Helene agora se admirava com a estranheza que tomara conta dela no restaurante e esperava que Carl não a tivesse percebido. Sentia-se distante daquela estranheza. O locador dos barcos estava sentado em uma cadeira de dobrar e lia o jornal vespertino, que talvez um de seus clientes tivesse lhe trazido. Lamentava muito, mas todos os barcos haviam sido alugados, e os que regressassem a partir de agora não voltariam a sair. "Depois das oito ninguém mais entra na água", disse ele. Enquanto caminhavam ao longo da margem, tiraram seus calçados e se admiraram com o calor que a areia armazenara durante o dia. Carl falou de teatro. Com frases breves, concordaram que sentiam um amor comum por tragédias clássicas no palco e literatura romântica em casa, mas o entendimento, o assentir e o suspirar ocorriam devido sobretudo à impaciência dos dois; não queriam se esconder um do outro por mais tempo, queriam chegar mais perto, e buscavam essa oportunidade em suas idéias comuns. Os troncos avermelhados dos pinheiros brandemburgueses agradavam a Helene; aquilo nada tinha de pátrio, era apenas Berlim. As agulhas longas ficavam bem entre seus dedos. Por que sempre eram duas, uma junto da outra? Debaixo da crosta amadeirada, uma película fina unia as duas agulhas dos pinheiros. Teve a impressão de que o sol do entardecer botava fogo na floresta. O dia se acabava; os pinheiros exalavam seu perfume; Helene se sentia aturdida, queria se sentar no chão, em plena floresta, e ficar ali. Carl se sentou ao seu lado, disse que não permitiria que ela ficasse ali, na floresta, pois havia animais selvagens, e ela era simplesmente delicada demais para isso.

MARTHA ESTAVA ACHANDO muito bom que Helene tivesse arranjado um namorado, pois assim ela podia viver com Leontine sem ser tão atrapalhada. Mas era como se o aparecimento de Carl Wertheimer tivesse roubado às duas irmãs a capacidade de conversar. Não tinham mais nada a se dizer. A casa da prima, antes tão amada, parecia a Helene dia a dia mais inóspita. E não era tanto pelo fato de a prima levar um objeto após o outro à casa de penhores. Primeiro o samovar pequeno, do qual ela supostamente não gostava tanto quanto do grande; depois o quadro de Corinth, que aliás nunca lhe agradara — sempre achara a jovem de chapéu bem asquerosa, como agora afirmava, dizendo que preferia o auto-retrato do artista com esqueleto —; e por fim também o gramofone, cujo valor não podia ser negado, assim como não podia ser negado o seu amor por ele.

Havia muitos dias em que Fanny ficava sentada com Erich na pequena varanda, à tarde, e discutia o planejamento do dia. Quando se levantava, porque já estava cansado da sua companhia e dizia preferir passar o dia sem ela, Fanny gritava, fazendo a voz ecoar por toda a casa: "Quero um amor cego! Alguém que me sufoque!"

A voz parecia mendigar e zombar ao mesmo tempo, e Helene tentava não cruzar o caminho nem de Erich nem de Fanny. Fechou a porta que dava para seu quarto. Como haviam sido doces as horas que um dia passara sozinha na casa. Mas aquelas horas agora pareciam não existir mais, e sempre que Helene voltava, alguém estava mexendo na cozinha, alguém gritava ao telefone, alguém estava sentado na *chaise longue* lendo.

"Você não me ama!" O grito ecoou pelos cômodos. Helene não pôde fazer outra coisa senão ouvir; o silêncio era impiedoso, e logo se seguiu a declinação extensa, que quase parecia não querer mais acabar, de suas suspeitas. Na ponta dos pés, Helene cruzou o corredor, apressada, pois tinha de ir ao banheiro. Apenas quando Fanny se jogou ao chão e jurou não conseguir viver sem amor, Erich lhe estendeu a mão. Levantou-a do chão e foi empurrando-a diante de si até o quarto. Helene contou suas economias; não seriam suficientes nem mesmo para pagar um mês de aluguel em uma mansarda. Os livros para o curso de gramática eram caros, e Fanny deu a entender que não conseguiria mais providenciar aquele dinheiro. Helene devia estar feliz por ela ter conseguido pagar as duas primeiras séries do curso de gramática no começo do ano anterior, pois agora seu dinheiro também acabara, e tampouco ela sabia o que fazer. Helene parara de trazer drogas da farmácia. Não conseguiu conquistar a confiança da prima à força, e assim a amabilidade de Fanny no trato com a moça também diminuíra. Às vezes, acontecia de Helene chegar em casa e, depois que Otta pegava seu sobretudo, ir até a sala cumprimentar Fanny. Esta, porém, não levantava os olhos do livro ou fazia de conta que dormia profundamente, enquanto o chá fumegava na xícara ao lado da *chaise longue*.

As noites na cama estreita ao lado de Leontine e Martha se transformaram em tortura, uma vez que o amor e o desejo das duas pareciam não entendiá-las jamais. Conde passara a lhe escrever cartas angustiadas. Ele se queixava de que a via apenas de quando em vez, que seu coração sangrava e estava morrendo de frio. Sua vida era insossa sem ela. Mas a amada não respondeu. Depois de alguma perplexidade em relação às esperanças dele e aos anúncios de um amor que ela não compartilhava, Helene enfiava as cartas que encontrava debaixo da porta de seu quarto, sem lê-las, pela fenda da grande mala que ficava debaixo de sua cama. Uma primeira tentativa de voar sobre o Atlântico da Europa aos Estados Unidos com dois Junkers fracassara ainda em agosto; as tempestades de outono e as massas de nuvens do inverno eram tidas como obstáculos instransponíveis, e assim haviam decidido esperar até a primavera para a próxima tentativa de vôo. Só Carl e Helene não esperaram mais.

Carl levou Helene para a Staatsoper Unter den Linden. Eles ouviram "Singenden Teufel", de Franz Schreker, e aplaudiram de pé por vinte minutos, com assobios ressoando em seus ouvidos. Sentindo as mãos doídas por causa das palmas, Helene esperou que Carl não seguisse as pessoas que se dirigiam à porta. Mas o inevitável aconteceu. No vestíbulo, ela pediu a Carl que não a levasse para casa ainda. Queria passear um pouco pela noite. A neve caía em flocos grossos e logo se dissolvia sobre o calçamento escuro como o breu. Carl e Helene passaram pelo Adlon. A neve derretia na língua da moça. Diante da entrada do grande hotel, estavam estacionadas algumas comitivas estatais, e o agrupamento de pessoas era indício de que esperavam a chegada de algum hóspede famoso.

"Você está com frio e cansada, vou levá-la para casa."

"Por favor, não", pediu Helene, resolvendo parar. Carl procurou aquecer as mãos no regalo de peles de Helene.

"Não podemos ficar parados aqui", disse Carl.

"Vou com você, vamos pro seu quartinho", disse ela, sem mais nem menos.

Carl recolheu as mãos. Não conseguia acreditar no que ouvira. Quantas vezes insistira com Helene para que ela o acompanhasse, quantas vezes a tranqüilizara, dizendo que tinha todas as chaves da casa e que a senhoria tinha um problema de audição e ouvia muito mal. "Que bom!", disse ele, baixinho, beijando a testa de Helene.

A caminho da praça Viktoira Luise, ela insistiu em não ligar para a prima. Lá ninguém se preocuparia querendo saber onde ela estava, e talvez nem mesmo dessem por sua falta. Helene conhecia o quartinho de Carl, no sótão.

Já o visitara durante o dia. A luz da lâmpada elétrica fazia as cores parecerem desbotadas; os livros dele se empilhavam sobre o chão; a cama não era arrumada. Havia cheiro de urina, como se ele não tivesse esvaziado o urinol. Carl não podia ter imaginado que ela aceitaria ir com ele. Agora pedia desculpas, e estendeu às pressas o cobertor sobre a cama. Poderia pegar um dos pijamas dele emprestado? Será que ele podia ler em voz alta para ela? A voz de Carl estava seca, e seus movimentos sincopados revelavam que ele considerava a presença dela ali, talvez até sua essência, sua existência como um todo, extraordinária.

"Ainda está lendo Hofmannsthal?" Ela aceitou o pijama e se sentou na cadeira da escrivaninha, com o sobretudo ainda abotoado.

Ele apontou para os livros no chão. "Ontem à noite, no seminário, comparamos a ética de Spinoza com a visão de mundo dualista de Descartes."

"Você ainda não me falou nada sobre isso", disse Helene, olhando para Carl desconfiada. Não conseguia franzir a testa lisa; os vincos finos que se formaram sobre seu nariz pequeno pareciam simplesmente estranhos demais.

"Está com ciúmes?", perguntou Carl provocando-a, ainda que soubesse que ela estava falando sério e de fato sentia ciúmes de seus estudos universitários, não porque quisesse tê-lo exclusivamente para si e considerasse que ele não tinha direito aos estudos, mas porque ela também gostaria de estar estudando.

"Seus sapatos estão completamente molhados. Espere, vou tirá-los eu mesmo." Carl se abaixou no chão diante dela e tirou seus sapatos. "E seus pés também estão frios, gelados. Você não tem botas de inverno?" Helene abanou a cabeça. "Espere, vou lhe trazer água quente, precisa fazer um escalda-pés." Carl desapareceu. Helene ouviu seus movimentos na escada. Observou o pijama em seu colo e compreendeu a saída dele como um pedido para que se trocasse. Pôs suas roupas no encosto da cadeira, enrolou as meias, só não queria tirar a calcinha nova. No canto abaixo da janela, viu um terrário, dentro do qual uma orquídea florescia. Uma orquídea em flor em um sótão, no meio das cores desbotadas da luz elétrica. Mais uma vez ouviu barulho na escada, e vestiu a camisa de dormir às pressas. Ela tinha o cheiro de Carl. O penúltimo botão, na parte de cima, estava faltando. Abotoou o último e, com as mãos, fechou a camisa a uma altura dúbia. Agora todo o seu corpo tremia. Carl lhe trouxe água quente. Pôs a bacia diante da cama e lhe pediu que se sentasse ali perto. Envolveu-a no cobertor, e ela esfregou os pés para que perdessem o tom azulado na ponta dos dedos. Helene trincou os dentes.

Enquanto deslocava, diligente, seus livros de uma pilha para outra, por duas vezes Carl repôs água quente na bacia. Só então ela se aqueceu, sentindo-se bem, e ele levou a bacia embora, aproveitando para vestir um pijama que sua mãe lhe trouxera de uma viagem a Paris, no Natal. Helene já estava deitada debaixo do cobertor, de costas, imóvel, e parecia dormir. Ele levantou a coberta e se deitou ao lado dela.

"Não estranhe se ouvir meu coração", avisou ele com uma voz já não mais tão seca, e apagou a luz.

"Você não queria ler em voz alta pra mim?"

Ele se apoiou, soerguendo o corpo. Acendeu a luz mais uma vez e viu que ela agora estava de olhos abertos.

"Pois bem, vou ler pra você", disse ele, pegando a *Ética* de Spinoza, que estava sobre a mesa de cabeceira, e folheando o livro.

"Na Grécia antiga, a licenciosidade e a liberdade correspondiam uma à outra, a devassidão absoluta era o mesmo que desejo e ânsia de ventura. Mas então chegaram os estóicos e prepararam o caminho para Deus, para a obrigação e para a virtude; tudo que era espiritual se erguia sobre os desejos mais baixos, a carne foi degredada. Um vale de lágrimas sem fim, a Idade Média. Para Kant, o velho moralista, passou a existir apenas a obrigação — desolação, para onde quer que se olhe."

"Por que fala com tanto desprezo? Parece que pra você a felicidade reside apenas na união corporal." Helene ergueu a cabeça; suspeitava que Carl execrava a desolação de Kant, mas não desperdiçava o mais ínfimo pensamento com o beijo que ela lhe devia há meses.

Carl ignorou a objeção. "Para não falar em Schopenhauer, que considerava um engano de nascença a noção do homem de que ele estava no mundo para ser feliz; isso é quase uma má-formação. O que importa no fundo não é a felicidade, Helene, mas isso você sabe, não? Pode bocejar", disse Carl, batendo de leve na testa dela com o marcador de livros.

Helene tirou o marcador das mãos dele. "Eu ficaria feliz se pudesse ler todos os livros com você, acredita nisso?" Helene sorriu. "De preferência com seus olhos, com sua voz, com sua agilidade."

"Agilidade? Do que está falando?", indagou Carl rindo.

"Gosto de ouvi-lo; às vezes você pula pela janela, em outros momentos, parece rastejar debaixo de uma mesa."

"E você sobe em árvores e salta, ao que me parece, sobre a mesa, por uma questão de princípio, quando me escondi debaixo dela."

"Faço isso?", perguntou Helene, pensando no que ele estava querendo dizer. Será que se sentia incomodado por ela? Será que não se deleitava com os dois ali se avaliando, com o vão que se estabelecia entre ele, lá, e ela, aqui?

"E, ademais, agora estamos os dois debaixo da mesma coberta, um anjo e eu, como isso pôde acontecer?" Carl agora a olhava com ar de desafio; sua boca se aproximou a imensidão de um milímetro, fazendo com que Helene perdesse a coragem. De repente, seu medo diante do beijo ficou maior que seu desejo. "Pois bem, quer dizer que a felicidade não importa, não é?" Helene tocou no livro de Carl. "Cadê a volúpia e a licenciosidade desenfreada?"

Carl pigarreou. "O que quer, Helene? Quer aprender a pensar?"

Com os cotovelos em cima do livro e o queixo apoiado às mãos, Carl agora ria amarelo, tampando a boca com as mãos. "Schopenhauer conhece o consolo, a riqueza espiritual supera até mesmo a dor e o tédio — e, por conseguinte, o nosso velho Lenz, ao que tudo indica, não era esperto o bastante."

Helene voltou a deitar a cabeça no travesseiro; exibia conscientemente o pescoço, depois se virou de lado e ficou observando a boca do rapaz, enquanto ele falava. Seus lábios um tanto salientes se mexiam rápido demais para que ela pudesse acompanhá-los. Ele percebeu o olhar dela e sua pálpebra mais uma vez adejou, como se esperasse ser tocada, como se não quisesse nada além disso. De repente, ele baixou os olhos. Helene via com nitidez os dedos de Carl tremerem nas páginas do livro, mas ele leu, bravamente, mais uma frase, que havia anotado na primeira página: "A bem-aventurança não é o prêmio pela virtude, mas a virtude em si. Não nos alegramos com ela porque conseguimos conter nossos apetites, mas por nos alegrarmos com ela é que conseguimos conter nossos apetites."

"Isso soa como um bom conselho para seminaristas prestes a virar padres."

"Você se engana, Helene. Isso é o conselho mais caro a qualquer homem jovem. Caro porque precisamos estudar muito para chegar a isso, e só quando já estudamos vários anos é que conhecemos uma centelha da bem-aventurança." Carl mordeu a língua. Queria dizer algo sobre isso, sobre a importância de saber que tinha uma moça ao seu lado, na mesma cama, uma mulher, não apenas uma mulher, mas aquela, a sua Helene. Mas teve medo de que uma observação assim pudesse afugentá-la. Não queria que ela pusesse de novo as meias, calçasse os sapatos frios e molhados e corresse em meio à noite para a Achenbachstrasse, para se deitar na cama ao lado da irmã. Então voltou ao trecho marcado pelo seu indicador, no meio do livro, e leu.

"O desejo que brota do conhecimento do bem e do mal pode ser sufocado ou limitado por muitos outros desejos, que brotam das emoções que nos tomam de assalto." Os dedos de Carl faziam a página inteira tremer.

"Está com frio?", perguntou Helene, pondo a mão ao lado da dele. Seus mindinhos quase se tocaram.

"A razão pode superar as paixões ao se tornar ela mesma uma paixão."

Helene ouviu e disse: "Seus olhos são bonitos."

"Prova. A emoção diante de uma coisa que imaginamos como parte do futuro é mais fraca do que diante de uma coisa presente."

"Você está falando de nós, está falando de amor?" Helene agora tocava o dedinho dele com o seu e percebeu que ele estremecia. Ele estava tão abismado que sequer conseguia se virar para fitá-la.

"Você queria que eu lesse, e estou lendo. O amor em Spinoza não é nada mais do que alegria, alegria unida à noção de sua causa exterior."

Seus olhos brilhavam, ardentes. "Eu poderia ficar a noite inteira do seu lado e simplesmente olhar seu queixo, seu perfil, o nariz, como as pálpebras baixam sobre seus olhos." Helene encolheu as pernas, o cobertor ainda estava entre ambos.

Carl queria lhe explicar algo sobre o desejo em relação ao amor, e sobre a relação de ambos com a razão, mas esquecera a lógica, outra coisa se apossara dele, algo que não podia mais ser contido, que não era mais objeto do pensamento, que queria apenas se superar, sair de si, ir até ela. Palavras passavam voando. A doçura da boca de Helene. Ele não era mais capaz de pensar, sua vontade não existia mais, não havia mais possibilidade de domesticação. Sentia-se nu. O contato com o cobertor que a separava dele excitava-o desmedidamente. Tomado pelo desejo, ele olhou para Helene e a beijou. Beijou sua boca, sua face, seus olhos; os lábios dele sentiram a pele lisa da testa abaulada de Helene, a mão tocou os cabelos sedosos da moça; pela abertura estreita de seus olhos caía ouro, o clarão luzidio dos cabelos dela. A mão de Carl tocou o ombro de Helene, seus dedos sentiram as covinhas que ele havia apenas entrevisto. Os braços de Helene pareciam interminavelmente longos, suas axilas estavam úmidas, ele apertava as mãos dela em si, se aninhava junto dela. Ele ouviu seu próprio ofegar vindo de Helene. O seu cheiro o atraía, tanto que chegava a doer. Os braços dela se cruzaram diante dos seios. Ele teve de respirar fundo. Viu o tempo diante de si, o tempo que passava; viu como podia ganhar com a tranqüilidade, se apenas quisesse, apenas quisesse, mas onde estava ela, a vontade? Razão, pensou consigo mesmo, em silêncio; viu a palavra diante de seus olhos, singela. Não conhecia mais o seu significado. Nada mais do que letras, até o som lhes faltava. Som e significado haviam sumido. Mas seu ofegar foi contido por seus lábios e pelas curvas e saliências dela, e levaram o hálito de Helene até seu ouvido.

A vela crepitou, o pavio se recurvou e afundou. A escuridão era agradavelmente fresca. Carl mantinha os olhos fixados no escuro. A respiração de Helene era regular, seus olhos por certo estavam fechados. Ele mal conseguia dormir; o cheiro dela o mantinha acordado e o despertava quando ele sonhava por alguns segundos. Ela respirava mais rapidamente do que ele, talvez não estivesse dormindo. O rapaz esticou a mão buscando o corpo dela.

Helene queria aquela boca suave, os lábios, que reclamavam de um jeito diferente dos de Martha, e o gosto desses lábios, que era novo para ela.

"Seu cabelo vai ficar lindo quando crescer", sussurrou Carl em meio ao silêncio. "Por que ele está tão curto?"

"Para conhecer você. Então não sabe disso? Ele me batia por aqui, até poucas horas antes de eu ver você pela primeira vez. Leontine o cortou."

Carl escondeu o rosto no pescoço dela, com o adejar de seus olhos ele acariciava a orelha de Helene. "Seu cabelo brilha como ouro. Quando nós não tivermos mais nada pra comer, vou cortá-lo à noite sem avisar e vendê-lo."

Helene gostava quando ele dizia "nós" e quando estava deitada em seus braços.

A primavera veio, as tempestades amainaram e o primeiro vôo de leste a oeste sobre o Atlântico foi bem-sucedido. Helene passava as noites com Carl desde aquele dia, no inverno. Só de vez em quando ia até a Achenbachstrasse, e ficava aliviada ao constatar que Martha estava melhor. Leontine havia se trancado com ela durante vários dias. Martha teria esbravejado e sofrido, o espelho lapidado com os lírios na moldura sobre o lavatório tinha uma rachadura, as roupas de cama estavam rasgadas e molhadas de suor pela manhã e à noite eram trocadas, às vezes na metade do dia; mas depois ela ficou calma; fraca e calma. O vazio permaneceu, as questões de onde, por que e quem. Era um milagre Martha conseguir ir todos os dias ao trabalho, no hospital. Leontine disse que Martha era obstinada. Seu corpo havia se acostumado a ela. As duas mulheres haviam juntado as camas, e apenas a mala ali debaixo lembrava Helene, sua vida anterior naquela casa. Seus pertences eram guardados naquela mala. Helene veio, abriu a mala e afastou as cartas de Conde. Pegou o peixe entalhado em chifre e a gargantilha.

"Pode levá-los", disse Martha. Esta não queria nada da mala, apenas que desaparecesse. O chapéu de Martha estava roído pelas traças. Helene se perguntou onde estaria o seu. Devia tê-lo esquecido no vestiário naquela noite, há dois anos, no Camundongo Branco.

"Na minha enfermaria vai abrir uma vaga", disse Martha, "você pode se candidatar". Helene recusou a oferta; não queria ir todos os dias ao norte da cidade para trabalhar em um hospital judaico. O farmacêutico agora pagava um salário melhor, e não precisava mais pensar nele quando ficava sozinha na farmácia, ao anoitecer, e misturava corantes. Carl não queria que ela ajudasse a pagar o aluguel, seus pais lhe davam uma mesada todo início de mês. Quando ia visitá-los, levava Helene consigo. Pegaram o bonde até Wannsee. Lá chegando, Carl a fazia sentar no restaurante ajardinado junto ao Stölpchensee, pedia um refresco de framboesa para ela e vinha pegá-la uma hora mais tarde. Às vezes, ele lhe perguntava se não queria acompanhá-lo, pois queria apresentá-la aos pais. Ela tinha vergonha. "Talvez eles não gostem de mim", dizia Helene, e não permitia que ele fizesse nem observações consoladoras nem objeções. Na realidade, ela se deleitava com aquelas tardes de domingo nas quais podia ficar sentada no restaurante ajardinado, e ler sem ser perturbada.

No final do verão, conseguiram, através dos contatos proveitosos de Bernard, entradas para a nova peça que seria apresentada no Schiffbauerdamm. Carl estava sentado ao lado de Helene e se esquecera de pegar sua mão. Cerrou os punhos sobre o colo e bateu na própria testa; estava chorando, e no instante seguinte já berrava. Só quando o som dos canhões foi repetido a pedido do público — e nas fileiras de trás pessoas se levantaram, se deram os braços e se embalaram ao som da música — é que Carl se recostou, esgotado, e presenteou Helene com um olhar.

"Não está gostando?"

Helene hesitou, depois inclinou a cabeça. "Ainda não sei."

"É genial", disse Carl, e seu olhar há tempos já se dirigira para o palco, e no decorrer da representação não se voltaria mais para Helene. Fascinado, ele ouvia Lotte Lenya e parecia quase atordoado ao fazê-lo. Quando, à primeira estrofe do dueto do ciúme, se seguiu uma segunda, Carl bufou, e teve de segurar a barriga de tanto rir.

Suas faces estavam enrubescidas antes mesmo de ele se levantar e bater palmas, sem esperar que a última cortina caísse. O público fervia. Ninguém queria ir embora antes que a estrofe final da canção do assassinato fosse cantada mais uma vez. O público cantou junto, aos berros, Harald Paulsen mexia os lábios, mas já não se podia saber naquela barulheira toda se ele cantava aquela ou outra canção qualquer. Os aplausos ecoaram. Flores foram jogadas no palco. Como bonecos, assim pareceu a Helene, os atores se curvaram, pequenos joões-teimosos constantemente obrigados, por suas claques, a voltar à posição ereta, não se cansavam de receber elogios por sua representação. Os holofotes não permitiram que nenhum dos atores descesse do palco e que nenhum dos espectadores saísse da sala. Eles aplaudiam a si mesmos, foi o que passou pela cabeça de Helene, quando olhou cautelosamente à sua volta. Roma Bahn, que substituíra outra atriz há bem pouco, arrancou do pescoço o longo colar de pérolas e jogou as bijuterias para o público, depois fez de conta que ia deixar o palco, mas os homens assobiaram, se de raiva ou se de alegria não dava para saber, e ela ficou. As pessoas berravam, sapateavam, um homem em frente ao palco jogava moedas à sua volta.

Helene tampou os ouvidos. Não se levantara, por certo era a única por ali a não fazê-lo. Inclinou a cabeça, o queixo sobre o peito, o rosto voltado para o colo, e teria preferido desaparecer em sua poltrona. Adoraria ir embora. Demorou mais de uma hora até poderem deixar a sala. As pessoas entupiam as saídas, ficavam paradas, batiam palmas, andavam para trás, se empurravam e se acotovelavam. O ar já estava sufocante e Helene suava. O tumulto lhe dava medo. Alguém deu um soco em seu ombro, ao que tudo indica querendo acertar um rapaz que conseguira se desviar a tempo. Helene não largava a mão de Carl. As pessoas tentavam passar entre eles, e a todo instante os dois ficavam ameaçados de se perder um do outro. Helene se sentia mal. Sair, pensou ela, queria apenas sair.

Carl queria caminhar pela Friedrichstrasse e a Unter den Linden. A água no canal estava negra; em cima, um bonde da via rápida passou por eles. Helene se debruçou na balaustrada de pedra da ponte e vomitou.

"Você não gostou..." Não era uma pergunta, mas sim uma constatação.

"E você está completamente apaixonado."

"Estou entusiasmado, é verdade."

Helene procurou seu lenço, mas não o encontrou. O gosto azedo na boca não deixava o mal-estar passar. Ela sentia vertigens e, por garantia, segurou-se nas pedras da balaustrada.

"Isso não é o despertar, o modernismo de verdade? Todos nós somos partes de um todo, as fronteiras entre essência e representação se diluem. O ser e o parecer se aproximam um do outro. As pessoas sentem fome, você não percebeu? Sentem sede de um mundo cujas regras elas mesmas ditem."

"Do que está falando? As regras de que mundo elas vão ditar? Você fala de entusiasmo, enquanto o povo grita. Sinto medo disso, dessa autocracia em todas as classes." Helene arrotou, suas vertigens aumentavam e diminuíam com o mal-estar; deu as costas a Carl e mais uma vez se debruçou na balaustrada. Como a pedra de arenito era áspera e firme!

Carl agora punha a mão em suas costas, preocupado com o *Königsberger Klopse* que Helene havia comido. "Você está doente, querida? Acha que os bolinhos de carne estavam estragados?"

Helene estava com o rosto sobre as águas e imaginava como seria se pulasse ali dentro. De sua boca, saíam fios de saliva, seu nariz escorria, e ela não encontrava o lenço.

Ele também não podia saber que ela não encontrava o lenço, e só precisava de um lenço para voltar a se controlar. Teve de perguntar, portanto: "Você tem um lenço?"

"Claro que tenho, tome. Venha, deixe-me ajudá-la." Carl cuidou dela, mas Helene se enfureceu.

"Como pode ser tão ingênuo, como pode chamar isso de entusiasmo? Você lê Schopenhauer e Spinoza e se joga na multidão em uma noite como esta como se não houvesse amanhã, como se não houvesse ontem, como se simplesmente não existisse nada a não ser o fato de os homens humildes poderem tomar seu banho, como na peça."

"E o que você tem contra os humildes?"

"Nada." Helene percebeu que tinha os lábios bem cerrados. "Respeito os homens humildes." Pensou se deveria ou não lhe dizer que ela própria era pobre. Mas de que isso adiantaria? E apenas disse: "O pobre não é o pobre, o rico não é o rico. Talvez seja necessário vir, como você, de uma família da alta burguesia, para se alegrar assim com os pobres. Abra os olhos, Carl."

Carl agora a abraçava. "Não vamos brigar", implorou ele.

"Por que não?", perguntou Helene baixinho; preferia brigar a reconhecer entusiasmo na perplexidade de Carl. A peça era pura e simplesmente uma seqüência de modinhas populares.

Carl pôs a mão apaziguante sobre a boca de Helene. "Psit, psit", disse ele, como se ela estivesse chorando e ele quisesse consolá-la. "Eu não agüentaria perder você."

"E não vai me perder." Helene passou a mão na gola do sobretudo dele, alisando-a.

"Amo você." Carl quis beijar Helene, mas ela ficou com vergonha da boca azeda e virou a cabeça para o lado.

"Não me dê as costas, querida. Você é tudo que eu tenho."

Helene teve ânsia de rir, de repente. "Ainda não vou lhe dar as costas", disse, sorrindo. "Como é capaz de querer uma coisa dessas? Eu vomitei, estou me sentindo mal e, além disso, estou cansada. Vamos pra casa."

"Está se sentindo mal, vamos pegar um táxi."

"Não, vamos a pé, preciso de ar fresco."

Caminharam longamente pela noite e também permaneceram o tempo todo calados. As estreitas pontes de madeira no Tiergarten estalavam e exalavam seu cheiro mofado. Na mata espessa das margens, ouviu-se o farfalhar de ratos fugindo. Ficaram parados debaixo da tília perto da eclusa, e ouviram os macacos guinchando na noite em suas jaulas.

Carl achou estranho ser ele o primeiro a lhe dirigir a palavra. O que queria dizer, de resto, não teria lugar em uma conversa. Ele se abaixou e ergueu uma folha de tília. Invulnerável, será que existe algo assim? Segurou a folha diante do peito, mais ou menos na altura onde a maior parte das pessoas acha que fica o coração. Helene pôs a mão sobre a dele e conduziu a folha cuidadosamente para o meio do peito. Não disse nada. Carl deixou a folha cair; pegou as duas mãos de Helene entre as suas e achou que ela tinha de sentir seu coração batendo. "Queria pedir você em casamento", ouviu-se dizendo. "Você tem vinte e um anos agora. Sua mãe é judia, meus pais não irão se opor à minha escolha."

"Você poderia pedir." Seus olhos não revelavam o que ela estava pensando. E os olhos dele se cravaram nela, investigativos.

"Seu sapato está desamarrado", disse ela, sem olhar para os pés dele. Pelo jeito, já tinha percebido aquilo há mais tempo. Carl se abaixou e atou os cadarços. "Você não conhece minha mãe, não conhece meu pai, não conhece ninguém."

"Conheço Martha. Que me importam seus pais? Os meus também não importam a você. Isso aqui é algo entre nós dois, apenas entre nós dois. Você me promete que será minha mulher?"

O guincho de um macaco veio até eles. Helene deu gargalhadas, mas Carl a olhava com seriedade, esperando por uma resposta.

Ela disse "sim", bem rápido e baixinho; no primeiro momento temeu que ele pudesse não tê-la ouvido, e no seguinte esperou que ele não a tivesse ouvido, porque o som havia sido muito fraco, e ela gostaria de tê-lo dito em voz clara e sonora. Um segundo "sim" teria feito o primeiro parecer ainda mais indeciso e covarde.

Carl puxou Helene para junto de si e a beijou.

"Não estou com cheiro de estragado?"

Carl concordou. "Um pouco, sim. Talvez eu tenha esperado demais e você tenha passado do ponto."

Ele pegou a mão dela. O gelo havia se quebrado. "Talvez você me dê filhos", disse ele, e imaginou como seria bonito se tivessem dois ou três filhinhos.

Helene se calara mais uma vez; caminhavam um ao lado do outro.

"Quem sabe você se sentiu mal porque está esperando um filho?", disse Carl alegrando-se com a idéia.

Helene ficou parada. "Não."

"Como pode ter certeza?"

"Eu sei, simplesmente sei." Ela riu. "Pode acreditar em mim, uma enfermeira saberia muito bem o que fazer numa hora dessas."

Enquanto Helene ainda estava alegre, Carl já se mostrava assustado.

"Você não devia dizer uma coisa dessas. Não quero isso. Também quer ter filhos, não?"

"Com certeza, mas não agora. Quero terminar meus estudos, ainda não desisti de entrar na universidade. Trabalho muito, e mal ganho dinheiro suficiente para o aluguel."

"Nós. Pode confiar em mim. Se me der filhos, pago a faculdade pra você." Carl estava falando sério.

"Isso é uma barganha?"

"Meus pais nos apoiarão."

"Pode ser. Seus pais, que eu sequer conheço. Carl, tenho de lhe dizer uma coisa: não dou filhos a um homem. Filhos não podem ser dados. Os cristãos dão algo a seu Senhor: dão amor. Há pouco, no teatro, se falou em dar. Considero isso um absurdo. Também não quero que você me dê uma faculdade de presente."

"Por que não? Meu pai me prometeu dinheiro se eu concluir os exames com louvor."

"Então já será tarde demais pra mim." Helene sentiu sua impaciência. "Quando tiver terminado o colégio, vou trabalhar eu mesma pra pagar minha faculdade."

"Não confia em mim?"

"Carl, por favor, não transforme isso em uma questão de confiar ou não confiar."

"Se nossos filhos tiverem seus cabelos, seus cabelos dourados, ficarei feliz", disse Carl, pegando o rosto dela entre as mãos.

Helene sorriu. Carl a beijou mais uma vez; o gosto azedo parecia não incomodá-lo. Ele a apertou contra o tronco da tília e saboreou a pele de suas faces; com a ponta da língua lambia em volta de sua boca.

Pessoas passeando passaram perto e Carl jurou que eles não podiam ser vistos à luz escassa dos postes e à sombra da tília. Uma folha caiu da árvore e pousou sobre o ombro dele.

"Talvez nossos filhos tenham apenas meu nariz pequeno e seus ossos magros", soprou Helene, pois queria tirar a folha de tília do ombro de Carl.

"Não me importaria com isso", disse Carl, acariciando o rosto dela com ambas as mãos. "Vamos pra casa." Ele enfiou a mão no sobretudo de verão dela e apertou sua cintura junto às costelas. "Esta é sua parte mais bonita." Helene temeu que ele pudesse achar que a curva de suas costelas fosse seu seio; debaixo de um sobretudo como aquele, por mais leve que fosse, era bem possível alguém se enganar. Soprou mais uma vez em seu ombro, mas a folha de tília ficou onde estava, inabalável. Então ela ergueu sua mão; não queria que ele percebesse a folha de tília. Alisou sua gola e viu com o rabo do olho a folha cair, pairando, até chegar ao chão. Da estação Zoologischer Garten pegaram o bonde até a praça Nollendorf. De mãos dadas, subiram a escada até o sótão onde moravam. Ele abriu a porta, pendurou o chapéu no cabide e ajudou-a a tirar o sobretudo de verão. "Deixe-me vê-la." Ela se mostrou. Jamais teria imaginado que uma mulher um dia se mostraria para ele como Helene estava fazendo. Ela riu, como se estivesse com vergonha, e ele percebeu que, na verdade, ela desconhecia aquela vergonha. Ele a amou por fazer aquele joguinho. Ela pôs a mão na barriga, como faria uma mulher que quisesse se cobrir. Mas em seguida levou a mão ao baixo-ventre, à virilha, entre as coxas. Ao fazer isso, seu olhar se tornava cada vez mais firme, suas narinas tremiam e sua boca insinuava um sorriso. Seus dedos pareciam conhecer o caminho. Depois ela levou a mão à boca, como se precisasse roer as unhas por causa do embaraço que estava sentindo. De repente, virou-se e olhou por sobre os ombros, cujas covinhas tanto o atraíam, e perguntou: "O que está esperando?"

Ele se deitou na cama e a beijou.

A aurora se anunciava quando eles finalmente conseguiram se largar.

Carl levantou e abriu a janela. "Vai esfriar, já dá pra sentir o outono no ar."

"Venha cá", chamou Helene, batendo no travesseiro a seu lado. Carl foi deitar perto dela. Sua nudez agradava a Helene. Ele estava esgotado, a última noite de sono já ia longe. Ela havia trabalhado durante o dia; ele, estudado, e ambos comeram em uma pequena taverna. Bolinhos de carne, a comida preferida de Helene. Depois foram ao teatro, e ficaram parados sobre a ponte. Mais tarde, debaixo da tília, ela disse sim bem baixinho. Ficou envergonhada quando pensou nisso. Acariciou o peito dele e passou os dedos em volta de seu umbigo, do qual descia uma longa cicatriz. Apendicite aguda, oclusão intestinal, quase totalmente obstruído, obstrução quase total, quase o fim. A mão dela tocava com jeito cada uma das manchinhas de seu corpo em volta do jardim de seu sexo, procurava seus quadris e evitava seu sexo. Ele sabia que ela estava brincando e, como em outros dias, que ela sabia muito bem onde encostar. Não havia nada no corpo dele de que ela pudesse sentir vergonha. Isso lhe parecia um tanto assustador, afinal de contas ela afirmava que ele havia sido seu primeiro homem. Mas o que significava ser o primeiro? Queria ser o último, e por isso lhe dissera: "Você é minha última mulher, está ouvindo, minha doce e querida última, a última de todas?" Pôs a mão nos quadris dela.

"De quem mais gostei foi de Lenya, como ela anuncia sua vingança. Você tem de concordar que isso emociona muito."

Helene não podia acreditar que ele estivesse falando daquilo de novo.

"Pobre moça", disse ela, com cinismo. Fez Carl ouvir que sua compaixão não era tão grande assim. "O problema é que você não se deixa levar." Helene abanou a cabeça, bondosa, como uma mãe faz com o filho.

Provocação... sim. A ópera dos dois incendiou, e o barulho foi grande.

E pfff. Helene suspirou no ouvido dele.

As mãos de Carl acariciavam a barriga dela; sua boca procurava os pequenos mamilos de Helene, que eram dele, só dele, só dele e de mais ninguém. Antes de se entregar, Helene sussurrou junto aos cabelos dele: "Só não queria que você ficasse cego."

Mais tarde, o sol já caía sobre a cama, e Helene o contemplava, vendo-o dormir. Seus globos oculares se mexiam sob as pálpebras como pequenos seres vivos, o som de voz saindo de sua própria garganta fez com que Carl se assustasse, mas logo depois ele voltou a respirar calmamente. Helene sussurrou algo em seu ouvido, e esperou que as palavras penetrassem nos sonhos de alguém enquanto este dormia, que essas palavras ditas pela voz dela entrassem bem fundo dentro dele, penetrando em cada uma das células de seu ser. Estava cansada demais para dormir.

"Seria necessário separar corpo e alma", disse Leontine, "...de outro jeito ela não conseguiria trabalhar".

Desvincular a emoção da coisa por certo só acaba sendo favorável à coisa. Pois uma emoção sem causa e sem a coisa da qual dependa era algo que ele não podia imaginar. Carl voltou a encher seu pequeno cachimbo e o acendeu. Seus óculos novos de aro de chifre desapareceram em meio à fumaça. Ainda lhe faltava, ao fumar, a elegância de um velho. Quando falava, fazia-o tão depressa em conversas estimulantes como aquela, a ponto de engolir palavras isoladas, obrigando os outros a pensar e se concentrar para compreender com exatidão o que ele dizia. Só que como uma coisa sem seu observador podia continuar real, objetiva? Também a coisa possui um aspecto, uma consistência e uma temperatura; e, afinal de contas, também uma função.

Leontine olhou para Helene, que havia se esticado sobre a *chaise longue* e fechado os olhos.

"É provável que seja justamente esse o desafio que os de minha corporação tenham de encarar: a separação. Só o corte do corpo separa partes individuais de um todo. Podemos olhá-los — o fígado e seu tumor. Podemos separar o tumor do fígado e o fígado do corpo."

"Mas não do ser humano, e ele continuará sendo sempre o fígado desse ser humano. A separação local e a superação funcional de sua simbiose não são capazes de espoliar nem o fígado do homem nem os homens de seu fígado."

"Tomemos uma perna." Carl ainda não tinha certeza se o seu pensamento complementaria ou se oporia ao de Leontine. "A quantos de nossos pais falta um dos membros inferiores ou superiores? Eles vivem sem um braço, sem um dedo."

Martha gemeu acintosamente. Para ela aquela conversa já se alongava demais, e Leontine e ela haviam conseguido pela primeira vez, depois de algum tempo, ter ambas um dia livre juntas; no meio da semana; queriam fazer uma excursão e visitar um casal de amigos em Friedenau. Martha agora passava o braço pelo pescoço de Leontine, estrangulando-a de leve com esse gesto.

"Se vocês não conseguirem se separar, nossos anfitriões já terão comido o bolo antes mesmo de chegarmos."

Leontine se livrou do braço de Martha em seu pescoço. "Até mesmo a palavra 'conhecimento' está submetida a uma espécie de transformação essencial. A casca continua existindo, mas o que ontem ainda era o conhecimento de Deus e sua onipotência, hoje é o corte no tumor."

Carl fumava, mantinha a cabeça ereta, pois dava muita importância à sua postura, ao fato de não sacudir a cabeça antes de ter pesado claramente os seus pensamentos e de ter encontrado as palavras certas para refutar.

Leontine, enquanto isso, aproveitou a oportunidade para estender sua afronta. "Carl, não foi somente a medicina que acrescentou tantos novos atributos ao conhecimento a ponto de não podermos mais falar do mesmo caráter. Um olhar para o céu, a tecnologia dos aviões, as aniquilações provocadas pelo gás ao final da guerra; tudo isso depõe contra Deus."

"Não", disse Carl, baixando a cabeça, "essa é a maneira errada de encarar as coisas. Tecnologia e ciência são filhas diretas do conhecimento de Deus. É apenas conseqüência o fato de o homem não se subtrair à luz, à luz do conhecimento. Isso não pode ser separado. O homem aprende lições. Se, por causa disso, orações a um Deus ajudam alguma coisa, também não sei. Não queria conceder a Deus traços humanos, Ele não fala como as sagradas escrituras sugerem, Ele não julga. Toda e qualquer capacidade moral, tudo que é humano, eu antes negaria do que constataria em Deus. Deus se deixa descrever com mais facilidade na condição de princípio, Ele é o princípio mundano. A crença n'Ele como a metamorfose de uma pessoa pode ser creditada apenas às emoções do homem". Carl deu uma tragada no cachimbo.

"As catástrofes hoje em dia são causadas pelo homem, observe a guerra e seus heróis, por exemplo. Pudemos nos recuperar das conseqüências? E o que foi pior: os prejuízos materiais, a perda de vidas humanas ou a humilhação?", retrucou Leontine, levantando-se, indo até o grande samovar, único objeto que ainda restava sobre o aparador longo, e abrindo a torneira. "Os heróis da guerra foram outros." A água estava quente demais, ela apenas segurou o copinho junto aos lábios, sem conseguir beber. E, em seguida, falou sobre a borda do vidro quente, ignorando-a: "Nem dez anos se passaram, e veja como as pessoas há dias espreitam nos quiosques e arrancam o *Vossische Zeitung* das mãos dos jornaleiros. Quando se atiram sobre Remarque e bebem as caracterizações da guerra, elas estão contemplando o produto espúrio de suas próprias obras. Nós nos bastamos e estamos fartos de nós mesmos."

"É justamente isso que não procede. Se estivessem fartas de si mesmas, não teriam fome, nem espiritual nem material." A voz de Carl perdeu a leveza; suas palavras, sempre pronunciadas de forma tão rápida, eram agora ditas pela metade. "Gostaria de me corrigir; não quis afirmar que deveríamos creditar ao homem e às suas emoções o que quer que seja, por menor que seja. Antes, deveríamos fincar o olho no princípio divino que, segundo meu ponto de vista, como já disse aliás, não é um princípio moral. Vamos parar de espreitar para ver o que há de bom e o que há de ruim no ser humano, tenhamos compaixão pelo ser humano."

"Você está louco", disse Helene, amistosa e indeterminadamente. Não tinha a menor certeza de sua afirmação, e se levantou, esticando-se na *chaise longue* como uma gata. Depois abriu os braços e deu um suspiro de alívio.

"Para mim, na condição de médica, a medida da compaixão é decisiva. Quero ajudar o homem fazendo-o viver, na medida do possível, da maneira mais saudável. A dor é ruim, então espreito o ser humano, investigo a causa da dor, quero extirpá-la." Leontine tomou um golinho do chá preto e voltou a se sentar. Passou a mão pelo cabelo curto e negro. Sentou-se mais na frente da cadeira, já estava sentada na borda do estofado, e abriu as pernas do mesmo jeito que fazia quando criança. Era um mistério onde ela havia achado aquela saia-calça de tecido grosseiro, que lembrava aquelas saias camponesas que Helene conhecia apenas de revistas de moda bem antigas. Leontine apoiou um dos braços sobre seu joelho e, com o outro, de cotovelo virado para fora, segurou a xícara de chá. Seu jeito de sentar era desafiador, uma postura que Helene achava, tanto agora quanto antes, excitante, mas, pela primeira vez, pouco feminina.

Helene apoiou os pés no chão e se abaixou para procurar seus sapatos. "Carl", disse ela, "principalmente se considerarmos a moral uma das marcas do ser humano, não deveríamos desprezar essa medida típica do homem".

"Não a desprezo, me limito a propor que não dêem atenção a ela."

Com a cabeça deitada sobre o chão para ver melhor, por outra ótica, Helene esticou o braço por baixo da *chaise longue*. Seu rosto estava contraído pelo esforço. Olhou para Carl e disse: "Acho melhor irmos ao cinema. Amanhã vou trabalhar até as seis, e a aula só termina às dez." Havia encontrado suas botas; calçou-as e amarrou os cadarços. O mês de novembro tornava a cidade cinzenta; era preciso se agasalhar bem e, na medida do possível, ir mais de uma vez por semana ao teatro ou ao cinema para suportar a ausência de cores dos dias. Carl ficou sentado na cadeira, fumando. Não se podia dizer que ele ouvira a proposta que Helene lhe fizera.

"Eu a admiro, Leontine, então espero que me permita replicar mais uma coisinha. Acho que a dor é o único estado que não podemos igualar às emoções e afetos comuns. É a dor que faz o ser humano imaginar um futuro, ainda que seja a utopia, o paraíso. Se você, como médica, quer diminuir o sofrimento do ser humano, isso é bom para o indivíduo, mas ruim para Deus. O princípio *Deus* precisa da dor. Só quando a dor tiver sido eliminada do mundo é que poderemos falar da aniquilação de Deus."

"E então, podemos chegar a Friedenau antes que escureça?", indagou Martha parada à porta da sala, esperando que Leontine terminasse logo aquela conversa com Carl.

Leontine olhou para Carl, que era mais de dez anos mais jovem que ela, e em sua expressão apareceu algo de tristeza e entrega. Sua voz foi ao mesmo tempo vagarosa e firme, quando disse: "Terrível", fez uma pausa, parecendo que tentava se recompor. "Sua visão do mundo é terrível, Carl. Esta é a hora certa para ir embora." À voz de Leontine se acrescentou uma certa dureza, que soou quase amarga. "Ouvindo você, até parece que os pastores — sobre os rabinos de sua religião infelizmente sei muito pouco — com sua promessa sobre o alívio da dor eram os primeiros hereges. Uma gangue organizada, esses cristãos?" Leontine abanou a cabeça. O desprezo apareceu em seu rosto. Desviou os olhos e fitou Martha, que continuava parada no vão da porta. Levantou-se e pôs a mão no braço de Martha. "Venha, vamos indo."

As duas deixaram a sala. Ainda puderam ser ouvidas no corredor, dizendo frases breves em voz baixa. Em seguida, a porta da casa bateu, se fechando. Helene não ousava olhar para Carl. O silêncio entre eles se alongou. Carl fumava e continuava sentado, sua figura esguia parecendo a de um ancião, à contra luz. Não estava acostumado a ser abandonado no meio de uma conversa. Helene cruzou os braços. Pensava no que poderia dizer para animá-lo e, ao mesmo tempo, sentia que não queria animá-lo. Ele simplesmente ignorara a observação que ela fizera há pouco, possivelmente sequer fez isso por um ato voluntário.

"Às seis, poderíamos ver Pat e Patachon, ainda daria tempo", disse Helene de forma quase displicente; agora também se dirigia à porta, esperando que ele enfim se levantasse e a seguisse.

"Leontine mencionou a humilhação..." Carl agora falava devagar, e parou no meio da frase. Seus olhos continuavam fitando a cadeira na qual Leontine estivera sentada. Era difícil para ele pensar depois de ter perdido seu oponente. "Ela mencionou o desejo, o desejo por heróis, pelo menos por atos de heroísmo. Desconsidero o heroísmo de um Arthur Trebitsch. Não existe nem a redenção de uma raça nórdica nem a conspiração universal dos judeus. É trágico que com o fim de um sofrimento pessoal, digamos, por exemplo, com a morte, determinadas idéias jamais... e talvez até mesmo nenhuma delas algum dia... sejam perdidas. Elas continuam se desenvolvendo, muito além do indivíduo que pensou nelas durante o período insignificante de sua própria vida. O inventor não pode mais ser determinado, porque o espírito humano cresce a todo momento, marcado e fecundado pelo sofrimento, pela dúvida em relação a si mesmo, não possui nem princípio nem fim. Essa ausência de margens me deixa bem fraco. Não há fronteiras que limitem a humanidade. O homem expulsa Deus de sua terra. E lá vamos nós ao inferninho."

Carl falava consigo mesmo e com uma Leontine que já desaparecera há muito tempo. Esgotado, agora deixava as mãos pousadas nas coxas.

"Que tal se fôssemos ao circo de Chaplin?", propôs Helene, cruzando os braços; estava apoiada à moldura da porta.

Carl olhou surpreso em sua direção. Precisou de um momento até poder responder. "Ao cinema", disse ele com rudeza, "vamos ao cinema", agora sóbrio. "Não está passando aquele filme de boxe? Todo mundo está fazendo filmes sobre o boxe, deveríamos ver um. *Combat de Boxe*, esta é a jovem vanguarda da Bélgica, com um diretor que tem um nome praticamente impronunciável, Dekeukeleire. Só esse nome já basta para um filme, não é? Ou aquele inglês, seu filme se chama *Ring*... Os donos de cinema daqui o transformaram em campeão mundial. Isso não é engraçado?" Carl tentou convencer a si mesmo da graça de sua observação.

"Um filme sobre o boxe?", indagou Helene. A idéia não a entusiasmava, mas queria fazer de tudo para que Carl enfim se levantasse daquela cadeira e saísse com ela.

A rua cintilava cinza-escura e entre os prédios jazia uma umidade fria. As luzes dos postes já estavam acesas; nas esquinas eram vendidos os jornais vespertinos.

"Você foi apaixonado por Leontine?"

"Por Leontine?" Carl enfiou as mãos nos bolsos do sobretudo. "Bem, sim, vou admitir." Ele não olhou para Helene e ela não queria continuar perguntando o que ele queria dizer com isso.

Helene vencera os últimos metros até a Charité correndo. Faltara às aulas naquela noite, e nas últimas semanas lá se tratava apenas das questões que poderiam cair na prova de conclusão dos estudos secundários. Era Páscoa, o farmacêutico havia lhe dado folga pelo resto da semana. Sua maleta era vermelha como sangue de boi e estava leve; ela a adquirira há poucos dias e não levava muita coisa consigo. Helene ainda respirava descompassadamente quando bateu à porta da doutora. Leontine abriu. Trocaram beijinhos.

"Você tem mesmo certeza?"

"Tenho", disse Helene, tirando o sobretudo. "Praticamente. Não me sinto mal, nem um pouco, mas à noite sinto pressões na bexiga."

"Há quanto tempo foi a última menstruação?"

Helene enrubesceu. Por mais que tivesse trocado as bandagens de mulheres que estavam de cama, no hospital, enquanto estava se formando, e por mais que se lembrasse de lavar as roupas de baixo de Martha, jamais falara de sua própria menstruação. E eis que agora essa primeira pergunta abordava diretamente sua última menstruação.

"Vinte e nove de janeiro."

"Ela pode ter atrasado." Leontine olhou para Helene, interrogativamente; não havia ali nenhuma censura, nenhum julgamento.

"Também esperava que fosse isso."

"Então não vou precisar buscar nenhum dos camundongos de Aschheim?" Leontine trabalhava lado a lado com Aschheim no laboratório deste, mas para a experiência teria sido necessária a urina de Helene em jejum. Ela teria de pegar uma das pequenas fêmeas de camundongo ainda sem pêlos e lhe injetar por via subcutânea a urina de Helene. Depois disso, teria de esperar dois dias e fazer a autópsia do camundongo. Se a fêmea do animal reagisse com uma ovulação, era certo que a mulher estava grávida. Leontine ajudava Aschheim a escrever um tratado sobre o assunto, que estaria pronto ao final do ano, se tudo desse certo, e seria publicado no ano seguinte.

"Vou lhe dar um pequeno soporífero."

"E não vou sentir nada?"

"Não." Leontine se virou. Misturou um líquido em um jarro de vidro e deu um pouco a Helene em uma caneca. Conheço o trabalho do anestesista."

Não havia dúvidas. Helene agora estava com medo. Não da interrupção, mas da inconsciência. Sentou-se na cadeira e bebeu o conteúdo da caneca de um só gole. De seu trabalho com o farmacêutico, sabia quais as substâncias adequadas para proporcionar uma anestesia bem dosada e temporalmente limitada.

Ouviram-se batidas à porta e Martha entrou. Girou a chave e foi até a janela para fechar as persianas.

"Ninguém precisa ver isso", disse ela, e se aproximou de Helene. "Agora respire. Só um pouquinho de éter." Helene viu a velocidade dos passos de Martha diminuir até parecer que ela andava em câmara lenta antes de pegar sua mão. Não conseguia sentir a mão da irmã, que ficou parada a seu lado e passou o braço em seus ombros. "Estou aqui com você."

Não houve sonhos, nem luz no final do túnel, nem uma noção daquilo que poderia ter sido, e também nenhum indicador acusador vindo de um suposto Deus Pai, a se erguer ameaçador sobre Helene.

Quando acordou, ainda percebia o torpor em todo o corpo, e só pouco a pouco começou a sentir a queimação. Estava deitada de costas, com um cinto fortemente preso sobre o peito. Como as duas mulheres haviam conseguido carregá-la até a maca? Não ousava se mexer. Na escrivaninha, havia uma lâmpada acesa; diante dela, Leontine lia sentada em uma cadeira.

"Estou livre?", perguntou Helene com a voz trêmula.

Sem se levantar, Leontine se virou e disse: "Durma, Helene. Vamos ficar hoje à noite aqui."

"Estou livre?"

Leontine voltou a mergulhar em seu livro; parecia não ter ouvido a pergunta de Helene.

"Um menino ou uma menina?"

Agora Leontine se virava abruptamente para ela. "Não tinha nada", disse ela incomodada. "É melhor você dormir. Não havia embrião nenhum, nem óvulo fecundado, você não estava grávida."

No corredor, puderam ser ouvidos passos que em seguida se afastaram. Helene agora estava mais acordada. "Não acredito em você", sussurrou ela, sentindo as lágrimas lhe correrem pelas têmporas até dentro das orelhas, mornas.

Leontine se calou; havia se curvado sobre seu livro e virou uma página. Assim, contra aquela luz que se refratava como um prisma sob as lágrimas, parecia que havia milhares de Leontines. O que ela estava usando eram óculos? Helene mexeu os dedos dos pés; o repuxar em seu corpo agora ficava tão violento e cortante que ela sentiu um leve mal-estar.

"Martha está de plantão?", perguntou Helene tentando reprimir a dor; não queria que ela fosse percebida em sua voz.

"Já a semana inteira. Ela vem mais tarde, e vamos levar você pra casa. Até lá, ainda tem sete horas, e deveria aproveitar para dormir."

Se não fossem aquelas dores, teria conseguido dizer a Leontine que não queria dormir. Mas a dor permitia apenas algumas poucas palavras e nenhum consolo. "Você tem uma bolsa térmica?"

"Não. O calor apenas pioraria as coisas." Leontine insinuou um sorriso. Depois se levantou e veio até Helene, pondo a mão em sua testa. "Você está chorando. Poderia lhe dar morfina, pelo menos um pouco."

Helene abanou a cabeça energicamente. "De jeito nenhum." Jamais usaria morfina; agüentaria a dor, qualquer dor, ainda que não conseguisse dizê-lo em voz alta. Mordeu os lábios, seus maxilares estavam enrijecidos.

"Não se esqueça de respirar", disse Leontine agora sorrindo de verdade e acariciando os cabelos de Helene, que estavam úmidos do suor que porejava em sua testa. As lágrimas corriam; não conseguia contê-las.

"Se estiver apertada, me diga; a primeira vez vai doer. Mas a urina ajuda, tudo ficará curado. Você só precisa ficar deitada o máximo de tempo possível. Carl já sabe de alguma coisa?"

Helene voltou a abanar a cabeça. Pouco importava que estivesse chorando. "Disse a Carl que íamos viajar de férias, para a praia. Vamos para Ahlbeck, não é verdade?"

Leontine ergueu as sobrancelhas. "E se ele por acaso encontrar com Martha ou comigo?"

"Isso não vai acontecer, ele está estudando para os exames finais. Há três semanas que está sentado em seu quartinho." Helene ofegava; não conseguiu rir direito por causa da dor. "Ele disse que com certeza ainda estaria frio demais para a praia, e que devíamos cuidar para não pegar um resfriado."

Leontine tirou a mão da testa de Helene, foi até sua escrivaninha, baixou a lâmpada sobre o livro para deixar o resto do ambiente mais escuro e recomeçou a leitura. No clarão da lâmpada, parecia que Leontine tinha um buço sobre o lábio superior.

"Não sabia que você usava óculos."

"Não conte a ninguém, senão também vou contar seu segredo."

Pela manhã, Martha e Leontine colocaram Helene entre elas. Martha carregava a maleta, vermelha como sangue de boi, na qual colocara as roupas de Helene. Praticamente a cada passo ela tinha de parar, pois seu ventre repuxava muito e não queria curvar o corpo no meio da rua. O sangue que escorria de dentro dela parecia mais grosso que de costume. O vento assobiava; as moças seguraram seus chapéus. Helene se sentia ensopada, por dentro e por fora; a umidade chegava aos rins, se estendia ao longo das pernas, e ela parecia senti-la já fazendo cócegas em seus joelhos.

Leontine disse a Martha: "Fique esperando com ela aqui." E Martha esperou com Helene, passando o braço pela cintura da irmã. O braço de Martha pareceu incômodo e pesado, era como se aquele toque ativasse a dor, tornando-a mais forte. O braço de Martha decididamente era insuportável. Mas ela não conseguia falar, não queria empurrar Martha para afastá-la. De repente, pensou na mãe, e se sentiu mal. Não tinham notícias dela há muito tempo. A última carta de Mariechen havia chegado no Natal; tudo estava em ordem, a mãe estava melhor, às vezes até conseguia sair e passear com a criada. Um repuxar rasgou o ventre de Helene. Ela se curvou quase sem perceber. Martha agora levantava seu braço e colocava a mão em seu ombro. Sem que Helene tivesse perguntado nada, garantiu que logo chegariam. No rosto de Martha havia uma expressão estranha que Helene jamais vira antes. Seria medo?

"Anjinho." Martha puxou Helene para junto de si, aninhou seu corpo ao dela. Acariciou o rosto da irmã. Helene queria lhe dizer que isso não era necessário, que estava apenas sentindo dor, nada mais. Só precisava superar a dor, resistir a ela, esperar. Leontine acenava na rua. Mais adiante, um táxi finalmente parara. Começou a chover. Os passantes abriram seus guarda-chuvas. Leontine agora acenava, chamando as duas até onde estava. O sangue entre as pernas de Helene havia esfriado. Martha e Leontine levaram-na para o quartinho na Achenbachstrasse. Haviam separado as duas camas, empurrando cada uma para junto de uma parede, e garantiram que não se importavam em dormir na mesma cama por uma semana. Trouxeram água para Helene e lhe disseram que era importante que ela repousasse o máximo de tempo possível. O quarto cheirava a bergamota e lavanda. Helene queria se lavar, mas elas a haviam proibido de se levantar. No corredor, portas bateram. Seria Conde?

Não. Heinrich Conde teria viajado a Davos por causa de sua tuberculose. Estava mal nos últimos tempos, tanto que Leontine havia lhe feito um punhado de recomendações, e dado outras tantas receitas. No lugar dele, quem agora alugava o quarto era o casal Karfunkel. Fanny estava contente em receber um bom aluguel, e pudera recuperar pelo menos o gramofone na casa de penhores.

Helene se deitou na cama estreita e fechou os olhos; estava claro demais.

"O melhor é você se deitar de bruços, anjinho, assim o útero fica numa inclinação mais favorável." Helene se virou. O travesseiro, o colchão, simplesmente tudo ali cheirava a Leontine. Helene voltou a fechar os olhos. O repuxar não era tão ruim assim. Não estava grávida, e isso era bom.

Ficou deitada a semana inteira de bruços, aspirando o cheiro de Leontine e exercitando a paciência.

Martha havia descoberto que o ônibus ia de Ahlbeck a Heringsdorf, e que o trem rápido da estação de Heringsdorf Seebad chegava a Berlim às duas e meia, parando na estação Stettiner. E, sendo assim, Leontine telefonou a uma amiga em Ahlbeck e pediu que esta mandasse um telegrama: "A Carl Wertheimer. Chegada domingo, duas e meia, estação Stettiner. Beijos, Helene."

No domingo, Leontine tinha de trabalhar no hospital. Martha e Helene viajaram sozinhas de bonde até Bernau. Lá esperaram por meia hora até o trem chegar. Alguns vendedores de jornal correram ao encontro do trem, anunciando às pessoas na janela as edições especiais de seus periódicos. O trem fumaceava e guinchava, mesmo depois de ter parado. "Berlim, todos embarcando." Estava tão cheio que Martha e Helene só conseguiram embarcar com dificuldades. Os apitos trinaram. Partida. O trem estava cheio de berlinenses que haviam passado o feriado de Páscoa na praia e em outros lugares do Nordeste, e agora voltavam para a cidade. Deliciavam-se com os jornais e trocavam opiniões sobre os acontecimentos mais recentes em Schleswig-Holstein. Um velho disse: "Não tinham nada a perder em Wöhrden. Por que foram meter o nariz por lá?", agora choviam palavras veementes sobre o velho. "São todos covardes."

"Covardes nada, o que importa é a justiça."

"Com facas não se brinca."

Helene se segurava na barra vertical. Não haviam conseguido nenhum lugar vago. A dor agora era apenas suave, havia recuado do baixo-ventre para as costas, e lá dava pontadas que Helene era capaz de suportar bem. As pessoas à sua volta não podiam parar, todo mundo falava com todo mundo. Ao que tudo indica, esse fervor contagiava, qualquer homem e mesmo qualquer mulher queria apresentar seus argumentos e defender suas opiniões.

"Chamo isso de agir traiçoeiramente." A mulher que disse a frase parecia ofendida.

"Não vamos deixar que proíbam nossas reuniões, simplesmente", gritou um homem, e seu vizinho concordou com ele, "muito menos que nos carneiem assim no mais". Martha e Helene ficaram paradas próximo à porta até a estação Stettiner.

Carl, que estava esperando, acenou com os dois braços, como se tivesse asas. O trem gemeu e por fim parou. Elas desembarcaram. Carl correu ao encontro das irmãs, estendeu a mão a Martha e abraçou Helene.

"Senti tanto a sua falta..."

Helene escondeu o rosto na gola de pele lisa de seu sobretudo; não queria que ele a visse. As pessoas passavam por eles aos borbotões.

"Uma semana inteira na praia e eu sentado em meu quartinho, me perguntando se Hegel teve de tornar a língua alemã estranha a seu sentido original para conseguir expressar seus pensamentos de maneira adequada. Isso era mesmo necessário?" Carl ria. "Onde vocês deixaram Leontine?"

"Ela teve de voltar; o professor dela, dr. Friedrich, telegrafou dizendo que precisava dela com urgência."

"Deixe-me ver você! Parece descansada." Carl observou Helene como se ela fosse um pêssego que estivesse disposto a comprar na feira e beliscou sua face com ternura. "Talvez umas olheiras bem pequenas. Vocês não se meteram a dançar sem mim."

"E como." Martha entregou a maleta nas mãos de Carl.

A PRIMAVERA E O verão passaram voando. Helene trabalhou na farmácia, fez as provas finais e esperava pelos resultados. Carl ficava sentado, desde bem cedo até tarde da noite, entre as pilhas de livros sobre sua escrivaninha, e, quando saía, era para fazer uma das provas escritas ou orais. No final do verão, os dois acreditavam que a vida jazia a seus pés. Dois professores universitários disputavam a atenção de Carl, ele precisava apenas se decidir se queria continuar lendo Hegel ou acabar seguindo a onda geral e mergulhar mais profundamente em Kant e Nietzsche. Ele escreveu cartas a Hamburgo e Friburgo, onde sabia existirem professores cujos trabalhos o empolgavam. Depois que sua *summa cum laude*, a nota máxima, foi divulgada, convidaram-no para a Universidade de Dresden, onde poderia se dedicar ao problema da validade geral na estética de Kant. Mas Carl ainda esperava pelas respostas de Hamburgo e Friburgo.

"Você sabe que teremos que casar antes de eu sair de Berlim?"

Carl apertou a mão de Helene entre as suas. Atravessaram a Passauer Strasse. Tudo cheirava a folhas secas. O amarelo-vivo das folhas de tília trazia o sol de outono para os galhos escuros. Na Nürnberger Strasse, as folhas haviam sido varridas em montes. Helene correu por cima de um deles fazendo as folhas voarem diante de seus sapatos enquanto as que estavam debaixo deles estalavam. O bordo brilhava em verde e vermelho; amarelos e verdes luziam os veios das folhas, fogo marrom nas beiradas. O ouro marrom das folhas das castanheiras. Helene se abaixou e pegou uma das castanhas. "Olhe só como essa daqui é lisa, e que cor bonita." Ela passava o polegar sobre o bojo e estendeu a castanha a Carl.

Carl tirou o fruto das mãos dela e esperou por sua resposta. Os olhos de Helene estavam claros; à luz amarela do sol poente seus olhos pareciam quase verdes e sorriam. "Temos mesmo?"

Ele assentiu, não podia esperar mais. "Quero que se torne minha mulher."

Helene mal teve de se esticar para beijá-lo na boca. "Sou sua", sussurrou ela.

"Na primavera?", perguntou ele por garantia. Pegou a mão dela e caminhou à sua frente.

"Na primavera", confirmou Helene. Ela não se deixou puxar; avançou com pressa e os passos dos dois ficaram cada vez mais rápidos. Haviam sido convidados para um jantar. Na Achenbachstrasse, as luzes já se encontravam acesas. Fanny ainda estava ocupada com os preparativos; precisava da ajuda de seus empregados e pediu a Carl e Helene que dessem uma volta com Cleo. Quando voltaram, mais tarde, a casa estava cheia de convidados. Do gramofone saía uma voz rouca que lamentava sua época. O primo de Viena, que Helene conhecia apenas superficialmente, se atirou sobre ela já na porta. Estava tão feliz por vê-la, e não pudera esquecer a bela conversa que haviam tido há dois anos.

Helene tentou se lembrar a que conversa ele se referia. Recordou apenas vagamente que se tratava da educação dos filhos. Só era uma pena, disse o primo em sua pronúncia úmida, que ela não soubesse falar francês. Pôs então a mão grande e macia no braço de Helene. Chegara a pensar se não devia lhe propôr que se tornasse a preceptora de suas filhas. Helene o fitou surpresa. "Seria bom demais se você se mudasse para Viena. Poderia ocupar o quarto de empregada, afinal, somos parentes."

Será que ela podia ajudar com os sobretudos? Otta perguntava, ao que parece, não pela primeira vez. Helene se virou para o outro lado, aliviada, tirou o sobretudo, e trocou um olhar com Carl, que esperava pacientemente ao seu lado. Helene pegou sua mão.

"Pelo que ouvi de Fanny, você se deu muito bem nas provas de conclusão. Ora, ora, e quem poderia esperar coisa diferente? Tenho certeza de que será uma professora maravilhosa para minhas filhas; são duas."

"Meu noivo, Carl Wertheimer", principiou Helene, interrompendo a conversa do primo. Este engoliu em seco. Pela primeira vez deu pela presença de Carl.

"Muito prazer", disse o primo, estendendo a mão. "O senhor é o felizardo, então", e o primo parecia ter de meditar para saber com exatidão por que motivo considerava Carl feliz. "Um felizardo", repetiu ele, "por levar essa bela jovem ao porto seguro do casamento".

Carl não escondia nem sua alegria nem seu orgulho. Era a primeira vez que Helene o havia apresentado como seu noivo. "Vamos convidá-lo para o casamento", disse Carl com amabilidade. "O senhor nos dá licença?" Carl foi conduzindo Helene à sua frente até o salão, passando pelos convidados que esperavam no corredor. Lá as pessoas estavam sentadas ou de pé, bem próximas umas das outras. Martha conversava com os novos locatários, parecendo grande, pálida e sóbria ao lado daquela gente. Segurava uma taça nas mãos, e Leontine cuidava para que lhe servissem água sempre que seu copo se esvaziava. Para surpresa de Helene, avistou a testa lisa e familiar de Conde ao lado de Leontine. Ele estava de costas para a porta e não a viu chegar.

"Que bom ver o senhor aqui", alegrou-se a moça, tocando seu ombro.

"Helene", Conde abriu os braços de mãos levemente retorcidas e viradas para cima, um gesto que ao mesmo tempo expressava distância. Pegou a mão de Helene e a beijou.

"Está melhor? Conseguiu se recuperar?"

"Absolutamente. Quando cheguei, o médico diagnosticou: coração congelado, Helene. O que diz disso?" Por um instante, pareceu que Conde queria se desnudar diante de todas as pessoas ali reunidas. Olhou com ar severo ao seu redor, mas logo se apressou em rir, todo cordial. "Davos já não é mais o que era há muito tempo. Hoje, o que se tem por lá são alguns doentes que seria melhor não encontrar, e muitos histéricos que passam o dia inteiro — e como são longos os dias por lá — trocando histórias, e correndo de estação de cura a estação de cura, sem parar em nenhuma. Peregrinam em grupinhos ao sanatório da floresta."

"É isso mesmo", dizia agora uma pessoinha baixa e esguia, que Helene ainda não conhecia. O ser delicado parecia admirar Conde, e escutava com os dedos junto ao ouvido.

"Mas lá a entrada de simples mortais não é sequer permitida." Conde se alegrava por ter, enfim, ouvintes à sua volta. "Afirmo, de repente, fazendo cara de sério, que tenho um encontro marcado com um certo Monsieur Richter. Acabei de me lembrar do nome. O porteiro assente, por ele tudo bem, e me deixo afundar por algum tempo em uma poltrona grande. Faço de conta que estou esperando. Insuportável aquela gente, terrível."

"E como é verdade", dizia agora o ser delicado, enquanto afastava do rosto uma mecha de cabelos acobreados.

A vivacidade de Conde deixou Helene feliz; sua recuperação era visível.

"Carl Wertheimer", dizia Conde agora, esforçando-se para mostrar uma expressão feliz, "que bom que o senhor também veio".

"Estamos noivos", disse Helene olhando para Conde, com ar desafiador.

"Sim, pois é, sim, já me disseram." Conde coçou a orelha. "Leontine me contou. Quero dar meus parabéns." Como se isso fosse difícil para ele, Conde agora colocava a mão espalmada sobre a testa e puxava, um tanto ausente, os cabelos finos, usando os dedos indicador e médio. O ser delicado ao lado dele trocava o pé de apoio, impaciente, enquanto olhava amistosamente em volta.

"Meu Deus, o que era mesmo que eu queria dizer? Queria lhe contar do simpósio filosófico, da disputa, da qual não fomos poupados nem mesmo em Davos. Mas talvez seja melhor lhe apresentar a srta. Pina Giotto antes disso. Nos conhecemos em Arosa."

"A mesma pensão, sim", agora o ser delicado concordava com ele, aliviado.

"Foi assim, pois por aqui não podemos fazer idéia dos preços em Davos. E Arosa, ah, Arosa já é quase Davos." Conde mexia no cabelo, com os olhos cravados em Helene, parecendo até se esquecer de piscar.

"E Arosa fica ainda mais no alto", afirmava agora o ser delicado.

Conde conseguiu se livrar de sua contemplação, e agora olhava inseguro para sua acompanhante. Só com muita cautela é que ousou um gesto suave, mas defensivo, na direção dela, e tomou a palavra.

"O senhor com certeza ficou sabendo disso, Carl, a disputa entre Cassirer e Heidegger deixou o lugarejo inteiro em polvorosa."

"Terrível, sim", assentiu a srta. Giotto. "Um deles simplesmente viajou, deixando o lugar."

"Heidegger anunciou que iria aniquilar a filosofia de Cassirer."

"E aí ele simplesmente foi embora. Como pode uma coisa dessas? Eu disse a Heini que ele era um covarde. Fugir da raia assim, ainda por cima."

Conde agora enrubescia, e o suor irrompeu em sua testa. Por certo não tinha gostado muito da expressão da srta. Giotto. "Não foi exatamente assim." Pedindo desculpas, Conde olhou de Carl para Helene, e depois de volta a Carl. "Gostaria de explicar as coisas." Passou o lenço na testa e ao longo da clareira brilhante em sua cabeça. "A questão era Kant. A teoria transformada do ser, de Heidegger, é fundamental, ela é radical, ele mal permitiu que Cassirer fizesse uso da palavra, talvez este último tivesse considerado que não estava sendo levado a sério. Para ele, a questão eram as formas simbólicas. Não parava de falar do símbolo. Talvez por isso sua partida apressada tenha sido encarada pela maior parte das pessoas como um sinal, um símbolo de sua derrota."

Helene evitou trocar olhares com Carl. Não queria denunciá-lo. Não foi justamente para aqueles dois senhores, os professores, que ele escreveu as cartas, enviadas a Hamburgo e a Friburgo, as cartas cujas respostas esperava há algumas semanas?

Quando as pessoas mais tarde ocuparam seus lugares à grande mesa e, depois de vários pratos, foi servido por fim um suflê com maçãs, Carl conversou com Erich acerca dos desenvolvimentos mais recentes da economia.

"Comprar, é o que lhe digo, comprar, comprar e comprar." Erich estava sentado diante de Carl e Helene. Passara o braço pelo espaldar da cadeira de Fanny e balançava uma taça de conhaque. Para Helene, seu pescoço de esportista estava parecendo ainda mais maciço do que de costume. "Vamos lucrar com isso, pode acreditar. Quando a bolha especulativa explodir, nós só teremos vantagens aqui na Europa."

"O senhor não vê nenhum perigo, então?"

"Ah, Nova York. O senhor ainda é jovem, Carl. Suponho que não tenha dinheiro. Mas se o tivesse, eu lhe daria um bom conselho. O colapso nos Estados Unidos será útil para nós." Erich se inclinou sobre a mesa e disse, cobrindo a boca com a mão — assim Fanny, que conversava com o homem a seu lado, não o ouviria: "Ela voltará a ser uma mulher rica em pouco tempo. Eu poderia convencê-la a hipotecar a casa. Em breve comprará o prédio inteiro, pode acreditar nisso."

Fanny agora se levantava e erguia sua longa taça de cristal. Bateu a colher nela, mas o vidro era tão grosso que mal chegou a tinir. Pediu a atenção dos convidados. Elogiou seus amigos, mencionou os jubileus e honras de alguns deles nas últimas semanas e, a cada menção, todos batiam palmas. Helene e Carl ficaram contentes por suas provas e resultados não terem sido mencionados, por não precisarem se levantar e agradecer, cheios de dignidade, aos demais convidados, mostrando como estavam orgulhosos.

Carl se aproximou de Helene e lhe disse baixinho: "O orgulho é para os filisteus." Helene baixou os olhos, dando-lhe razão. A seu ver, o assentir confortavelmente orgulhoso dos homens contestava toda e qualquer dignidade, ainda que se tratasse justamente de representá-la.

Quando a noite já avançara bastante, Helene acabou parando entre Conde e Pina Giotto. Por mais que já não agüentasse a conversa dos dois, não queria sair do lado deles, porque Erich a perseguira durante a noite inteira com seus olhos cobiçosos. Pela porta aberta da varanda, viu Carl sentado, conversando com Leontine, Martha e um casal desconhecido. Pina Giotto queria convencer Conde a ir com ela no dia seguinte a uma das grandes lojas de Berlim, pois queria comprar um boá de penas. Conde buscava saídas, provavelmente imaginava como era caro um boá daqueles. "Boá, boá", Pina Giotto não o deixava em paz. "Boá, boá, boá de penas. Penas bem longas, penas leves, brilhantes ou foscas? Não, penas de faisão são melhores, penas de faisão, penas estranhas, vestido de penas." Helene pensou na mãe, tantas eram as penas. Na última carta, havia sido anunciado que ela estava um pouco melhor. Não manifestava mais nenhuma confusão, até saía para passear. Por volta das onze, os primeiros convidados foram até o corredor, pedindo que lhes trouxessem seus sobretudos. Alguns queriam ir ao teatro de revista que começava à meia-noite, outros se sentiam atraídos pelo salão de bailes. "Vocês vão juntos", determinou Fanny, e fez um gesto amplo que envolvia as cabeças de Conde, de sua srta.

Giotto e de Helene. Quando reconheceu Helene entre os convidados, mais tarde, gritou quase ululando: "Você também, sua patife!"

Helene procurou Carl com os olhos, mas na varanda agora estavam sentados apenas dois homens que se exercitavam na queda de braço sobre a mesa baixa. Enquanto a srta. Giotto deixava claro ao Conde que o brilhante que ela vira hoje à tarde no joalheiro tinha um belo tamanho e era adequado para uma gargantilha simples, Helene foi tomada por uma espécie de impaciência. Para onde quer que olhasse, não conseguia vislumbrar Carl, Martha ou Leontine. Apesar do perigo de Erich segui-la, desculpou-se de modo quase inaudível e passeou tão descontraidamente quanto possível pelos aposentos contíguos. Não conseguiu achar os desaparecidos em lugar nenhum. Justo quando terminava de atravessar o salão berlinense e mais uma vez olhava à sua volta, descobriu que estava na mira de Erich. Ele já a seguira antes, e agora se aproximava dela a passos largos. Helene abriu a porta que dava para os fundos da casa. A luz no corredor não pôde ser acesa, e ela passou às pressas pelas duas portas seguintes, quando ouviu passos atrás de si. Por um instante, o clarão da luz que caía sobre ela vindo do salão berlinense escureceu. Erich fechara a porta. Repentinamente em pânico, Helene tateou ao longo da parede até sentir a porta e a maçaneta. Devia ser seu antigo quarto, o quarto onde agora moravam Leontine e Martha. Vozes e risos vinham lá de dentro e passavam pela porta. Erich, ao que parece, havia perdido a orientação do outro lado do corredor. Ela ouvia seu resfolegar. Mas a porta não pôde ser aberta. Helene sacudiu o trinco, fazendo força.

"Só um momento", disse uma voz dentro do quarto. Demorou alguns segundos até a porta ser aberta. Martha deixou Helene entrar.

"É você", disse Martha parecendo aliviada, e pediu a Helene que entrasse rapidamente. Fechou a porta assim que ela entrou. Sem dar mais atenção a Helene, ela se sentou na cama estreita, onde Leontine estava sentada com a mulher desconhecida que estava com elas antes, na varanda. A mulher desconhecida usava um boá de penas com que Pina Giotto sonhava. Penas escuras, de um tom violeta, acentuavam as maçãs salientes de seu rosto e seus olhos sombreados. Um permanente lhe cobria o crânio estreito, um crânio de belas feições, alongado. Carl estava sentado de costas para Helene junto ao lavatório, e quando se levantou, mostrou-se surpreso por vê-la ali. Helene percebeu que ele empurrou com a mão a latinha prateada até o outro lado da mesa onde estava sentado o homem desconhecido, que Helene antes, quando o avistara na varanda, pensara ser o marido daquela mulher. Esta, no entanto, agora estava sentada na cama, beijando Leontine. As penas violeta encobriam o rosto de Leontine. Helene se assustou quando se deu conta de que estava arregalando os olhos e, como quem não quer nada, tentou olhar em outra direção. Mas para onde? Sabia que latinha era aquela, e o fato de Carl e aquele homem empurrarem disfarçadamente a latinha um para o outro só podia significar que Carl não queria que Helene soubesse o que estava acontecendo ali.

"Os outros estão indo embora. Fanny quer que nos juntemos a eles para ir dançar."

"Ela sempre quer ir àquele clube Real", disse Martha, um tanto decepcionada. "É melhor irmos ao Silhueta, lá é bem mais bonito." Martha abriu a porta.

"Pois bem, vamos", disse Carl, cheio de formalidade. Ele fungou quase sem fazer barulho. Foi até Helene e pegou seu braço. "Vamos dançar, minha querida."

Helene concordou; não queria que percebessem nada de estranho nela.

Só mais tarde, quando estavam dançando em um salão pouco iluminado, e Carl não tirava as mãos de sua cintura acariciando-a por todos os lugares onde jamais a tocava na presença de outros, quase a atacando, como se não se vissem há dias e não tivessem se amado ainda pela manhã, ela não conseguiu mais acalmar os pensamentos e se conter. E então gritou no ouvido dele, por causa da música alta: "Você costuma cheirar?"

Carl entendeu e deduziu que ela tinha visto a latinha. Agora ele a segurava com os braços esticados, longe de si, e em seguida inclinou ligeiramente a cabeça, olhou para olhar ela e fez que não com um gesto. Estava falando sério, ela tinha de acreditar nele. Ela acreditou, e não apenas porque não lhe restava outra coisa a fazer. Seus corpos pertenciam um ao outro. O jeito como ele a segurava ao dançar, como se largavam para logo em seguida se reencontrar, o olhar dele nos olhos dela, a busca e a incerteza, no fundo, pela confiança, o beijo dele nos lábios dela; havia razão nisso tudo. O pertencimento que ela sentia entre ambos era tal que não permitia, nem admitia, pequenos segredos ou diferenças, e ela festejou os segredos, sim, tinha de festejá-los.

Helene dançou com ele até de manhã. Em dado momento, gritou: Hamburgo ou Friburgo?

"Helene", replicou Carl, gritando também. Puxou-a para junto de si e sussurrou em seu ouvido: "Quero estar onde você está, em qualquer lugar", e sua língua tocou a concha da orelha dela. "Se minha mulher me acompanhar, vamos a Paris."

Em um dia de fevereiro, em que o sol brilhava com um céu bem azul e a neve nas ruas já estava meio avermelhada por causa do barro do chão, Helene estava diante de sua balança na farmácia e pesava meio quilo de folhas de sálvia para uma cliente. Helene enfiava a pazinha no vidro e derramava uma após a outra sobre o prato da balança. Talvez a cliente quisesse tomar um banho de sálvia. O sino tocou, anunciando que a porta se abria. Helene ergueu os olhos. O garoto, que ficara em pé por muito tempo diante dos vidros de bala, deixou a farmácia com as mãos nos bolsos. De fora, veio o cheiro de queimado de carvão e gasolina. Era meio-dia. Além de sua cliente, apenas uma senhora de mais idade esperava para ser atendida. O telefone tocou. O farmacêutico apareceu na porta do quarto dos fundos. "Para você, Helene", disse ele, olhando para ela, alegre. Era o primeiro telefonema que ele atendia para ela em todos aqueles anos. "Assumo o comando, pode ir." O farmacêutico ocupou o lugar de Helene, enquanto esta se dirigia ao telefone.

"Sim?" Ela deve ter respondido em voz baixa demais, e logo gritou em meio ao chiado: "Sim?"

"Aqui é Carl. Helene, preciso falar com você."

"Aconteceu alguma coisa?"

"Quero vê-la."

"Como?"

"Pode sair mais cedo hoje?"

"É quarta-feira, ora, volto pra casa ao meio-dia. Saio daqui em quinze minutos."

Helene teve de tampar o ouvido esquerdo para poder entender melhor.

"Maravilha", gritou Carl. "Vamos nos encontrar no Romanisches Café."

"A que horas?"

Um chiado bem alto a interrompeu.

"Querida! À uma no Romanisches Café."

À uma no Romanisches Café. Helene voltou a pendurar o fone no gancho. Apertara-o com tanta força ao ouvido que sua têmpora agora estava doendo. Quando voltou ao balcão, o farmacêutico embrulhava uma caixa de Veronal e recebia as moedas da senhora idosa.

"Você já pode se trocar, Helene", disse ele, amistosamente, e com um sorriso sagaz, como se estivesse em seu poder permitir a ela um encontro com o amado.

Helene atravessou a Steinplatz. Degelo. Tempo inconstante. Ela se perguntava por que Carl queria vê-la com tanta urgência. Talvez o filósofo de Hamburgo tivesse lhe respondido. O de Friburgo lhe mandara uma carta de recusa pouco antes do Natal. Embora tivesse gostado da *summa cum laude* de Carl, não podia dizer o mesmo de sua tendência a gostar de Hegel. Suas vagas de assistente estariam todas ocupadas. Na Fasanenstrasse, Helene parou. Atrás dela, uma bicicleta tocou a sineta. De repente, ela achou que poderia ser Carl, que sempre saía de casa de bicicleta, pouco importando quais fossem as condições do tempo. Ela se virou, mas era apenas o garoto da padaria, que parecia achar que a rua estava enlameada demais para se andar. Helene deu um passo para o lado, ficou de pé em cima de um montinho de gelo, cujas bordas estavam derretendo, e deixou o garoto passar. As rodas respingaram barro com neve no sobretudo dela. Agora ainda faltava a resposta de Cassirer. Já em janeiro se dizia que todas as portas estariam abertas para Carl em Berlim. Dois professores disputavam seus serviços, ele poderia escolher. Mas preferia explorar ele mesmo sua própria linha de pesquisa. Nas últimas semanas, ao que parece, já não esperava mais a sério uma resposta daquele tal de Cassirer, de Hamburgo. O que, se não isso, poderia ser tão urgente para Carl a ponto de não poder esperar até a noite? Talvez quisesse encontrá-la para combinar a visita à casa de seus pais que planejavam fazer no final de semana. Ela estava com medo da visita. Na noite anterior, quase brigaram por causa disso. Helene dissera que não podia visitar os pais dele de mãos abanando: queria comprar um presente. Carl não achava aquilo correto. Tinham coisas mais necessárias para comprar, como comida e livros; precisavam do dinheiro para a vida que estavam construindo juntos, para uma mudança, uma moradia de verdade. Helene queria dar aos futuros sogros um vaso verde que vira na vitrine da Kronenberg, logo ali na esquina. "Um vaso verde?", perguntou Carl, incrédulo, e acrescentou que seus pais não estavam esperando presentes. Carl a beijou. Há anos estavam curiosos para conhecer Helene. Afinal de contas, seus pais sabiam que ela não era exatamente rica. Carl arrumou seus livros de costas para Helene, e deixou uma pilha pronta para a manhã seguinte, murmurando algo enquanto o fazia. "O que foi que você disse?", teve de perguntar Helene. Ele se virou e disse como quem não quer nada: "Eles só não sabem que você mora comigo." Helene precisou se sentar. Fazia mais de três anos que ela vivia com Carl em seu quartinho. Todos os meses tentava comprar o máximo de comida possível com seu dinheiro para ajudar na economia doméstica, já que Carl não queria aceitar que ela desse parte do aluguel, porque os pais o pagavam. O que deveria fingir para os pais dele no domingo? Que ainda estava vivendo com a prima?

Carl quis acalmá-la, e lhe garantiu que pretendia contar tudo naquele domingo.

Isso, no entanto, era ainda pior, na opinião de Helene. Ele não poderia, de forma alguma, levar pela primeira vez à casa dos pais a noiva há tanto tempo anunciada e dizer, durante o almoço, que se conheciam há apenas quatro anos, mas há dois pretendiam se casar, embora já estivessem morando juntos há mais de três anos. Helene esfregou os olhos.

"Você nunca quis me acompanhar até a casa deles! Como eu poderia explicar que você morava comigo se não queria conhecê-los?"

"Quer dizer que agora eu é que sou a culpada?"

"Não, Helene, isso não tem nada a ver com culpa. Eles teriam achado indelicado de sua parte. Como eu poderia explicar que você não tinha coragem de conhecê-los?"

Helene queria replicar; era desagradável o fato de não sentir coragem suficiente para conhecer os pais de Carl. Esfregou os olhos mais uma vez, até que Carl se aproximou e segurou suas mãos. Quem eles achavam que lavava e remendava as roupas do filho, que providenciava que ele tivesse comida quentinha à noite, que cuidava da casa, alimentava os pardais no telhado e botava água na estufa de orquídeas, quando, nas férias de verão, Carl os acompanhava ao lago de Zurique, passando pelo Monti della Trinità — onde, aliás, seu pai fazia pesquisas no observatório suíço, calculava ciclóides e desenhava mapas das manchas solares, enquanto a mãe ia a concertos com o amado filho? Sua irmã não acompanhava a família nessas viagens desde que casara. Carl beijara a mão de Helene e lhe garantira que eles deixariam tudo em pratos limpos no domingo. Juntos. No fundo, o que tinham a explicar no domingo, era uma bobagem, afinal de contas, o que importava era a vida que levariam como casal e tudo que ainda teriam pela frente.

Helene tinha de tomar cuidado para não escorregar ao caminhar. Debaixo da neve que derretia, em alguns trechos, ainda havia gelo duro. Diante da Gedächtniskirche, teve de esperar por muito tempo, pois os carros andavam devagar, derrapando na pista. Carl era um bom ciclista e tomaria cuidado, talvez também tivesse deixado a bicicleta na biblioteca. O relógio grande da Kurfürstendamm marcava dez para a uma. Helene estava impaciente, foi para debaixo da marquise e ficou parada diante da vitrine do Romanisches Café.

Sem dúvida Carl queria lhe dar uma boa notícia. Talvez tivessem lhe oferecido outro emprego, em outra universidade. Ele provavelmente ainda não havia se decidido, e com certeza lhe perguntaria que proposta ela considerava melhor. Mas, se tinha passado a manhã na biblioteca, como anunciou antes de ela sair, não podia ter acontecido nada de tão grandioso assim. Helene sorriu, nervosa. Lembrou-se de como Carl às vezes a interrompia em suas leituras, à noite, porque precisava compartilhar um pensamento monstruoso. Helene olhou para os dois lados da Gedächtniskirche e para o outro lado do cruzamento. Não havia ali um homem de bicicleta, usando um boné igual ao de Carl? Mas ele também podia ter voltado há tempos da biblioteca e telefonado para ela da praça Viktoria Luise: teria encontrado o carteiro na rua, e este lhe teria entregado a carta de Hamburgo. Ao que se dizia, Hamburgo era uma cidade bonita. Às vezes, Helene sonhava em morar em uma cidade portuária. Gostava de navios grandes. Considerava uma desvantagem não ter nascido perto do mar ou nas montanhas. Conhecia poucas montanhas, e mesmo assim à distância, eram baixas, aliás, o mais certo seria chamar todas montanhas do Lausitz de colinas. O mar estava diante de seus olhos, claro e cristalino. Mentalmente ela o desenhara para Carl nas cores mais suntuosas. Mas ver, jamais o havia visto.

Helene saiu de debaixo da marquise, deu alguns passos para a esquerda, até a Tauentzienstrasse; olhou a pista — ele deveria vir de lá —, depois perscrutou à sua volta — tomara que venha logo —; os quatro pontos cardeais não eram suficientes naquele lugar; não sabia de onde ele poderia vir. Conhecia os navios grandes do Elba, junto a Dresden. O relógio marcava uma e cinco. De repente, julgou saber por que ele precisava encontrá-la com tanta urgência. Aliviada, acabou rindo. Devia ter comprado as alianças. Helene ajeitou o chapéu. Como não pensara nisso antes!? Sem sombra de dúvida, ele queria fazer uma surpresa. Talvez quisesse encontrá-la lá dentro, no café, e ela não tenha entendido direito. É claro, a convidaria para almoçar, a fim de comemorar a ocasião! Helene olhou ao seu redor. Entrar no café seria complicado, pois talvez não conseguisse vê-lo chegar. Um carro buzinou. Aquela mulher com os dois filhos não podia andar um pouco mais rápido? O trânsito estava cada vez pior, e com o tempo assim, então... Helene olhou para o relógio. Já era uma e quinze. Talvez alguém o tivesse retido. Carl não costumava se atrasar. Quando marcavam de se encontrar, ele quase sempre chegava antes e ficava esperando por ela no lugar combinado. Helene olhou mais uma vez para todos os lados; deu alguns passos para a direita, pois ele também poderia vir da Budapester Strasse. A praça em volta da igreja alta, os caminhos de pedestre, as ciclovias... era difícil ver tudo, apesar da claridade do sol. Colunas com cartazes de propaganda, pessoas fazendo fila em frente a quiosques. Carros e pedestres derrapavam na lama da neve; um cocheiro ficava estalando o chicote para que seu cavalo andasse. Helene mudava o apoio do corpo de uma perna para outra; seus pés estavam molhados e frios. Lembrou-se do cavalo que tombara naquele primeiro dia, quando chegou a Berlim com Martha. Será que tinha morrido? Infarto do miocárdio, ataque cerebral, algum problema no pulmão. Uma embolia. Decidiu que levaria seus calçados ainda naquela semana ao sapateiro. Hoje teria sido um bom dia, hoje teria tido tempo. Como não possuía outro par de botas, teria de esperar até que o sapateiro as tivesse costurado e colocado uma sola nova.

Poucos minutos antes da uma e meia, Helene decidiu que, se Carl não chegasse até esse horário, daria uma olhada dentro do café. Talvez ele quisesse enfim satisfazer uma de suas vontades — patinar —, e tivesse ido até a grande pista de patinação, para se informar sobre as modalidades de aluguel dos calçados e do preço dos bilhetes. Diziam que era bem caro. As meninas russas do curso de gramática haviam falado várias vezes sobre a pista e as pessoas que conheceram por lá; elas se reuniam com freqüência e faziam piruetas no rinque de patinação. As meninas eram todas mais novas do que Helene e vinham de boas famílias judaicas. Patinar devia ser uma diversão e tanto. Helene esperou até que o ponteiro grande chegasse ao seis, ao sete, e por fim até que chegasse ao oito. E então entrou no café.

O salão estava bastante cheio. O número de clientes sentados às mesinhas aumentava por causa dos espelhos que chegavam quase até o teto. Era horário de almoço, mais de meio-dia, alguns comiam bife rolê com batatas, o cheiro era de couve-crespa. Um senhor distinto, vestido de preto, acenou para um segundo, de modo pouco cerimonioso e chamativo, com uma calça larga e clara, suspensórios, camisa amarfanhada e chapéu branco de copa rasa; faltava-lhe apenas a paleta na mão. As pessoas gostavam de se retirar a um dos distintos cantinhos à parte que havia ali. Em taças altas, bebia-se vinho. Um nó se atou na garganta de Helene. Olhou à sua volta; de fato havia clientes sentados sozinhos em algumas mesas — rapazes e senhores —, mas nenhum deles era Carl. O relógio sobre o bar marcava quinze para as duas. Por que seu coração batia tão descompassado? Não havia motivo para se preocupar. Helene saiu do café e voltou à Kurfürstendamm. Um pequeno grupo de pessoas se formou; uma senhora mais idosa não parava de gritar: "Ladrão, pega ladrão." Outros seguravam um garoto, que devia ter no máximo dez ou doze anos. Não se defendia; chorava. "Moleque", gritou um dos homens que o seguravam. Mas para a velha aquilo era muito pouco. Ela praguejava. "Gente como você deveria ser presa, espere só até a polícia chegar!"

Helene não quis continuar esperando. Sabia que Carl não viria mais.

Talvez houvesse um mal-entendido e ele tivesse dito um outro horário. Tinha certeza de que ele dissera à uma. Seria possível que estivesse pensando outra coisa? Talvez outro lugar? Já haviam se encontrado muitas vezes naquela esquina. Talvez ele hoje quisesse encontrá-la em outro lugar, e mencionara este por engano, embora tivesse pensado em outro. Helene não sabia para onde se virar, para onde ir, estava com medo e mesmo assim dizia a si mesma que não havia o que temer. Foi ao quiosque e comprou cigarros. Era a primeira vez que fazia isso. Precisava do dinheiro para o sapateiro, mas não queria pensar nisso; não agora; agora queria fumar um cigarro. Não possuía uma piteira, teria, portanto, de fumar sem ela. Quebrou dois palitos de fósforo até que conseguiu acender o cigarro. Um fiapo de tabaco se soltou e deixou um gosto amargo em sua língua. Não era fácil manejar o cigarro usando luvas. Helene não sabia mais em que direção devia olhar. Estava parada em meio a pessoas que passavam apressadas, cujo horário de almoço estava chegando ao fim, e que tinham de voltar sem perder tempo ao seu local de trabalho. Algumas com certeza tinham encontros marcados e precisavam correr até a estação, do outro lado, e pegar um trem em direção ao oeste.

O vento soprava em sua direção, o vento oeste, vindo da Gedächtniskirche. Helene queria respirar fundo, tragar a fumaça. Sul, leste, norte. Mas antes de conseguir puxar a fumaça até o fundo dos pulmões, os brônquios se fecharam e Helene tossiu. Ela se limitou a inalar e soltar a fumaça, sem tragar. Nuvenzinhas saíam de sua boca. O cheiro um tanto ácido e amargo da fumaça causava um mal-estar agradável. Inalava e soltava aquele ar pesado em curtos intervalos. Enchia as bochechas tanto quanto conseguia e depois expirava, até enfim deixar o toco restante cair na lama a seus pés, onde se apagou imediatamente.

Não sabia para onde ir e onde procurar por Carl. Caminhou descendo a Tauentzien apressadamente até chegar à Nürnberger Strasse, deu a volta em diversos quarteirões, passou por sua escola, que há alguns meses não precisava mais freqüentar, e só quando a escuridão já estava chegando, dobrou na Geisbergstrasse. Ainda do outro lado da praça, viu o telhado negro: nenhuma luz, por mínima que fosse, estava acesa no quartinho.

Mesmo assim, subiu e conferiu se alguém havia chegado ou não. A porta que dava para o quartinho estava trancada. Tudo estava como ela havia deixado pela manhã. Helene não tirou o sobretudo. Foi até a escada e voltou a descê-la, passando pelo rapaz que morava no terceiro andar e muitas vezes esquecia a chave, motivo pelo qual estava sentado com uma pilha de papéis, nos quais devia estar escrita ou ainda seria escrita uma peça de teatro, talvez um roteiro, diante do apartamento dos senhorios, esperando que alguém chegasse para lhe abrir a porta. Na maior parte das vezes, segurava um lápis na mão e rabiscava algo na margem das páginas já datilografadas. Helene desceu a Bayreuther Strasse até a praça Wittenberg e atravessou a Ansbacher Strasse de volta à Gaisbergstrasse, até a praça Viktoria-Luise, subindo por ali até diante do seu prédio e depois descendo de volta à rua. Nesse meio-tempo, o sublocatário do terceiro andar conseguira entrar, por certo.

Helene não se perguntava mais por que Carl quisera falar com ela com tanta urgência ao meio-dia, apenas esperava que ele aparecesse e que pudessem cair um nos braços do outro. Ele devia ter ficado preso em algum lugar, por algum motivo. Helene fumou um segundo cigarro, um terceiro ao dar a terceira volta e, por fim, já fumara oito cigarros. Estava a ponto de vomitar. Mas não estava com fome.

Disse a si mesma que queria estar em casa quando ele chegasse. E então poderiam comer juntos; ele acariciaria seu rosto assim que chegasse.

Ela tirou os sapatos. Não queria incomodar a senhoria ainda mais pedindo água quente. Logo, foi se sentar na cama e enrolou os pés gelados no cobertor, tentando ler o livro novo que Carl havia lhe trazido havia dois dias, mas não conseguia passar do primeiro poema. Lia-o repetidas vezes, retomando cada um dos versos, e disse os últimos em voz alta, para si mesma: "Doente de horas distantes/e deixas vazia a tigela,/da qual eu bebia antes." Depois começava pelo primeiro mais uma vez: "O que será depois/daquela hora, em que acontecerá,/ninguém sabe, ninguém veio, pois/de lá, daquele lugar." Helene entendia apenas algumas das palavras, seu sentido ficava perdido em algum lugar, metade ainda no pensamento, metade completamente cifrado... certamente porque seu coração estava batendo tanto e seus olhos já não conseguiam ver claramente. Como se isso pudesse lhe dar uma certeza, que forçasse a passagem através das repetidas leituras e se apossasse dela. Em dado momento, Helene se levantou. Estava com frio. Debaixo do lavatório havia um cesto, e sobre ele estava pendurada a camiseta que Carl vestia debaixo das blusas; ela precisava ser lavada. Vestiu a camiseta sobre a pele nua e, por cima, o pijama dele. Durante a noite, contou as batidas distantes do sino. Quando os primeiros ruídos na casa puderam ser ouvidos na manhã ainda escura, ela se sentou na cama, encostou-se à parede e pensou que tinha de acontecer algo para que pudesse se levantar, se lavar e se vestir. O farmacêutico dissera-lhe no dia anterior: "Até amanhã." Não podia deixá-lo esperando. Ouviu passos na escada, em sua escada, o último lance, que levava unicamente ao sótão. Ouviu que alguém batia baixinho. Sabia que Carl não era dado a se esquecer das coisas, ele sempre tinha a chave consigo, e ela não quis abrir. Bateram mais forte. Helene olhou para a porta. Seu coração batia debilmente, havia se cansado de tanto bater durante a noite. Helene sabia que não lhe restava outra coisa a fazer, que tinha de levantar, e levantou, tinha de ir até a porta, e foi, tinha de abrir, e abriu.

À sua frente estava a senhoria, ainda com o roupão matinal. "Senhorita Helene", disse ela, sem encará-la. Helene se segurava no trinco da porta; estava tão fraca que o chão à sua frente se abaulava de leve e se mexia, se curvava, dançava para lá e para cá. A senhoria tinha dificuldades em falar; tão cedo pela manhã algumas pessoas só abriam a boca quando isso era absolutamente necessário. "Meu telefone tocou, o sr. Wertheimer me disse que o filho dele não virá mais, que sofreu um acidente."

"Que filho?", foi a pergunta que passou pela cabeça de Helene. Sabia que era Carl quem havia sofrido um acidente, já imaginara antes mesmo de ter ouvido os passos na escada e de ter aberto a porta. Mas que filho, de que filho a locadora estava falando agora? Helene disse "sim", não queria mexer a cabeça sem necessidade, não queria assentir, não queria virá-la para o lado, afinal de contas, ela podia cair dos seus ombros e se espatifar no chão.

"Perguntei ao professor Wertheimer se a senhorita já havia sido informada. Ele respondeu que achava que não. Eu lhe disse que cuidaria disso, que poderia subir e lhe contar. O professor Wertheimer disse que não sabia onde a senhorita morava, mas que seria muito bom se eu pudesse me encarregar disso. Ele me perguntou se eu tinha seu endereço, eu disse que tinha que olhar primeiro. Ele com certeza ainda não sabe que a senhorita mora aqui."

Helene se segurava no trinco com ambas as mãos.

"Ele está morto." A senhoria com certeza o disse para o caso de a notícia não ter sido compreendida. "Só queria lhe dizer isso."

Helene respirava fundo; em algum momento teria de soltar o ar que estava respirando. "Sim."

Helene fechou a porta, ainda se segurando ao trinco com ambas as mãos, até o ruído da fechadura mostrar que a porta estava de fato trancada.

"Se eu puder fazer algo pela senhorita...", ouviu a senhoria dizendo do outro lado da porta, "é só me avisar, está bem?"

Helene não respondeu mais. Sentou-se na cama, pôs o livro no colo e piscou os olhos: "Eu conhecia seus olhares, e no seio mais profundo você junta nossas venturas, o sonho, o destino." Agora lia em voz alta, como se estivesse lendo para alguém, e como se apenas assim o poema pudesse sair de dentro dela. Não conseguiu levantar a voz nem um pouquinho que fosse, tampouco conseguiu baixá-la. Helene leu o poema até o fim, uma última vez; a noite havia acabado. Depois fechou o livro e colocou-o sobre a mesa. Abriu a janela. O ar frio entrou. No céu, as primeiras listras claras do dia apareciam. Um rosa pálido iluminava aquelas listras, um rosa pálido e delicado. Ela não precisava tirar a camiseta dele. Helene se lavou e voltou a pôr o vestido. Seus sapatos ainda estavam molhados, se esquecera de enfiar jornal dentro deles. O sobretudo cheirava à fumaça do dia anterior.

NAQUELA MANHÃ, HELENE não conseguiria chegar ao trabalho. Na última esquina, de onde já podia ver o letreiro conhecido da farmácia, acabou dobrando. Desceu a rua, se afastando da farmácia. Não tomara qualquer decisão, não sabia aonde queria ir, também não conseguia pensar para onde poderia ir. Limitava-se a pôr um pé diante do outro. Carros passavam, pessoas seguiam seu caminho, o bonde se movimentava — é possível até que rangesse —, e mesmo assim a cidade lhe parecia imóvel. Não ficara sem ar, estava pura e simplesmente imóvel.

O fato de ser tão fácil pôr um pé diante do outro despertou em Helene uma recordação que em seguida voltou a desaparecer. Ela atravessava ruas, não precisava mais olhar para a direita ou para a esquerda. O rosa havia iluminado o céu inteiro, agora o mundo estava mergulhado em rosa, um rosa amarelado, ainda que essa cor não combinasse. Os prédios azuis tornaram-se violeta. No instante seguinte, a manhã estava ali. E nenhum rastro do rosa. O farmacêutico devia estar se perguntando onde ela estaria que não chegava. Mas estava ali, ora. Sempre havia a possibilidade de telefonar e dizer que hoje não poderia ir. Ele provavelmente não se surpreenderia com isso — ela jamais ficava doente —, mas hoje, hoje não poderia ir. Limitava-se a pôr um pé diante do outro. Amanhã? Que dia era esse, amanhã? O que poderia acontecer amanhã? Não sabia. Estava em pé diante da escada de pedras da Achenbachstrasse. Otta abriu a porta e lhe disse que Martha ainda estava dormindo e que Leontine saíra havia uma hora, que tivera de ir trabalhar.

No QUARTO DE Martha, Helene se sentou junto ao lavatório. Dentro de poucas horas Martha estaria acordada. Fizera plantão à noite. Helene não estava esperando, estava apenas sentada ali, deixando o tempo passar. Não esperava por Martha e não esperava por Leontine. Não esperava mais por nada. Era bom constatar que o tempo passava mesmo assim.

Martha lhe trouxe um chá, mais tarde. Em seguida foi buscar algo de comer para ela, e telefonou para o farmacêutico. Quando se sentava, se segurava na quina da mesa; quando levantava, tocava a parede. Helene sabia que a irmã tinha problemas de equilíbrio já há muito tempo. Contemplava o vapor sobre a xícara de chá. Martha disse alguma coisa. Helene baixou a cabeça até o queixo tocar o peito, assim conseguia cheirar melhor, cheirar Carl, cujo cheiro subia até ela vindo do decote. Com um gesto discreto, de modo que Martha não o percebesse, levantou o braço. Também nas axilas havia cheiro. Vestindo sua camiseta, ele estava colado a ela. Martha agora dizia algo em voz mais alta, tão alta que Helene deveria enfim escutar: tinha de beber alguma coisa e comer alguma coisa também. Mas Helene não conseguia se imaginar capaz disso.

Podia era ficar sentada, não sabia nem se conseguia soluçar. Tentou, engoliu em seco, colocou a xícara de volta. Isso poderia ser suficiente para a manhã, talvez.

Ao meio-dia, tomou o chá frio e bebeu de um só gole a água do jarro sobre o lavatório. O jarro estava vazio; sua garganta doía de se abrir e se fechar para conseguir beber. Em seguida, Helene voltou a se sentar e não esperou. Passaram-se dias.

Quando Martha saía para trabalhar, Helene se deitava de costas na cama e gemia, às vezes chorava baixinho.

Quando Martha e Leontine diziam que Helene deveria usar o sobretudo, ela usava o sobretudo e as seguia. Martha foi até a praça Viktoria-Luise, nº 11, e pegou as coisas de Helene. Devolveu sua chave à senhoria, e pediu que ela não dissesse aos pais de Carl que sua irmã havia morado ali. O aluguel daquele mês fora pago por eles.

Helene se sentou no banco da praça, diante do prédio. Olhou para o tanque da fonte vazia e contemplou os pardais que saltitavam à margem das pequenas poças, enfiando os bicos na água. Estavam tomando banho; a água devia estar gelada.

Martha e Leontine queriam que Helene saísse de casa o máximo de vezes possível, que se movimentasse. Helene se movimentava. Martha dizia que ela tinha de comer alguma coisa; Leontine não concordava, achava que ela não tinha de fazer nada: a fome viria em algum momento. Só era bom que não esperasse mais por nada, nem pela fome, nem pela comida. O domingo veio. Helene pensou que havia combinado com Carl uma visita aos pais dele naquele dia. Será que eles rezavam? Deus não estava ali. Ela não ouvia nenhuma voz, não via nenhum sinal. Não ficou sabendo do enterro. Não teve coragem de telefonar, afinal de contas, era apenas uma desconhecida, e não queria incomodar a família dele, sobretudo agora. O tempo se estreitava, se enrolava e se franzia.

O domingo passou; outros domingos passariam.

O sol parecia mais cálido, os crocos floresciam nos canteiros das ruas largas. Leontine e Martha se despediram. Leontine queria que Martha passasse um mês no sanatório. O equilíbrio e a estabilidade estavam lhe faltando demais. Tinha de descansar e livrar o corpo da dependência. Martha chorou na despedida; lamentava não estar ali com seu anjinho justamente naquela hora.

Martha se segurou em Helene e a envolveu com seus braços finos e longos, a ponto de a irmã mal conseguir respirar. Mas também, para que respirar? Helene não esboçou qualquer reação. Leontine teve de puxar Martha. Esta se debateu e insultou Leontine como Helene jamais a ouvira fazer.

"Ai de você se me separar da minha irmã, sua infame; você nunca vai conseguir fazer isso, não mesmo."

Leontine, no entanto, parecia ter certeza sobre suas intenções; não havia o que pudesse convencê-la do contrário; não queria perder Martha, e por isso tinha de levá-la para fora da cidade por um mês, talvez dois. Leontine puxou Martha, primeiro com violência, depois com rigor. Helene ouviu Leontine tentando convencer sua irmã quando ambas já deixavam a casa; falava como se estivesse se dirigindo a um animal, mas não se ouvia qualquer resposta. Sem Martha, Leontine achava não ter o direito de ficar alojada na casa de Fanny. Helene não chegou a lhe perguntar se tinha voltado a morar com o marido.

Na verdade, agora mal via Leontine. Certa vez ela apareceu trazendo medicamentos para Fanny; em outra, veio pegar seus calçados de inverno, que havia esquecido. Helene a acompanhou até a porta. Lá, Leontine se voltou para ela e pôs a mão em seu ombro. "Martha precisa de mim. Você sabe que agora preciso cuidar dela, não é?" Helene assentiu; seus olhos ardiam. Queria abraçar Leontine, tocar nela, mas apenas enrubesceu. E Leontine tirou a mão de seu ombro, abriu a porta e se foi.

Helene agora dormia sozinha no quarto que dava para o pátio. Voltara a separar as camas. Ia trabalhar na farmácia e ficava contente com o fato de o farmacêutico mostrar suas condolências com discrição. Ele não arriscava lhe fazer nenhuma pergunta. É claro que não podia saber ao certo como Helene se sentia embotada. Na primavera, observou que ela estava emagrecendo. Helene sabia disso; suas roupas agora estavam bem folgadas, ela se esquecia de comer e, quando colocavam um prato à sua frente, não tinha apetite.

Certo dia, recebeu uma carta da mãe de Carl. Ela dizia que estava num luto profundo e que a vida sem o filho caçula lhe parecia difícil. Será que ela não falava intencionalmente dos outros dois filhos, cuja morte, segundo Carl, ela insistia tanto em negar? Carl havia sido sepultado no cemitério de Weissensee. Os desdobramentos dos últimos tempos haviam mudado algumas coisas na vida dela. Seu marido recebera uma oferta de emprego de Nova York, e estavam pensando em aceitá-la dessa vez. Nenhum dos filhos vivia mais em Berlim; a filha ia para a Palestina com o marido nos próximos dias. Por fim, a sra. Wertheimer disse que Helene poderia achar estranho aquele desejo, mas gostaria, de coração, de conhecê-la, apesar da morte de Carl. Seu filho falara dela com tanto afeto e entusiasmo, em um tom tão apaixonado que tinham certeza de que, na visita combinada para fevereiro, alguns dias depois de sua morte, anunciaria um noivado. Talvez estivesse enganada e fossem apenas amigos. Escrevera aquela carta para pedir que lhe telefonasse, pois queria convidá-la para ir à sua casa. Se por qualquer motivo não quisesse fazê-lo, entenderia, e desejaria muitas felicidades em sua vida ainda tão jovem.

Helene não queria. Não sentia nem uma ponta de desejo dentro de si. Mas assim como o desejo, também o medo a abandonara. Se a mãe de Carl queria, de coração, conhecê-la, não havia por que não atender sua vontade. Do telefone de Fanny, ligou ao Wannsee e combinou uma visita para o começo de maio.

Comprou lilases brancas para levar ao Wannsee. O jardineiro abriu o portão da casa. Na porta de entrada, uma criada a recebeu. Queria deixar algo no vestíbulo? Helene não usava casaco. Já que estava quente, pusera apenas o cachecol de organza quase transparente; não queria deixá-lo com a criada. Entregou-lhe as flores e ficou parada ali, de mãos vazias, até que ouviu uma voz às suas costas dizendo: "Bem-vinda."

"Bom dia. Sou a Helene", apresentou-se, indo ao encontro da mulher.

A mãe de Carl estendeu a mão. "Sou a sra. Wertheimer, meu marido daqui a pouco estará aqui. Obrigada por ter vindo." Um hausto suave de flores a envolveu.

"Não há de quê", disse Helene.

"Como?"

"Teria por acaso se expressado mal?", pensou Helene. "Foi um prazer vir aqui." As pálpebras da esposa do catedrático adejavam, leves. Por um instante o modo como ergueu os olhos lembrou Carl. Helene olhou ao seu redor.

"A senhorita gosta de chá?", indagou a mãe de Carl, conduzindo Helene pelo saguão de entrada, que tinha um pé-direito bem alto. Nas paredes, havia quadros. De relance, Helene viu a aquarela de Rodin, da qual Carl havia falado. Queria se virar e ficar parada, mas temia que a mulher considerasse isso inadequado. Talvez o quadro escuro fosse espanhol. A mãe de Carl usava um vestido longo e distinto, que lembrava o guarda-roupa noturno de uma princesa oriental. Atravessaram uma sala contígua de janelas altas, que davam para um jardim. Os rododendros floresciam, e em meio aos tufos de um verde bem escuro se destacava o violeta suave e o púrpura das flores. A grama era alta, coberta de flores, sobre as quais voejavam insetos. Helene sabia por Carl que o jardim ia até o lago, e que eles dispunham de um ancoradouro, no qual, aliás, havia um veleiro e um barco a remo, com os quais o irmão perdido na guerra há mais de quinze anos já teria velejado e remado.

A mãe de Carl agora chegava ao salão. Viam-se, espalhados pelo aposento, vasos chineses de cerca de um metro de altura e móveis no estilo *Biedermeier*. A porta larga de dois batentes que levava ao terraço estava aberta. O lago ficava abaixo. Com a umidade tépida da primavera, o cheiro de grama recém-cortada subia até onde estavam. Provavelmente o jardineiro as aparava, ainda que não pudesse ser visto. Tratava-se antes de um parque um tanto selvagem do que de um jardim; para onde quer que Helene olhasse, não conseguia enxergar uma cerca. Somente os arcos de madeira de um canteiro de rosas, um pouco mais afastado, refulgiam, brancos.

"Vamos nos sentar?", propôs a mãe de Carl puxando uma das cadeiras e ajeitando a almofada baixa, para Helene se sentar. A mesa estava posta para três pessoas. No meio dela, havia uma bandeja cheia de morangos, que deviam ter vindo de algum país do sul, já que os alemães ainda não estavam maduros. As frutas haviam sido arrumadas sobre um leito de folhas jovens de faia. Um guarda-sol gigantesco proporcionava sombra. Nos rododendros e nas copas das árvores um pouco maiores, pássaros gorjeavam. Era então para aquele lugar que Carl ia aos domingos, quando deixavam o centro da cidade e ela ficava lendo, sentada no restaurante ajardinado? Não conseguia imaginar, na época, como seria o lugar em que ele desaparecia quando ia visitar os pais. Videiras com folhas de aparência jovem e macia subiam pela parede amarelo-ocre da casa. Então era daquele fausto de cores que Carl saía quando ia buscá-la no restaurante ajardinado? Talvez tenha se sentado naquela mesa e naquela cadeira, e seu olhar, assim como o de Helene, tivesse pousado sobre a macieira em flor. Será que a mãe dele sempre havia exalado aquele perfume fino, doce e estranhamente suave? Nas grandes tinas e nos vasos do terraço, fúcsias abriam suas primeiras flores, e, ao longo da escada que se alargava mais para baixo, no jardim que chegava até a água, cresciam grandes samambaias de um verde quase irreal de tão claro. As cores ofuscavam Helene. Ela se sentou com cuidado. A cadeira estalou e balançou levemente. A toalha de mesa tinha flores finas bordadas; Mariechen não conseguiria fazer mais bonitas. Helene passou a mão com cuidado nos enfeites.

"A senhorita gostaria de lavar as mãos, se refrescar um pouco?"

Helene se assustou, e logo se apressou em responder que sim. Só quando estava voltando para dentro de casa lançou um olhar discreto às próprias mãos, e não viu sujeira debaixo das unhas nem qualquer outra coisa suspeita.

O banheiro era de mármore, mesmo a armação da lareira era de mármore, o sabonete cheirava a sândalo. Helene não se apressou. Esperariam por ela do lado de fora. Sobre a borda da lareira, havia uns óculos de armação de chifre. Helene os reconheceu. Parecia que Carl apenas os colocara ali para se esticar na espreguiçadeira e esfregar os olhos. Quando voltava para o terraço, ouviu ainda de longe uma voz masculina que a fez pensar em Carl.

As semelhanças físicas do pai de Carl com o filho fizeram-na perder a voz. Ela apenas assentiu para cumprimentá-lo; seus lábios tentaram esboçar um sorriso quando a mãe de Carl apresentou um ao outro.

Os três se sentaram. "Não tenho muito tempo", disse o pai de Carl quando a mulher lhe serviu chá. Ele não o disse olhando para Helene, mas sim para dentro de sua xícara, e lançou um olhar para o relógio de pulso grande que estava usando.

"A senhorita é muito bonita", disse a mãe de Carl, e, um pouco tímida devido à sua surpresa, acrescentou: "e tão loira..."

"É, loira", concordou o pai de Carl. Estalava os lábios ao beber; parecia que estava fazendo bochecho com o chá.

"E tão bonita", disse a mãe de Carl mais uma vez.

"Deixe a pobre menina em paz, Lilly, assim ela vai ficar toda encabulada."

"A senhorita está estudando? Desculpe-me por perguntar." O professor fez também essa pergunta sem olhar para Helene. Pegou um dos morangos e o enfiou na boca. Sua mulher empurrou um pires pequeno até ele com uma faquinha ainda menor, por certo para que ele fizesse uso deles na próxima vez. E, antes que Helene pudesse responder, a esposa disse: "Não, não lembra que Carl nos contou que ela estudou para ser enfermeira?"

"Enfermeira?" O professor precisou de um instante antes de poder continuar aquilo que pretendia dizer. "Pois é, como enfermeira a senhorita é muito útil. Uma amiga de nossa Ilse..."

"Ilse é nossa filha", explicou a mãe de Carl.

Mas o professor não permitiu a interrupção: "...também estudou enfermagem, e hoje é médica."

"Em Londres", complementou a mãe de Carl, e perguntou se podia servir mais chá.

Helene tomou seu chá; não queria contar que trabalhava em uma farmácia e explicar sem que lhe perguntassem como havia imaginado o futuro com Carl. Pretendiam ir juntos a Friburgo ou Hamburgo, e lá Helene estudaria. Provavelmente química, farmácia ou medicina. Carl achava que ela tinha de estudar química, ela, medicina, e o mais recomendado depois de sua experiência no trabalho talvez fosse farmácia. A única coisa que lhe faltava era o dinheiro para pagar a universidade. Mas independentemente disso, a nobre vontade de estudar agora estava distante; parecia-lhe que aquele desejo fazia parte de uma outra vida, de uma vida anterior, e não mais da que levava hoje. Helene não desejava mais nada. Projetos que tinham sido elaborados quando estavam juntos, refletidos quando estavam juntos, sancionados quando estavam juntos não existiam mais. Haviam desaparecido com Carl. Aquele que os dividia com ela já não existia. Helene ergueu os olhos. Há quanto tempo já estava calada? O pai de Carl havia devorado metade da bandeja de morangos sem usar a faquinha de frutas. Do bule, pingaram as últimas gotas de chá já bem escuras, e a alegria e a excitação da mãe de Carl, no princípio tão visíveis, pareciam ter desaparecido naquela mesa.

"Pois bem." O pai de Carl tirou o guardanapo que havia enfiado no colarinho, e colocou-o ao lado do prato e da faquinha que não havia usado.

"Meu marido trabalha muito."

"Isso não é verdade, não trabalho muito; gosto de trabalhar", disse o professor, pondo a mão suavemente no braço de sua mulher.

"Ele tem um pequeno observatório lá em cima", prosseguiu ela, apontando para o terraço, sobre cujo parapeito podiam ser vislumbrados alguns telescópios.

"Bem pequeno", disse o professor, e se levantou. Ele assentiu para as duas e quis se despedir, mas Helene se levantou com ele.

"O senhor pode se considerar feliz por ter tido um filho como Carl. Ele era uma pessoa maravilhosa." Helene ficou admirada com a alegria e a confiança de sua voz. O que disse soou como uma parabenização de aniversário.

A mãe de Carl chorava.

"Ele era o preferido dela", disse o professor. Mais uma vez Helene não conseguiu deixar de pensar nos outros dois filhos, que não chegaram sequer a ser mencionados pelo casal.

O pai de Carl agora estava em pé ao lado da cadeira de sua mulher; pegou sua cabeça entre as mãos e apertou-a contra a barriga. Ela escondeu o rosto, cobrindo-o com as mãos longas e estreitas. Algo naquele gesto fazia Helene se lembrar de Carl, o jeito como ele se aproximava quando ela estava triste ou esgotada; quando vinha lhe aquecer os pés frios e cansados.

O professor se afastou da mulher. "Vou pedir que Gisèle traga mais chá pra vocês." Helene quis recusar, não queria ficar mais tempo ali, não conseguiria suportar por mais tempo aquele silêncio e aquelas cores. Abriu a boca, mas nenhum som saiu de sua garganta, e ninguém percebeu que ela havia se levantado para aproveitar a saída dele e ir embora também. O professor lhe estendeu uma mão morna e firme. Desejou-lhe tudo de bom e desapareceu pela porta de dois batentes para dentro da casa. Helene teve de voltar a se sentar.

"O meu menino preferido", disse a mãe de Carl com tanta delicadeza que Helene sentiu um calafrio na espinha. A sra. Wertheimer amassou o lenço, colocando-o em cima da mesa à sua frente, e o observou se desamassar sozinho, aos poucos. Seus dedos terminavam em unhas ovais, cuja meia-lua branca brilhava, de uma beleza de proporção tão surpreendente que Helene não pôde fazer outra coisa senão fitar aquelas mãos.

"Ele queria se casar com a senhorita, não é verdade?", perguntou ela, olhando para Helene com um olhar franco, um olhar que queria saber de tudo e estava preparado para tudo.

Helene engoliu em seco. "É."

As lágrimas corriam pelo rosto fino e belo da mãe de Carl. "Ele não sabia ser diferente, sabe? Percebi desde cedo que ele nasceu para amar."

Uma pergunta passou pela cabeça de Helene: e nós todos não nascemos para amar? Mas é provável que, no fundo, nem todos tenhamos nascido para amar. É provável que algumas pessoas amem mais intensamente do que outras, e Carl de fato não soubesse agir diferente. Helene se perguntou como tudo acontecera, pensou se poderia ou não perguntar a respeito, se isso não pareceria inapropriado e indiscreto à mãe dele. Como foi que ele morreu, exatamente? Por outro lado, a mãe de Carl até hoje não podia saber que eles haviam combinado de se encontrar naquele dia, que ele havia morrido a caminho desse encontro, que ela ficara esperando em vão.

Helene também teria gostado de saber se Carl levava alianças consigo quando aconteceu o acidente. Não tinha coragem de perguntar isso. Sequer tinha direito de fazê-lo. A última intenção dele pertenceria apenas a ele, só a ele, e talvez a seus herdeiros, em última instância, e seus herdeiros eram seus pais.

A neve ainda estava nas ruas. A mãe de Carl secou os olhos com o lenço, mas brotavam novas lágrimas que lhe rolaram pela face, ficando imóveis no contorno do queixo, onde se juntavam umas às outras até se tornarem tão pesadas que acabavam pingando em seu vestido oriental, formando manchas cada vez maiores e mais escuras.

Helene levantou a cabeça. "Havíamos combinado um encontro naquele dia."

Nem um piscar de olhos, nem um olhar, nada revelava se a mãe de Carl ouvira as palavras que Helene dissera com tanta clareza.

"O sol brilhava", disse a sra. Wertheimer, "mas ainda havia neve. Ele derrapou e bateu com a cabeça no radiador de um carro. O carro não conseguiu frear a tempo. Eles nos trouxeram a bicicleta. Estava completamente amassada. Eu a esfreguei, para limpá-la. Nos raios das rodas, ainda havia sangue. Só um pouquinho. A maior parte deve ter ficado na estrada".

A criada trouxe um bule de chá e perguntou se desejavam mais alguma coisa. Como a mãe de Carl não lhe deu atenção, ela voltou a se afastar.

"Os narcisos que ele carregava na mão ainda estavam frescos. O funcionário nos trouxe tudo. Os narcisos, seus óculos, a bicicleta. Ele tinha uma pasta de livros consigo. Em sua carteira havia nove marcos, exatos, nem vinténs, nem fênigues." A mãe de Carl sorriu de repente. "Nove marcos... eu me perguntei se alguém não teria tirado dinheiro de sua carteira." Seu sorriso se desfez. "Dentro dela havia um anel de cabelo... loiro. Era da senhorita? Ele morreu instantaneamente."

A mãe de Carl enxugava seus olhos em vão. Era como se ao tocar nos olhos com o lenço, ela só fizesse atrair as lágrimas com tanto mais ímpeto. Limpou o nariz e secou os cantos dos olhos com uma das pontas do lenço que ainda estava mais ou menos seca.

Helene esticou as costas. Não podia mais ficar sentada ali por muito tempo, uma de suas pernas havia adormecido. "Minhas sinceras condolências, senhora." Helene ouviu suas palavras e assustou-se com a falsidade que havia nelas. Mesmo assim pensava que precisava, que queria dizê-las, mas o jeito como as dissera soara falso, soara indiferente e frio.

A mãe de Carl agora erguia os olhos, fitando Helene sob suas pestanas pesadas e molhadas. "A senhorita é jovem, ainda tem uma vida inteira pela frente", disse ela, assentindo como se quisesse reforçar o que estava dizendo, e era um olhar caloroso como Helene jamais vira em outra mulher. "A senhorita encontrará um homem que será capaz de amar e com o qual poderá se casar. Bela como é... e inteligente."

Helene sabia que aquilo que a sra. Wertheimer estava prevendo, aquilo que dizia para consolar a si mesma e a própria Helene, não se realizaria. Ela disse isso e, escondida na afirmação, se insinuava uma diferença sutil entre ambas:

Helene poderia procurar outro homem, acabaria por encontrá-lo, nada mais fácil do que isso. Mas ninguém poderia procurar um outro filho. Aquela comparação entre homem e homem, a concorrência sobre a função do ser humano que aflorava nas palavras da mãe, a redução desse ser humano ao lugar que ocupava na vida dos que o amavam, pareceu falsa a Helene, de cabo a rabo. Mas sabia que qualquer discordância, mesmo não-dita, apenas magoaria a mãe de Carl. Medir o luto era impossível nesse caso, e teria algo de cruel; choravam por um Carl diferente.

"Agora tenho de ir", disse Helene. Ela levantou sem se importar com a xícara ainda cheia. A cadeira produziu um rangido áspero ao ser empurrada para trás. A mãe de Carl também se levantou, puxando um pouco o vestido com uma das mãos. Era bem possível que tivesse encolhido ali dentro. Com um gesto, apontou para a porta, para que não restasse nenhuma dúvida de que Helene saberia como sair dali. A moça quis esperar, mas a mãe de Carl pediu que ela fosse andando à sua frente. "Pode ir", disse ela, não querendo ser observada. E Helene a ouviu segui-la pelo salão, passando pela lareira sobre a qual estavam os óculos de Carl, pelos vasos altos e pelos bordados em seda emoldurados, que Helene só agora via, quadros em tons pastel de garças e mariposas, bambus e lótus. Chegaram de volta ao saguão de entrada. Duas mulheres podiam ser vistas no quadro de Rodin, duas meninas nuas, dançando.

"Agradeço à senhora pelo convite", disse Helene, se voltando para a mãe de Carl e lhe estendendo a mão.

"Nós é que lhe agradecemos", disse ela, passando o lenço para a mão esquerda para estender a Helene sua longa mão direita, que estava estranhamente morna, seca e úmida ao mesmo tempo. Uma mão leve. Uma mão que não precisava nem queria mais ser segurada.

A criada abriu a porta da casa para Helene e a levou até o portão de ferro forjado.

Mal o portão se fechou às suas costas e ela pôde ir — descendo a rua, ao longo da floresta e debaixo de um Sol que brilhava impiedosamente —, começou a chorar. Não encontrou nenhum lenço em sua bolsinha de mão, por isso secava as lágrimas com o antebraço nu a todo momento. Quando o nariz escorria, arrancava uma folha de bordo e o limpava com ela. Viu pequenas mudas de carvalho na mata rasteira. Correu pela floresta, passando por troncos de pinheiros vermelhos e manchados, pulando por sobre as raízes salientes. O pó levantava do chão arenoso.

Armadilha noturna

"Por que vocês pensaram que eu estava morto?" Carl passou o braço pela cintura de Helene e a puxou com um movimento suave para junto de si. Como ele estava quente... Sua gola de pele brilhava, esverdeada. Helene enfiou o nariz nos pêlos lisos que cheiravam a Carl, um cheiro de tabaco finamente aromático.

"Todos pensaram isso. Você estava desaparecido."

"Tive de sumir por uns tempos." Carl parecia não querer falar mais. Helene pensou que poderia haver motivos que talvez fosse melhor ela nem conhecer. Estava contente por tê-lo ali.

Só o gorjeio dos pássaros incomodava. Tchilp, tchilp. Verde-musgo. As cortinas eram verde-musgo, verde-trançado, a luz fazia o verde jorrar e as cortinas parecerem mais claras. O coração de Helene batia descompassado. Um vento leve soprava janela adentro, fazendo balançar as cortinas. Não, aquelas não podiam ser as cortinas do quarto que dava para o pátio, na casa de Fanny. De jeito nenhum. Helene se virou, seu coração já batia alucinadamente, e quando se deitava de bruços, ele batia contra o colchão, forte, como se quisesse fugir do peito; quando se virava de barriga para cima, ele parecia saltar para fora dela, capotar, tropeçar. Helene buscava ar, tentava respirar fundo, respirar com calma, domar o coração, nada mais fácil do que isso, mas o coração era demasiado leve e já conseguia fugir, em disparada. Helene contou, batida por batida, contou mais de cem, sua garganta se estreitou, o coração fugia à contagem, pôs os dedos sobre o pulso, este também estava descompassado, pulso normal cento e quatro, cinco, seis, sete. Será que deveria conhecer aquele cobertor, ele era seu? Onde estava o oito? Já devia ser a décima segunda batida, cento e doze. Fechou os olhos com força, olhos duros, talvez pudesse voltar, voltar para Carl. Mas não conseguia. Quanto mais queria, tanto mais ele se afastava no sonho, se afastava para um mundo no qual o desejo dela não valia nada. Com o lençol, secou o rosto. Manchas de sol no colchão. Marcas de luz de uma lembrança. Lembrança de quê? Cobertores; Helene levou sua mão até a luz; sol sobre a pele; aquilo já era algo finíssimo nos dias de então. Uma felicidade fina, finíssima, um dia como aquele certamente reservava coisas interessantes. Manchas escuras sobre o lençol, molhadas, o suor brotara de suas axilas, ela chorara pelos poros debaixo dos braços, lágrimas, suor tênue. Tinha de levantar, estava sendo esperada; depois de passar a noite trabalhando, seu turno naquele dia começaria apenas às duas da tarde. Levantou-se — agora suava bem menos —, vestiu-se. Na noite anterior, lavara e pendurara as roupas sobre a cadeira diante da janela, para que estivessem secas pela manhã. Elas cheiravam ao sabão de Fanny, todas, exceto a camiseta dele, que ela continuava usando colada ao corpo; o interior dele era o exterior dela, onde ele estava agora estava ela, à noite, pelo menos. De dia ela a tirava, não queria que outras pessoas sentissem o cheiro de Carl, o cheiro de Carl e dela misturados, o cheiro que com o tempo havia se formado.

Lá fora, o ar estava cheio de sol; o carteiro seguia seu caminho assobiando, balançando a sacola para frente e para trás, um oscilar leve, talvez já tivesse entregado todas as cartas. Avistou Helene; assobiou amistoso entre os dentes e entabulou uma melodia bem conhecida. Duas crianças saltitavam com suas pastas escolares às costas pelo calçamento; uma delas caiu; a outra a empurrara, e agora fugia rindo maldosamente. Por todos os lugares, havia assobios e calçamentos, saltitar de crianças e caminhos, tudo aquilo não era intencional, não tinha nada a ver com Helene especialmente. É provável que tudo continuasse igual se ela não existisse. Ninguém queria o seu mal.

O calor do verão fazia o ar reverberar em cintilações sobre o calçamento; ar líquido; os quadros ficavam tremidos, difusos, e era possível ver poças onde há semanas elas não existiam mais.

Tudo cheirava a asfalto. Do outro lado da rua uma cerca de madeira estava sendo pintada de preto, e o chão sob os pés de Helene cedia de leve. O bonde guinchou na curva; andava devagar, o guinchar se alongou, ouvia-se que ele fazia a curva, o arranhar do ferro no solo e o faiscar da eletricidade no alto, os ruídos se fizeram ouvir por muito tempo. Nos últimos tempos Helene estava gostando do vago, do inexato; ficava à espreita dele, mas assim que julgava reconhecê-lo, ele se dissipava. O calor diminuía o burburinho ativo da cidade, amolecia seus habitantes, pensou Helene, tornava-os flexíveis e suaves, enfraquecia as pessoas. Quanto mais leve ficava, tanto mais opressivo o calor pesava sobre ela. Isso não lhe era desagradável. Seu corpo havia se tornado esguio, não fraco. Conseguiu um emprego por indicação de Leontine em Bethanien, e depois de anos voltava a trabalhar como enfermeira. O farmacêutico ficou aliviado; parecia até estar se livrando de um peso, uma vez que nem mesmo sabia de onde conseguiria tirar o dinheiro para continuar pagando seu salário. Em Bethanien ela também não recebeu dinheiro a princípio — os primeiros três meses eram considerados um estágio probatório. O salário seria pago assim que ela trouxesse todos os papéis que ainda estavam faltando. Helene pediu algum dinheiro emprestado a Leontine para enfrentar os primeiros tempos.

Era simpática com todo mundo e mesmo assim não falava com ninguém. "Bom dia", cumprimentava o homem inchado do quarto 26, que estava prestes a morrer. "O senhor se sente melhor hoje?"

"Mas é claro, graças a seus comprimidos de ontem à noite finalmente consegui parar de pensar na minha herança e dormir um pouco."

Os pacientes gostavam de falar com ela, não apenas sobre seus sofrimentos, mas também sobre seus parentes, que sabiam se comportar de maneira especialmente estranha em volta da cama de um moribundo. Assim, por exemplo, a mulher do homem inchado não tinha mais coragem de se aproximar sozinha de sua cama, e vinha sempre na companhia do cunhado, cuja mão ora procurava, ora rechaçava. Havia algo entre aquelas mãos, e o moribundo confiou a Helene que já sabia há alguns anos da relação secreta da mulher com seu irmão mais novo, mas não deixava que ninguém percebesse nada porque queria que eles recebessem a sua herança sem peso na consciência. Por acaso assim não ficava tudo em família? Nenhum dos pacientes jamais teria ousado perguntar a Helene como estava passando. O uniforme a protegia. O vestido branco era um sinal mais forte do que qualquer semáforo, semáforos que aliás estavam proliferando e davam o ar de sua graça em um número cada vez maior de esquinas, ditando quem podia andar e quem tinha de parar. Quem vestia branco podia se calar, quem vestia branco escapava à pergunta "Como tem passado?". A cortesia era um comportamento externo para Helene, que mal lograva domar seu desespero, antes o continha; a empatia pelo sofrimento dos outros a apoiava internamente, por assim dizer. Pensou que o paciente inchado talvez pudesse morrer mais aliviado sabendo que sua mulher tinha uma relação com seu irmão mais novo. Quem sabe o moribundo apenas imaginava a relação, a fim de suportar a despedida? Era fácil para Helene guardar o nome dos pacientes, sua origem, as histórias de suas famílias. Sabia com exatidão em que tom poderia dirigir suas perguntas a esta ou àquela pessoa, e estava sempre disposta a saber se um dos enfermos preferia o silêncio. Quando conseguia dormir, à noite, acordava por causa dos dentes rangendo e do choro. Só quando sonhava que Carl estava voltando, que a abraçava, que se mostrava admirado por haver provocado um susto e um luto tão grandes em Helene e sua família e explicava o mal-entendido, já que sequer havia morrido, é que ela conseguia dormir bem. Mas era muito mais difícil despertar depois de noites assim, voltar à vida normal, enfrentar um desses dias seguintes de sua vida, um dia natural, que viera sem ser pedido, nem desejado, um dia que nem sequer fora imaginado, mais um dia de sua vida. O que era a sua vida? O que deveria ser? Será que deveria mesmo ser algo, ela, a vida, e ela mesma, Helene? Tentava respirar, respirar de leve, bem de leve. Sua caixa torácica não queria se distender, o ar mal conseguia entrar. Tinha de pensar como eram aqueles tombos de criança: a pancada no chão, de comprido, os pulmões se contraindo com o baque, a respiração se tornando impossível por toda uma eternidade, a boca aberta, o ar na boca, mas o resto do corpo fechado, trancado. Viver ao léu, continuar vivendo sem ser percebida à sua volta, isso era surpreendentemente fácil. Era saudável, era capaz de esticar e dobrar cada um de seus dedos, mantê-los bem separados uns dos outros, até que ficassem parecendo uma mão que não crescera o suficiente. Também conseguia deitar a cabeça para o lado, seu corpo obedecia, e as irregularidades da vida vegetativa de forma nenhuma pareciam atrapalhar. Conseguia trabalhar, mesmo que o coração às vezes batesse descompassado e a respiração se tornasse difícil.

As outras enfermeiras combinavam encontros em bailes, faziam passeios à luz da lua e sempre perguntavam a Helene se ela não queria ir junto. No vestiário, provavam roupas de banho, com as quais queriam se exibir na praia do Wannsee.

A enfermeira jovem que era chamada por todos de "atrevida" arrebitava o bumbum e balançava os quadris ao mesmo tempo. O gesto agradava a Helene; lembrava de Leontine, algo na enfermeira atrevida a fazia se lembrar dela. Descomplicada. Era interessante vê-la parada ali com seu cabelo curto e suas roupas de banho, mostrando o bumbum às outras enfermeiras e olhando ao seu redor de um jeito que fingia severidade, mas revelava malícia. Depois, outra enfermeira podia provar a calcinha apertada no corpo. Helene também não quereria prová-la? Aliás, tinha de ir junto com elas para tomar um banho e passear na praia algum dia desses. Helene recusava, garantia que já tinha compromisso. Inventou uma tia da qual tinha de cuidar, pois queria ficar em paz. As risadinhas e os sorrisos das enfermeiras eram agradáveis, na medida em que não a perturbavam, em que ficavam na condição de pano de fundo para o silêncio. Mas assim que exigiam que tomasse parte no que quer que fosse, que se dirigiam a ela, pedindo resposta e participação, passavam a se tornar incômodos. Ela também não sabia nadar, dizia a enfermeira atrevida, talvez suspeitando de que esse fosse o motivo da recusa de Helene; que a moça não quisesse se juntar às outras enfermeiras por vergonha ou alguma espécie de mal-estar.

"Não faz mal, a maior parte das meninas vai aprender a nadar apenas neste verão, não é verdade, meninas?" As enfermeiras gritaram "sim" em coro, sem a menor preocupação. Helene gostava das outras enfermeiras, da alegria que passavam. Não queria compaixão, não queria o silêncio embaraçado, por isso não falou de Carl e de sua morte a nenhuma delas.

No outono, uma colega mais velha disse que Helene estava parecendo totalmente consumida. Magra, seca. Já há tempos vinham notando isso. Não estaria doente? Na pergunta, entreouviu-se a palavra "tísica". Uma leve esperança ardeu dentro dela. Helene negou, mas foi mandada ao médico; não queriam correr riscos na ala dos infectados.

Não estava doente; tinha a pulsação um pouco acelerada e o coração às vezes batia descompassado. O médico lhe perguntou se sentia dores, se havia percebido algo em seu corpo. Helene disse que às vezes, de repente, tinha medo, mas que não sabia de quê. Seu coração bateu rápido, tão rápido que parecia não encontrar espaço suficiente em seu peito. O médico usou o estetoscópio pela segunda vez. Com suavidade, encostou o metal frio no peito dela, que agora não se erguia mais brandamente e debaixo do qual podiam ser sentidas as costelas. Ouviu seu coração e abanou a cabeça. "Um ruído baixinho, algumas pessoas sofrem disso. Não é nada sério". Ora, o medo... talvez no fundo houvesse motivo. Helene abanou a cabeça. Não queria falar sobre Carl ou sobre o fato de não ter menstruado mais desde então. Talvez só não estivesse bebendo água suficiente. Mas a quem isso importava? Na primavera, visitara Leontine na Charité e lhe pedira que a examinasse. Leontine lhe garantira que ela não estava grávida. A decepção que sentiu foi breve. Ademais, como poderia alimentar uma criança? Aquilo era só seu coração que às vezes alucinava. A caixa torácica que parecia estreita demais. Seu maior medo era o medo do medo.

"Se não há nada mais que isso...", disse o médico, piscando o olho. Helene imaginou que ele estivesse pensando nos estudos de caso relativos à histeria feitos em Viena. Depois que ela se vestiu, o médico lhe perguntou com um sorriso malicioso se podia convidá-la para um café, algum dia.

Helene agradeceu, mas disse que não. Nada mais do que isso. E dirigiu-se para a porta.

"Simplesmente não?" O médico hesitava, não queria se despedir antes de ela aceitar. Helene saiu dali, desejando-lhe bom-dia.

Martha ficaria no sanatório até o começo do inverno, e Leontine procurava uma casa para não ter de retornar à Achenbachstrasse quando ela voltasse. Por isso, Helene mal pôde evitar um encontro sem testemunhas com Erich. Faltavam-lhe as forças e a vontade para a precaução constante, necessária para isso. Ele pressionou os lábios sobre os dela e a beijou — onde e como bem entendia e lhe agradava. Ela resistiu, sem sucesso. Ele a puxou para dentro de um quarto, enfiou a língua em sua garganta e em seguida passou a apertar os bicos de seus seios com suas atléticas mãos rudes. Pouco lhe importava que Cleo estivesse olhando tudo e ganisse intimidada, abanando o rabo de forma mais suplicante do que alegre.

Helene ficava contente quando ouvia Otta em momentos como aquele; na maior parte das vezes Erich a largava. Melhor ainda era quando Fanny voltava de suas breves compras ou de algum outro afazer, e Erich a deixava sem dizer uma palavra. Havia dias em que Helene instintivamente não saía do lado de Otta, acompanhava-a até a cozinha e às compras. Mas também havia dias como aquele em que, acreditando estar sozinha em casa, pegava um jornal e ia se sentar no jardim de inverno, no qual Fanny transformara a antiga varanda colocando janelas de vidro. Vindos do silêncio, ouviu passos decididos se aproximando. Era Erich. Ele sentou-se diante dela na mesa baixa e cruzou a perna, formando um grande ângulo acentuado. Mmmmm. Ele emitia ruídos estranhos de quando em quando; mmmmm, como se ela tivesse dito alguma coisa; mmmmm, concordava ele; mmmmmmm, mmmmmmm, talvez fosse antes um mmmmm de rejeição, um mmmmm cheio de esperança; mmmmmmm, mmmmm, como se ele tivesse um tique nervoso; mmmmm, como um porquinho-da-índia; mmmmm, fazia ele, observando-a ler o jornal. Dez minutos sem palavras bastaram. Erich se levantou, tirou o jornal das mãos dela e disse: "Sei o que está lhe fazendo falta."

Helene ergueu as sobrancelhas; não queria olhar para ele.

Erich passou a mão por cima de sua blusa. Helene resistiu. Os botões saltaram, o tecido fino se rasgou.

"Cuidado", disse ele, ofegante, e riu. Cada suspiro que ainda há pouco havia reprimido se transformou em arquejo, em voz. Erich ria segurando os pulsos de Helene. Deixou-se cair de joelhos e se atirou sobre os seios nus da moça com tanta sofreguidão que chegava a babar. Torso, foi o que passou pela cabeça de Helene. Lembrou-se dos modelos anatômicos usados para mostrar o corpo humano às estudantes do curso de enfermagem. O torso, onde batia o coração, sem cabeça nem pensamentos. Membros haviam perdido sua importância através do mero desempenho de sua função. Púrpura e violeta eram cores que podiam ser vistas diante da janela.

Helene tentou afastá-lo empurrando-o pelos ombros, queria se soltar, mas Erich era pesado como pedra e estava fora de si, chupando a pele dela. Queria sugá-la toda, cada trecho de seu corpo era enredado em sua saliva que fedia a peixe. Uma vez que ele mantinha os pulsos dela presos e a pressionava contra a poltrona, Helene tentou erguer o corpo e, com isso, empurrá-lo para longe. Mas era como se cada movimento seu o excitasse ainda mais, aumentando sua selvageria. Impetuosamente, lambia o rosto dela, descendo pelo pescoço até chegar aos seios. Helene ficou rígida. "Agora eu a peguei, peguei, sim", balbuciava Erich sem parar.

"Eu queria regar as violetas alpinas", disse de repente uma voz acima deles. Era a voz de Fanny, e ela não demonstrava exatamente firmeza; era estridente e clara. Fanny segurava um regador de latão pequeno, com um bico bem longo, que apontava para o alto. No instante seguinte, bateu com o regador na cabeça de Erich. Não desabou, mas de um salto impediu que o golpe seguinte atingisse Helene; o regador agora ia se estatelar no chão. Erich havia largado os pulsos de Helene.

Fanny berrava. O quê, exatamente, Helene não conseguia compreender. Isso aqui não é uma casa-da-mãe-joana, é provável que tenha berrado isso. A púrpura ganhou contornos, mas as violetas alpinas não permitiram que nenhuma de suas folhas murchasse. Helene fechou a blusa com as mãos, levantou-se, e fez de tudo para chegar a seu quarto. Lá, apertou com as mãos frias as faces em fogo. Algo dava pontadas por dentro de seu crânio, ele era mole demais, e a testa, demasiado dura.

Ouviu Fanny e Erich brigando ainda bem tarde da noite, mas isso não era nada incomum. Saía para trabalhar, voltava para casa e tentava não cruzar o caminho de Fanny.

Helene amaldiçoava sua existência, se envergonhava de uma vida que permitia que ela conseguisse de novo, sem muito esforço, respirar, trabalhar, e com o tempo até mesmo ingerir líquidos. Envergonhava-se porque podia fazer algo contra isso, sabia como a morte poderia ser chamada, rápida e discretamente. Comparados a isso, o que eram uma dor, pequenos mal-estares, se tudo enfim terminaria? Sabia que não queria ser encontrada de surpresa, não queria que discutissem seu estado, nem sua morte, não queria que Martha e Leontine, ou qualquer pessoa — alguém que não conhecesse ou alguém que não lhe ocorria no momento — tivesse de pensar na responsabilidade ou até mesmo na culpa por sua morte. O desaparecimento despercebido, o escapar definitivo, isso já era algo bem mais difícil. Afinal de contas, vida e lembrança dos outros não deviam mais interessar, e também era necessário se despedir disso — cada um tinha de se responsabilizar única e exclusivamente por si mesmo. Quantas vezes segurava os venenos nas mãos e distribuía em pequenas doses tanto aquele que acabava com a dor quanto aquele que fazia dormir? A caixa de Veronal, que pegara na farmácia para uma emergência, havia desaparecido de sua maleta, da maleta vermelha como sangue de boi. Helene não desconfiava de Otta; achava que Fanny mexia em suas coisas durante sua ausência e que, ao ver a caixa, não conseguira resistir. Mas no hospital havia remédio suficiente. Não apenas morfina e barbitúricos, mas mesmo a injeção de um pouco de ar, se bem-sucedida, podia ser fatal. A vida parecia a Helene um seguir vivendo sem sentido, um sobreviver carente de intenção, um sobreviver apesar da perda de Carl. Quando queria limitar a vergonha, porque lhe parecia pretensioso e leviano se envergonhar da vida estando de posse dela, dizia a si mesma que sua lembrança de Carl ajudava um pouco a impedir o desaparecimento absoluto dele, retardava-o. A idéia lhe agradava — enquanto ela vivesse e pensasse com amor em Carl, assim como a família dele, ainda existiria um rastro de sua existência. Nela, com ela e através dela. Helene decidiu que viveria para honrá-lo. Queria um dia voltar a ficar alegre e rir, unicamente por amor a ele. Mesmo que ele não ganhasse mais nada com isso. Helene não acreditava em um reencontro em outro mundo; ele até poderia existir, esse outro mundo, mas sem as relações do mundo presente, sem a ligação entre uma alma única a um corpo único, sempre precisando se unir a outros, sem a necessidade da dissolução e do abrandamento da condenação eterna à individualidade, à solidão. Por isso pensava, por isso falava, por isso abraçava. Helene se encontrava em um dilema, e em contradição consigo mesma. Não queria pensar, não queria falar, não queria abraçar, não queria estar em contato com nenhuma outra pessoa, com ninguém mais. Mas queria continuar vivendo Carl, não sobreviver a ele, mas continuar vivendo-o; pois restara outra coisa dele além da lembrança dela. Como o continuar vivendo poderia ser possível sem pensar, sem falar e sem abraçar? O que importava era que o mecanismo da vida não fosse interrompido, quer dizer, dormir o absolutamente necessário, comer o absolutamente necessário. Helene ficava aliviada com o fato de o emprego no hospital dividir o dia em unidades controláveis e regulares. Assim como o pêndulo do relógio fazia o tempo parecer manipulável, o trabalho no hospital fazia a sua vida parecer administrável. Não tinha de pensar quando sua vida encontraria um fim, podia apenas respeitar, consolada, os horários do começo e do fim do trabalho. E, no meio-tempo, Helene media temperaturas, contava pulsações e esterilizava instrumentos cirúrgicos. Segurava a mão de moribundos, parturientes e solitários; trocava ataduras, bandagens e fraldas; seu trabalho era útil.

Vivia ao deus-dará de um plantão a outro.

À procura de uma moradia, passou pela igreja do Apóstolo Paulo. A porta estava aberta e ela se deu conta de que há anos não entrava em uma igreja. Entrou. O cheiro de incenso impregnava os bancos. Estava sozinha ali dentro. Foi até a parte dianteira e se sentou no segundo banco, juntou as mãos, tentou se lembrar do começo de alguma oração, mas, por mais que se esforçasse, não conseguia se lembrar de nenhum.

"Querido Deus", sussurrou ela, "se estiver aí...". Helene estacou, por que será que Deus era tratado assim, com tanta intimidade? "Poderia me mandar um sinal", sussurrou Helene, "um pequeno sinal". As lágrimas brotaram de seus olhos. "Tome minha autocomiseração e minha dor", disse ela, "por favor". As lágrimas acabaram, a dor no peito continuou, algo que lhe estreitava os brônquios dificultando sua respiração. "Quanto tempo, ainda?" Helene escutava, mas lá fora só se podia ouvir o matraquear de um ônibus. "Talvez isso, pelo menos: quanto tempo ainda terei de ficar por aqui?" Ninguém respondeu. Helene tentava escutar mesmo à distância por toda a nave da igreja.

"Se estiver aí", recomeçou ela, mas agora estava pensando em Carl, e ainda assim não sabia como continuar sua frase. Onde ele, Carl, haveria de estar, afinal de contas? Às suas costas, ouviu passos. Virou-se. Uma mulher com o filho pequeno havia entrado. Helene inclinou a cabeça e apoiou a testa nas mãos unidas. "Permita que eu desapareça", sussurrou ela; agora não havia mais autocomiseração, Helene não sentia nada a não ser o desejo claro de libertação.

"Onde?", ouviu a criança dizer em voz alta atrás dela.

"Ali", disse a mãe, "ali em cima".

"Onde? Não estou vendo ninguém!" A criança ficou impaciente e resmungava: "Onde? Não estou vendo!"

"Não se pode vê-Lo", disse a mãe, "não com os olhos, você tem de enxergá-lo com o coração, meu filho".

A criança se calou. Será que estava vendo com o coração? Helene fixou os olhos nos entalhes do banco de madeira e ficou horrorizada; como podia pedir algo a Deus, depois de tê-lo esquecido por tanto tempo? "Perdão", sussurrou ela. Carl não havia morrido para que ela se consumisse por causa dele. Havia morrido sem motivo. Ela haveria de levar uma vida à espera de uma resposta que não existia. Levantou-se e deixou a igreja. Quando estava saindo, surpreendeu-se ainda a buscar sinais, sinais da existência d'Ele e da libertação dela. Fora da igreja, o sol brilhava. Aquilo já seria um sinal? Helene pensou na mãe. Talvez todas as coisas que ela descobria, as raízes de árvores e espanadores, fossem sinais para ela. "Isso não é quinquilharia", ouviu a voz da mãe dizendo. "Um Deus não precisa mais do que da lembrança e da dúvida dos homens", dissera a mãe um dia.

O aluguel do sótão e do quarto que Helene foi ver era caro demais. Ela não tinha dinheiro, e sempre que se apresentava a uma senhoria, esta lhe perguntava por seu marido ou seus pais. Para não continuar dependendo de Fanny e conseguir se livrar de Erich, Helene pediu um quarto no asilo das irmãs.

"Estão faltando os seus documentos", observou a irmã e enfermeira-chefe, amistosamente. Helene afirmou que de Bautzen chegara a notícia de um incêndio em que tudo teria sido destruído. A enfermeira-chefe mostrou compaixão e permitiu que Helene ocupasse um dos quartos. Mas pediu que providenciasse novos documentos o mais rápido possível.

Martha voltou do sanatório e foi morar com Leontine. Trabalhavam tanto que Helene só as encontrava com intervalos de algumas semanas, às vezes de meses.

A crise econômica a cada dia atingia novos picos. Ninguém foi poupado. Todo mundo comprou e vendeu, especulou e lucrou, e agora todos diziam não querer, de forma alguma, admitir os prejuízos, mas ainda não haviam sido espertos o suficiente para conseguir evitá-los. Fanny festejou o aniversário de Erich. E a festa foi grande. Tão grande que foi maior do que a festa de seu próprio aniversário, maior que qualquer outra festa que ela dera até então — o que era, aliás, o objetivo. Erich havia se separado de Fanny várias vezes nos meses anteriores, e mesmo assim vira e mexe aparecia por lá, como agora por ocasião do seu aniversário. Fanny havia convidado todo mundo, amigos e desconhecidos, alguns que apenas Erich conhecia, e outros que nem sequer sabiam que ela era mais do que sua parceira de tênis.

Helene não queria ir, mas foi obrigada por Leontine e Martha. Talvez as duas tivessem a consciência pesada por não terem podido cuidar dela por tanto tempo.

O convite de Fanny lhe pareceu uma tentativa de reanimação, uma medida destinada a manter a vida, a prolongar a vida, uma mera frase de lamento que se limitava apenas a repetir convites anteriores. Os convidados, aliás, ainda se vestiam com pompa e circunstância, as bijuterias brilhavam. Falava-se de apostas em cavalos; cotação da bolsa; mais de sete mil falências só naquele ano; ainda há pouco a marca dos seis milhões de desempregados havia sido ultrapassada — um cachimbo de ópio foi aceso —, em comparação com eles havia apenas doze milhões de empregados, não era de admirar, os salários tinham de ser reduzidos em até vinte e cinco por cento. Opiniões e pontos de vista acerca do desmoronamento do palco de Piscator eram trocados; Helene não queria ouvir. Deveria considerar desagradável o fato de ter um emprego? Uma vida sem o metrônomo controlador de suas atividades no hospital era impensável. Helene também não olhava para Conde e sua Pina, que haviam se casado no ano anterior e agora se engalfinhavam não por causa de brilhantes e boás de penas, mas por causa de um vestido que Pina comprara sem a concordância dele, usando um dinheiro que não tinham. Conde a acusava de pedir dinheiro emprestado a seus amigos e de agir de má-fé em relação à comunhão de bens. Ela negou tudo, mas em seguida, erguendo os braços, gritou: "Confesso, roubei! Você queria saber, não é mesmo? Pois aqui está a verdade: roubei o vestido. Sou uma ladra. Foi na Kaufhaus des Westen. E então?" Helene olhou para os outros convidados, depois para os próprios sapatos, e em seguida contemplou as mãos. Uma das unhas mostrava um brilho escuro. Helene se levantou da *chaise longue*, na qual até há pouco estivera sentada sozinha sem ser incomodada, dobrou os dedos quanto pôde, escondeu as unhas a fim de que ninguém pudesse perceber a borda negra de uma delas, e foi para o corredor, onde teve de esperar um pouco antes de entrar no banheiro. Mal a porta se abriu e o banheiro ficou livre, Helene entrou intempestivamente. Trancou a porta. O aquecedor estava ligado, e ela abriu a torneira; a água quente saiu branca e fumegante, Helene esfregou as mãos com a escova de unhas debaixo da água corrente. O sabão espumava. Helene esfregava, ensaboava, esfregava e ensaboava de novo. Suas mãos ficaram vermelhas e as unhas cada vez mais brancas. Também lavou o rosto, e uma vez que sentia algo coçando ao longo da coluna vertebral, teve de lavar também o pescoço, tanto quanto conseguia fazê-lo sem precisar tirar a roupa. Alguém bateu à porta. Helene sabia que tinha de desligar a torneira, suas mãos estavam vermelhas, quentes, limpas e ficavam cada vez mais vermelhas, mais quentes, mais limpas; não era fácil para ela. Embaixo da torneira, podiam ser vistos, na banheira, os veios amarelo-verde-azulados dos resíduos da água. Que sais a água havia deixado ali com seu calcário?

Quando voltou para junto dos convidados, já havia decidido ir embora — afinal de contas, exigiam que todo mundo estivesse de volta até as dez horas no asilo de freiras, e o plantão noturno poderia entrar apenas no dia seguinte, às seis da manhã —, mas um rapaz parou diante dela, sorridente. Parecia conhecê-la, tão inabalável se mostrava seu sorriso ao olhar para ela.

"Nosso Wilhelm", disse Erich, que apareceu atrás do rapaz, de repente.

"Deixe-me adivinhar", disse Wilhelm, "deixe-me adivinhar o nome dela".

"Ele está adivinhando todos os nomes hoje à noite", explicou Erich, e bateu no ombro do amigo, rindo. "O nome dele é Hanussen, Erik Jan Hanussen, o vidente."

Wilhelm afastou a mão de Erich de seu ombro.

"Ora, Hanussen", exclamou Erich.

"Ele só acertou uma vez, e foi o nome de uma senhora." Erich tinha os olhos cravados em Helene.

Wilhelm não permitiu que Erich o deixasse inseguro, e lançou um olhar inquiridor a Helene. "Não se preocupe, é só uma brincadeira", inclinou-se para o lado, como se o nome de Helene estivesse escrito em uma placa presa em sua têmpora. Agora Wilhelm assentia: "Alice. Ela se chama Alice."

Erich riu. Fanny, que havia se juntado ao grupo, limpou as lágrimas de seus olhos irritados e pediu a Erich que lhe servisse absinto. Erich não reagiu ao pedido de Fanny. Seus olhos continuavam cravados no rosto de Helene, penetravam nos olhos dela, em suas faces, em sua boca.

"E então, ela não é exatamente o tipo de mocinha que lhe agrada? Willy adora loiras", observou Erich, dando uns tapinhas no ombro do amigo, como se este fosse um bife que tivesse de ser amaciado. "Talvez ela nem seja lá essas coisas, mas é loira." Erich riu, animado por sua suposta piada.

Apenas o olhar de Erich denunciava que ele agarraria Helene se estivessem sozinhos. Wilhelm estava parado, inocente, de costas para o amigo, e podia-se notar algo como surpresa e assombro genuínos em seus olhos.

"Devo confessar que a senhorita é de uma beleza encantadora", balbuciou Wilhelm. "Vai me dizer seu nome, não?"

Helene se esforçava em dar um sorriso amistoso, e por sobre os ombros do rapaz viu o relógio do corredor. Eram nove e meia. Helene queria ir embora.

"Já?" Wilhelm não conseguia acreditar. "Mas a festa apenas começou. A senhorita não vai me abandonar assim tão depressa."

Helene disse com o sorriso amistoso que conseguira esboçar: "Preciso abandoná-lo."

"Asilo das irmãs...", disse Erich, passando a língua nos dentes e depois fazendo-a estalar nos lábios em um gesto obsceno. "Ela mora no asilo das irmãs."

"Uma freira, a virgem Maria", exclamou Wilhelm, acreditando no que dizia.

"Bobagem", atalhou Erich. "Não é virgem, não, seu bobalhão, é enfermeira."

"Enfermeira", repetiu Wilhelm cheio de respeito, como se não houvesse nenhuma diferença significativa entre uma freira, a virgem Maria e uma enfermeira, sabendo-se que, em alemão, a mesma palavra — *Schwester* — designa freira e enfermeira. "Vou acompanhá-la."

"Obrigada, mas não é necessário." Helene se afastou para o lado, tentando passar por aquele rapaz alto chamado Wilhelm. Ele a levou até a porta, ajudou-a a vestir seu sobretudo e a deixou ir embora, apresentando suas recomendações.

No dia seguinte, Wilhelm surgiu de repente diante dela no hospital. "Enfermeira", disse ele, "a senhorita precisa me ajudar".

Helene não estava sentindo a menor vontade de rir com ele, nem de trocar olhares. Queria fazer seu trabalho, tinha de arrumar as camas no quarto 20, e o paciente do quarto 31, que não conseguia ir sozinho ao toalete, já tocara a campainha há dez minutos.

"Enfermeira Alice, vou me sentar aqui nesse banco. A senhorita pode chamar a guarda, se quiser, ou o médico-chefe. Mas vou esperar aqui até que seu expediente termine. Não vai demorar muito, não é?"

Helene permitiu que ele se sentasse. Foi fazer seu trabalho. Teve de passar por ele durante mais de duas horas. As mulheres na sala das enfermeiras já estavam fofocando em voz baixa. O homem charmoso no corredor por certo era algum admirador. Que homem imponente, como era bonito com seu cabelo loiro e seus olhos azuis. Uma das enfermeiras ficou parada junto de Wilhelm e começou a conversar com ele. Mais tarde, ao passar por Helene, confessou: "Se não estiver interessada nele me avise, porque eu estou."

Helene adoraria lhe pedir que ficasse com ele, que podia ficar com quem bem entendesse. Mas responder às fofocas lhe pareceu demasiado cansativo. A língua pesava demais em sua boca. Enquanto lavava o sexo e o traseiro de um senhor de mais idade, pensou em Carl, apesar da carne viva, dos furúnculos estourados, das diversas feridinhas purulentas que tinha de tratar com pomada e talco. Sim, pensou em Carl; pensou que ele não viria buscá-la. Jamais. Sua garganta doía, se estreitava, o nó era difícil de agüentar. Com os dedos cheios de pomada e talco, Helene não podia enxugar os olhos.

"Suas mãos, enfermeira, são suaves e curativas, por isso sempre pergunto se está de plantão. A senhorita nasceu para essa profissão, sabia, enfermeira Helene?" O idoso, que estava deitado na cama, com as costas voltadas para Helene, e deveria estar gritando de dor, pensava nela enquanto tratava suas feridas em carne viva, apenas se contorcia, para poder olhar pelo menos um pouco em sua direção. Ele estendeu a mão e puxou sua manga. "Ali", disse ele, apontando para a mesinha de cabeceira. "Abra a gaveta, enfermeira Helene, tem um pouco de dinheiro, pode pegá-lo."

Helene abanou a cabeça — agradeceu, mas não queria dinheiro. Sempre que alguém lhe enfiava um pouco no bolso, ela o devolvia. Só de vez em quando achava moedas nos bolsos de seu avental, que alguém havia enfiado ali sem que ela percebesse. Aquele idoso já estava na enfermaria há duas semanas, seu estado piorava. Ficou decepcionado por Helene não querer seu dinheiro. "Pegue-o", disse ele quase implorando. "Se a senhorita não o pegar, outra vai roubá-lo."

Sim, ela devia pegá-lo. Helene fechou a lata de talco, estendeu o cobertor sobre o corpo dele e levou a bacia até a pia. Lavou os utensílios de limpeza e as próprias mãos. Às suas costas, outro paciente gemia, não agüentava mais esperar. Ela foi até a sua cama. O homem precisava da comadre, mas lhe pediu que ficasse ali, porque não conseguia se ajeitar sozinho. Na cama vizinha, outro doente sentindo dor se queixava em voz rouca e abafada, e Helene via que ele fazia toda a força do mundo para se conter.

Quando foi pendurar seu avental no vestiário e tirou a saia, o pulôver e o casaco, duas horas depois, Wilhelm continuava esperando pacientemente no banco do corredor.

"Gostaria de tomar um café?" Helene respondeu que não tinha problema, e também que aquela não era uma questão de querer, mas sim de lei de menor esforço — se cansaria menos se aceitasse. Diante da porta, quis abrir seu guarda-chuva, mas ele emperrou. Rindo e sem dar atenção à chuva, muito menos aos esforços dela, Wilhelm lhe falou de um problema no novo aparelho de rádio popular, que em poucos meses seria apresentado ao público na Grande Feira Alemã da Comunicação. De amplificador a amplificador, Wilhelm abria os braços para lhe mostrar como as novas tecnologias mal podiam caber naquele espaço. Helene gostava do entusiasmo dele. Foram até as margens do canal do Spree. Com a definição na função HF era possível conseguir a sensibilidade necessária. Helene não entendia nada, mas por cortesia ficou parada ao seu lado quando Wilhelm estacou em meio à frase, tentando tornar compreensível para ela, por meio de gestos, a construção do aparelho.

Helene agora sabia que ele era engenheiro, mas não fazia a menor idéia se estava se referindo às suas próprias descobertas ou às de outros. Ainda não estava entendendo do que ele falava, mas gostava de ouvi-lo, de ver como ele secava a chuva da testa com o lenço. Afinal de contas, ela com certeza não seria capaz de imaginar a extensão do alcance e a dimensão da transmissão de informações, mas era certo que em pouco todas as pessoas teriam acesso às mesmas informações ao mesmo tempo. E todo mundo ficaria sabendo de acontecimentos que até agora só eram descobertos com muita dificuldade e com dias de atraso no jornal — mas em qual? Ora, hoje em dia há jornais demais. O gesto de Wilhelm, como se estivesse jogando algo fora, era amistoso, mas determinado. Sua alegria tinha algo de contagiante. Helene teve de sorrir. Conseguira abrir o guarda-chuva. Será que ele iria querer se proteger também?

"Mas é claro", disse Wilhelm, tirando o guarda-chuva de suas mãos para que ela não precisasse esticar o braço. "Meninas doces precisam de bolinhos doces", disse Wilhelm, e a conduziu direto a uma confeitaria. Havia bolo de maçã e café. Helene não queria uma coisa nem outra, mas também não queria se fazer de rogada, e muito menos chamar atenção inutilmente. Wilhelm disse, e o orgulho de sua voz não podia deixar de ser entreouvido, que já nas semanas seguintes poderiam passar a fabricar em série os aparelhos de rádio para vender unidades suficientes da nova invenção durante a feira. O que ela achava do nome Transmissor dos Heils de nosso Führer, perguntou Wilhelm rindo. Não, é brincadeira, disse ele, há nomes melhores. Helene não conseguiu entender a piada. Mais uma vez, porém, achou agradável ouvi-lo falando tão satisfeito consigo mesmo.

Atrás de seu sorriso, ela escondeu o cansaço que diante do café e do bolo agora se espraiava, depois do longo dia de trabalho no hospital. Parecia-lhe estar fazendo tudo certo no encontro com Wilhelm, quando olhava atenta, quando às vezes levantava as sobrancelhas, surpresa, e quando assentia baixando a cabeça. As palavras transmissor e receptor adquiriam um significado peculiar quando ela o ouvia dizê-las. Um vendedor de jornais entrou na confeitaria. Ali estavam reunidas apenas umas poucas pessoas, mas ele tirou o boné e ergueu a voz sonora. As manchetes dos vespertinos especulavam sobre os responsáveis e mandantes do incêndio no Reichstag.

Naquelas semanas, uma indignação surda passou a se manifestar nos bondes e no metrô. Por todos os lugares onde pessoas se encontravam — rostos vermelhos por causa do frio, sobretudos demasiado curtos, talvez porque com o mesmo tecido tenha sido necessário fazer também um casaco para uma criança —, resmungava-se, protestava-se e havia brigas. Ninguém mais queria continuar suportando aquilo. Não podiam aceitá-lo, não, não podiam aceitar mais que fizessem com eles o que bem entendessem. Homens e mulheres estavam revoltados.

Wilhelm ia buscar Helene no hospital sempre que podia. Os comunistas eram presos um após o outro. Ele ia passear com uma Alice loira e a levava para a confeitaria. Disse-lhe que gostava do jeito como ela comia o bolo, mas que sempre parecia que ela não comia direito há dias. Helene estacou, assustada. Não tinha certeza se queria saber o que Wilhelm pensava quando a via comer. Comer se transformara para ela em um assunto incômodo, muitas vezes se esquecia de fazê-lo até de noite. O bolo de maçã não tinha gosto; queria apenas se livrar dele o mais rápido possível, tirá-lo de seu caminho. Wilhelm perguntou se podia pedir mais uma fatia para ela. Helene abanou a cabeça, agradecendo. Suas covinhas eram a coisa mais bonita desse mundo, dizia ele agora, olhando feliz para o rosto dela. Helene não gostava de ficar encabulada.

Ela por acaso gostava de teatro, de cinema? Helene assentiu. Não ia ao cinema há muito tempo, não tinha dinheiro para isso. A não ser certa vez, quando Leontine e Martha lhe perguntaram se não queria ir junto com elas e aceitou o convite. Chorou durante o filme, e achou aquilo desagradável. No passado, não chorava no cinema. Decidiu então abanar a cabeça.

"Sim ou não?", perguntou o rapaz.

"Não", respondeu Helene.

Wilhelm pediu-lhe que fosse dançar com ele. Certo dia, a resistência parecia tão cansativa que ela concordou, e foram ao baile. Ele segurou o rosto dela entre as mãos, beijou-lhe a testa e depois lhe disse que estava apaixonado.

Helene não se alegrou com isso; fechou os olhos para não poder ser olhada de frente. Wilhelm achou que fosse uma manifestação de charme, um "sim", um anúncio de sua entrega se aproximando. Era bom que Wilhelm não soubesse com que paixão Helene correspondia aos beijos de Carl, e como os atraía. Tropas da SA atacaram o bloco vermelho em Wilmersdorf; escritores e artistas foram presos; alguns de seus livros, queimados; a primavera chegou, e mais livros foram queimados. Através de Martha, Helene ouviu que Conde estava entre os presos, e que Pina queria a todo custo descobrir algo acerca dos motivos da prisão, e que procurava todos os conhecidos, pedindo que a ajudassem. Um dia se dizia que ele estava em contato com o Partido Comunista; em outro que ele havia distribuído panfletos dos socialdemocratas. Wilhelm não esperou para ver se Helene correspondia a seus sentimentos, o desejo que sentia era suficiente, era o que lhe bastava. Ele a chamava de Alice, ainda que soubesse há tempos que seu nome era Helene. Alice era o nome que ele lhe dava.

Na primavera, o partido governante dos nacional-socialistas, recém-eleito, organizou um boicote destinado a fazer com que comedores inúteis, certos parasitas, morressem de fome; ninguém mais deveria comprar de negociantes judeus, nem mandar que o sapateiro judeu trocasse as solas de seus calçados, ninguém deveria fazer consultas com um médico judeu e ninguém devia se aconselhar com um advogado judeu. Não estava certa essa história de o alemão não encontrar trabalho e outros estarem vivendo muito bem, foi o que o médico-chefe explicou a suas enfermeiras. Elas assentiram; algumas se lembraram de um exemplo especial para explicar a divisão injusta que estava acontecendo. A enfermeira atrevida, que, como todos sabiam, era judia, havia sido surpreendentemente demitida na semana anterior. Ninguém se preocupou com ela, ninguém sentiu sua falta. Se sua família já era suficientemente abastada, por que ainda precisava trabalhar? E com o desaparecimento da enfermeira, não se falou mais a seu respeito. Seu lugar agora era ocupado por outra. Aliás, falava-se muito em lugar, do povo e do espaço adequado para ele.

Wilhelm foi buscar Helene no serviço. Como sempre, ela trabalhara dez horas e, com as duas pausas, ficara no hospital onze horas ao todo. Ele a pegou pelo braço e a levou à confeitaria, e ainda que já fossem seis da tarde, Wilhelm pediu bolo e café. Puxou Helene por cima da mesa até junto de si, pois precisava lhe confiar um segredo. Não apenas ele era o responsável pela construção da 4 A de Berlim a Stettin, mas, ela haveria de vê-lo, um dia ainda chegariam até Königsberg! Os olhos de Wilhelm brilhavam. Sua voz agora ficou ainda mais baixa: mas o segredo era que a escolha recaíra justamente sobre ele. Havia recebido o encargo de entregar ao aeroporto de Stettin o aparelho de transmissão desenvolvido sob seu comando, e de colocar o emissor de antena radiogoniométrica no mastro extremamente alto que havia ali. O aeroporto seria expandido para as forças aéreas. Wilhelm estava radiante. Não parecia orgulhoso, mas arrojado e destemido. Seus olhos reconheciam e prometiam aventura. Com que naturalidade pegava o garfo e cortava um pedaço do bolo para em seguida levá-lo à boca de Helene! Sua atividade se deslocou tão visivelmente em direção à Pomerânia que haviam lhe sugerido se mudar para lá.

Helene assentiu. Não invejava Wilhelm por sua alegria de viver e seu entusiasmo, pela sua fé em fazer algo importante pelo povo, pela humanidade, sobretudo no sentido de preparar o progresso tecnológico. Sua alegria simplesmente lhe agradava, a leveza com que ria e batia nas coxas era agradavelmente descarada, assim como as risadinhas das enfermeiras.

"Você fica alegre com isso?", perguntou Wilhelm, e baixou a mão que segurava o garfo quando percebeu que a expressão de seu rosto não se alterou e que ela tampouco abriu a boca para receber o bolo.

"Por favor, não me pergunte", disse Helene, erguendo os olhos da xícara de café e dirigindo-os à janela.

"Ora, mas é claro que tenho que lhe perguntar", disse Wilhelm. "Não quero mais abrir mão de você no futuro", acrescentou ele, e mordeu os lábios, porque gostaria de poder reservar tais confissões para o momento posterior a uma determinada pergunta. Mas Helene parecia não ter ouvido a confissão.

Quando, na primavera seguinte, Wilhelm voltou da Pomerânia depois de mais de um mês de trabalhos de planejamento, comprou duas alianças de noivado no joalheiro da estação ferroviária e foi buscar Helene no hospital. Segurou a aliança bem diante do rosto dela e lhe perguntou se não queria se tornar sua mulher.

Helene não conseguia olhar para ele.

Pensava o que poderia lhe responder. Sabia o que fazer para dar um sorriso radiante. Era bem simples, bastava apenas puxar os cantos da boca para cima e ao mesmo tempo abrir bem os olhos, talvez com essa mímica fosse possível até mesmo sentir um pouco de alegria por alguns instantes.

"Vai dizer que não ficou surpresa?"

"Algo como eu não deveria nem existir", conseguiu enfim gritar.

"O que quer dizer com isso?" Wilhelm não sabia a que ela estava se referindo.

"Quero dizer que não tenho documentos, não tenho certidão de nascimento, nada." Helene agora ria. "E, se a possuísse, debaixo da confissão de minha mãe estaria escrita a palavra mosaísta."

Wilhelm lhe lançou um olhar penetrante. "Por que diz uma coisa dessas, Alice? Sua mãe vive em algum lugar no Lausitz. Sua irmã não disse que ela era um caso complicado? Pelo que entendi, estava doente. Você sente sua falta, mas os feriados dela significam alguma coisa para você?" Incrédulo, Wilhelm abanava a cabeça; voluntarismo e confiança apareceram em seu rosto: "Venha comigo, torne-se minha mulher e permita que comecemos uma nova vida."

Helene ficou em silêncio. Um homem como Wilhelm não conhecia perigos nem barreiras. Não olhou para ele, sentia uma rigidez estranha no pescoço; se abanasse a cabeça, ele poderia chamá-la de covarde, de medrosa. Ela ficaria para trás. Mas onde?

"Está querendo dizer que desconfia de mim porque sou alemão, porque nasci de uma mãe alemã e de um pai alemão, e porque eles também nasceram de mães e pais alemães?"

"Não desconfio de você", disse Helene, abanando a cabeça. Como Wilhelm podia entender sua hesitação como uma manifestação de desconfiança? Ela não queria incomodá-lo, apenas isso. Duvidava um pouco, que mais lhe restava a fazer? Sua mãe também era alemã, mas Wilhelm agora parecia compreender o "ser alemão" como outra coisa, como algo que, segundo a opinião moderna, se expressava em características raciais e precisava ser comprovado no sangue correto.

"Seu nome é Alice, está ouvindo? Se digo isso, é porque é assim. Se não tem certidão de nascimento, vou providenciar uma, pode acreditar em mim, uma bem certinha, uma que não deixará nenhuma dúvida sobre sua origem saudável."

"Você enlouqueceu." Helene estava assustada. Seria possível que Wilhelm estivesse se referindo às novas leis, segundo as quais as enfermeiras tinham de protocolar e denunciar toda e qualquer má-formação nos hospitais, porque uma descendência doentia tinha de ser impedida a todo e qualquer preço? E será que determinadas doenças mentais e psíquicas, como aquela que sua mãe era suspeita de ter aos olhos de algum vizinho, também não eram consideradas hereditárias, e, portanto, teriam de ser evitadas a todo custo? Saúde pujante era o mandamento maior, e quem não podia se mostrar saudável e pujante era melhor que morresse o mais rápido possível, antes que o povo alemão corresse o risco de ser contaminado ou tornado impuro e sujo por causa de uma descendência doentia.

"Não acredita em mim? Vou fazer tudo por você, Alice, tudo."

"O que quer dizer com origem saudável?" Helene sabia que não receberia nenhuma resposta esclarecedora.

"Uma origem limpa, minha mulher terá uma origem limpa, isso é tudo o que quero dizer." Wilhelm estava radiante. "Não me olhe tão furiosa, minha querida, quem pode ter um coração mais limpo e mais puro do que essa mulher loira e encantadora sentada à minha frente?"

Helene ficou surpresa com o ponto de vista dele. Será possível que essa visão fosse o resultado de sua recusa de se entregar a ele?

"As pessoas estão indo embora, deixando a Alemanha. Lucinde, a amiga de Fanny, acompanhou o marido à Inglaterra", disse Helene.

"Quem não gosta de suas florestas e de sua terra materna deve mesmo voltar as costas para sua pátria. Podem ir, por mim podem ir. Já vão tarde. Temos algo a fazer aqui, Alice. Salvaremos a nação alemã, nossa pátria e nossa língua." Wilhelm arregaçou as mangas. "Não merecemos a necessidade. Com estas mãos aqui, está vendo? Nenhum alemão pode cruzar os braços agora. Perder a confiança, se queixar, não é coisa nossa. Você será minha mulher, e vou lhe dar o meu nome."

Helene abanou a cabeça.

"Está hesitando? Não vai desistir de si mesma, Alice, não me diga isso!" Ele a olhou com severidade, incrédulo.

"Wilhelm, não mereço seu amor, não tenho nada a lhe dar em retribuição."

"Isso virá com o tempo, Alice, tenho certeza." Wilhelm disse aquilo aberta e claramente, como se dependesse apenas de uma sintonia, de uma decisão, de entrarem em acordo. Nada do que ela dissera parecia tê-lo magoado e nem mesmo o deixado inseguro. Sua vontade triunfaria, a vontade, a vontade em si. Ela não tinha vontade? "É claro que uma mulher precisa de algum tempo depois de uma perda dessas", disse ele. "Vocês queriam se casar, você e aquele rapaz. Mas agora já se passaram alguns anos; o luto tem que terminar, Alice."

Helene ouvia as palavras de Wilhelm, que lhe pareciam ao mesmo tempo burras e insolentes, e mostravam que ele não fazia caso dos sentimentos dela. A solenidade e a ordem, que reinavam em cada uma de suas palavras, a deixavam indignada. Certas palavras tinham de ser guardadas. Algo na coragem heróica dele lhe parecia suspeito, algo parecia falso, e falso de cabo a rabo. No instante seguinte, Helene se assustou consigo mesma. Será que não estaria se mostrando ressentida? Wilhelm era de natureza alegre, ela poderia aprender com ele. Helene se incomodava com sua contrariedade e com sua recusa. Não era apenas seu luto por Carl, um luto feminino, como Wilhelm o chamou, de maneira amigável, que fazia com que ela suportasse com tanta dificuldade o brilho e a alegria de viver que ele manifestava?

"Em que está pensando, Alice? O futuro está a nossos pés, não vamos pensar apenas em nós, pensemos no bem-comum, Alice, no povo, na nossa Alemanha."

Ela não queria parecer covarde, e com certeza também não amarga. A vida não a humilhara, e não existia um Deus disposto a fazê-la expiar. Wilhelm tinha boas intenções a seu respeito, e isso ela não podia levar a mal, de forma alguma. Como podia ser tão orgulhosa? Afinal de contas, o que ele dizia estava certo, ela tinha de voltar a dar conta de sua vida, e nisso o cuidado e a atenção com os doentes talvez ajudassem pouco. O que lhe faltava era uma noção de vida, daquilo que a vida deveria e poderia ser. Para isso, precisaria se dedicar a uma pessoa. E por que não a alguém cujas intenções em relação a ela eram boas, que ficaria feliz com a sua aceitação e estava disposto a salvá-la? Pelo menos Wilhelm sabia o que queria, tinha planos e não estava apenas *próximo* da crença, também acreditava. A palavra "Alemanha" soava como um lema em sua boca. Nós. Mas quem era esse "nós"? Nós éramos alguém. Apenas alguém? Com certeza ela poderia reaprender a beijar, e sobretudo sentir e gostar de um cheiro, descerrar os dentes e abrir os lábios, sentir os movimentos da língua dele em sua boca. Talvez tudo dependesse apenas disso.

Wilhelm cortejava Helene incansavelmente. Parecia que cada rejeição sua lhe emprestava novas forças. Ele sentia que havia nascido para grandes ações, de preferência para salvar outras pessoas, e a primeira coisa que queria era conquistar aquela criatura, que considerava tímida e graciosa, para uma vida a dois.

"Tenho duas entradas para a Ópera Kroll, que devemos a meus bons relacionamentos. Você gostaria de ver as primeiras imagens televisivas, não?"

Helene não se deixou convencer. Naquela semana tinha plantão praticamente todas as noites, e disso não estava disposta a abrir mão.

Quando Martha trouxe a notícia de que Mariechen não pudera evitar determinado incidente, e a polícia primeiro identificara e logo levara consigo uma mulher que chorava — depois esbravejava — no Mercado de Cereais, em Bautzen, Helene deu mostras de intranqüilidade. Leontine telefonou a Bautzen. Falou primeiro com Mariechen, depois com o hospital, e por fim com a Secretaria de Saúde. Ficou sabendo que Selma Würsich havia sido levada ao castelo Sonnenstein, em Pirna, onde queriam descobrir qual era a enfermidade que a torturava e esclarecer, através de novos exames, se essa enfermidade era hereditária.

Helene juntou suas coisas, e Wilhelm viu chegada sua hora. Não a deixaria viajar sozinha, ela precisava dele, e isso ela tinha de saber.

No trem, Wilhelm sentou-se à sua frente. Ela percebeu que ele a olhava cheio de confiança. Ele tinha belos olhos, e como! Há quanto tempo já não via a mãe, dez, onze anos? Helene temia não reconhecê-la, se assustar com seu aspecto e também que a mãe não a reconhecesse. Wilhelm pegou sua mão. Ela inclinou a cabeça e deitou o rosto na mão dele. Como era quente aquela mão! Helene encarou como um presente o fato de ele estar com ela. E beijou sua mão.

"Minha valente Alice", disse ele. Ela sentiu o carinho nas suas palavras, e mesmo assim não lhe pareceu que aquelas palavras doces estivessem sendo dirigidas a ela.

"Valente? Não sou valente", retrucou a moça, abanando a cabeça. "Tenho um medo imenso."

Então ele pôs as mãos em seus ombros e puxou sua cabeça aproximando-a do próprio peito, fazendo-a quase escorregar do banco. "Minha doce menina, eu sei", disse ele; e ela sentiu que a boca de Wilhelm tocava sua testa. "Mas não precisa ir logo discordando de mim. Está indo ao encontro dela, isso é uma demonstração de valentia."

"Outra filha já teria viajado há anos, outra filha não teria abandonado sua mãe à revelia."

"Você não podia fazer nada por ela." Wilhelm acariciava os cabelos de Helene. O cheiro dele não era desagradável, era quase familiar. Helene imaginava, sabia, por certo, que as palavras dele queriam consolá-la. Aninhou-se junto a ele. Do que poderia gostar em Wilhelm? Do fato de alguém suportá-la, talvez.

Só com uma permissão de caráter especial providenciada por Leontine junto ao serviço de Saúde Helene pôde viajar até Pirna, passando por Bautzen, para visitar a mãe.

O terreno era bem grande, e, se não fossem as cercas altas, qualquer um poderia imaginar muito bem como reis haviam residido ali durante séculos, alegrando-se com a vista; no lugar em que o Wesenitz vindo do norte e o Gottleuba vindo do sul desembocavam no Elba, uma paisagem das mais agradáveis se estendia aos pés deles. O clarão radiante do Sol e o gorjear alto dos pássaros tinham algo de irreal. Era ali, então, que sua mãe estaria sob custódia, na condição de doente?

Um enfermeiro conduziu Helene e Wilhelm por uma escada acima, depois por um longo corredor; portas gradeadas eram abertas e depois trancadas depois que passavam por elas. A sala de visitas ficava no final da ala.

A mãe de Helene estava sentada, usando uniforme de doente, na extremidade de um banco. Seus cabelos estavam completamente grisalhos, mas de resto sua aparência era exatamente igual à de antes, e não parecia nem um dia mais velha. Quando Helene entrou, ela se virou e exclamou: "Eu lhe disse isso, não é verdade? Disse que teria que cuidar de mim. A primeira coisa é sair daqui. As mãos deles revolveram minhas entranhas. Só que dentro de mim não tem nenhuma mudinha, uma macieira não pode dar peras.. Ali não acontece nada. O médico disse que tenho filhos. Poderia convencê-lo de que não. Eles fugiram, sorrateiramente. Filhos assim não se têm. Eles precisariam crescer para fora de nossas cabeças, daqui até ali." A mãe bateu com a mão espalmada na testa, em seguida, contra a parte de trás da cabeça, mais uma vez na testa e, por fim, na parte de trás da cabeça. "Sacudir até cair, as coisas são muito simples."

Helene foi ao encontro da mãe. Pegou uma de suas mãos frias. Pele e ossos. A pele velha era macia: áspera e macia por fora, macia e lisa por dentro.

"Não toque nela", disse o enfermeiro, que estava parado à porta monitorando a visita e agora ameaçava se aproximar.

"Vocês não têm enfermeiras aqui?", gritou Helene, assustando-se com a altura de sua própria voz.

"Também temos enfermeiras, claro. Mas para determinadas pacientes é necessária uma força maior, se é que a senhorita está me entendendo."

"Poderia ser, poderia ser, eu mordo, poderia ser, eu mordo, poderia ser, eu arranho, firme, até doer." A mãe cantava com uma voz de menininha.

"Trouxe uma coisa pra você", disse Helene, abrindo a bolsa. "Uma escova, um espelho."

"Se a senhorita permite...", principiou o enfermeiro esticando a mão, "terei o maior prazer em tomar conta das coisas e guardá-las. Para segurança e proteção de todos, os doentes não podem possuir nenhum objeto pessoal por aqui."

Mas a mãe já agarrara a escova e começara a pentear cuidadosamente seus cabelos. "Entre a montanha e o vale fundo, fundo, havia duas lebres, que comiam o pasto verde, verde." Cantava sem ser perturbada, fazendo um trinado com a voz da menininha que um dia havia sido.

O enfermeiro arrancou a escova das mãos de Selma. Com isso, o espelho escorregou de seu colo e quebrou ao cair no chão. "Este aqui também", gritou o enfermeiro, catando os cacos do espelho. Mal arrancou a escova das mãos da mãe e acabou de recolher os cacos do espelho, ela se deixou escorregar do banco até o chão, rindo. Lacunas negras aparecem. Helene se assustou ao ver as falhas na dentição da mãe. Esta ria a ponto de gorgolejar, sem conseguir mais se acalmar.

"Não adianta nada, como a senhorita pode ver!"

"O que quer dizer com adiantar?" Helene fez a pergunta sem se voltar para o enfermeiro. Abaixou-se e pôs a mão na cabeça da mãe; os cabelos grisalhos estavam secos e despenteados. Selma não se esquivou, apenas riu. "Minha mãe não está louca, não como o senhor pensa. Ela não precisa ficar aqui. Quero levá-la comigo."

"Sinto muito, temos nossas regras aqui, e vamos cumpri-las. A senhorita não pode simplesmente levar essa mulher; mesmo sendo sua filha, não poderia."

"Venha, mãe", disse Helene, pegando-a por baixo das axilas e tentando erguê-la.

De um salto o enfermeiro foi até elas e separou mãe e filha. "A senhorita não está ouvindo? Isso são ordens."

"Gostaria de falar com o médico-chefe. Como era mesmo o nome dele? Nitsche?"

"O médico-chefe está em uma reunião muito importante."

"É mesmo? Então vou ficar esperando até que a reunião termine."

"Sinto muito, mas mesmo assim ele não poderá falar com a senhorita. É necessário requerer uma entrevista por escrito."

"Por escrito?" Helene procurou na bolsa, encontrou o caderno de notas preto que Wilhelm há poucos dias havia lhe dado de presente e arrancou uma das folhas. De suas mãos, sentiu subir o cheiro da mãe, sua risada, seu medo, o sebo de seus cabelos e o suor de suas axilas. Com o lápis escreveu: "Prezado senhor professor e médico-chefe."

"Senhorita, eu lhe peço, por favor... Por acaso está querendo que a internemos aqui também? Penso que o médico-chefe teria até um certo interesse sob esse ponto de vista, afinal de contas, ele está estudando o caráter hereditário de enfermidades como essa. Como é mesmo seu nome?"

"Mais respeito, rapaz", disse Wilhelm, achando que já era hora de se intrometer. "Vai deixar a senhorita ir agora mesmo. Ela é minha noiva."

O enfermeiro abriu a porta. Wilhelm estendeu o braço a Helene. "Venha comigo, querida."

Helene sabia que não lhe restava outra alternativa. Deu o braço a Wilhelm e saiu pela porta. No final do corredor, ouviram um berreiro estridente atrás deles. Não se podia dizer com exatidão se eram os gritos de um animal ou de uma pessoa. Helene também não pôde identificar de quem eram os gritos; podiam ser de sua mãe. Um enfermeiro lhes abriu a porta. Wilhelm e Helene seguiram pelo corredor seguinte. O silêncio naquele lugar era sinistro, tinha algo finito.

No trem para Berlim, Wilhelm e Helene ocuparam seus lugares em silêncio. O trem passou por um túnel. Helene sentiu que Wilhelm esperava por seu agradecimento.

"Por favor", disse ela, "não me chame mais de querida".

"Mas você é minha querida." Os olhos de Wilhelm se cravaram no rosto de Helene. "Amanhã tenho de ir mais uma vez a Stettin por uma semana. Não quero deixá-la por mais tempo sozinha em Berlim."

"E por que eu haveria de ficar sozinha? Meus pacientes esperam por mim, precisam de mim."

"Acha que em Stettin não existem pacientes esperando por você? Pacientes você pode encontrar no mundo inteiro. Mas eu sou um só. Alice, minha doce menina, sua castidade é nobre, mas, pra dizer a verdade, ela me deixa louco. Em algum momento isso tem de acabar. Preciso de você."

Helene pegou a mão dele. "Não precisa me convencer", disse ela, beijando sua mão. Era bom ouvir que precisavam dela. E como poderia falar disso?

"Com que documentos eu poderia casar com você?", sussurrou ela. "Não tenho nenhum, nem um único documento."

"Isso pode ser arranjado", afirmou Wilhelm, sem dar muita importância. "Você não me contou certa vez que sabia lidar com máquinas impressoras?"

Helene abanou a cabeça. "O papel, as letras corretas, carimbo, selo. Não é tão simples assim imprimir documentos."

"Deixe que eu cuido disso, está bem?"

Helene assentiu; era bom que ele fizesse questão de cuidar disso. Wilhelm falou de um irmão em Gelbensande, que desde que se casara cuidava de uma chácara, mas sabia confeccionar papéis.

No hospital, já ameaçavam Helene há algum tempo, dizendo que trouxesse enfim seus documentos, a identidade, pelo menos a certidão de nascimento e a dos pais, de preferência o livro dos registros familiares deles, pois queriam vê-los. Helene afirmara que não tinha identidade, e sempre que lhe faziam essas perguntas se mostrava surpresa, dizendo que havia esquecido os documentos. Haviam lhe dado um prazo. Até o final do mês deveria trazê-los, do contrário seria demitida.

Só quando pegou uma maçã já levemente murcha do cesto, esfregou-a em sua saia branca e a partiu ao meio com a faca para tirar os caroços e dar um pedaço a Wilhelm — seus olhos fitaram o vale do Oder ao longe e as montanhas vizinhas, assim como as instalações do porto, para depois chegar ao lago Dammschen, passeando em seguida um pouco mais perto, pelos canteiros dos Hakenterrasse até chegar ao rio Oder, onde um dos vapores brancos de excursionistas acabava de atracar com seus guarda-sóis e guarda-chuvas, convidando a um passeio, pois todo mundo naquele dia de maio que apenas começava achava que o tempo seria diferente — é que Helene se deu conta de que, na verdade, jamais havia pensado em casamento. Essa era ela. Helene puxou o sobretudo, que jazia solto sobre seus ombros nus, fechando-o na parte da frente, junto ao peito. Era bem fresco ali, sentia-se o cheiro da maresia no ar, a proximidade da costa. Helene lambeu os lábios e achou que sentia o gosto do sal. O funcionário do cartório também havia falado do vento, pela manhã, ao lhes desejar seus melhores votos, pois o casamento era o porto seguro que protegia de ventos como aquele, e a mulher deveria preparar para seu marido, que a protegeria, um lar confortável e seguro. Rindo, recomendara que tomassem uma aguardente naquele dia de maio, que apenas estava começando. Um vento frio batia neles. Wilhelm mastigou a maçã com força, e Helene ouviu seus molares trabalhando, o suco entre seus dentes frontais, a saliva, o desejo. Ele se inclinou, lançou-lhe um olhar perscrutador, afastou uma mecha de cabelo que lhe caía sobre o rosto e beijou sua testa. Agora tinha o direito de fazê-lo, e de fazer muito mais, inclusive. Uma gaivota parecia rir. No caminho mais abaixo, uma mulher ainda jovem empurrava um carrinho de bebê com os quadris, safanão após safanão, enquanto segurava a criança com os dois braços, apertada junto ao peito. O bebê gritava, um pano largo o envolvia; a moça tentava ajeitar o pano, mas ele logo voltava a balançar ao vento, e a criança gritava como se estivesse com fome e sentindo dores.

"Incrível, não?" Wilhelm olhava para baixo.

"Com certeza está com dor de barriga."

"Estou falando do tráfego." Com o pedaço de maçã nas mãos, Wilhelm mostrou, de braço esticado, um navio bem comprido. "Dentro em breve, toneladas de nabos chegarão de Mecklemburgo por nossas auto-estradas até aqui, serão descarregados e levados ao mundo inteiro. Este ano vamos bater o recorde de 1913, nosso transporte de bens alcançará sua maior marca: oito milhões e meio de toneladas, isso é extraordinário. Essa é a melhor prova de que termos suspendido a internacionalização de nossas vias fluviais foi uma medida correta. Versalhes não pode mais nos ditar regras, dizer o que podemos e o que não podemos fazer com nossos rios." Wilhelm se levantou e apontou na direção nordeste. "Olhe só aquela tora gigantesca ali na frente. Nas próximas semanas, terminarão a segunda etapa da construção, e este será o maior silo da Europa." Wilhelm estava de pé e admirado, admirado e orgulhoso, com as mãos nos quadris. Sem dúvida o silo pertencia a ele e ele ao silo. Voltou a se sentar. Helene contraiu a boca e apertou os lábios, só com muito esforço conseguindo evitar um bocejo. Quando Wilhelm ficava animado, era difícil interromper seu entusiasmo pelas novas conquistas da técnica e da construção civil. "Está vendo o mastro daquele navio, ali à direita? É a antena. Com ela podemos captar ondas de rádio, estações de rádio, e lá, do outro lado, com aquele outro mastro, podemos emiti-las."

"E pra quê?"

"Para nos comunicarmos melhor, Alice. Ali atrás está o Rügen, duas chaminés, rapaz, menos que isso a companhia Gribel não faz." Wilhelm baixou o braço e se apoiou na grama com ele. Agora olhava para Helene. Ela sentiu que o seu olhar a percorria até se deter em seu rosto.

A perspectiva do casamento próximo deixava Helene constrangida. Sentira seus olhares alegres o dia inteiro e se desviara deles. Agora ela tinha de apertar os olhos com força, porque ali na encosta era claro e ventoso. Olhou para trás.

"Você me dá um sorriso de presente?", perguntou Wilhelm, levantando o queixo dela com o dedo.

Do jeito como ainda há pouco se levantara, ele lhe parecera ainda maior do que era, e agora estava mais alto que ela, mesmo sentado. Helene se esforçava para lhe dar o sorriso.

Wilhelm não se deixara perturbar. Quando a Lei da Proteção do Sangue fora aprovada, em setembro, ele não se referira a ela uma única vez. Seus esforços para conseguir os documentos de Helene haviam se prolongado, e por isso ela teve de parar de trabalhar no Bethanien, e também haviam exigido que ela deixasse o asilo das irmãs. De volta à casa de Fanny, Helene ficara contente ao constatar que Erich devia enfim ter abandonado a prima. Wilhelm encontrava Helene sempre que podia. Desculpava-se pela demora, e às vezes lhe dava algum dinheiro, que ela enfiava na carteira, aliviada por se sentir mais independente em relação a Fanny. Certa vez, Wilhelm mencionou meio rapidamente que seu colega e amigo havia pedido a separação; não queria continuar sendo chamado de corruptor da raça. Helene se perguntou se ele lhe dizia aquilo para que ela soubesse quais os riscos que ele estava correndo por sua causa ou se era simplesmente uma expressão da ofuscação voluntária que já estava principiando. Afinal de contas, aquilo foi dito como se fosse um assunto que não lhes dissesse respeito, como se ele estivesse longe de se ver como corruptor da raça. Pouco tempo depois, haviam combinado um encontro no Litzensee, próximo ao dique sobre o qual passava a rua. As folhas de plátano jaziam no chão, amarelas e lisas. "Se tinha mesmo de ser assim...", disse Wilhelm, dando um envelope a Helene. Helene se sentou em um banco ao lado do tronco coberto de manchas. Wilhelm ocupou um lugar ao seu lado. Passou o braço em volta dela e beijou sua orelha. Ela abriu o envelope; ali dentro havia um certificado de enfermeira e um caderno com acabamento em bronze, um livreto, uma certidão de nascimento, um pouco amassada, mas quase nova. Ainda tinha o cheiro da gráfica. Ela folheou. Seu nome era Alice Schulze; seu pai era um tal Bertram Otto Schulze, de Dresden; a mãe, uma certa Auguste Clementine Hedwig, Schröder de nascença.

"Quem são essas pessoas?" O coração de Helene batia compassadamente. Ela sorriu, porque os nomes lhe pareciam tão novos, desconhecidos e promissores... nomes que teriam a ver com ela, seriam dela.

"Não pergunte", respondeu Wilhelm, pondo a mão sobre a boca de Helene.

"E se alguém me perguntar?"

"Os Schulze eram nossos vizinhos em Dresden. Pessoas simples."

Wilhelm queria encerrar as explicações ali mesmo, mas Helene não o deixou em paz. Ela fazia cócegas em seu queixo: "Que mais?", perguntou sorrindo, porque sabia que Wilhelm não conseguia lhe recusar nada.

"Meus pais tinham nove filhos; eles tinham apenas uma filha, uma menina. Alice muitas vezes brincava na rua, até escurecer. O que mais gostava de fazer era vir até nossa casa e ficar sentada à mesa grande, mas nunca queria comer nada, queria apenas se sentar à mesa. Certo dia, seus pais espalharam a notícia de que ela teria fugido. Nós, as crianças, ajudamos a procurá-la, mas Alice continuou desaparecida. Você é um pouco parecida com ela."

"Então desapareci?" Helene deu uma gargalhada... Só de imaginar que era uma desaparecida já a deixava animada.

"Ela tinha mais ou menos a sua idade. Todos na nossa rua achavam que Alice havia sido morta pelos pais. Do contrário, como poderiam afirmar que ela havia fugido?"

"Pelos pais?"

Wilhelm levantou o queixo de Helene mais uma vez com o indicador, como gostava de fazer quando queria dizer algo sério. "Ficamos admirados com o fato de eles continuarem a vida como antes, não se via qualquer sinal de luto. Nem quiseram comunicar o fato à polícia. Não sabíamos se devíamos ir até a delegacia. As aulas de Alice só iam começar no verão, então seu desaparecimento não chamou a atenção de nenhum professor. Meu Deus, alguns de seus irmãos não morreram também? Quantos devem ter morrido sem que a morte fosse registrada? Logo depois, a mulher caiu da escada e também morreu. O marido ainda viveu até ano passado; morreu bem velho, sempre foi velho, na verdade."

"Quer dizer que esses, então, foram meus pais?"

"Você queria saber." Wilhelm esfregou as mãos, talvez estivesse com frio. "Quanto a isso não se pode fazer nada, agora você sabe de tudo."

"E os ascendentes dele? Os avós, os bisavós... Aqui estão registrados nomes que ninguém conhece."

"Eles existiram", respondeu Wilhelm. Não disse mais nada; tirou a certidão de nascimento das mãos dela, enrolou-a e a enfiou no bolso interno do sobretudo. Pegou sua mão e lhe sugeriu que se casassem em Stettin, onde há alguns meses alugara uma casa na Elisabethstrasse e onde os selos e carimbos de Dresden talvez fossem ainda menos conhecidos do que em Berlim.

Helene assentiu; sempre quis ver um porto grande de verdade. Ainda antes do Natal, haviam se mudado para Stettin. Despedir-se de Martha e Leontine não foi fácil. Elas se encontraram na casa de Leontine na última noite antes da viagem. As cortinas grossas de veludo estavam fechadas; a anfitriã ofereceu um uísque irlandês e cigarros escuros. Achou que aquela era a decisão correta para o momento.

"Se eu quiser lhe escrever uma carta", perguntou Martha, "tenho de endereçar a Alice?" Rindo, Leontine observou que ninguém podia romper unilateralmente um parentesco. "Vou lhe escrever toda semana com o nome de Elsa, e com um endereço de Bautzen", prometeu Martha.

Em Stettin, Wilhelm anunciou oficialmente a chegada dos dois no registro civil. O noivado também foi legalizado, e os proclamas, encomendados. Ele deixou Helene dormir no quartinho ao lado da cozinha; ela ficou contente com essa demonstração de respeito. O casamento aconteceria no princípio de maio. Wilhelm não queria que Helene trabalhasse, e por isso lhe dava dinheiro. Ela fazia as compras e deixava as notas na mesa para que ele visse; também cozinhava, lavava, passava e cuidava da calefação. Sentia-se grata. Se Wilhelm queria comer bife rolê no jantar, Helene passava quase a manhã inteira correndo de açougue em açougue até encontrar a carne mais adequada para preparar o prato. Wilhelm não queria que ela comprasse no Wolff, da Bismarckstrasse. Pouco importava que ele fosse amistoso e oferecesse bons preços a Helene. "Pessoas como essas não podem ser apoiadas", dizia Wilhelm, e Helene sabia o que significava a expressão "como essas", e temia que ele pudesse segui-la para ver se de fato estava seguindo suas recomendações. Certa vez, haviam se encontrado por acaso. Helene acabava de sair da livraria junto ao Rosengarten com dois livros debaixo do braço, quando Wilhelm a chamou do outro lado da rua. Lançara um olhar fugidio para os livros dela. Buber, é preciso mesmo lê-lo? A hora e o discernimento, *Die Stunde und die Erkenntnis*... humm, esse tipo de coisa me dá medo. "Que discernimento você acha que vai conseguir com isso?", perguntara ele, rindo. Passara o braço pelos seus ombros e lhe dissera ao ouvido: "É preciso cuidar muito de você. Não quero que entre nessa livraria. A Livraria do Povo é logo ali na esquina. Não custa nada andar uns poucos metros a mais até a Rampa Verde."

Quando Wilhelm lhe mostrava uma camisa em que faltava um botão, Helene corria de um armarinho a outro, e, não encontrando o botão correto, voltava à primeira loja para comprar uma dúzia de botões adequados, de modo que trocava todos eles por causa do único que estava faltando. Helene sentia uma gratidão que a deixava feliz.

Certa vez, Wilhelm disse que só ao entrar na casa deles é que se percebia como o corredor do prédio estava sujo. Era um elogio. "Você é maravilhosa, Alice. Só precisamos conversar sobre um assunto", disse ele, olhando-a com severidade. "Nossa vizinha no andar térreo me contou que viu você entrando naquele armarinho da Schuhstrasse. O nome dele não é Bader?" Helene sentiu que enrubescia. "Baden, Herbert Baden, compro na loja dele desde o Natal, tem mercadorias finas. Botões como os que ele tem não podem ser encontrados em nenhuma outra loja." Wilhelm não a fitou, apenas bebeu um grande gole de seu copo de cerveja e disse: "Meu Deus do céu, mas então compre outros botões, Alice. Não sabe que nos põe em perigo com isso? Não apenas a você, mas a mim também."

Na manhã seguinte, mal Wilhelm deixara a casa, Helene se pôs a trabalhar. Esfregou e poliu as escadarias do teto até a entrada do prédio. Por fim, ainda encerou até deixar o piso brilhando e tudo em seu corpo cheirando a cera. Ao ver que Wilhelm não percebeu a limpeza do corredor quando chegou em casa, à noite, Helene não disse nada. Estava contente por ter algo a fazer, não era simplesmente obediente: gostava de obedecer. O que havia de melhor do que a perspectiva firme de ter o que fazer, de tarefas, afazeres, cuja realização a única coisa a temer era que o tempo talvez não fosse suficiente. Helene também sabia daquilo que tinha de se lembrar, da gravata, de sapatos marrom, e do Speck, o presunto defumado para abrir o apetite no jantar. Ela preferia desempenhar suas tarefas antes que Wilhelm sentisse falta de alguma coisa ou tivesse de censurá-la por causa disso. Quando voltava do trabalho, dizia que estava feliz por estar em casa e tê-la junto de si. "Minha fofa", dissera ainda há alguns dias. Faltava-lhe apenas uma coisinha, e isso ele dissera sorrindo. Estava apenas esperando pelo mês de maio.

O vento dava a volta nos Hakenterrasse e chegava até eles, batendo-lhes no rosto. Wilhelm não queria que ela cortasse a segunda maçã e a descaroçasse, queria morder em cheio. Ela lhe estendeu a fruta inteira.

"E o grandão ali, ele não é maravilhoso?", indagou Wilhelm, tirando o binóculo da bolsa. Acompanhou o cargueiro gigantesco, e ficou em silêncio por um tempo incomumente longo. Helene pensou se devia ou não lhe dizer que estava com frio; isso estragaria o bom-humor dele, mas Wilhelm também retorcia a boca. "O nome incomoda um pouco, Arthur Kunstmann. Você sabe quem é Kunstmann, não?"

Helene abanou a cabeça, como se não soubesse ao certo. Wilhelm voltou a erguer o binóculo. "A maior companhia de navegação da Prússia. Mas isso há de mudar."

"Por quê?"

"Fritzen & Sohn estão fazendo melhores negócios." De repente, Wilhelm berrou: "Vamos, rapazes, mais rápido!" Bateu nas próprias coxas, como se algum remador lá embaixo pudesse ouvi-lo ali em cima. "São lentos demais, esses nossos rapazes." Wilhelm baixou o binóculo. "Você não se interessa por isso?" Admirado e um tanto compassivo, ele olhou para Helene, que mal podia reconhecer à distância que havia um barco de oito remadores na outra margem. Talvez até lhe estendesse o binóculo, para que ela pudesse participar da alegria dele. Mas Wilhelm havia chegado à conclusão de que Helene não se interessava por remo. Pôs o binóculo mais uma vez diante dos olhos e se mostrou radiante. "Gummi Schäfer e Walter Volle! Eles vão vencer para nós. Rápido, vamos, rápido! Só é pena que eu tenha de monitorar os últimos retoques aqui; gostaria muito de estar em Berlim em agosto."

"Nossos rapazes? Por que vencer, o que isso significa pra você?" Helene tentou não prestar mais atenção nos berros do bebê e seguiu o olhar de Wilhelm até a água.

"Você não vai entender isso, querida. Somos os melhores. O belo sexo não é capaz de compreender a disputa, o duelo, mas quando Gummi tiver o ouro nas mãos, verá o que vai acontecer."

"O que vai acontecer?"

"Alice, querida..." Wilhelm baixou mais uma vez o binóculo e olhou Helene com severidade. Disse, em tom de ameaça, pois gostava de ameaçá-la de brincadeira, quando ela lhe fazia perguntas. Helene não conseguiu sorrir. Quando pensava na noite que tinha diante de si, a primeira noite que passariam juntos na condição de marido e mulher, não conseguia nem mesmo olhar para ele. É possível que ele considerasse suas perguntas uma expressão das dúvidas que ela tinha acerca do que ele dizia, das dúvidas em relação a sua alegria. E é óbvio que sua mulher não podia duvidar dele, devia sim respeitá-lo e de vez em quando apenas silenciar, alegre. Compartilhar a alegria que ele sentia também não faria mal, só um pouquinho, bem pouquinho, uma alegria feminina com certeza agradaria muito a Wilhelm. Helene tinha a impressão de que ele ficava satisfeito quando ela assentia, reconhecendo o valor daquilo que ele dizia, aceitando-o sem manifestar qualquer réplica. E será que no fundo ela não podia simplesmente aceitar o que ele dizia? Na noite anterior, ele se queixara um pouco, talvez estivesse apenas nervoso por ser a noite anterior ao casamento. Dissera, com os olhos voltados para o jornal, que às vezes era tomado pela suspeita de que sua Alice era uma natureza triste. Ao ver que não ocorrera a Helene nenhuma resposta, e ela se limitara a continuar limpando o fogão em silêncio, ele acrescentou: não era apenas tristeza que acreditava perceber nela de vez em quando, era também uma certa fragilidade.

Agora Wilhelm olhava com o binóculo. Em segredo, Helene sentia vergonha. Precisava lhe estragar a visão do belo no dia de seu casamento? Ficou em silêncio e perguntou a si mesma, com seriedade, o que ele estava querendo dizer, e o que aconteceria se os remadores alemães em algumas semanas fossem os vencedores nos Jogos Olímpicos. Também se perguntou por que Martha não respondia mais as cartas que lhe mandava, e decidiu escrever a Leontine. Leontine era confiável; ainda no Carnaval ela escrevera dizendo que se alegrava em comunicar que talvez pudesse conseguir que a sra. Würsich fosse liberada do Sonnenstein. Por sorte, a velha Mariechen permaneceu na casa, esperando, e ficaria verdadeiramente alegre com a volta de sua senhora. Leontine assinou como Leo, o que aliviou Helene. De quando em quando voltava a ler a carta, via o nome Leo e ficava feliz.

O veleiro de excursionistas lá embaixo, no cais, levantou âncora. Gaivotas voavam em torno do navio, provavelmente na esperança de que os passageiros jogassem algo comestível ao mar. Da chaminé, saiu uma fumaça negra. Helene sentiu uma gota pingar em sua mão. Wilhelm abriu a garrafa de cerveja. Ela não queria tomar seu refresco? Helene abanou a cabeça. Helene sabia que à noite teria de se entregar, inteira, inteira como ele ainda não a havia possuído. Isso o deixava feliz. Ela pensou lentamente, em grandes saltos. Pensou que não poderia usar sua boa e velha camiseta naquela noite. Se tivessem ficado em Berlim, poderiam ter dado uma festa de casamento, teriam de fazê-lo, mas ali, quem poderiam convidar? Martha, Leontine e Fanny não seriam companhias adequadas. Logo ficariam sabendo que algo não estava em ordem com seus documentos; Martha seria capaz de dar uma risadinha diante do juiz de paz. Erich também poderia aparecer e perturbar os festejos. O melhor mesmo era estar longe e evitar uma festa como aquela.

Helene pegou o saco de papel do cesto e enfiou a mão dentro dele. Ficava feliz quando comia passas.

Ainda fariam um pequeno passeio pelo porto com o Hanni ou o Hans, dependendo de qual dos dois antigos navios de passageiros, sobre os quais estavam alojadas verdadeiras casas, aceitaria levá-los naquele dia. Qualquer criança em Stettin conhecia as chaminés listradas de Maris. Há um bom tempo Helene desejava andar em um dos dois.

"Vamos." Helene pôs no pacote a faca e os restos de maçã, colocou a garrafa de cerveja vazia de volta no cesto e o cobriu com uma pequena toalha de tecido. Eles se puseram a caminho do baluarte. Wilhelm a pegou pela mão e Helene se deixou levar. Às suas costas, ela fechou os olhos; queria que ele a conduzisse como se fosse cega. O que poderia acontecer, no fundo? Sentia um cansaço gigantesco, uma fraqueza avassaladora. Gostaria de adormecer ali mesmo, mas ainda não havia passado nem a metade do dia do casamento. Wilhelm comprou duas passagens para a Hanni da linha Gotzlow. O navio balançava, de tempos em tempos Helene tapava a boca com a mão para que ninguém visse seus bocejos.

No passeio, enquanto o vento e o balanço do barco aumentavam, Wilhelm e ela não chegaram a conversar, sua união não havia simplesmente enfraquecido, havia desaparecido, fora rompida. Eram dois estranhos sentados lado a lado, olhando para direções opostas.

Só quando pediu ao garçom uma salsicha com mostarda, Wilhelm voltou a lhe dirigir a palavra: "Está com fome?" Helene assentiu. Estavam sentados sob o convés, mas, mesmo assim, as pancadas de chuva batiam nas vidraças do lado de fora e fios de água escorriam para baixo. O céu parecia ter se rompido, mas era Helene quem estava mal por causa do balanço da embarcação, e tinha os pés frios. Tudo era bem sujo naquele navio; as barras dos corrimãos colavam, mesmo o prato com a salsicha pedida por Wilhelm aos olhos de Helene parecia ter uma borda de sujeira lambuzada com a mostarda da pessoa que o usara anteriormente. Com esforço, conseguiu se conter e não chamar a atenção de Wilhelm para isso. De que adiantaria? Ele estava gostando da salsicha. Helene pediu licença, queria lavar suas mãos. Aquele balanço era capaz de deixar alguém doente, se é que já não tivesse deixado. Helene foi avançando, de corrimão em corrimão. Como pudera esquecer suas luvas? Um passeio sem luvas era uma aventura para lá de especial. Provavelmente Wilhelm zombaria dela por estar de luvas em pleno mês de maio, no casamento, e não se contentar em ter aberto mão do vestido de noivas tradicional. Teimosa como era, preferiu um traje branco, que, aos olhos dele, com certeza parecia simples demais. Mas a porta para a pequena cabine ao lado da escotilha, atrás da qual Helene esperava que houvesse um recipiente de água para as pessoas lavarem as mãos, tinha uma placa de INTERDITADO, de modo que Helene teve de voltar sem conseguir fazer o que pretendia. No navio, já começavam os preparativos para atracar: cabos eram lançados para fora, homens chamavam outros homens, o vapor foi puxado por dois marinheiros fortes até o píer. Helene sentiu uma coceira na garganta.

"Minha mulher, vamos sair pra comer e depois voltar pra casa?" Wilhelm pegou a mão dela ao desembarcar. Suas palavras soaram como o prólogo a uma peça de teatro, e, para completar, ele fez um salamaleque diante dela. Helene sabia o motivo daquilo. Ele exercitara sua paciência educadamente desde a manhã, a começar pelo registro civil, depois pelo pequeno passeio no carro novo, em que a levara a Braunsfelde e lhe mostrara as valas que logo receberiam o fundamento de sua nova casa, na Elsässer Strasse, até o piquenique à tarde e, inclusive agora, durante todo o passeio no porto. Helene se sentou no automóvel, amarrou o lenço novo em volta da cabeça, mesmo sendo um carro com teto, e se segurou no puxador da porta. Wilhelm ligou o motor.

"Não precisa ficar se segurando."

"Mas eu prefiro."

"A porta poderia se abrir, querida. Largue-a."

Helene obedeceu, suspeitava que continuar discutindo só o deixaria inutilmente mais nervoso.

Wilhelm havia reservado uma mesa no restaurante aos pés do castelo, mas depois das primeiras mordidas no Eisbein, disse que bastava. Se ela não quisesse mais nada, pediria a conta. Fez isso e levou a noiva para casa.

Ela havia feito a cama pela manhã, a cama de casal que ele encomendara há uma semana.

Wilhelm lhe disse que podia ir a seu quartinho, sem problema, para se trocar. Ela foi e se trocou. Vestiu uma camisola branca, que, nas últimas semanas, adornara com pequenas rosinhas e ramos de folhas estreitos, feitos com pontos que Mariechen havia lhe ensinado. Quando voltou, ele havia apagado a luz do quarto. Sentiu um forte cheiro de água-de-colônia. Estava escuro no quarto. Helene tateou, avançando.

"Estou aqui", disse ele, e riu. Sua mão foi ao encontro dela. "Não precisa ter medo, minha querida", prosseguiu ele, puxando-a para junto de si, na cama. "Não vai doer." Desabotoou a camisola dela; queria sentir seus seios; tateou por alguns momentos, às cegas, para cima e para baixo, para o lado, passando pelas costas e voltando, como se não encontrasse o que procurava. Em seguida, tirou as mãos dos seios de Helene e voltou a atenção à sua bunda. "Ora, aqui temos alguma coisa", disse ele, rindo da própria piada. Helene sentia a mão áspera dele entre suas pernas. Depois percebeu um movimento regular; seus olhos se acostumaram à escuridão; ele respirava baixinho, quase sem fazer barulho; o movimento se tornou mais forte, como se ele estivesse preparando seu membro; talvez não estivesse suficientemente duro, talvez preferisse buscar alívio sem Helene. Ela sentia a mão dele bater ritmadamente em suas coxas, até que esticou as próprias mãos e o tocou.

"Bom", disse ele, "bom". Estavam no escuro, e ele quase não fazia barulho ao respirar. Aquelas palavras a assustaram; ele estaria falando de si mesmo ou dela? Helene pegou a mão dele, queria ajudá-lo; sentiu o membro duro, a virilidade quente. Tinha o nariz colado ao peito dele. Aquele não era um bom lugar, a água-de-colônia fazia as mucosas das narinas arderem; como seria possível tapar o nariz, respirar pela boca, pela boca que passeava pela barriga dele, passando por uns poucos pêlos que não chegavam a atrapalhar? Helene baixou a cabeça; devia melhorar mais embaixo. Ela o procurou com os lábios. Ele cheirava a urina, seu gosto era salgado, azedo e um pouco amargo. Helene sentiu ânsias de vômito, e o ouviu dizer novamente "bom, bom" e também "isso você não precisa fazer, minha menina", mas já chupava seu membro, fazendo barulho, chupava, mexendo freneticamente a língua. Ele a puxou pelos ombros, talvez não estivesse achando aquilo agradável. "Alice?", disse ele como que em dúvida, como se não soubesse ao certo quem estava ali. Ela procurou sua boca, montada nele. "Alice!" A indignação parecia tomar conta de Wilhelm. Ele a agarrou pelos ombros, jogou-a na cama e se deitou sobre ela. Apertava-a com a mão trêmula, agora com a respiração bem ofegante como se tivesse perdido o controle, e seu membro se insinuava entre as pernas dela.

"É assim que funciona", afirmou ele, penetrando. "Bom", disse ele, e repetiu, "bom".

Helene queria se levantar, mas ele a apertou contra o colchão e se ajoelhou, provavelmente para ver como a penetrava, entrando e saindo; apoiou uma mão em seu ombro, com firmeza, para que ela não pudesse se virar, e, de repente, gemeu alto e deitou sobre ela, esgotado. Seu corpo era pesado.

Helene sentiu o ardor em seu rosto. Estava feliz por Wilhelm ter apagado a luz. Ele achava bobo as pessoas chorarem. Sua respiração era calma e regular. Helene se surpreendeu contando as respirações de Wilhelm, e, para evitar fazê-lo, passou a contar as batidas do coração dele, que estava sobre o seu corpo.

"Está surpresa, não?", perguntou ele, afastando o cabelo da testa de Helene. "O que me diz agora?"

Sua voz era suave e orgulhosa; ele fez a pergunta como se esperasse uma resposta determinada e bem específica.

"Você me agrada", disse Helene. Ela se surpreendeu por ter chegado a essas palavras. Mas era verdade, estava falando de um modo geral, apesar da última hora. Ele lhe agradava, assim como lhe agradava a empáfia com que ele acreditava em si mesmo. Ainda assim, Helene não pôde deixar de pensar em Carl, em suas mãos, em seu corpo que havia se fundido ao dela, tornando-se apenas um, às vezes com duas cabeças, às vezes sem nenhuma, em seus lábios suaves e em seu membro um pouco menor, quase pontudo, que havia ficado gravado na mente e nos movimentos dela.

"E agora vou lhe mostrar um outro jeito", disse Wilhelm em tom professoral. Rolou até as costas dela, agarrou-a pelos quadris e a puxou para si. "Aqui, assim." Ele a mexeu. "Um pouco mais rápido, isso."

Aquela conversa toda incomodava Helene. Teve de fazer muito esforço para prestar atenção nele, ouvir o que dizia, e depois voltar a esquecê-lo, esquecer de si mesma, a ponto de não ouvir nem ver mais nada.

"Lá. Olhe só. Agora pegue sua mão, aqui, e me segura."

Helene sorriu, esgotada. Era uma sorte ele não estar vendo seu rosto. Ele estocou e continuou falando, palavras breves, explicativas. Não queria contradizê-lo, não queria desafiá-lo. Ele apertava seus quadris, tentando se segurar para puxá-la.

"Assim é bom."

Helene se deixou mexer por ele algum tempo. Quanto menos queria, tanto mais ele parecia gostar. "Uma marionete", pensou Helene; não gostou da comparação, mas não sabia como poderia arrancar os fios das mãos dele. De repente, ergueu o traseiro, afastando-se dele.

"Puxa...", disse ele, ofegante. "Eu estava tão perto...", prosseguiu em tom lamentoso.

Helene pegou as mãos dele, queria segurá-las, mas ele a afastou, empurrou-a para longe, deitou-se em cima dela e voltou a penetrá-la. Como um martelo batendo um prego na parede, enfiava seu membro, golpe a golpe, em um ritmo uniforme, dentro dela. Não havia mais nenhum barulho, só aquele martelar, o cobertor e o colchão. Ele soltou um gemido alto e, em seguida, rolou para o lado. Helene fitava a escuridão.

Ele estava deitado de costas e estalava a boca, deliciado. "Isso é o amor, Alice", disse.

Ela não sabia o que responder. Ele se voltou imediatamente para ela, beijou seu nariz e depois lhe deu as costas. "Você me desculpe", disse ele, quando puxou o cobertor, "não consigo dormir quando sinto a respiração de uma mulher em meu rosto".

Helene não conseguiu dormir por muito tempo. Pouco lhe interessava que mulheres haviam respirado em seu rosto, quando ou onde o haviam feito. O sêmen de Wilhelm escorria como um riacho de dentro dela e grudava nas pernas. Era como se tivesse dormido apenas dois minutos, quando voltou a sentir as mãos dele em seus quadris.

"Assim está bom, sim", disse ele, virando-a de bruços. Ajoelhou-se atrás dela, puxou-a para si e a penetrou.

Ardia. Ele apoiava a mão grande em suas costas a ponto de doer, apertava-a no colchão. "Isso, pode se mexer, não vai conseguir me escapar."

Helene chutou com todas suas forças o joelho dele, fazendo-o dar um grito.

"Mas o que é isso?", exclamou ele, pegando-a pelos ombros; e pararam. "Não está gostando?"

"Quer que eu mostre como gosto?", perguntou Helene em legítima defesa, por assim dizer, já que não lhe ocorrera nenhuma resposta e não queria magoá-lo, mas ele concordou. "Quero, mostre." Ela se aproximou dele, de seu corpo grande; ele estava ajoelhado no colchão, sentado sobre os calcanhares, com o membro pesado e mole pendendo sobre as coxas fortes. "Quer que eu me deite?", perguntou ele com ar desconfiado, talvez estivesse apenas inseguro.

Helene respondeu que sim, ele podia se deitar. Inclinou-se sobre ele, farejou seu suor, seu peito e a água-de-colônia, aquele suor, cujo cheiro era um tanto estranho. Pegou o lençol e secou o peito e a testa dele, suas coxas, primeiro por fora, depois por dentro. Ele estava deitado de costas; tinha o corpo tensionado, como se estivesse com medo.

Ela lambeu sua pele até que ele risse.

Ele lhe pediu que parasse, dizendo que sentia cócegas. "Assim não", disse ele.

Helene pegou as mãos dele e as colocou em seu torso quase sem seios. Elas ficaram indecisas ali, sem saber o que fazer. Helene se deitou sobre ele e se mexeu, apertando o corpo no dele, passando os lábios em sua pele, deixando que seus dentes tocassem as extremidades macias de dedos e unhas; ela esfregava as partes pudendas no corpo dele e aproveitou a excitação do marido para se sentar sobre ele. Ela o cavalgou, baixando o tronco para ficar mais próxima, depois se inclinou para trás a fim de sentir o ar, ouvir a respiração dele, seu desejo... e também sentiu desejo.

"O que está fazendo comigo?" Wilhelm parecia surpreso, quase espantado. Ele não esperou pela resposta. "Você é um animal, um verdadeiro animal." Pegou o rosto dela e beijou sua testa. "Minha mulher", disse ele. Depois, disse para si mesmo, em tom de reforço, para ter certeza. "Minha mulher."

Não gostaria de sua boca? Helene se perguntava por que ele não a beijava, por que evitava sua boca. Ele se levantou e saiu. Helene ouviu barulho de água; ao que tudo indica, estava se lavando.

Quando voltou e se deitou pesada e hesitantemente ao lado dela, no colchão, perguntou em voz rouca: "Posso acender a luz?"

"Mas é claro", disse Helene. Sentia um friozinho agradável, e havia puxado o cobertor até abaixo de seu queixo. Ao clarão da luz, ele parecia todo amarrotado; as sombras mostravam nele rugas que Helene ainda não conhecia. Provavelmente também estava vendo nela estrias, pequenas mossas, valas, crateras que até então não conhecia.

"Preciso lhe perguntar uma coisa", disse ele, puxando o outro cobertor sobre o corpo. Olhava seriamente para ela. Será que seus olhos a investigavam? Será que ele estava com medo?

"Há métodos para isso", disse ela, "não se preocupe".

"Métodos?"

"Para evitar uma gravidez", acrescentou ela.

"Não estou falando disso." Wilhelm estava visivelmente confuso. "Por que eu haveria de querer evitar uma gravidez? Ou você? Não, preciso lhe perguntar outra coisa."

"O quê?"

"Fui lá fora e me lavei."

"Sim?"

"Pois é, como posso dizer...? Normalmente, acho que... ou melhor, acho que deveria... pelo menos achava que teria de..." Como que para encorajar a si mesmo, ergueu o queixo dela com o indicador. "Você nem sangrou."

Helene fitou seu rosto desnorteado. Ele esperava que estivesse menstruada, ou que sangrasse por outros motivos? Agora era ela que erguia uma das sobrancelhas, sem entender. "E daí?"

"Você sabe o que isso significa", disse ele, visivelmente incomodado. "Você é enfermeira, portanto não se faça de ingênua."

"Não sangrei, não. Se tivesse sangrado, estaria machucada."

"Achei que ainda fosse virgem." A dureza na voz de Wilhelm surpreendeu Helene.

"Por quê?"

"Por quê? Está querendo zombar de mim? Eu a deixo em paz há três anos, arranjo uma certidão de nascimento para você, ficamos noivos, maldição, por que foi que pensei isso? Escute aqui, como eu poderia saber que você..." Wilhelm estava aos berros. Sentou-se e, diante de Helene, começou a dar socos no colchão, o que a fez recuar involuntariamente. Ela percebeu que ele tinha posto uma cueca curta, branca, e estava sentado ali, de cueca, quando socou novamente o colchão. Escapando da cueca ela viu seu pau, que descansava sobre a coxa como se não tivesse nada a ver com o caso, só saltara de leve quando ele bateu no colchão. "Por que foi que pensei isso, você ainda pergunta? E eu me pergunto por que foi que fiz tudo isso. Que coisa absurda essa aqui, uma farsa, tudo uma farsa idiota." Disse isso e mais uma vez deu um soco no colchão, o que fez seu pau mole saltar na cueca. "O que é, por que está recuando assustada? Está com medo, por acaso?" Ele abanou a cabeça; sua voz se tornou mais baixa e cheia de desprezo. "Essas lágrimas são puro teatro, mocinha." Amargurado, Wilhelm sacudia a cabeça, resfolegava pelo nariz, um resfolegar seco, um resfolegar que não revelava nada além de desprezo, e era com desprezo que a olhava. Abanou a cabeça mais uma vez. "Como fui burro", disse, batendo a mão espalmada na testa. "Sou mesmo um idiota", exclamou entre os dentes. "Que teatro, tudo isso aqui." Ele abanava a cabeça e resfolegou seco.

Helene queria entender o que o deixava tão furioso. Tinha de ser corajosa. "Por quê...?"

"Isso é monstruoso, sabia?", bradou Wilhelm interrompendo Helene. Ela não podia dizer uma frase sequer, ou levantar a voz, por mais hesitante que parecesse. "O que quer comigo afinal de contas, Helene?", berrava ele, como se estivesse rosnando.

Aquela havia sido a primeira vez que ele a chamara de Helene? Seu nome soou como uma palavra estranha na boca de Wilhelm. A estranheza com que olhava agora para Helene fazia com que ela se sentisse solitária. Ela estava deitada em sua cama conjugal, com o cobertor puxado até o queixo, os dedos retorcidos em garras frias ali debaixo, sim, garras, que não conseguia mais abrir, mesmo que quisesse, pois tinha de segurar a coberta que a escondia, que escondia seu corpo da sanha dele; o leve ardor em seus lábios vaginais não era desagradável, estava deitada na cama conjugal que ele comprara para o casamento com uma virgem, na qual ele queria ensinar o amor para uma virgem. Quem pensou que ela fosse? Que mal-entendido os levou a ficar juntos naquela cama?

Wilhelm se levantou. Pegou seu cobertor, enrolou-o nos ombros e deixou o quarto. Fechou a porta atrás de si; ela deveria ficar onde estava, para trás. Helene tentou pensar em coisas que fizessem algum sentido. Não pareciam fáceis. "Sra. Alice Sehmisch", disse a si mesma na escuridão. Seus pés estavam frios como suas garras, sim, garras geladas no mês de maio.

Quando tudo ficou em silêncio, Helene foi sorrateiramente até a cozinha, lavou as mãos, pôs água para esquentar, misturou água quente e fria na bacia esmaltada, acrescentou um pouco de vinagre, e se sentou sobre ela para se lavar. Sabão não faria mal, e talvez um pouco de iodo. Com a mão em concha, pegou a água e procurou os lábios de sua abertura, das pregas macias e lisas, se lavou, lavou o que havia dele dentro dela. Água mole, água dura. Lavou-se por muito tempo, até a água esfriar, depois lavou as mãos na pia.

De volta à cama, os pés não queriam esquentar. Não conseguia dormir mesmo, e foi até com gosto que se levantou e preparou o café-da-manhã. Comprara ovos. Wilhelm gostava de ovos, eles só não podiam ficar moles demais. Será que falaria com ela? O que é que diria?

Na primeira meia hora depois de se levantar, se lavar, se barbear e se pentear, Wilhelm parecia que não falaria mais com ela, talvez nunca mais. Helene pensou que poderia lhe escrever bilhetes no futuro, e ele também. Poderiam treinar a linguagem dos sinais. Ele lhe escreveria bilhetes dizendo o que ela deveria resolver para ele e o que desejava para o jantar. Em outro bilhete, ela lhe diria que não conseguira encontrar enguias, e que a mulher da peixaria colocara os linguados em promoção naquele dia. Helene podia ficar em silêncio sem problema nenhum, ele haveria de ver.

Wilhelm se sentou à mesa e provou um gole de café. "Isso é café puro?", perguntou repentinamente, e ela assentiu. Sabia que café puro era uma das coisas de que ele mais gostava. Café puro vinha logo depois dos automóveis, com certeza antes ainda das antenas de rádio dos navios, e ela só não tinha certeza sobre qual era a posição dos remadores e dos saltadores de esqui naquela escala.

"Para festejar o dia, foi o que pensei. A primeira manhã do casamento."

"Boa idéia", disse ele. Assentiu fingindo reconhecimento e sorriu, sorriu consigo mesmo, sem levantar os olhos para ela.

"Estou sentindo cheiro de pão torrado, ou estou enganado?"

"Não está enganado, não", disse Helene, afastou-se um pouco, abriu a tampa da torradeira e lhe estendeu um pão torrado.

"Que tal se você se sentasse?"

Helene obedeceu, puxou a cadeira e se sentou diante dele.

"Vejam só o que fui arranjar", constatou Wilhelm. "Gato por lebre", e abanou a cabeça. "Nenhuma noção de honra. E pensar que sujei as mãos por causa disso, falsifiquei documentos, providenciei uma maldita identidade pra você." Wilhelm abanou novamente a cabeça e mordeu o pão torrado.

Helene agora imaginava a vergonha que ele devia estar sentindo.

"Vamos tentar mesmo assim." Helene disse a frase na esperança de que a virgindade em pouco tempo lhe parecesse ridícula.

Wilhelm assentiu. "Não vou deixar que me botem cornos à testa, que isso fique bem claro", declarou ele estendendo-lhe a xícara para que ela lhe servisse leite.

Wilhelm havia providenciado os documentos para ela, havia se tornado passível de punição. Agora podiam se temer mutuamente: um podia denunciar o outro. Pela primeira vez, Helene entendeu qual era a diferença fundamental entre eles. Wilhelm fazia parte da sociedade, era alguém, havia construído algo na vida. Tinha algo a perder, sua reputação, sua honra, da qual com certeza também fazia parte a honra de sua mulher, sua fé, seus acordos com o povo, com a nação alemã, à qual seu sangue pertencia e à qual queria servir com o próprio sangue.

"Hoje poderíamos dar um passeio em Swinemünde", principiou Helene, de tão assustada que estava por temer que Wilhelm do contrário pudesse reconhecer quais os pensamentos que se espraiavam em sua mente, como o horror tomava conta dela, a vergonha, o nada.

"Faça-me um favor, Alice, me poupe por hoje. Sei que gosta do mar, do porto. E não venha me dizer que o passeio de ontem não foi suficiente."

"Infelizmente a noite não foi fácil", disse Helene, querendo mostrar compreensão.

"Esquecida. A noite já foi esquecida, está me ouvindo?" Wilhelm lutava para demonstrar uma voz firme, e Helene viu lágrimas em seus olhos. Lamentava muito. "Eu não sabia que..."

"O quê? O que não sabia?"

Helene não podia dizê-lo. Envergonhava-se de sua leviandade. Sequer lhe passou pela cabeça que o amor dele pudesse fazer questão da inocência dela.

"Já tive mulheres. Mas o casamento...", e Wilhelm abanou a cabeça sem olhar para Helene, "é outra coisa". Wilhelm mordeu o lábio; deveria estar imaginando que não poderia se chegar a um consenso sobre isso retroativamente. "Ontem à noite, houve momentos em que você se comportou como um animal, como uma gata selvagem."

Uma lágrima rolou de seus olhos. Dos olhos de um homem que Helene jamais vira chorar.

Gostaria de tê-lo abraçado. Mas que consolo poderia lhe oferecer?

"Você foi assim provavelmente com muitos, não?" Agora Wilhelm a olhava com desprezo. Ela teve dificuldade em suportar aquele olhar, mas algo ali foi se suavizando; no fundo daqueles olhos já se podia notar uma súplica. Wilhelm parecia querer que lhe dissesse que ele era especial, um amante grandioso, não um, mas o amante, o único amante.

Helene esticou seus dedos, dobrou-os, esticou-os; eles estalaram de forma inaudível. Queria lavar as mãos. E, ademais, o que importava se mentisse um pouco? Olhou para ele por sobre a mesa, ainda tinha tempo para fazê-lo. Era bem simples. Ele não perceberia nada. Abanou a cabeça e baixou os olhos. Quando voltou a abri-los, cautelosamente, viu que ele queria acreditar nela.

Wilhelm se levantou; estava usando a camisa que ela passara ainda pela manhã. Aparentemente tinha de ir trabalhar. Tocou o ombro dela, agradecido e furioso ao mesmo tempo. Respirava fundo, depois bateu nas suas costas. "Minha menina." Olhou para o relógio. "Tenho que sair depois pra dar uma olhada na construção, os trabalhadores gostam de relaxar durante o final de semana. Combinamos uma reunião secreta, se você esperar no carro, pode ir junto."

Helene assentiu. Wilhelm a segurou pelo pulso. "Mas primeiro vamos pra cama." Um triunfo sutil se manifestou em seu rosto. Aquilo em seus olhos era o despotismo oriundo da humilhação, do despeito e do desejo? E será que um homem não tinha o direito de dispor de sua mulher? Foi empurrando Helene à sua frente até o quarto, fechou as cortinas, abriu a calça com uma das mãos e com a outra apalpou a saia dela. "Levante a saia", disse ele.

Helene levantou a saia, coisa que não era simples. Tinha feito aquela saia havia apenas algumas semanas, seguindo um modelo da revista *Mode und Wäsche*. Ia ficando cada vez mais estreita, em direção à bainha, e tinha uma abertura bem curta na parte de trás. Helene encontrara um tecido bonito, algodão de cor creme com flores azuis estampadas, era uma saia ousada, que terminava bem afunilada entre a barriga da perna e o tornozelo. Wilhelm começou a ficar impaciente, e suspirou fundo. Logo, porém, conseguiu, e a saia subiu o suficiente. Tinha de se lembrar que a roupa estava de molho há muito tempo, que ainda tinha de limpar o peixe para o almoço, que já, já precisava pôr a sopa no fogo, e, se quisessem mesmo comer ensopado de feijões à noite, ainda não conseguira achar o tempero. Wilhelm mandou que ela se ajoelhasse sobre a cama.

Vinte e sete de setembro. Chegara, enfim, o grande dia. Dia pelo qual não apenas Wilhelm esperava ansioso como nenhum outro, dia pelo qual a Alemanha inteira esperava.

Pela manhã, mal Helene acabara de se vestir, percebeu o olhar de Wilhelm cravado em seu traseiro. Ele a envolveu pela cintura e passou a língua em sua boca. "Você é a primeira mulher que gosto de beijar, sabia disso?" Helene sorriu, insegura, depois pegou sua bolsa de mão. A cada dia Wilhelm gostava mais de vê-la insegura. Uma vez que conhecia as preferências do marido, ela volta e meia se mostrava hesitante. Nada mais fácil que isso. "Deixe-me ver a liga de suas meias. Está usando aquela com as pequenas âncoras?" Wilhelm apalpou o tecido firme da lã em busca das tais ligas.

"Temos que ir, Wilhelm."

"Não se preocupe, estou de olho no relógio." Ele disse isso com ternura, e se mexia suavemente. Sobretudo antes de um recomeço, e mais ainda de um dia grandioso como aquele, Wilhelm não queria sair de casa antes de ter se apossado dela pelo menos brevemente. Pegou a saia de Helene, puxou-a mais para cima, baixou sua calcinha até onde conseguiu; ela não atendera a seu desejo de usar a calcinha sobre a liga. Helene sentiu que ele a penetrava. Enquanto Wilhelm dava suas estocadas curtas e rápidas, ela não podia se impedir de pensar que Carl sempre a desnudara completamente. Ele lhe acariciava os seios, os braços, os dedos. Para Wilhelm, depois da primeira noite, bastava levantar a saia dela.

Aquelas estocadas não duraram nem um minuto, e ele já empurrava Helene, que ainda estava com a bolsa de mão presa ao pulso, contra a mesa. Ele estacou por algum tempo, e em seguida deu algumas palmadinhas no traseiro dela. Ao que parecia, havia terminado. Ela não sabia se ele havia gozado ou se simplesmente perdera o desejo.

"Podemos ir", disse Wilhelm. Voltou a erguer as calças, que haviam escorregado até o chão, e abotoou o cinto. Wilhelm se olhou no espelho. Abriu a camisa e passou água-de-colônia generosamente no peito.

Helene queria se lavar, mas Wilhelm disse que lamentavelmente não havia tempo para isso agora. Aliás, sua mania constante de se lavar o deixava louco. Ele pegou seu sobretudo, o vestiu e foi fitar-se no espelho. Do bolso interno, tirou o pequeno pente e penteou o cabelo.

"Acha que está bem assim?"

"Mas é claro", disse Helene, "você está muito bem". Ela vestira seu sobretudo e esperava.

"O que é isso aqui atrás?" Wilhelm virara o pescoço para poder ver melhor as próprias costas.

"O quê?"

"Ora, isso aqui? Não está vendo esse friso estranho? E, além disso, o sobretudo está cheio de fiapos. Poderia dar um jeito nele, por favor?"

"Mas é claro", disse Helene. Pegou a escova da cômoda e passou sobre o sobretudo de Wilhelm.

"Aqui no braço também. Não tão forte, criança, o tecido é finíssimo."

Enfim estavam prontos para sair. A calcinha de Helene estava molhada; Wilhelm brotava de dentro dela enquanto caminhava mais ou menos três metros à sua frente, em direção ao carro. Talvez também já fosse um pouco de sangue; há três meses voltara a sangrar, e amanhã, talvez até mesmo hoje, a menstruação chegaria.

A inauguração da auto-estrada do Reich foi um festejo que não queria mais acabar, com discursos e louvores, promessas acerca do futuro, a Alemanha e seu Führer. *Heil.* Helene achava que qualquer um à sua volta devia estar admirado ao constatar o cheiro forte de sêmen, o sêmen de Wilhelm, que ela exalava. Havia dias em que sentia o cheiro daquele sêmen como uma marca. Pelo jeito, Wilhelm não o percebia. Ele estendeu o braço e ficou parado ao lado dela, com suas costas largas, imóvel durante horas. Naquele dia estava sendo inaugurado seu trabalho mais representativo até então. Foram feitos agradecimentos a todos os trabalhadores envolvidos, também àqueles que haviam arriscado sua vida e àqueles que a haviam perdido. Não foi explicado por que a haviam perdido. Talvez um deles tivesse caído de uma ponte, outro, debaixo do rolo compressor. Helene imaginou os tipos de morte possíveis ali. De qualquer modo, era uma morte heróica, assim como toda a construção havia sido heróica. A referência ao número de desempregados que havia baixado visava a reforçar a afirmação de que, também através da construção daquela e das próximas auto-estradas, o desemprego na Alemanha estava sendo combatido gloriosamente. Quando Wilhelm foi convidado a se adiantar para receber suas honrarias, não mais voltou os olhos para Helene — era provável que os tapinhas nos ombros dados por seus colegas o impedissem de fazê-lo. Wilhelm apertava mãos, levantava o braço aos céus e olhava com um certo orgulho à sua volta. Sua excitação parecia tão grande que ele se esquecia do sorriso. Talvez, também, o lugar e a oportunidade lhe parecessem sagrados demais para ousar um sorriso. Agradeceu com voz firme, agradeceu a todos, desde a pátria alemã até a secretária do primeiro clube alemão do automóvel, representando todas as senhoras. "*Heil, heil, heil,* a todos um *heil,* um *heil, o heil.*" Ao contrário dos seis senhores que haviam sido homenageados e condecorados antes dele, Wilhelm não vislumbrou a lacuna minúscula que poderia aproveitar para agradecer também à sua esposa. Talvez por não terem filhos, afinal de contas os que discursaram antes dele puderam agradecer a suas famílias pelo apoio especial dado nos últimos tempos.

Antes de os convidados de honra saírem em comboio para o banquete geral, Helene se despediu, assim como a maior parte das esposas. Afinal de contas, ela tinha de preparar o jantar e lavar a roupa. Wilhelm lhe disse na despedida que esperava poder estar em casa às seis horas, mas que, se por ventura não chegasse a tempo para o jantar, ela, por favor, não esperasse por ele. Em dias como aquele, às vezes podiam acontecer atrasos.

Helene esperou, mesmo assim. Especialmente para aquele dia, havia preparado sopa de cevadinha com cenouras e toucinho, o prato predileto de Wilhelm. As batatas esfriaram, o fígado fresco e as cebolas estavam prontos para serem assados, ao lado do fogão. Uma vez que Helene detestava cevadinha e fígado, e não conseguia nem engoli-los mesmo disfarçando, pareceu-lhe absurdo esquentar a sopa mais uma vez tarde da noite. Escreveu duas cartas a Berlim, uma a Martha, aliás, Elsa, e uma a Leontine. Queria saber por que Martha não dava notícias. Ainda escreveu uma terceira carta a Bautzen, que levaria o selo do correio de Stettin, mas no remetente se limitou a pôr apenas seu prenome: Helene, que escreveu em garatujas de criança, para que o funcionário dos correios achasse que se tratava do cumprimento cordial de uma menininha ainda pequena, talvez um *Heil*, e não desconfiasse de nada. Ainda não contara a sua mãe nem a Mariechen que assumira um novo nome e se casara. Junto com Martha e Leontine, decidiu que uma notícia dessas apenas poderia deixar a mãe inutilmente agitada. E Helene escreveu, portanto, que estava bem, e que por motivos profissionais viajara a Stettin, a fim de procurar um emprego, que em Berlim ela no momento não conseguia encontrar. Pediu informações sobre o estado da mãe, e que as respostas como sempre fossem enviadas ao endereço de Fanny. Abriu a secretária de Wilhelm e pegou a caixa com o dinheiro. Sabia que Wilhelm não gostava quando ela pegava dinheiro sozinha. Mas depois que lhe pedira, há três meses, um pouco de dinheiro para a mãe, e o marido a olhara manifestando incompreensão — afinal de contas, nem conhecia aquelas pessoas e também não acreditava que Helene continuasse querendo chamá-las de parentes —, sabia que ele negaria qualquer pedido seu. Podia ser algum descuido administrativo, talvez uma desapropriação; os motivos exatos Helene não conhecia, mas fato é que não haviam mais chegado a Bautzen os pagamentos referentes ao aluguel de Breslau. Ademais, Martha dissera certa vez que só podia mandar dinheiro para a mãe de três em três meses, pois o que ganhava já não era suficiente. Em uma carta enviada a Berlim, Mariechen pedira que lhes mandassem provisões, pois estavam precisando de sabão e alimentos, mesmo que secos — ervilhas, frutas, aveia e café —, isso sem falar em tecido para fazer roupas. Helene pegou uma nota de dez da caixa e hesitou ao ver que uma segunda nota de dez atraía seu olhar, em cima de uma terceira. Mas Wilhelm contava o dinheiro. Além do mais, para aquela única nota de dez ela teria de inventar uma história verossímil. A mentira mais simples seria que ela havia perdido o dinheiro para as compras, dinheiro que ele lhe deixara contadinho na noite anterior. Mas Helene já tinha usado essa desculpa uma vez. Pegou a nota de dez, enfiou-a no envelope que mandaria a Bautzen e em seguida colou-o, fechando-o. Se o dinheiro chegaria e onde seria entregue era outra questão; Helene não sabia nem mesmo que fim levara sua última carta.

Costurou, passou e engomou o colarinho de Wilhelm antes de ir para a cama, quando já era quase meia-noite. Wilhelm chegou depois das quatro da madrugada. Sem acender a luz, deixou-se cair na cama, vestido mesmo, ao lado de Helene, roncando satisfeito. Helene conhecia a diferença de seus roncos: havia o ronco rouco, o ronco leve do Wilhelm despreocupado; havia o ronco teimoso do Wilhelm difícil de lidar e que ainda não se mostrava satisfeito. Todos eles tinham uma motivação especial e revelavam a Helene em que estado de humor seu marido se encontrava. Helene deixou-o roncar. Pensou na irmã e ficou um pouco preocupada, afinal de contas Martha podia não estar bem de saúde, talvez tivesse acontecido algo com ela e Leontine, mas ninguém lhe comunicaria nada, porque oficialmente não se sabia que existia uma irmã, muito menos qual era o seu nome.

Depois de uma hora, o ronco de Wilhelm se tornou impaciente. De repente, emudeceu de vez. Wilhelm se levantou, saiu do quarto a passos rápidos e desceu até o meio da escada. Quando voltou, Helene, de costas para ele, ficou esperando ouvir o ronco recomeçar. Mas não recomeçou. Em vez disso, sentiu de repente a mão de Wilhelm em seus quadris. Helene se virou para ele; um cheiro de cerveja e aguardente, misturado a perfume doce, veio ao seu encontro. Já o sentira antes, mas não tão forte.

"Que grande dia pra você, deve estar aliviado", disse ela, pondo a mão na nuca do marido; a sensação do cabelo cortado há pouco era estranha.

"Ora, aliviado... Só agora as coisas vão começar, queridinha, começar de verdade." Wilhelm não conseguia articular mais as palavras direito. Enfiou a mão entre as pernas de Helene e os dedos entre seus lábios vaginais. "Ora", disse ele, quando ela quis afastar a sua mão. "Vamos, seu animalzinho, bocetinha gostosa, vamos." Imobilizou os braços de Helene ao lado do corpo e a virou. Ela se defendeu, e isso o excitou, talvez achasse que ela estava se defendendo para excitá-lo, para torná-lo ainda mais selvagem. "Que bundão", disse ele. Helene se contraiu, assustada.

Toda maldita mulher, dissera ele um dia, acreditava que conseguia enxergar o que se passava no coração das pessoas, mas ele conseguia enxergar as vergonhas dela por dentro, espiar bem fundo dentro de seu sexo, dentro daquela que com certeza era a abertura mais funda de seu corpo, a mais suculenta, uma abertura que pertencia somente a ele, uma abertura que ela por certo jamais conseguiria ver por si mesma — tão próxima, tão direta. Há pouco, ainda, Wilhelm devia ter estado com uma prostituta, junto com seus colegas, pois Helene sentira o cheiro do perfume floral. Até um espelho permitia a vista apenas de través. Uma mulher jamais seria senhora do olhar. E, sendo assim, poderia muito bem ver nos corações, em quantos quisesse.

Para completar, Wilhelm bateu no traseiro de Helene. "Isso foi bom", disse ele gemendo, "muito bom". Deixou-se afundar no colchão e virou para o lado. "Depois vamos até Braunsfelde", murmurou ele.

"Também poderíamos ir à beira-mar", sugeriu Helene.

"Mar, mar, mar. Você sempre quer sair pra ver o mar. Lá ss... sso", e Wilhelm teve de rir, "sssopra um vento bem frio".

"Mas já estamos quase no verão, ontem com certeza fez pelo menos vinte graus."

"Lá, lá, lá, lá, lá." Wilhelm estava deitado no meio da cama, as costas para Helene, e estalava a língua. "Minha mulher, a Ilsebill... É mesmo como naquele conto de fadas, o *Vom Fischer und seiner Frau*. Sim, eu deveria chamar você de Ilsebill. Quer sempre saber mais que os outros, não é? Mas pouco importa. Vamos a Braunsfelde."

"A casa já está pronta?"

"Já. Mas não vamos morar nela."

Helene não disse nada, talvez aquela fosse uma das piadas que ela nem sempre entendia logo.

"Está surpresa, não é? Vamos a Braunsfelde para encontrar o arquiteto e os compradores da casa. Vamos assinar tudo. Não quero mais saber daquilo."

"Está brincando?"

"Talvez isso seja mesmo só uma questão de raça, queridinha, esse negócio de fazer brincadeiras." Wilhelm agora se virava para ela. "Não nos entendemos. Por que eu haveria de comprar uma casa aqui se os novos contratos ainda não foram negociados?"

Helene engoliu em seco. Ele jamais dissera de modo tão claro a palavra "raça", não relacionada diretamente a eles dois.

"Estão sendo planejadas novidades importantes para Pölitz, e acho que seria bem interessante." E Wilhelm já roncava; imediatamente após a última palavra começou o ronco. Para Helene era um mistério como um homem podia pegar assim no sono, tão de repente, mal tendo acabado de dizer uma frase.

Após o longo inverno, a pele de Wilhelm o incomodava. Haviam jantado, Helene tirou a mesa e ele se lavou usando um pano. Não sabia como deveria começar a conversa, uma conversa importante para ela.

"Nojentas, essas sujeiras, não acha?" Wilhelm estava diante do espelho e olhava ora sobre o ombro esquerdo, ora sobre o direito. Não era simples para ele se ver por trás, apesar das costas largas. Com a mão espalmada, tateou a própria pele: os ombros, a nuca. "Aqui atrás, olhe só, uma verdadeira cratera."

Helene abanou a cabeça. "Não me importo com elas." Estava parada junto à pia, lavando a louça em uma bacia.

"Você não se importa, eu sei." Um sorriso torturado escapou aos lábios de Wilhelm. "Você nem se importa com o meu aspecto." Ele não conseguia desviar os olhos das próprias costas. "Será que dá pra curar isso?"

"Curar? Você tem costas belas e fortes, o que quer curar?" Helene esfregava o fundo da panela, no qual já há semanas os molhos grudavam e queimavam. "Ou a gente tem espinhas ou não tem", disse ela, agora enxaguando a panela com água limpa.

"Ora, que ótima visão da vida." Wilhelm vestiu uma camiseta, se inclinou aproximando a testa do espelho e tateou a pele.

"Acho que zinco melhoraria as coisas." Helene não sabia se ele queria ou não ouvir seu conselho. E não conseguia deixar de pensar naquela outra coisa, naquilo que queria conversar com ele. Só que quando dizia a si mesma, em silêncio, a primeira frase, como se fosse um comunicado, uma notícia, como uma simples seqüência de palavras, sentia o sangue lhe subir ao rosto. As espinhas dele, por outro lado, de fato não lhe importavam, jamais a haviam incomodado. Nojo? Nojo sentia era de outras coisas.

No passado, ficara apavorada diante dos vermes na ferida de seu pai. Era assombroso vê-los se retorcer e se mexer na carne. Talvez estivesse apenas imaginando coisas, mas sua memória era boa, e de modo algum a iludia. Mas nojo? Helene pensou no assombro que sentira diante da ferida de seu pai. A mutilação de um corpo. Os judeus na condição de vermes... "o parasita sou eu", pensou ela, mas não chegou a dizê-lo. *Corpo* e *corpo do povo* não podiam ser comparados. Talvez pudesse aliviar o sofrimento de Wilhelm.

"Você espremeria o pus?", perguntou Wilhelm sorrindo para ela, com um jeito seguro e íntimo. A quem mais poderia pedir esse favor?

"Mas é claro, se você quiser." Helene ergueu as sobrancelhas; estava limpando a frigideira. "Mas isso não ajuda muito, a pele fica machucada e novas espinhas surgem."

Wilhelm voltou a tirar a camiseta, parou bem próximo dela e lhe mostrou as costas.

Helene pendurou a frigideira no gancho, tirou o avental e lavou as mãos. Depois foi cuidar dele.

A pele de Wilhelm era grossa, firme e bem clara, com poros grandes.

Wilhelm puxou o ar por entre os dentes. Tinha de lhe pedir que fosse bastante cautelosa. "Agora chega", disse ele de repente, virando-se para ela.

Helene viu Wilhelm vestir uma peça de roupa após outra, e por fim pegar os sapatos, examinando-os com cuidado para ver se estavam bem limpos, e em seguida calçá-los. Parecia ainda querer sair de casa, embora já fosse bem tarde.

"Vamos ter um filho."

Helene estava firmemente decidida a contar tudo a Wilhelm ainda naquela noite. Algo dera errado, com certeza não havia se enganando nos cálculos. Lembrava-se muito bem. Deve ter acontecido naquela noite em que Wilhelm chegara bem tarde em casa e a acordara. Sabia que aquele dia ainda era perigoso, e tentara fazê-lo desistir, mas não conseguiu. Mais tarde, ela se levantou e fez uma longa lavagem especial com vinagre, mas parece que isso não adiantou de nada. Quando a menstruação não veio, em um final de semana em que Wilhelm viajara para Berlim a trabalho e não quisera levá-la consigo de jeito nenhum, ela comprara uma garrafa de vinho tinto e a bebera sozinha até a última gota. Pegou sua agulha de tricô e enfiou dentro de seu corpo. Em algum momento, começou a sangrar e pegou no sono. Mas a menstruação não viera mais. Já há semanas sabia disso; tentara achar uma saída. Em Stettin, não conhecia ninguém; de Berlim, há meses não chegava mais nenhuma carta. Certo dia quis ligar para Leontine. Mas ninguém atendeu. Quando pediu o número de Fanny na central telefônica, a atendente lhe disse que aquele número não podia mais ser informado. Provavelmente Fanny não conseguira pagar as contas. Não havia mais saída, portanto, apenas certeza. Wilhelm ergueu os olhos dos sapatos.

"Nós?"

Helene assentiu. Pensou, primeiro temendo, mas depois com esperança, que Wilhelm pudesse estufar o peito de orgulho; acreditava que era o que ele mais desejava no mundo.

Wilhelm se levantou e pegou Helene pelos ombros. "Tem certeza?" O canto de sua boca tremia, podia-se ver nisso um certo orgulho, ali estava o primeiro sinal de alegria, um sorriso.

"Absoluta."

Wilhelm afastou o cabelo da testa de Helene. E, enquanto isso, olhou para o relógio de pulso. Era bem provável que houvesse marcado um encontro e alguém estivesse à sua espera. "Isso me deixa feliz", disse ele. "Muito. Muito mesmo."

"Muito mesmo?" Helene ergueu os olhos para o marido, duvidando. Procurava seu olhar. Quando ele estava parado à sua frente, ela tinha de levantar muito a cabeça para olhar em seus olhos, e mesmo assim isso só era possível quando ele percebia e baixava a cabeça. Ele não baixou os olhos dessa vez.

"Que pergunta é essa? Não está gostando de alguma coisa?"

"Não parece que esteja muito feliz de verdade."

Wilhelm lançou um segundo olhar ao relógio de pulso. "Suas dúvidas são horríveis, Alice. Está sempre esperando alguma outra coisa. Agora preciso ir a uma reunião urgente. Podemos conversar mais tarde?"

"Mais tarde?" Talvez fosse uma daquelas reuniões secretas de trabalho que nos últimos tempos obrigavam Wilhelm a sair de casa à noite cada vez mais freqüentemente.

"Meu Deus, agora não é o momento. Se eu chegar tarde demais em casa, conversamos amanhã."

Helene assentiu. Wilhelm pegou o sobretudo e o chapéu no cabide.

Mal a porta se fechara, Helene se sentou à mesa, enterrou o rosto nas mãos e bocejou. Os meses anteriores haviam sido um período de espera para ela; esperara cartas de Berlim, esperara que Wilhelm voltasse do trabalho para que ela pudesse ouvir outra voz, talvez não conversar com alguém, mas pelo menos escutar sons humanos. Sempre que lhe pedia permissão para se oferecer para trabalhar no hospital ele acabava recusando. As palavras "Você é minha mulher" eram uma explicação suficiente em sua opinião. Sua mulher não precisava trabalhar, sua mulher não *devia* trabalhar, não *queria* que sua mulher trabalhasse. Afinal de contas, ela tinha trabalho suficiente em casa. "Por acaso está se entediando?", perguntava ele algumas vezes, dizendo-lhe que poderia muito bem voltar a limpar as janelas, pois com certeza não fazia isso há meses. Helene limpava as janelas, ainda que as tivesse limpado há apenas quatro semanas. Esfregava-as com jornal até que as vidraças ficassem brilhando e suas mãos estivessem secas, rachadas e cinzentas da tinta de impressão. As únicas pessoas com as quais trocava uma palavrinha durante o dia eram a verdureira, o açougueiro e, às vezes, a peixeira, lá longe, junto ao porto. O merceeiro não conversava com Helene; não fazia mais que lhe dizer os preços. Os cumprimentos dela, ao chegar e ao partir, ficavam sem resposta. A maior parte dos dias passava sem que Helene tivesse dito mais que três ou quatro frases. Wilhelm não se mostrava especialmente disposto a conversar à noite. Quando estava em casa e não voltava a sair, coisa que ultimamente acontecia apenas uma ou duas noites por semana, ele respondia monossilabicamente.

Helene estava sentada à mesa e esfregava os olhos. Um cansaço formidável tomou conta dela. Ainda tinha de lavar as camisas de Wilhelm e passar a roupa de cama. No armário-despensa, sob o parapeito da janela, estava o osso da sopa. Uma pequena bolha de ar na barriga de Helene estourou. Será que era ar? Ela não comera nada que causasse fermentação, nem gases. Talvez fosse a criança. Seria essa a manifestação do movimento de uma criança? "Meu bebê", sussurrou Helene. Ela colocou a mão sobre sua barriga. "Meu bebê", repetiu ela, sorrindo. Não havia mais saída, ela teria um filho. Talvez fosse bonito ter um filho. Imaginou como seria a criança. Viu uma menina de cabelos pretos; ela deveria ter cabelos escuros e olhos ardentes como os de Martha, e um riso tão safado quanto o de Leontine. Levantou-se, botou as camisas de Wilhelm na grande panela de ferver e a colocou sobre o fogão. Depois, lavou e descascou as cenouras, e as colocou junto com o osso em uma panela cheia d'água, uma folha de louro e um pouco de pimenta. Helene descascou a cebola, enfiou um cravo nela e a pôs para cozinhar dentro da panela. Limpou o aipo, dividiu-o ao meio, e o enfiou entre as cenouras e o osso. Por fim, lavou também o alho-poró e as raízes de salsa. Não poderia se esquecer do alho-poró, mais tarde. Não gostava quando ele amolecia dentro da sopa durante a noite e no dia seguinte se desintegrava quando se queria pescá-lo para fora da panela.

Wilhelm só chegou em casa quando Helene já estava dormindo. O dia seguinte era domingo, e uma vez que ele não tomou a iniciativa de falar sobre a criança, Helene o fez: "O bebê é pro início de novembro."

"O quê?" Wilhelm cortava o pão com geléia usando garfo e faca, uma peculiaridade que chamara a atenção de Helene apenas há algum tempo. O pão que ela cortava não lhe pareceria limpo o suficiente por sair de suas mãos?

"Nosso filho."

"Ah, claro, é disso que está falando." Wilhelm mastigava tão barulhentamente, a ponto de se ouvir o barulho de sua saliva. Mastigava por muito tempo. Engoliu e pôs os talheres de lado.

"Mais uma xícara de café?", perguntou Helene já com o bule na mão, pronta para servi-lo.

Wilhelm não respondeu, muitas vezes se esquecia de fazê-lo. Ela serviu o café.

"Sabe o que acho...?"

"Olhe só, Alice. Você está esperando um filho, tudo bem. Se eu disse ontem que estava feliz, é porque estou, está me ouvindo? Feliz por você finalmente ter um pouco de companhia."

"Mas..."

"Não me interrompa, Alice. Realmente, isso é uma falta de educação da sua parte. Não pertencemos um ao outro, não devemos ficar juntos, isso você também sabe." Wilhelm tomou um gole de café, pôs a xícara de lado e pegou uma segunda fatia de pão do cesto.

Com certeza estava se referindo à união dos dois, ao casamento, ela na condição de mulher, ele na condição de homem. Algo naquela descendência devia incomodá-lo. Se Helene achava que ele ficaria feliz, ele ficava feliz ao que tudo indica apenas por ela, pela perspectiva de ela enfim ter companhia e não incomodá-lo por mais tempo. Mas não ficava feliz de verdade, não por si mesmo, não por causa de um filho. Não havia nem felicidade nem orgulho em seu rosto. Será que não gostava da união com a raça impura dela? Helene sabia que ele explodiria se ela o interrogasse nesse sentido. Ele não queria falar disso, sobretudo com ela.

"Não fique olhando para mim desse jeito, Alice. Você sabe o que estou querendo dizer. Acredita que estou em suas mãos? Está enganada. Eu poderia denunciá-la. Não a denuncio porque você está esperando um filho."

Helene sentiu um nó na garganta; sabia que não devia dizer nada, mas tinha de dizer. "Porque estou esperando um filho? Estou esperando um filho seu, nosso filho."

"Não se exalte desse jeito, está ouvindo?", berrou Wilhelm, dando um soco na mesa e fazendo as xícaras tilintarem sobre os pires.

"Foi você quem me fez esse filho, Wilhelm."

"Isso é o que você diz", retrucou ele, empurrando prato e pires para o lado. Não olhou para ela, e em sua voz havia mais indignação e desagravo que consternação. De repente, lembrou-se de algo. O escárnio apareceu em seu rosto. "Quem pode me garantir que você não dorme com outros, sua, sua...?" Wilhelm agora se levantava, parecendo não conseguir se lembrar da palavra adequada para insultá-la. Vagabunda; será que não se lembrava mesmo? Seus lábios estavam firmes, e seus dentes, bem emparelhados em duas fileiras, estavam bem visíveis. Ele estava apenas furioso, simplesmente furioso. "Vou lhe dizer uma coisa, Alice. Tenho o direito, está ouvindo, tenho todo o direito de fazer com você o que bem entender. Vai dizer que também não gostou? Vamos, confesse. Ninguém lhe mandou engravidar."

"Não", disse Helene baixinho, abanando a cabeça, "ninguém mandou".

"Pois então." Wilhelm juntou suas mãos às costas e ficou caminhando de um lado para outro. "Você deveria começar a pensar com o que vai alimentar sua cria. Não estou disposto a me responsabilizar sozinho por você e seu filho."

Helene não desgostou de ouvir aquilo; quantas vezes nos últimos meses já pedira a permissão dele? Como gostaria de voltar a trabalhar em um hospital... os doentes lhe faziam falta, faltava-lhe a certeza de que aquilo que ela fazia ajudava uma pessoa, de que era útil. Mas Helene agora não encontrava mais sossego para pensar nisso. Tinha de dizer outra coisa; ele pularia em seu pescoço, mas precisava dizê-lo. Helene ergueu os olhos para Wilhelm. "Sei por que não me denuncia. Porque foi você quem falsificou os papéis, porque não pode me denunciar sem denunciar a si mesmo."

De um salto Wilhelm se aproximou dela, Helene conseguiu pôr as mãos na cabeça, para se proteger, mas ele a agarrou pelos braços e a obrigou a se levantar da cadeira. A cadeira caiu no chão, às suas costas, fazendo estrondo. Wilhelm a empurrou até o outro lado da cozinha. Pressionou-a contra a parede, largou um de seus braços e, com a mão livre espalmada, apertou sua cabeça de encontro à parede com tanta força que chegou a doer. "Nunca mais diga isso. Sua víbora. Não falsifiquei nada, absolutamente nada. Conheci você com o nome de Alice. Onde meteu seus papéis não me importa. Ninguém acreditaria em você, pode ter certeza disso. Vou dizer que mentiu para mim, Helene Würsich."

"Sehmisch, meu nome é Sehmisch, sou sua mulher." Helene não conseguia mexer a cabeça, ela se debateu e se virou, tentando se soltar.

Tapou-lhe a boca com a mão. Seus olhos faiscavam: "Cale a boca." Esperou. Ela não podia dizer nada porque sua mão a amordaçava. "Você vai calar a boca, quero que isso fique claro. Não vou avisar pela segunda vez."

EM CERTA NOITE de setembro, Wilhelm convidou dois colegas com os quais trabalhava na grande obra de Pölitz. Helene não devia saber nada sobre as reformas e os planos, e só casualmente conseguiu descobrir uma coisa ou outra. Evitava fazer perguntas ao marido. Era provável que ele e os colegas estivessem planejando a nova disposição do terreno. Operários tinham de ser alojados, colônias inteiras deveriam encontrar seu lugar no acampamento. A usina de distribuição de água precisava de uma planta de obra que exigia uma logística de trânsito e abastecimento das mais sensatas, que ia muito além da estrutura de processamento químico. Wilhelm apresentou Helene a seus dois colegas como sua mulher. Seguindo suas ordens, ela preparou uma enguia no vapor, e agora servia os três homens sentados em volta da mesa.

"Cerveja!", exclamou Wilhelm, erguendo uma garrafa vazia, sem se voltar para Helene. Quase bateu com a garrafa na barriga dela. Helene a pegou de suas mãos e perguntou: "E os senhores?"

Um dos dois ainda tinha cerveja no copo; o outro assentiu, a cerveja podia rolar à vontade.

"Homem do Céu, Wilhelm, como sua mulher sabe cozinhar!"

"Enguia no vapor era uma especialidade da minha mãe", disse o outro, entusiasmado.

"Para alguma coisa ela tinha que servir", disse Wilhelm rindo e tomando um bom gole de sua garrafa. Seu olhar passou rapidamente pelo avental de Helene. "Ora, ora, mas ali está crescendo alguma coisa", acrescentou, rindo mais uma vez e agarrando, animado, os seios dela com uma das mãos. Helene se desviou. Será que seus colegas viram e ouviram o que ele fizera? Ela se virou para o outro lado, pois ninguém precisava saber que ela enrubescera.

"Pra quando é?", perguntou o colega mais jovem olhando para o prato, como se se dirigisse à enguia.

"Alice, para quando é?" Wilhelm estava bem-humorado, e olhou animado à sua volta, procurando Helene, que colocara as últimas batatas fumegantes dentro de uma vasilha e agora as deixava sobre a mesa.

"Faltam seis semanas", respondeu Helene, secando as mãos no avental e pegando a colher para pôr as batatas nos pratos dos homens.

"Já em seis semanas?" Não ficou claro se Wilhelm se surpreendia de fato ou apenas fingia. "Crianças, como o tempo passa."

"E mesmo assim você se candidata pra trabalhar em Berlim?", indagou o colega mais velho, surpreso. Helene não sabia nada a respeito de uma eventual mudança de Wilhelm para Berlim.

"Nos tempos de hoje precisam de nós em todos os lugares, Königsberg, Berlim, Frankfurt", disse Wilhelm, fazendo um brinde aos colegas. "Em pouco tempo estará tudo pronto em Pölitz, então vamos ver o que devemos fazer depois."

"É isso mesmo", disse o colega mais jovem, e em seguida bebeu.

Helene pôs as batatas no prato de Wilhelm por último. Ainda fumegavam; talvez estivesse frio demais na cozinha. Tinha de providenciar mais carvão. Desde que engravidou, sentia mais frio, e custava a perceber que a casa estava fria demais.

"Pode deixar, Alice, nós nos ajeitamos sozinhos. Pode se recolher agora." Wilhelm esfregou as mãos sobre o prato fumegante.

Era verdade, os homens haviam recebido sua comida e Wilhelm sabia onde estava a cerveja, ele mesmo poderia se levantar e providenciar o reabastecimento. Quando Helene saiu da cozinha, ouviu-o dizer aos colegas: "Vocês conhecem a da Renate-Rosalinde do arame farpado?"

Os colegas uivaram antes mesmo de Wilhelm conseguir continuar.

"Ela pergunta ao moço de férias: 'O que me diz do meu novo vestido?' 'Fabuloso', diz o cabo, 'é igualzinho a arame farpado'."

Os homens riram às gargalhadas. Helene colocou a tábua de passar no quarto ao lado.

"'Arame farpado?', pergunta a bela, 'como assim?'. 'Ora', e o cabo sorri amarelo e revira os olhos, 'protege o rosto, mas sem impedir a vista'."

Risos voaram pela sala. Helene ouviu as garrafas tilintando e batendo sobre a mesa. Um dos colegas, provavelmente o mais velho, disse: "Merecido é merecido."

O riso de Wilhelm superava o dos colegas.

Helene tirou do cesto a camisa que o marido vestiria no dia seguinte e a passou. Wilhelm havia lhe dado um ferro elétrico de presente de aniversário, há algumas semanas. Era estranhamente leve. Helene o fazia deslizar com tanta rapidez sobre o tecido que tinha de prestar atenção para passar a roupa mais devagar. Ao lado, riam alto, e vira e mexe Helene ouvia as garrafas baterem umas contra as outras, tilintando. Dentro de seu corpo, a criança espernava, batia em suas costelas do lado direito, o fígado doía, e, com uma das mãos, Helene sentiu a dureza da própria barriga. Provavelmente se tratava do bumbum da criança; ela agora só conseguia se virar com muita dificuldade, do lado esquerdo para o direito, fazendo a esfera de dentro da barriga se deslocar. A cabecinha às vezes pressionava tanto sua bexiga que Helene tinha de sair repetidas vezes de casa e descer metade das escadarias. Wilhelm não gostava que ela usasse o urinol durante a noite; era melhor que saísse se estivesse apertada. O pingar demorado no qual havia se transformado sua urina nas últimas semanas devia parecer insuportável ao marido, talvez ele agora sentisse nojo dela. Desde aquele desentendimento na primavera, Wilhelm não a tocara mais, nem uma única vez. No princípio, Helene pensou que ele estava apenas um pouco incomodado, mas seu desejo haveria de voltar a se manifestar em algum momento. Ela o conhecia muito bem, sabia quantas vezes a vontade e a luxúria insaciável o dominavam. Mas depois de dias e semanas sem reação, Helene teve consciência de que ele não a desejava mais. Helene se perguntava apenas raramente se era pelo fato de ela estar esperando um filho e ele não querer dormir com uma grávida — temendo incomodar a criança e porque o corpo dela lhe agradava cada vez menos —, ou se era porque ele simplesmente considerava a conseqüência de seu desejo tão assustadora e ruim, pois a consciência de ter gerado um filho o apavorava. Certa vez, acordara antes do amanhecer e ouvira uma respiração sincopada do outro lado da cama, em meio à escuridão. A coberta dele se mexia ritmadamente, até que, em dado momento, ouviu-se um gemido alto e o som do ar saindo de seus pulmões. Helene fizera de conta que estava dormindo, e aquela não seria a única vez que ouviria aqueles ruídos durante a noite. Não sentia pena dele, também não estava decepcionada. Uma indiferença agradável tomara conta dela no que dizia respeito a seu marido. Em outras noites, ele ficava por muito tempo fora, e ela sentia o cheiro adocicado de um perfume que parecia ainda mais intenso quando ele chegava ao quarto bêbado e tropeçando pela manhã e caía na cama, deixando claro para Helene que estivera com outra mulher. Também em noites como essas ela fazia de conta que estava dormindo. Era bom que ambos se deixassem em paz. Durante o dia, quando Helene voltava das compras, e depois de ter limpado a casa, amaciado e pendurado as primeiras roupas, gostava de ler por meia hora. Todo mundo precisa fazer uma pausa de vez em quando, dizia a si mesma. Lia o livro de um rapaz que freqüentava uma escola para criados em Berlim. Seu instituto se chamava Benjamenta. *Pensar bem, agir bem. A extinção absoluta da vontade própria*, que idéias deliciosas. Helene ria consigo mesma muitas vezes, sem fazer ruído. Mal se lembrava de algum dia ter se divertido tanto com um livro. Quando ela ria, sua barriga ficava bem firme e dura, o útero se distendia, o músculo grande protegia o pequeno de toda e qualquer excitação mais forte. Ela tinha pegado o livro emprestado na biblioteca proibida junto ao Rosengarten, porque nas Livrarias do Povo não havia mais livros daquela editora. Helene pensou na risada maravilhosamente safada de Leontine, nos carinhos deliciosos dos lábios de Carl, em seus olhos, em seu corpo. Não era nem um pouco fácil alcançar alguma coisa que estivesse diante de sua barriga grande, e também não conseguia mais, coisa que no passado gostava tanto de fazer, colocar um travesseiro entre as coxas e se deitar de barriga, provocando aqueles movimentos que achava tão deliciosos. A barriga estava grande demais para aquela posição; agora Helene apenas se acariciava e não pensava em nada.

Foi no meio da noite que Helene acordou sentindo um repuxar no ventre. Wilhelm estava passando o mês de novembro em Königsberg, onde tinha de discutir e planejar uma série de construções importantes. Sentiu mais uma contração e sua barriga enrijeceu. Acendeu a luz; eram três da madrugada. Com um banho quente, vários nascimentos podiam ser detidos ou retardados. Helene esquentou água e encheu uma grande cuba de zinco, na qual normalmente apenas Wilhelm tomava seu banho de vez em quando. Helene entrou na cuba e esperou. As dores agora vinham mais constantes. Ela tentou apalpar o corpo, mas o braço não atingia toda a extensão da barriga, e a mão não conseguia entrar tanto quanto era necessário na abertura; só conseguia sentir a carne macia e aberta. Contou as pausas, a cada oito minutos, a cada sete minutos, depois mais uma vez a cada oito minutos. Colocou mais água quente. Sete minutos, sete e meio, seis minutos. Os intervalos ficavam cada vez menores. Helene saiu da cuba e se enxugou. Sabia onde ficava o hospital. Havia passado por ele várias vezes, com uma permissão falsa dentro da bolsa, na qual tentara falsificar a letra de Wilhelm, pensando em se oferecer para conseguir um emprego. Ainda que Wilhelm tivesse lhe dito que ela deveria pensar em como sustentaria sua cria, ele era contra a idéia de ela procurar um emprego fixo estando grávida. Mais cedo ou mais tarde, ele ficaria sabendo, e possivelmente a arrastaria pelas orelhas para fora do hospital. Puxara sua orelha uma vez, com raiva por ela não ter visto uma prega em sua camisa. Ele a pegou pela orelha e a arrastou da cozinha até o quarto. Mais uma dor, as contrações agora eram tão dolorosas que Helene se dobrou involuntariamente sobre a barriga retesada. Tirou a camiseta de Carl de dentro do armário, que só passara despercebida por tanto tempo porque Wilhelm a incubia de providenciar as roupas que ele próprio iria usar. Vestiu a camiseta de Carl, e ela se esticou na barriga, subindo. Precisava respirar, apesar das dores, respirar fundo. Vestiu ceroulas, dores, a liga das meias que se prendeu embaixo da barriga, dores, meias, dores, o vestido por cima. Não podia esquecer a certidão de nascimento e o livro dos registros familiares, por isso foi pegar ambos na secretária de Wilhelm. Também pegou algum dinheiro. A noite estava fria, as calçadas estavam cobertas por uma fina camada de gelo, e Helene tinha de tomar cuidado para não escorregar, não podia perder o equilíbrio de jeito nenhum. Nas ruas vazias, tinha de parar a cada poucos metros. Respirar, respirar fundo. O que era aquela dor, ora, e Helene riu; a dor acabaria, sua filha iria nascer hoje, sua pequena, sua menininha. Seguiu adiante, e logo voltou a parar. Parecia-lhe que a cabeça da pequena já estava entre suas coxas, mal conseguia continuar andando de pernas fechadas. Respirar fundo e seguir adiante. De pernas abertas, Helene sapateava sobre o gelo.

No hospital, uma parteira a ajudou, tocando cautelosamente a barriga antes, que logo ficou firme, dura como pedra. As dores continuavam. Depois, a mulher pôs a mão dentro de sua vagina.

"Aqui está a cabecinha."

"A cabecinha, a senhora disse a cabecinha?", perguntou Helene, rindo nervosa e impaciente.

A parteira assentiu. "É, já posso sentir o cabelo."

"O cabelo?" Helene respirou fundo, fundo, mais fundo, fazendo o ar chegar até a barriga. Sabia como tinha de respirar, mas a parteira agora lhe dizia como devia fazê-lo.

"Quer se deitar, sra. Sehmisch?"

"Talvez." Respirar, respirar, respirar. Respirar livremente, respirar fundo. Segurar o ar, expirar.

"A senhora não quer chamar seu marido para que ele pelo menos venha buscá-la quando tiver terminado?"

"Mas eu já disse que ele está em Königsberg." Respirar fundo. Helene se perguntou como um feto se sentia quando tudo ficava tão firme e duro como pedra em volta dele. Talvez ainda nem sentisse nada. Como é que começava o ser? Será que alguém podia dizer que era, quando ainda não sentia? Respirar fundo. "Não tenho nenhum número de lá. Ele volta no final do mês."

A parteira preencheu o cartão.

"A senhora me desculpe, estou me sentindo mal."

"É bom que vá mais uma vez ao toalete", disse a parteira, indicando-lhe a porta. Helene sabia que o mal-estar era um sinal certeiro de que agora nada poderia demorar muito mais. Um determinado nervo havia sido estimulado. Nervo vago. Sete centímetros de dilatação significavam que ainda faltavam mais três. A estimulação do parassimpático. O que mais?

Quando voltou, a parteira lhe pediu que se deitasse na maca. Ela devia se posicionar confortavelmente, mas nada era confortável. O médico queria que ela deitasse de costas. As dores vieram mais espaçadas, a cada quatro minutos, depois cinco, e em seguida em intervalos mais curtos de novo. Helene suava, respirava e fazia força. Queria se virar de lado, queria se levantar, queria ficar de cócoras. A parteira a segurava.

"Fique deitada, bem bonitinha."

Perdeu a noção de tempo; havia amanhecido, no lugar da parteira da noite agora havia outra. "Uma dor boa", disse Helene consigo mesma, "uma dor boa", e trincou os dentes; não queria gritar, de jeito nenhum, com certeza não tão alto quanto a mulher na outra cama, que já havia dado à luz sua filha. Helene fez força, tudo ardia, seus olhos estavam cheios de lágrimas.

"A senhora precisa respirar, respirar, respire." A voz da parteira soava estranha, distorcida. Estava respirando, ora.

"A senhora vai conseguir, vamos, vamos, a senhora vai conseguir." Agora a parteira assumia o tom de uma oficial. Helene desejava não ter ido ao hospital. Não suportava aquela enfermeira e seu tom de marcha marcial. "Vamos, vamos, mais uma vez, respirar, segurar, segurar. A senhora não está ouvindo? Pedi pra segurar, não pra fazer força!" Agora, a oficial havia ficado furiosa, ainda por cima. Helene não se preocupou com as ordens, podia dar à luz como bem entendesse, a oficial não tinha nada a lhe dizer. Respirar, respirar fundo, isso com certeza era bom, e fazer força, é claro, fazer força, fazer força e fazer força. A parteira tateava a vagina dela, tateava e arranhava, como se enfiasse as unhas na carne macia, na carne amolecida, na carne solta, que se esticava para todos os lados. O que a oficial estava fazendo ali com as mãos? Sentiu uma pressão sobre o intestino, uma pressão tão forte que teve certeza de que a única coisa que sairia na mão da parteira seriam excrementos. Sangue e resíduos fecais nas mãos da oficial. Não havia tempo para sentir vergonha, precisava respirar.

Agora a oficial batia no braço dela, agarrava-a. "Pare, a senhora deve parar de fazer força, senão vai ficar toda arrebentada."

Helene ouviu, e mesmo assim não escutou o que era dito. Que rebentasse — por ela não havia problemas, que rebentasse de vez, toda ela, queria rebentar, rebentar o que precisava ser rebentado, que rebentasse o que quisesse rebentar, no fim das contas acabaria sobrando algo, a criança haveria de sair. Helene respirou; dor boa; mas por que é que doía tanto? Não, era isso que ela queria dizer, sentia a língua no céu de sua boca, nnn, não iria dizê-lo, nunca, ninguém deveria ficar admirado, ninguém mesmo, jamais.

"Respire!", exclamou a oficial parecendo ter perdido os nervos. "Grite, pode gritar, e agora faça força, sim."

O "sim" foi breve, e as mãos da oficial foram rápidas. O médico ajeitou algo entre as coxas de Helene; um rangido. Ele assentiu. Era a cabeça.

A cabeça? A cabeça havia saído? Helene não conseguia acreditar. Sentia algo grosso entre as pernas, algo que não lhe pertencia, não mais, sentia pela primeira vez, não mais apenas dentro de si, o corpo de seu bebê, junto dela, fora dela. O médico não lhe deu atenção. Helene levou a mão ao baixo-ventre. Queria tocar a cabecinha. Aquele era o cabelo, o cabelo da criança?

"Tire as mãos daí!" O braço de Helene foi afastado; agarraram-na firme pelo pulso. "Respire, está ouvindo? A senhora precisa respirar!", dizia a oficial, se intrometendo. "E quando sentir dor novamente, faça força. Respire fundo, respire bem fundo, agora." Helene teria de respirar mesmo sem as ordens da oficial.

Sentiu que escorregava, de um só golpe, saindo inteira. A parteira a pegou nas mãos com habilidade.

A criança estava ali. Como ela era? Estava cinzenta, estava viva? Foi levada embora imediatamente. Será que apenas estertorara ou havia gritado? Ela gritou. Helene ouviu seu filho gritar, e quis apertá-lo junto ao corpo. Virou-se, queria surpreender um olhar. Os aventais brancos e marrons das enfermeiras tampavam sua visão; eram só costas diante dela. A criança foi lavada, pesada, vestida.

"Meu filho", sussurrou Helene. Lágrimas correram de seus olhos; olhou para o vestido das enfermeiras e da parteira. "Meu filhinho." Helene estava feliz. A parteira voltou e ordenou que ela fizesse força mais uma vez.

"Mais uma vez?"

"Até onde sei, a senhora é enfermeira."

"Mas por que mais uma vez, tem mais uma?"

"A placenta, sra. Sehmisch. Agora faça força mais uma vez, muita força." Sra. Sehmisch... Helene sabia que era a ela que se dirigiam. Fez o que lhe mandavam.

Teve de esperar uma eternidade até lhe trazerem a criança. Três quilos cento e cinqüenta gramas, um garotão. A enfermeira do berçário estendeu aquele embrulhinho a Helene. Ela olhou para a criança, que tinha olhos semelhantes a fendas cheias de dobras, uma boca ainda bem pequena, e, sobre o nariz, coberto de pequenos pontinhos, um vinco, um vinco bem profundo. A criança chorava. Helene a apertou junto ao corpo. "Meu filhinho, meu pequenininho", disse Helene. Que belo cabelo negro ele tinha, como era sedoso e liso seu cabelo.

"A senhora tem que segurar a cabecinha assim", explicou a enfermeira do berçário, ajeitando a mão de Helene. Ela sabia como segurar corretamente uma criança, nem deu importância à enfermeira a corrigindo, nem um pouquinho. Podia dobrar e apertar a mão como bem entendesse. Nada nem ninguém poderia diminuir a felicidade de Helene.

"A senhora quer dar de mamar a ele?"

Helene olhou surpresa para o rosto da enfermeira. "Ele?"

"Sim, seu filho, perguntei se quer amamentá-lo."

"É um menino?", indagou Helene, olhando aquele rostinho cinzento. Seu filho agora abria a boca e gritava. Ficou roxo. Com isso Helene não havia contado. Jamais havia pensado que pudesse ser um menino, sempre pensara em uma menina.

"A senhora se decida, por favor, senão vamos dar uma mamadeira pra ele."

"Vou dar de mamar a ele, é claro." Helene abriu a camisola, quis acomodar a criança em seu peito, mas a oficial se intrometeu de novo.

"Olhe, é assim que a senhora deve fazer." Rude e usando dois dedos, a oficial pegou o peito de Helene e o enfiou na boca da criança. "Assim, está vendo? A senhora tem que tomar cuidado pra criança ficar deitada corretamente. Se é que vai sair alguma coisa que preste desse peito, isso a gente ainda vai ver."

Helene percebeu imediatamente o que a oficial estava querendo dizer. Seus seios haviam ficado grandes e cheios nos últimos meses, como sempre havia sonhado, mas grande era apenas um conceito relativo. Em comparação com os de outras parturientes, os seus eram pequenos, quase minúsculos; sabia disso.

A criança em seu peito engolia e respirava pesadamente pelo nariz minúsculo. Havia se prendido ao seio com a boca, e sugava a ponto de fazer cócegas, sugava mais, fazendo pressão, sugava para continuar viva, sugava por sua vida. Não abriu os olhos, e chupava com tanta força que Helene chegou a pensar que talvez já tivesse dentes.

"Nome?", perguntou alguém que se aproximou de sua cama. Por que será que a oficial era tão severa? Ela tinha muito trabalho, era certo que havia motivos. Era bem possível que Helene tivesse feito algo errado. Que humilhação estar deitada em um hospital, se era enfermeira.

"Nome?"

"Sehmisch. Alice Sehmisch."

"Não estou falando do seu nome, isso nós já temos. Qual vai ser o nome do seu filho?"

Helene contemplou a criança, que respirava pelo nariz e sugava em seu seio como se quisesse chupá-lo para dentro, inteirinho. Que mãos tenras e estreitas ele tinha, dedinhos delicados, muitas dobras, pele fina; uma daquelas mãozinhas envolvia seu indicador como se este fosse um galho, como se o garoto tivesse de se segurar nele a qualquer custo. Como poderia lhe dar um nome? Ele não lhe pertencia. Que pretensão dar um nome a uma criança. Nem ela mesma tinha mais um nome, pelo menos não aquele que lhe havia sido dado ao nascer. Ele poderia adotar outro, mais tarde, se quisesse. Isso acalmou Helene, que soltou: "Peter."

Só depois que a enfermeira se afastou ela sussurrou para o filho: "Sou eu, sua mãe." A criança piscou e espirrou. Helene adoraria mostrá-lo a Martha e Leontine. Não parecia uma menina? "Docinho", sussurrou Helene junto ao rostinho do filho e acariciou seu cabelo macio e cheio.

ANTES DO NATAL, Wilhelm voltou para casa. Haviam lhe mandado um telegrama antes disso. Ele não ficou surpreso com o fato de ela ter dado à luz. "Um garoto", disse Wilhelm assentindo, não esperara nada menos que isso. "Peter? Por que não?" Que ela alimentasse o garoto direito, recomendou ele poucas horas depois de chegar. A criança estava com fome, ela não era capaz de ouvir? E por que a casa estava com um cheiro tão estranho, será que era das fraldas da criança? Ele precisava saber disso. Voltou os olhos para as fraldas de tom amarelado, que haviam sido penduradas na corda, para secar. "O que é isso, não sabe mais lavar roupa direito? Não está vendo que essas fraldas ainda estão sujas?"

"Não ficam mais limpas", disse Helene, e pensou que, se houvesse sol, a luz acabaria por alvejá-las. Mas lá fora mal clareava ainda; nevava há semanas.

Quando o garoto chorava à noite, Helene levantava para trazê-lo para a cama, e Wilhelm dizia, sem se virar: "Acho que as coisas estão cômodas demais pra você. Se precisa mesmo, vá se sentar na cozinha. Um homem que trabalha precisa de seu sono."

Helene fazia o que ele mandava. Ia se sentar com a criança na cozinha fria e a amamentava até que ela adormecesse. Mas logo que voltava para sua caminha, Peter acordava e recomeçava a chorar. Duas horas depois, ela se esgueirava, esgotada, para seu quarto. Da escuridão, vinha a voz de Wilhelm. "Faça de tudo pra criança ficar quieta e dormir durante a noite, senão vou embora amanhã mesmo."

"Nem todas as crianças dormem a noite inteira."

"Você sempre quer ter razão em tudo! Tem que saber mais que os outros, não é?" Wilhelm se virou para ela e gritou: "Escute aqui, Alice, não vou mais tolerar que você fique me explicando como o mundo funciona."

Helene aproveitou a escuridão para secar os perdigotos que as palavras dele deixaram em seu rosto. Será que algum dia fizera questão de lhe explicar como o mundo funcionava?

"Acho que está na hora de você arranjar um trabalho", disse ele com calma, depois de mais uma vez lhe voltar as costas. "Não podemos sustentar nenhum parasita por aqui."

Helene olhou para a janela, apenas um pálido clarão de luz iluminava a cortina. Wilhelm começou a roncar, sincopada e estranhamente. Quem era aquele homem em sua cama? Helene disse a si mesma que ele talvez tivesse razão. Quem sabe não estava habituada demais ao choro do filho para reconhecer que ele tinha fome. O leite já não lhe bastava, ele estava com fome, com certeza. Logo na manhã seguinte teve de ir buscar leite. Pobre criança... se pelo menos dormisse... "Peterle", sussurrou Helene; logo ela que não gostava de apelidos e diminutivos, "Peterle". Movia os lábios sem emitir som. Suas pálpebras estavam pesadas.

Quando acordou, seu seio esquerdo estava doendo; estava duro como pedra e uma mancha vermelha se espraiava sobre a pele. Sabia o que os sintomas significavam. Foi então até a caminha, tirou Peterle dali, levou-o para a cozinha e colocou-o junto ao peito. Peterle agarrou o seio. Foi como se estivessem lhe enfiando uma faca, enfiando e girando, rasgando, a dor a impedia de pensar. Helene cerrou os dentes, seu rosto ardia. Peterle não queria mamar, a cada tentativa voltava a virar a cabeça, preferia sugar o ar a sugar leite, e golfava e chorava, cerrava os pequenos punhos e se contorcia.

"Mas o que é que está acontecendo agora?" Wilhelm estava parado à porta, e olhava para Helene e a criança. "Pode me dizer o porquê da confusão?" Seu olhar indignado ficou preso aos seios dela. "A criança está berrando, Alice, e está sentada aí, provavelmente há semanas, deixando que ela passe fome?"

"Não a deixo gritar." Será que deveria dizer isso? Peterle agora berrava de verdade, sua cabeça estava vermelha, e em volta do narizinho se revelava uma mancha branca.

"Agora ficou muda, ou o quê? Não vai querer deixar a criança morrer de fome, ou vai?" Ao dizer isso, Wilhelm lhe estendeu uma cédula. "Vá se vestir agora mesmo e saia pra comprar leite e alimentá-lo, estamos entendidos?"

Helene entendera. Seu peito palpitava, a dor era tão monstruosa que ela se sentia mal, e quase não conseguia pensar na ordem que Wilhelm lhe dera. Faria o que ele dissera, claro que sim, simplesmente seguiria suas ordens. Deitou a criança na cama e foi se vestir. Sem olhar para Wilhelm, Helene envolveu o filho em um cobertor e, com a trouxa nos braços, desceu as escadas.

"Seus olhos estão totalmente vidrados", disse a merceeira, "está com febre, sra. Sehmisch?"

Helene se esforçou para dar um sorriso. "Não, não."

Pegou a garrafa de leite e o pote de ricota e subiu as escadas com a criança berrando nos braços. No meio do caminho, estacou. Seus lóquios ainda não haviam acabado, a dor no peito lhe tirava qualquer capacidade de tomar uma decisão. Pôs o leite e a ricota no chão, e a criança enrolada em seu cobertor sobre um dos degraus. Helene foi ao banheiro. Ao sair, viu o rosto feliz da nova vizinha, que abrira a porta e enfiara a cabeça para fora. "Posso ajudar em alguma coisa?"

Helene abanou a cabeça. Pegou a trouxa nos braços e continuou a subir as escadas. Quando passou pela vizinha, seu olhar se deteve na plaqueta com o nome da família, na porta. Kozinska. O mais fácil, agora, era perceber coisas secundárias. Kozinska, era assim que se chamava a nova vizinha.

Quando chegou em casa, Wilhelm já havia vestido o sobretudo. Tinha de viajar a Pölitz, dar uma olhada na obra. Ela não deveria esperar por ele. Helene deitou a criança em sua caminha e esquentou o leite no fogão. Pôs o leite em uma mamadeira, que até aquela manhã era enchida apenas com chá; preparou um emplastro de ricota, colocou-o no seio, sentindo o alívio proporcionado pelo frescor, e alimentou a criança. À tarde, seu corpo estava tão pesado e quente que ela mal conseguia se levantar e descer até o meio da escada. A criança berrava. As flatulências de Peter podiam ser ouvidas, flatulências causadas pelo leite e pelo choro, ar engolido, mas logo, logo estaria satisfeito, com certeza, logo, logo estaria satisfeito e se aquietaria. Helene não podia mais deitar de nenhum lado de tanto que seu corpo doía; a pele coçava, estava tão fina que o lençol chegava a arranhá-la e o ar lhe fazia uma cócega indizível. Adoraria sair de sua pele. Estava com frio, estremecia, o suor tomara sua testa. De hora em hora, se levantava e caminhava sobre as pernas bambas e preparava mais um emplastro. Mal conseguia esfregar os panos e fraldas, tão fraca estava. A febre continuou durante a noite. Helene ficou contente por Wilhelm não vir. Queria levar a criança ao peito, mas esta se virava, gritava e mordia o seio duro e quente. Gritava indignada.

Helene deu leite ao filho com a mamadeira. De início, ele continuou indignado; cuspiu os grumos de leite coalhado, se engasgou; o líquido na mamadeira ainda estava quente demais e, ao mesmo tempo, demasiado frio. Helene cerrou os dentes. Ele beberia, com certeza, não, não morreria de fome. A inflamação cedeu, o peito desinchou, e uma semana depois nem tudo ainda ficara bom, não completamente, mas quase, e com a inflamação também acabara o leite. Wilhelm achou que havia sido ele que providenciara para que tudo ficasse certo e em ordem. Só queria saber, ainda, antes de ir para Frankfurt no início do próximo ano, como ficaria a história do trabalho dela. Acompanhou-a até o hospital municipal, no conjunto de Pommerensdorf.

"Com certeza podemos dar um emprego à sua esposa", disse a chefe do setor de pessoal a Wilhelm. "O senhor sabe que não conseguimos arranjar nem a metade do número de enfermeiras que seria de fato necessário. E, além disso, tivemos uma dispensa ainda há pouco. Uma enfermeira polonesa, e ainda por cima mestiça em segundo grau; ora, ela que vá cuidar dos da laia dela. Livro dos registros familiares, certidão, que bom que o senhor trouxe logo tudo junto. Podemos providenciar um atestado médico aqui mesmo", disse a mulher, examinando os documentos.

Só quando a chefe do setor Pessoal levou Wilhelm e Helene até a porta é que descobriu o carrinho de bebê estacionado diante do prédio, junto à escada que dava para o porão. "E a criança, vai ficar com a avó?"

Wilhelm e Helene olharam para o carrinho de bebê. "Vamos encontrar alguém para cuidar dele", disse Wilhelm com seu sorriso desafiador. A chefe do setor de Pessoal assentiu e fechou a porta. Helene empurrou o carrinho. Wilhelm seguia ao seu lado, em largas passadas. Como se fosse a coisa mais natural do mundo, não se dirigiu ao carro, mas levou Helene e a criança ao

Oberwiek. Wilhelm olhou para o relógio de pulso e em seguida anunciou, de olhos voltados para seu carro, que já tinha de ir, pois esperavam por ele em Berlim, à tarde. O bonde com certeza chegaria logo, e ela saberia muito bem ir para casa sozinha, não é verdade? Helene assentiu.

Nos primeiros meses, os cabelos finos, brilhantes e escuros da criança caíram, um após o outro, até a cabecinha ficar toda careca, e uma penugem loiro-dourada começar a crescer, para logo em seguida se transformar em cachos do mesmo tom, o loiro-dourado do cabelo da mãe. Pelo contrato, Helene trabalhava sessenta horas por semana em plantões, mas na realidade acabava sendo mais que isso. A cada duas semanas, tinha um dia livre, e ia pegar o filho com a sra. Kozinska. Quando a criança completou três anos, ela conseguiu uma vaga na creche. Helene ficou feliz com isso, pois já batera algumas vezes à porta da sra. Kozinska e ninguém abrira. Depois, a criança chorava atrás da porta trancada, "mãe", gritava ela, "mãe"; às vezes também chorava chamando pela "tia", que era como se referia à sra. Kozinska. Helene tinha de ficar esperando diante da porta trancada porque a vizinha havia saído rapidinho para providenciar alguma coisa, e às vezes voltava apenas depois de uma hora.

"Mas qual é o nome de sua filha?" Foi o que lhe perguntou a atendente da creche quando Helene levou a criança pela primeira vez. Helene olhou para os cachos dourados do filho, que lhe caíam como espirais de arame até os ombros.

"Peter." Jamais cortara o cabelo dele.

"Vamos cuidar do seu garoto", disse a atendente, amistosa. "E que garoto bonitão."

Helene agora teria de lhe cortar o cabelo. A atendente acariciou a cabeça de Peter e o pegou pela mão.

Helene seguiu dois, três passos atrás, ficou de cócoras e beijou as faces do filho. Apertou-o junto ao peito. Ele chorou, e se segurou nela com seus bracinhos.

"Logo estarei de volta", prometeu Helene, "depois do jantar venho buscar você".

Peter abanava a cabeça; não acreditava nela, não queria ficar ali, e berrava, se agarrava a ela, as lágrimas saltavam de seus olhos. Mordeu o braço da mãe para que ela ficasse ou o levasse consigo. Helene teve de inventar um sorriso às pressas, levantar-se, desvencilhar-se dele, voltar-lhe as costas e sair dali correndo. Não podia chorar na frente de Peter. Isso só tornaria as coisas ainda mais difíceis.

Quando vinha buscá-lo, o olhar do filho era o de um estranho. Ele lhe perguntava: "Onde estava, mamãe?"

Helene se lembrou da enfermeira ferida de Varsóvia, que havia perdido as duas pernas. Fora trazida até o hospital havia apenas alguns dias, era a primeira ferida de guerra que Helene via. Por todo o corpo, os gânglios linfáticos estavam inchados e, em diversos pontos, viam-se os nódulos tipicamente acobreados, que nas dobras da pele já haviam se desenvolvido a ponto de se tornarem caroços bem grandes. Helene tinha de usar luvas e máscara cirúrgica quando cuidava dos abscessos, que já supuravam, ameaçando contágio. Graças aos antibióticos, as feridas dos cotos das pernas sararam bem, mas o miocárdio ainda não se acostumara àquela imobilidade tão prolongada e à circulação tão lenta, e ela sofria de insônia. Talvez o antibiótico também ajudasse contra a sífilis.

"Onde estava, mamãe?", ouviu seu Peter perguntar. Estavam sentados lado a lado em um bonde. Será que ela devia lhe contar que estivera no observatório ou no borboletário, contar-lhe uma bela história que tornaria ainda mais incompreensível aos olhos dele por que ela o abandonara por doze horas?

"Mãe! Diga alguma coisa. Por que nunca diz nada?"

"Trabalhando", disse Helene.

"Trabalhando em quê?" Peter a puxava pela manga, e ela lhe pediu que parasse. "Trabalhando em quê?"

Será que ele não podia deixá-la em paz, tinha sempre de ficar perguntando? Helene disse a Peter: "Não pergunte nada."

Uma mulher de mais idade levantou do banco à sua frente, parecia querer descer na estação seguinte e se segurou na barra. A mulher acariciou o cabelo recém-cortado de Peter: "Que jóia de garotão", disse ela. Helene olhava pela janela. Ainda não eram muitos os feridos que chegavam a Stettin, a maior parte ficava em hospitais de campanha, e graças ao fato de ter um filho, várias vezes deixaram de transferi-la para lá. Carência de enfermeiras, era o que se dizia. Procuravam voluntárias para os hospitais de campanha a todo custo; os treinamentos eram reduzidos; as enfermeiras solteiras não tinham outra opção e aumentava cada vez mais a necessidade de casadas para dar conta dos hospitais na cidade. Certo dia, duas enfermeiras foram obrigadas a ir a Obrawalde, e queriam mandar também Helene, dizendo que precisavam mais do que nunca de uma enfermeira experiente como ela por lá. Mas ela teve sorte, ficara-se sabendo por um médico que na clínica feminina de Stettin também estavam precisando urgentemente de força de trabalho experiente, e a direção acabou admitindo que seria muito difícil para Helene levar a criança consigo até Obrawalde. A chuva batia contra as vidraças. Havia tempo já escurecera. As luzes dos automóveis se mostravam difusas.

"Graças a Deus mulheres como a senhora voltam a ter filhos. Precisava falar isso." A mulher agora assentia, confirmando o que acabara de dizer.

Helene olhou para a mulher apenas de relance, não queria assentir, não queria dizer nada, mas a mulher prosseguiu.

Pensou por algum tempo na menina de dezesseis anos que vira hoje ao meio-dia. Que belos cabelos avermelhados tinha aquela mocinha. Olhos de um castanho amendoado, sob pestanas vermelho-douradas. Seus seios já estavam grandes como maçãs. Tinha o riso do sol matinal, e estava apenas se mostrando no horizonte, aos dezesseis anos. A mocinha fizera uns sinais, antes da narcose, e Helene imaginou muito bem o que poderiam significar. Eram sinais interrogativos, e também intimidados. Haviam lhe dado uma anestesia geral. Helene segurara o retrator, ninguém era capaz de segurá-lo com tanta firmeza quanto ela. O cirurgião cortou a trompa de Falópio. Ao fazer os pontos, era preciso tomar cuidado com o oviduto. O cirurgião lhe pedira que segurasse. Precisava espirrar e limpar o nariz. Nela se podia confiar, dissera-lhe o cirurgião, pedindo-lhe que terminasse de dar os pontos.

"A senhora deve ter orgulho", disse a mulher, agora trocando de mão e se segurando com a outra na barra de apoio, porque o bonde fazia uma curva. "Com certeza, deve ter orgulho", repetiu assentindo, bondosa. Estava se referindo a Peter. Helene não sentia orgulho nenhum. Por que se orgulhar de ter um filho? Peter não lhe pertencia; ela o dera à luz, mas ele não era sua propriedade, e também não era algo que tivesse conquistado, depois de muita luta. Helene ficava contente ao ver Peter rindo. Mas o via tão pouco, e na maior parte das vezes ele já estava dormindo... Quando estava em casa, ele dormia em sua cama, pois muitas vezes tinha medo e não queria dormir sozinho. Afinal de contas, os seres humanos eram mamíferos, ou não? Por que uma criança dormiria sozinha em algum lugar, enquanto todos os outros mamíferos aquentavam seus filhotes junto ao corpo? Era raro Helene vê-lo acordado e menos ainda rindo.

"A senhora sabe que, do contrário, entraríamos em extinção."

Helene agora olhava a rua pela vidraça. A quem aquela mulher estava querendo se referir quando dizia "nós"? À raça nórdica, à humanidade? A menina, cuja trompa de Falópio fora seccionada hoje ao meio-dia, era alegre e saudável. Apenas não conseguia falar de maneira audível. O que se disse é que se queria evitar que ela tivesse filhos surdos-mudos. Mas por que era tão ruim alguém falar por meio de gestos em vez de fazê-lo com a boca? Por que os filhos daquela menina teriam de ser necessariamente mais infelizes do que Peter, que também não recebia respostas a todas as perguntas que fazia? Mais tarde, quando a menina acordou, Helene foi até ela, levando uma laranja. Ela não deveria ter feito isso. As laranjas eram para outras pacientes. Helene havia lhe trazido a fruta escondida. Ela segurara os retratores, dera os últimos pontos. Se o cirurgião lhe tivesse dito "corte", é bem possível que também tivesse cortado as trompas de Falópio. Helene sentiu o vidro frio da janela em sua testa.

"Mãe, você não está ouvindo mesmo, né?" Peter agora a beliscava na mão. Ele parecia estar em dúvida, quase furioso. Ao que tudo indica, já lutava pela atenção de Helene há um bom tempo.

"Estou, sim", disse Helene. Peter lhe contou alguma coisa, contou que as outras crianças *zogavam bóinha di gudi*.

"Jogaram", disse Helene, "jogaram bolinha de gude", e mais uma vez se lembrou da mocinha.

"Jogaram", repetiu Peter radiante. Sabia falar com clareza quando ela o admoestava. A mocinha agora com certeza estava deitada sozinha na cama, na enfermaria, junto com outras trinta e oito pacientes. Teriam lhe dito que operações seriam feitas nela? Helene poderia lhe dizer tudo na manhã seguinte, tinha de dizer. Não deveria ficar surpresa no futuro, precisava pelo menos saber o que acontecera. Mas talvez ela nem estivesse mais por lá na manhã seguinte.

"Fome", Peter agora se queixava. Tinham de saltar. Helene se lembrou de que não conseguira fazer as compras pela manhã. Também, que loja abria antes do seu horário de trabalho? Talvez pudesse tocar a campainha na merceeira — ainda que não gostasse que as pessoas tocassem sua campainha à noite; mas muitas vezes não lhe restava outra alternativa, a não ser fazer as compras àquela hora, pois hoje, por exemplo, não tinha mais nada para comer em casa.

Conseguiu dois ovos, duzentos e cinqüenta mililitros de leite e meio quilo de batatas com a merceeira. As batatas já tinham pequenos brotos, mas Helene ficou feliz em pelo menos as ter conseguido.

"*Tatas não têm goto*", queixou-se Peter, quando Helene lhe estendeu o prato com as batatas. Ela não queria se mostrar impaciente, não queria gritar com ele, dizendo que deveria estar feliz com aquilo que tinha para comer. Preferia não dizer nada.

"*Não têm goto*", disse Peter mais uma vez, deixando os pedacinhos de batata caírem de sua colherzinha e se espalharem pelo chão.

Helene arrancou a colher das mãos do filho. Adoraria bater com ela na mesa, mas se lembrou da mãe, das chispas de maldade lançadas pelos seus olhos, da imprevisibilidade de seus gestos, e simplesmente pôs a colher ali em cima. "Se não está com fome", sua voz ficou entalada na garganta, "não precisa comer". Pegou Peter pelo pulso e o levou até a pia. Ele chorava enquanto ela o lavava.

"*Comê Lanza*", choramingava Peter. "*Comê Lanza*", repetiu, apontando para o quadro pendurado sobre a cômoda. No meio dele, um cesto de frutas bem cheio. Estaria falando da laranja? Será que ela não deveria ter-lhe trazido a laranja que conseguira pegar no hospital? Mas a mocinha é que precisava da fruta; Peter tinha batatas.

"*Lanza!*" Peter agora berrava fazendo os ouvidos de Helene zumbirem. Ela mordeu os lábios, trincou os dentes, não queria perder a paciência jamais, a paciência era tudo que lhe restava, a paciência era tudo, continência e postura. Helene pegou Peter no colo, virou o quadro para a parede ao passar e o carregou para a cama.

"Outro dia", sussurrou ela ao ouvido do filho. "Outro dia vai ter laranja." Peter se acalmou, gostava de levar carinho. Helene acariciou sua testa e o cobriu.

"Mãe, canta."

Helene sabia muito bem que não tinha talento para cantar, então continuou a acariciá-lo e abanou a cabeça. Uma mulher no hospital a pegara pelo braço com uma mão ossuda e velha ainda hoje e lhe pedira que a deixasse morrer — "Por favor, apenas me deixe morrer".

"Durma, Peterle."

"Canta, *pufavô*, canta?" Peter não queria fechar os olhos.

Talvez ela precisasse apenas fazer um esforço, queria cantar, só que não conseguia, simplesmente não conseguia. Será que conseguia se lembrar de uma canção, pelo menos? "Maria durch ein Dornwald ging": Maria caminhava pela floresta de espinhos. Mas o Natal passara há muito tempo. Sua voz arranhava a garganta, nenhum tom queria se distinguir de outro. Peter a olhava. Helene se calou.

"Canta."

Helene abanou a cabeça. Sua garganta estava fechada e grossa, a abertura era estreita, suas forças eram poucas, as cordas vocais, rijas e deterioradas. Existiria alguma coisa como o envelhecimento prematuro das cordas vocais, causado por alguma doença, e o desaparecimento gradativo da voz?

"A tia canta", declarava Peter agora, querendo se levantar mais uma vez. Helene sabia que a sra. Kozinska cantava para Peter muitas vezes. Cantava também quando Helene a encontrava na rua ou nas escadarias do prédio. Às vezes, sua voz podia ser ouvida até ali em cima, dentro do apartamento. Helene abanou a cabeça. A sra. Kozinska gostava de cantar, uma alegria inteiriça, uma alegria invejável, mas deixara Peter sozinho muitas vezes, e quando ficava em casa, à noite, gostava de beber. Era uma benção ter a creche agora. Só nas semanas em que havia plantão noturno é que era difícil. Nesses dias, Helene deixava Peter sozinho, ele dormia mesmo a maior parte do tempo. Antes de sair, dizia-lhe que voltaria, e depois trancava a porta. Quando chegava em casa, pela manhã, ia buscar primeiro o carvão no porão; na maior parte das vezes carregava uma boa quantia de pedaços de uma só vez nas costas, em um balaio, e mais um balde cheio de briquetes e gravetos em cada uma das mãos. Quando chegava lá em cima, acendia o fogão. Peter dormia em sua cama; ela acariciava seu cabelo loiro e curto, até que ele se esticava querendo vir para seus braços; lavava-o, vestia-o, dava-lhe algo de comer e o levava para a creche, onde ele mais uma vez queria vir para seus braços, mas ela não o levantava, porque do contrário não conseguiriam se separar um do outro. De volta à casa, Helene lavava a roupa, costurava as correias da calça de couro — desde que Baden tivera de fechar sua loja não conseguia mais miudezas de bom preço. Ele desaparecera, simplesmente, em fevereiro, fora levado junto com os outros, para o leste, dizia-se —, trocava os edelvais perdidos por um botão colorido e dormia por algumas horas, repunha um ou dois briquetes, ia buscar Peter na creche e o trazia para casa, para a mesa do jantar, depois para a cama, e apagava a luz para se esgueirar porta afora. Tinha de se apressar para conseguir pegar o bonde a tempo do plantão noturno no hospital.

Quando tinha um dia livre, a cada duas semanas, Helene descia até o porto levando Peter consigo pela mão. Olhavam as embarcações, e só de vez em quando um navio de guerra chegava. Peter observava esses navios com admiração, e lhe mostrava os bandos de pássaros.

"Patos", dizia ela, apontando para o pequeno bando de aves voando. Eram cinco, e formavam um "v". Peter gostava de comer pato, mas Helene não tinha dinheiro para isso. De vez em quando, Wilhelm mandava algum dinheiro de Frankfurt. Não queria o dinheiro dele; ele estava pagando pelo seu silêncio — não precisava daquele dinheiro para silenciar. A cada dois meses, ele mandava um envelope com dinheiro e um bilhete: "Minha Alice, compre luvas e gorro para o garoto", era o que estava escrito no último. Helene já tricotara luvas e gorro para Peter há muito tempo; pegava o dinheiro, enfiava-o em um envelope e escrevia: sra. Selma Würsich, Tuchmacherstrasse 13, Bautzen no Lausitz. Enviava as cartas sem remetente a Bautzen até pouco tempo antes. Um dia, porém, recebeu um pacote longo e estreito vindo de Berlim. Ali dentro, estava o peixe entalhado no chifre. A gargantilha não existia mais. Talvez alguém precisando de dinheiro tivesse vendido os rubis; é possível até que o pacote tenha sido aberto no correio, e um funcionário qualquer, se apoderado da jóia. No interior do peixe, havia uma carta. O cheiro da carta era atordoante: era o cheiro de Leontine. E a letra dela. "Minha pequena Alice, em Berlim está sempre chovendo, mas o gelo nas ruas finalmente se foi. Será que você ainda mora nesse endereço? Martha andou muito doente nos últimos anos. Você a conhece muito bem, ela não se queixa, não queria que você ficasse sabendo disso. Também não queríamos incomodá-la. Ela me proibiu de lhe escrever. Teve de largar o trabalho no hospital. Arranjaram um serviço em um campo de trabalhos forçados para ela. Fico de mãos atadas enquanto isso. Ela precisaria de um marido em uma hora dessas, de pais influentes, de algum parente imediato. Assim que eu puder visitá-la, terei de lhe dizer que ontem chegou uma carta da fundação de bem-estar social para cuidados psiquiátricos. Nela se diz que sua mãe morreu há algumas semanas, em Grossschweidnitz, em razão de uma pneumonia aguda. Lamento muito por ela e por você. Ainda que saiba que muitos caracterizem uma morte assim como um ato de misericórdia."

As sirenes do navio grande eram soturnas, faziam o diafragma vibrar. Mesmo na sola dos pés, Helene conseguia sentir aqueles bramidos. Peter queria saber de sua mãe onde ficavam os canhões dos navios. Escrito na letra de Leontine, aparecia na parte de baixo da carta: "Cuide-se bem. Sua irmã Elsa." E no pós-escrito ela anotara a seguinte frase: "Você ainda se lembra de nossa velha vizinha, Fanny? Foi levada embora. Em sua casa agora mora a família de um oficial: sua mulher e três filhos simpáticos." Helene sabia o que aquela carta significava. Leontine tinha de apagar os rastros, do contrário colocaria a vida de ambas em risco. Escolhera as únicas palavras possíveis para descrever aquilo que era tão monstruoso. Leontine havia colocado pétalas de rosa secas na carta. As pétalas caíram no colo de Helene. Esta sabia que devia chorar, mas não conseguiu. Algo a impedia. Não conseguia assimilar o que havia entendido. Um cheiro doce saía da carta, talvez também fosse apenas o cheiro do perfume de Leontine. Seu nome não podia de forma nenhuma ser vinculado a uma relação perigosa com Martha, Helene ou qualquer outra pessoa. Ela ainda estava trabalhando no hospital. Será que também tinha de seccionar trompas de Falópio, e também queriam mandá-la para um hospital de campanha? Afinal de contas, nesse meio-tempo, Leontine havia se separado, e como não tinha filhos, podia ser mandada para onde eles bem entendessem. Pouco importava o nome que usasse — Leo, Elsa e até mesmo Abaelard —, Helene haveria de reconhecer sempre sua letra segura e apressada, que havia sido inscrita a fogo em seu íntimo. Uma nostalgia indomável tomou conta de Helene. Sentiu vertigens; suava em bicas.

"Canhões?" Peter puxava, impaciente, as mangas da mãe. "Onde ficam os canhões?" Helene não sabia.

"Está triste?", perguntou ele, erguendo os olhos para a mãe.

Helene abanou a cabeça. "É o vento", disse ela. "Venha, vamos para a estação ferroviária para olhar os trens." Helene imaginou como seria se simplesmente comprasse as passagens e viajasse com Peter a Berlim. Talvez fosse possível encontrar Leontine. Talvez. Mas quem poderia saber dos perigos que isso envolveria?

A estação ficava abaixo da cidade, junto ao rio Oder. Os trens chegavam e partiam. O vento varria as plataformas, e arrancou muitas lágrimas dos olhos dos dois. Eles haviam se sentado em um banco de mãos dadas. No hospital, havia uma enfermeira nova, Ida Fiebinger, vinda de Bautzen. Helene tivera uma sensação estranha quando ouvira Ida Fiebinger falando pela primeira vez: era a mesma melodia, as vogais fechadas, o arrastar afunilado das frases. Helene procurava sempre estar perto de Ida. Certo dia, a nova enfermeira dissera, quando a tempestade derrubara uma árvore no pátio do hospital: "Quando o vento parece não ter fim, acaba soprando sempre em Budissin." Rira ao dizê-lo.

E ainda dissera para as outras enfermeiras, olhando pela janela para a árvore derrubada, que certamente não precisava se preocupar com sua cidade natal. Helene teria preferido se enfiar no chão ao ouvir aquela frase, e só com muito esforço conseguiu reprimir um sorriso. Há quanto tempo não ouvia aquela máxima...

Peter disse que estava com frio, que queria ir para casa. Helene o consolou, queria esperar só mais um trem. Em outra ocasião, a enfermeira Ida havia se virado para Helene em meio a uma frase, quando estavam paradas em círculo com seus pratos na cozinha das enfermeiras, e dissera: "Agora sei por que sempre achei você parecida com alguém. Você é de Bautzen." Helene havia colocado seu garfo no prato com todo o cuidado, sentira o sangue subir à cabeça de repente e tivera de fingir um ataque de tosse e pedir desculpas. "Com certeza sabe quem é meu tio, ele foi um juiz bem conhecido em Bautzen até se aposentar", acrescentou Ida, solícita.

Helene abanou a cabeça. "Não", apressou-se em dizer, "sou de Dresden, visitei Bautzen de passagem apenas uma vez. Não é lá que fica uma torre torta?". A enfermeira Ida a fitou decepcionada, um tanto incrédula, mas decepcionada. "De passagem?" "De passagem para Breslau", afirmou Helene, esperando encarecidamente que nenhuma das enfermeiras viesse de lá e quisesse falar com ela sobre uma cidade que nem de longe conhecia. Desde então, sentia que o olhar investigativo da enfermeira Ida não a deixava. O vento gemia e zumbia nos postes telegráficos. Helene olhou para a locomotiva. Da chaminé, saía apenas uma fumaça bem fraca. Parecia que não estava mais com vontade de deixar a estação naquele dia. Ninguém havia chegado, e Helene não compraria passagem nenhuma. Levantou-se, Peter segurou sua mão, e subiram em silêncio as escadas de volta para a cidade.

Helene não imaginara que Wilhelm quereria visitá-los mais uma vez, aproveitando para isso o verão em que Peter entraria no colégio. Ela arrumara a casa, pintara a parede ao lado da janela da cozinha, porque lá havia uma infiltração que deixava a água da chuva entrar, colara o papel de parede no quarto, pregara a cadeira capenga até ela ficar firme e estável junto à mesa da cozinha e, por fim, lavara as cortinas, limpara as janelas e comprara um ramalhete de cósmeas. Tudo tinha de estar brilhando quando Wilhelm chegasse. Não queria que ele abanasse a cabeça e pensasse que ela não era capaz de dar conta da criança sozinha. Conseguia fazer tudo sozinha. Junto com Peter, levou o sofá da vizinha idosa do apartamento ao lado até a cozinha. Disse ao filho que ele provavelmente teria de dormir no sofá durante a semana em que o pai estivesse ali. Mas Wilhelm preferiu mesmo dormir no sofá, e assim Peter pôde continuar dormindo na cama ao lado dela. Wilhelm disse que estava de férias; entretanto, viera usando terno. Helene não sabia ao certo se ele estava servindo como soldado ou não. Ele mantinha isso em segredo. Não era um covarde a ponto de querer escapar disso, e seu jeito imponente parecia indicar que se ocupava de algo maior, estratégico. Suas breves cartas, enviadas a cada dois meses com algum dinheiro, vinham sempre de Frankfurt ou de Berlim. Há pouco tempo, ela começara a enfiar o dinheiro em uma meia de lã grossa, que escondera bem no fundo do cesto. Certa vez, quando Peter caíra e machucara o joelho, chorara e pedira que ela fizesse um curativo, Helene lhe dissera que a ferida sararia mais rápido se não fosse tapada; Wilhelm a interrompeu batendo na nuca do garoto com a mão e mandando: "Não chore, Peter. E veja se aprende uma coisa: o homem nasceu para matar, enquanto a mulher está aí para cuidar de suas feridas." Peter levantara a cabeça para ver o pai. Teria dado um sorriso? Não, o pai demonstrava apenas seriedade.

Wilhelm estava bonito, forte e alegre. Era de uma imponência só. À noite, roncava alto e satisfeito. Helene não conseguia pregar o olho. Seus colarinhos estavam limpos, e as camisas, passadas; na carteira ele tinha a foto de uma mulher sorridente. Helene pegara suas calças para lavar e, ao fazê-lo, a carteira lhe caíra nas mãos. Mas aquilo não lhe importava; ela não lhe perguntou nada, como também não queria que ele lhe perguntasse nada. Na quarta manhã, Wilhelm avisou que queria fazer um passeio com o garoto, provavelmente a Velten, antes de voltar, no domingo. Era possível que seu irmão de Gelbensande também fosse. Helene nunca chegara a conhecer o irmão de Wilhelm, e até hoje não sabia se havia sido ele que conseguira lhe arranjar o passaporte e os documentos. Peter abraçou a mãe pela cintura, não queria ir sem ela. Mas o pai lhe disse que não devia ser maricas, que garotos deviam viajar sem a mãe de vez em quando. Velten? Wilhelm percebeu uma ligeira desconfiança no olhar de Helene.

"Não se preocupe", disse ele, meio de gozação, meio que a colocando em seu devido lugar, "vou trazer o garoto de volta. Mesmo estando de férias, às vezes preciso encontrar um colega de trabalho". Uma vez que Wilhelm havia deixado seu carro em Frankfurt, os dois pegaram um trem. Para Peter aquele era um grande dia, seria sua primeira viagem de trem. É possível que Wilhelm quisesse reduzir o tempo que tinha de ficar junto à mulher usando a metade da semana de férias para um pequeno passeio com Peter. Mas talvez a viagem também tivesse a ver com seu trabalho.

Helene estava trabalhando na ala das parturientes; as mulheres não recebiam cuidados suficientes, por maiores que fossem, e de hora em hora, assim que a mastite se manifestava, comadres tinham de ser esvaziadas, ataduras e compressas frias, trocadas — contra febre puerperal e o leite empedrado que se formava. Os cortes eram cuidados, e os umbigos, desinfetados. Helene levava as crianças do berçário até as mães e as colocava junto a seus seios. Crianças rosadas e saudáveis sugavam o leite doce dos peitos cheios das mães, enquanto os pais lutavam bem longe, no leste e no oeste, em terra, mar e ar, sempre no *front*, e viam Leningrado sucumbir à fome. Helene não queria pensar, havia demandas, prioridades, chamados; tinha de agir, tinha de correr; acomodava os lactentes nos seios das mães, trocava suas fraldas, pesava-os e vacinava-os. Escreveu uma última carta ao velho endereço de Leontine, que ainda tinha guardado. Não mandaria mais nenhuma depois dessa; nenhuma de suas cartas recebera resposta. O serviço de informações telefônicas lhe dizia que o número era inexistente e que nenhuma pessoa com o nome referido pudera ser localizada. Helene só voltava para casa para dormir.

No domingo, depois da volta de Velten, Peter contou que haviam visitado uma fundição e passado a noite em uma pensão. O tio não pudera vir, provavelmente não tivera folga. Comeram salada de arenques com cebolas, maçãs e beterrabas. Helene só não conseguira encontrar alcaparras. Peter lambeu o prato; sua boca estava rosada das beterrabas. Wilhelm tinha de voltar para Frankfurt.

"E tem mais de onde essa aqui saiu...", confirmou Wilhelm, entregando uma nota de dez a Peter ao se despedir, junto à porta. Se quisesse, podia comprar alguns caramelos. Helene ficou contente por o marido ter ido embora.

Quando se deitou ao lado do menino na cama, à noite, Helene percebeu que ele ainda não tinha adormecido. Ele se virou para a mãe.

"Papai disse que vamos vencer."

Helene ficou em silêncio. É possível que Wilhelm tivesse falado das bombas também. Wilhelm estava absolutamente convencido de que apenas as armas podem transformar um homem em um homem de verdade. Helene acariciou a testa do filho. Como era bonito...

"Papai disse que tenho que crescer e ficar forte."

Helene sorriu. Por acaso ele já não era assim, grande e forte? Sabia que muitas vezes ele tinha medo, mas quem poderia ser corajoso sem nenhum medo? Nos dias em que Peter estava com Wilhelm, ela lhe comprara um canivete. Seria seu presente, em novembro, quando faria seis anos. Sabia que ele não desejava nada com tanta intensidade quanto um canivete, que ia usar para fazer um caniço de pesca ou para cortar o pão.

"Papai disse que você sempre fica quieta porque é fria."

Helene olhou nos olhos de Peter, as pessoas diziam que ele tinha os olhos dela, cristalinos e azuis; era difícil sacudir a cabeça estando deitada. Talvez tivesse erguido enfermos demais durante o dia. Sentia-se fraca. O que ela poderia ser para seu Peter? E como ele podia ser seu Peter, se não podia ser nada para ele, se não podia falar com ele, nem lhe contar uma história, se simplesmente não podia lhe dizer nada? Helene desconfiava de que, na mesma situação, outra mulher choraria. Talvez fosse verdade aquilo que Wilhelm dizia, talvez seu coração fosse uma pedra: frio, gelado, de ferro. Não chorou porque não estava com vontade de chorar; seus pés doíam, as costas doíam, correra o dia inteiro, sabia que tinha apenas mais cinco horas para dormir antes de se levantar, passar as roupas, limpar a cozinha, preparar o café-da-manhã para Peter, acordá-lo e mandá-lo para a escola, antes de ela mesma ter de ir trabalhar no hospital. Doía-lhe o braço com que havia acariciado Peter, e que agora estava estendido sobre o filho adormecido. Uma inflamação nos tendões era aquilo de que ela menos precisava àquela altura. Uma enfermeira não adoecia. Wilhelm lhe dissera no domingo, quando estava se despedindo: "Alice, você é mesmo muito resistente, parece feita de ferro. Não precisa de mim." Ela não foi capaz de interpretar as palavras dele. Estaria orgulhoso, ofendido ou satisfeito? Como seu comentário poderia ser justificado? Talvez se sentisse humilhado pelo fato de ela não precisar dele. Os homens queriam ser úteis, precisavam se sentir necessários, não havia dúvida. O punho de ferro não queria perder seu objetivo, não queria desviar-se dele, a política era a do ferro sobre ferro, e com certeza não queria ver diminuída a razão de sua existência. E com uma mulher por acaso era diferente? Ela também não fazia questão de chegar todos os dias pontualmente ao hospital? Essa coisa férrea, será que era um critério, uma característica, uma peculiaridade? A disciplina férrea. Quantas vezes não fazia hora extra? Nenhuma enfermeira se mexia ao ver que as comadres se amontoavam nos carrinhos, quando uma paciente vomitava na blusa ou outra estava prestes a morrer. A compaixão férrea. Também acostumara Peter a não adoecer. A razão férrea. Quando ainda era pequeno teve catapora e sarampo, e ela precisou pedir à sra. Kozinska para cuidar dele, para que pudesse chegar a tempo ao trabalho. A sra. Kozinska não conseguia, sequer uma vez durante o dia inteiro, lavar Peter, se esquecia de preparar-lhe as compressas frias, e ainda por cima não cuidava para que ele ingerisse mais líquido ao longo do dia. Provavelmente ficava ocupada cantando.

Helene foi acordada por Peter de manhã. Já estava claro; ele se aconchegou à mãe, abraçou-a e sussurrou: "Gosto tanto de você, mamãe." De repente, estava deitado em cima dela, escondendo o rosto no pescoço da mãe. Seu cabelo sedoso fazia cócegas nela. Não devia se deitar assim sobre ela, será que não sabia? E enquanto ela o empurrava, ele disse: "Sua pele é tão suave, mamãe, você cheira tão bem, quero ficar pra sempre com você, pra sempre...", tentando não deixar que ela o tirasse dessa posição, segurou-se com firmeza e tocou em seus seios. Ela sentiu algo pequeno, duro, em suas coxas, algo que só podia ser uma ereção, a ereção dele. Helene o afastou e se levantou.

"Mamãe?"

"Rápido, Peter, você ainda tem de se lavar e calçar os sapatos", disse, voltando-lhe as costas. Não disse mais nada, não queria se virar para ele, não queria ver seu rosto.

Muitos agora mandavam os filhos para o campo durante a guerra, mas se ela o mandasse também, com certeza a enviariam para Obrawalde, a um hospital de campanha, ou a Ravensbrück. Helene não queria ser mandada a lugar nenhum, portanto também não podia mandar Peter para o campo.

O SOL, OBLÍQUO, já se punha, um pouco de lado em relação à Terra, anunciando o outono. O vento soprava, gemia, assobiava. Certa vez, Helene estava pendurando roupas no varal do pátio quando ouviu as crianças brincando e gritando. Elas corriam umas atrás das outras e se provocavam. Helene conseguiu ouvir a voz de Peter com nitidez em meio às das outras crianças.

"O judeu Itzig Bacalhau
cagou marzipã de montão
marzipã faz muito mal
e todo judeu é um bobalhão."

O lençol estava pendurado à sua frente e um vento fresco o lançou contra seu rosto; não podia ver as crianças, só uma menina do prédio vizinho que estava parada, indecisa, no portão. Helene pôs os últimos prendedores no lençol e se virou. Mas onde aquele moleque estava? Muitas vezes ficava feliz ao vê-lo correr sozinho por aí, permitindo que ela fizesse seu trabalho em paz. Ele tinha amigos, ganhara autoconfiança, algum dia não precisaria mais dela, mas agora queria saber onde ele estava. De onde tirara aqueles versinhos? "Marzipã faz muito mal." Seria por causa das amêndoas meio passadas? Do cianeto de potássio? Há quase três anos já não existiam mais judeus em Stettin, nem um único, todos haviam sido levados embora.

"Você viu meu Peter por aí?", perguntou Helene à menina junto ao portão. Ela abanou a cabeça, não sabia onde ele tinha se metido.

Helene esperou por ele com o jantar pronto. Os víveres eram racionados, a merceeira havia lhe dado um ovo e um quarto de litro de leite, além de uma hortaliça. Da filha da peixeira idosa, lá embaixo, junto ao cais, recebera uma cavala, que assara no forno, recheando-a com um último pedaço de manteiga e uma folha seca de sálvia. Peter gostava de peixe assado. Quando passou pela porta, tinha os joelhos esfolados, e uma ferida aberta no cotovelo. Suas mãos estavam pretas, sobre o nariz tinha um risco de carvão. Seus olhos brilhavam, ele parecia ter se divertido muito.

"Agora vá lavar as mãos, por favor", pediu Helene. Peter sequer pensou em se opor à ordem da mãe. Lavou as mãos, esfregou as unhas com a escova e foi se sentar à mesa.

"O carvão do rosto", disse Helene, "vá lavá-lo, por favor".

"Peter preto, mico preto", disse o menino, rindo. Gostava daquela brincadeira, mesmo quando os outros se divertiam às suas custas. Acabava rindo também.

"Ouvi você gritando uns versinhos ainda agora", disse Helene, pondo a metade superior da cavala no prato de Peter e dividindo o pedaço de pão ao meio.

"Eu?"

"Você sabe quem são os judeus?"

Peter deu de ombros, mostrando que não sabia. Não queria incomodar a mãe, era a última coisa que desejaria. "Pessoas?"

"Pois então, por que você canta versinhos zombando deles?"

Peter deu de ombros mais uma vez.

"Não gosto disso", disse Helene com uma voz severa e sóbria. "Não quero ouvir isso nunca mais. Está bem?"

Peter ergueu os olhos cobertos pela franja dos cabelos e sorriu. Como parecia esperto quando ria assim... Não podia acreditar que a mãe estivesse tão furiosa por causa de alguns versinhos zombadores.

"Que pessoas são os judeus?", perguntou Peter ainda sorrindo. Queria saber mesmo; perguntara e teria de se satisfazer com o fato de Helene não lhe dar nenhuma resposta. Ela sentiu uma espécie de insatisfação, uma insatisfação que a atormentava. Será que era covarde? Como poderia explicar ao filho que tipo de pessoas eram os judeus, quem ela era; por que não podia falar? Ninguém sabia para onde uma criança como aquela poderia levar o que ouvia em casa; no dia seguinte poderia conversar sobre isso com o professor ou com outro coleguinha no colégio. E isso Helene não queria. Não queria saber que ele corria qualquer perigo. Ele entendia o que precisava entender, disso Helene tinha certeza, Peter era uma criança esperta. Pessoas, isso bastava como explicação, não é verdade? Helene não retribuiu o sorriso do filho; eles comeram o peixe em silêncio.

"Mamãe", disse ele, depois de ter lambido o prato, "obrigado pela cavala, estava muito gostosa". Peter conseguia distinguir a maior parte dos peixes, gostava de conhecer as diferenças, seus nomes e gostos variados. Helene não gostava da palavra "gostosa". Todo mundo a usava, embora fosse pouco clara, completamente enganadora. Quando lhe desse o canivete de presente, em novembro, já seria tarde demais para pescar nas proximidades da cidade, a maior parte dos rios já estaria começando a congelar, e os peixes nadariam fundo demais, ele mal teria chance de pescar um peixe comestível. Helene esboçou um sorriso. Onde aprendera aquela cortesia que havia dito? Por acaso lhe dissera algum dia que ele devia agradecer? As espinhas seriam dadas ao gato, no pátio, lá embaixo. Ninguém sabia a quem pertencia o animal, era um belo bichano, parecia siamês, branco, com patas marrons e olhos radiantemente claros. Peter lavaria a louça. Helene lhe agradeceu antecipadamente. Ele gostava de fazer isso, de ajudar a mãe naquilo que podia. Poderia ir sozinho para a cama; Helene pegou seu avental passado e se despediu, pois tinha plantão naquela noite.

A NEBLINA JAZIA pesada sobre a laguna, os navios tocavam suas sirenes, que ecoavam umas sobre as outras, misturando-se. Lá em cima, na cidade, o sol brilhava dourado e projetava longas sombras; o dia estava apenas começando.

"Vamos catar cogumelos", explicou Helene, enquanto preparava o cesto, naquele domingo livre, que haviam lhe concedido em consideração à criança, depois de ela ter implorado repetidas vezes. Não havia condições melhores do que aquelas. Ainda no dia anterior chovera, e à noite fizera lua cheia. Metade dos moradores da cidade talvez estivesse correndo pela floresta, mas Helene conhecia muito bem as coisas, saberia onde encontrar os cogumelos, conhecia as clareiras solitárias. Uma toalha, duas facas, um jornal, pois os cogumelos não podiam bater nem esfregar um no outro, depois de serem recolhidos e amontoados no cesto.

Foram de bonde até Messenthin, deixaram para trás bem rápido as casinhas de enxaimel cobertas de palha. Helene conhecia o caminho que levava até a floresta. Os pinheiros ficavam bem juntos, depois havia algumas faias e carvalhos. O ar estava fresco. O cheiro era de outono, cogumelos e terra. Folhas de faia, lisas e algumas já avermelhadas, os pequenos carvalhos secos. Helene caminhava na frente, em passo rápido, conhecia a floresta e suas clareiras. Sentia fome, coisa que certamente não favorecia a procura. Seus olhares perpassavam a mata rasteira, as folhagens baixas. Ali estava escuro demais, acolá, demasiadamente seco... eles precisariam entrar mais, onde as abelhas ainda pousavam sobre os troncos e se aqueciam junto à madeira, vagarosas em seus movimentos, já que a chegada do frio as paralisava.

"Mamãe, espere, está caminhando rápido demais." Peter por certo já estava vinte, trinta passos atrás dela. Helene virou-se para o filho; ele era jovem, tinha pernas ágeis, não devia era ficar sonhando. Continuou andando, passando por cima de galhos caídos, os ramos se quebravam debaixo de seus pés, ela não gostava dos agáricos, podiam muito bem ficar em seus troncos podres; seguiu adiante, queria encontrar boletos amarelos, boletos amarelos e castanhas. A luz penetrava pelas árvores; mais adiante via-se o verde, o verde suave e seco de uma pequena clareira; lá, com certeza encontraria um, dois, queria pilhar um círculo inteiro de cogumelos. Helene corria e mal conseguia ouvir Peter, que vinha tropeçando bem atrás dela chamando-a. Ali havia um. Tinha um chapéu velho e grosso, marrom, que significava que o cogumelo não era nada fresco. Por acaso não chovera na noite anterior, não fizera lua cheia? O orvalho tardio ainda era visível na relva. Só podia ter acontecido uma coisa: alguém já estivera ali mais cedo e revirara o mato que era dela, a orla que era dela, a clareira que era dela. Helene ficou parada, sem fôlego, e se virou. O galho ali atrás parecia ter sido quebrado recentemente.

"Espere", gritou Peter, que ainda não alcançara a clareira quando ela já queria se voltar e continuar sua caminhada pela floresta. Ela não esperou, apenas caminhou mais devagar. Ouviu um cão latindo ao longe, depois, o trinar de um apito, e mais um. Haveria algum guarda-florestal caçando em pleno domingo? Coelho com cogumelos silvestres, Helene se lembrou da carne tenra de coelho que havia preparado para Wilhelm certa vez, há muito, muito tempo. Seria bom se tivesse uma espingarda. Cantarelos eram ainda melhores do que cogumelos-manteiga, e do que boletos amarelos. Os olhos de Helene passeavam pelo chão, se arregalavam, queriam saltar das órbitas. Viu um cogumelo-de-mosca de chapéu vigoroso, jovem e inchado, como que pronto a ser fotografado para um livro de especialistas. Helene continuou a correr, com Peter sempre atrás de si. Cruzaram a linha de trem. Um cheiro de atordoar os sentidos veio ao seu encontro. O ar fedia a carniça, urina e excrementos. Nos trilhos, a alguma distância, havia um trem de carga animal. Os vagões enferrujados estavam trancados até a parte superior. Helene caminhou ao longo dos trilhos, Peter a seguiu; à distância ela viu um policial. Era bem possível que a locomotiva tivesse quebrado, e o gado houvesse morrido porque o transporte demorou demais. Um cachorro latiu e Helene se limitou a dizer: "Venha."

Pegou o caminho de volta à floresta. Tinham de dar a volta no trem, fazendo um grande arco em torno dele, para escapar de seu cheiro e não dar de cara com os cachorros.

"Por que está correndo, mamãe?"

Peter não sentia o fedor? Ela estava com ânsias de vômito, tendo de respirar pela boca, o melhor mesmo seria não respirar. Helene correu, os ramos se quebravam, os galhos batiam em seu rosto, ela protegia os olhos com as mãos. Sob seus pés a madeira podre se quebrava, ela sentia que o chão ficava liso e logo escorregou, ali havia um cogumelo, talvez apenas um cogumelo amargo, ela não queria ficar parada, não queria se abaixar, não queria esperar de forma alguma, só queria ir em frente, fugir do fedor. Quando tivesse feito a volta no trem em direção noroeste, tudo ficaria melhor, pois o cheiro exalava em direção ao Sul e o vento que vinha do mar o levava. Mais uma vez o trinar do apito chegou aos ouvidos de Helene. Talvez alguma cabeça de gado tivesse fugido. Talvez as vacas corressem pela floresta aos domingos, ou seriam os leitões? Helene sentiu fome. Logo agora tinha de pensar em bolinhos de carne com boletos amarelos. As bolotas de faia saltavam debaixo da sola de seus calçados. Só não queria abaixar, por mais bonitas que fossem, os chapeuzinhos cerdosos, os grãos lisos de três dobras, bolotas, com um gosto parecido com o das nozes quando assadas. Queria muito mostrar a Peter, mas não agora.

Ela conseguira. Ao que parece, havia dado a volta no trem, passando longe dele, e o cheiro desaparecera. Silêncio na floresta; zumbido de insetos. Um pica-pau.

"Mamãe, estou vendo um esquilo."

Helene limpou o suor da testa com o dorso da mão.

Em seu caminho jazia o tronco grosso e longo de faia, a casca ainda rebrilhava em cinza-prateado. Nas reentrâncias dos galhos, besouros chatos e pretos pontilhados de vermelho faziam a festa, enganchados aos pares; um me-empurra-que-eu-te-puxo dos mais divertidos. Pelo menos o livro em que se contava essa história ela poderia ler em voz alta a seu pequeno Peter; se não o "Coração Frio" — "Das Kalte Herz" —, um conto de fadas que o aterrorizava demais, pelo menos a história do dr. Doolittle ainda haveria de ler. Ele se alegraria com isso, mas ainda havia tempo para tanto, com certeza ainda tinham tempo, algum dia isso aconteceria, ela precisava apenas voltar mais cedo do hospital, passar na biblioteca e achar o livro para retirá-lo. Um tronco como aquele estava no caminho para ser superado. Helene pôs o cesto de lado e apoiou as mãos nele, tomando todo o cuidado para não amassar nenhum dos besouros. O tronco nem se mexeu.

"Mamãe, espere!"

Helene tateou em busca de uma superfície lisa, apoiou-se no tronco com ambas as mãos e passou uma das pernas por cima dele. O tronco era tão grosso e estava tão alto por causa de sua curvatura que ela teve de se sentar nele. Mas como descer, agora? Ouviu um estalo. O tronco não podia quebrar, de jeito nenhum. O estalo foi bem perto. Com o fedor, que se fez sentir mais uma vez, a garganta de Helene se estreitou; ela sentiu ânsias de vômito, engoliu em seco, e não quis mais respirar, nem mais um único hausto. Um horror aquele cheiro. Não era de carniça, apenas estrume, o maldito estrume. Como podia ser, se eles já haviam se afastado do transporte de gado, que certamente já estava bem para atrás? Um espirro. Helene se virou. Na vala aberta abaixo do tronco cujas raízes agora apontavam para o céu havia uma pessoa agachada. Helene abriu a boca, mas não conseguiu gritar. O susto foi tão grande que nem o mais ínfimo som saiu de sua garganta. A pessoa havia se abaixado, galhos cobriam suas costas, sua cabeça não podia ser vista; cavava um buraco na terra, com certeza na esperança de conseguir desaparecer sem ser vista. A pessoa tremia tanto que as folhas murchas dos galhos que amontoara sobre si balançavam. Mais uma vez um estalo se fez ouvir. Ao que tudo indica, a pessoa não estava conseguindo ficar facilmente em silêncio, sem esbarrar ou resvalar em nada.

"Mamãe?" Peter já estava a menos de dez metros de distância. Seu sorriso maroto se abria ocupando o rosto todo. "Você queria se esconder?", perguntou ele. Já nem precisava gritar, tão perto estava. Helene se deixou escorregar pelo tronco da árvore e correu ao encontro dele, agarrou sua mão e puxou-o de volta.

"Posso ajudar você, mamãe, se não consegue passar por cima do tronco, vou ajudar, sei como fazer, você vai ver." Peter queria voltar ao tronco da árvore, não queria andar em outra direção, queria mostrar equilíbrio e ensinar como era capaz de trepar em um tronco como aquele. Mas a mãe continuava dando um passo após o outro, imperturbável, puxando Peter atrás de si.

"Largue-me, mamãe, está me machucando."

Helene não o largou; correu, tropeçou, teias de aranha colavam em seu rosto; ela corria e segurava o cesto diante de si, como se ele pudesse afastar as teias de aranha; a floresta ficou um pouco menos densa, samambaias e gramíneas já eram bem altas, ali não havia vento, eles não podiam parar, tinham de seguir em frente. O gado era uma pessoa; talvez fosse gente aquilo que estava parado nos trilhos apodrecendo, fedendo. Prisioneiros, quem mais se encolheria tanto em roupas tão leves, tremendo debaixo dos galhos? Alguém que fugira. Possivelmente era um daqueles transportes que iam a Pölitz, e lá providenciavam reforços e reabastecimento. Desde o começo da guerra, o combustível produzido não se mostrava suficiente, os trabalhadores não davam conta da demanda e prisioneiros eram obrigados a botar mãos à obra, levados às cargas. Até mulheres, conforme os boatos que as enfermeiras repassavam umas às outras, à boca pequena, trabalhavam nas fábricas, mourejavam até não conseguirem mais trabalhar, nem comer, nem beber, e algum dia paravam de respirar. Será que ela vira mesmo o rosto do fugitivo, será que ele levantara a cabeça e ela olhara em seus olhos medrosos e negros? Eram os olhos de Martha que Helene via agora. Os olhos medrosos de Martha. Helene viu Martha no vagão de gado, viu como os pés descalços de Martha resvalavam nos excrementos, viu como ela buscava se segurar em algo, ouviu os gemidos dos encurralados, os suspiros do fugitivo, seu tremor, a folhagem de carvalho e o espirro. Ouviu-se um tiro.

"Um caçador", gritou Peter, todo contente.

Cães latiram à distância; mais um tiro.

"Espere, mamãe." Peter queria ficar parado, olhar para trás, queria ver de que direção os tiros vinham. Mas Helene não esperou, a mão dele escorregou da dela, ela correu, tropeçou e se apoiou em árvores caídas, se segurou em galhos e ramos e não paravam de surgir um passo após o outro, um passo após o outro; ela conseguia correr. Coelho com cantarelos, uma coisa bem simples, coelhinho na vala, entre a montanha e o vale fundo, fundo, fundo. Sobretudo, no vale. Gado. Como é que ela foi capaz de comer coelho um dia?

Correram por tempo indeterminado no meio da floresta, até que Peter gritou atrás dela que não conseguia mais, e simplesmente ficou parado. Helene não se deixou reter, prosseguiu em seu caminho, incansável.

"Você sabe onde estamos?", gritou Peter atrás dela.

Helene não sabia, não podia lhe responder, ficara o tempo todo prestando atenção para perceber o momento em que o sol, assim que conseguisse romper a cobertura de folhas, lançaria a sombra dos dois para a direita. Era o sol que projetava a sombra ou as árvores? Helene não tinha certeza. Uma questão simples, mas insolúvel. Possivelmente fosse a fome — que a mandava seguir adiante, que fazia seu coração bater descompassado — que a deixava suando daquele jeito. Sim, estava com fome. Em seu cesto ainda não havia nenhum cogumelo, ela apenas correra e sequer sabia para onde. Quisera prestar atenção e cuidar para que corressem em direção ao oeste, deixando o trem para atrás. Talvez tivesse conseguido. Tinham de seguir adiante. Helene viu que um pouco mais à frente havia mais luz, uma clareira, um lugar desmatado, uma estrada ou o que quer que fosse.

Uma mão agarrou a dela; Peter a alcançara, sua mão era firme, pequena e magra. Como um garoto tão pequeno podia ter tanta força na mão? Helene queria se soltar, mas Peter a segurava firme, bem firme pela mão.

Seguindo em frente, um pé diante do outro, e um e dois e três, Helene se surpreendeu contando os passos que dava; queria escapar, escapar, simplesmente fugir dali. Peter se agarrou a ela, segurando firme seu sobretudo. Ela sacudiu seu braço com força, até ele ser obrigado a largar. Seguiu adiante com Peter em seu encalço. Corria mais rápido que ele. A floresta que clareava mostrou não ser mais do que uma miragem. Ela não clareou; ficava cada vez mais densa, a mata rasteira ficava mais densa, e sobre as copas haviam se formado nuvens. Estavam em movimento lá em cima, disparando em direção ao oeste. Que horas seriam? Bem tarde, meio-dia talvez; será que já havia passado de meio-dia? Pela fome que estava sentindo, devia ser bem tarde, duas, talvez três horas, pela posição do sol. "Mamãe!" Cogumelos fritos na manteiga com tomilho, só com um pouco de sal, pimenta, salsinha fresca e algumas gotas de limão. Cogumelos no vapor, assados, cozidos. Crus: comeria o primeiro cru, ali mesmo, agora. Sentiu a boca encher de água, e tropeçou, fora de si. Folhas e ramos, espinhos e frutas, talvez amoras, mas onde é que estavam os cogumelos? "Mamãe!" As faias ficaram para trás, um velho viveiro de árvores jovens, apenas pinheiros, e pinheiros baixos, sempre pinheiros baixos, os galhos bem baixos, as agulhas estalavam. O chão da floresta estava em declive. Uma pequena clareira, pequenas bolotas de musgo se destacavam das agulhas. Um *Amanita muscaria* e mais outro, os sentinelas venenosos. E ali diante estava ele, o chapéu dobrado, escuro e brilhante. Lesmas já deviam ter se deliciado, pequenos buraquinhos anunciavam devoradores anteriores... uma, duas. Helene se ajoelhou, seus joelhos afundaram no musgo, então, inclinou-se sobre o chapéu e o cheirou. A folhagem, o cogumelo, tudo cheirava a floresta, a comida no outono. Helene encostou a cabeça no musgo para olhar de baixo; a polpa inferior ainda estava branca e firme, era um cogumelo esplendoroso. "Mamãe!" O grito parecia vir de bem longe. Helene se virou. Lá estavam eles, enfileirados na encosta, um cogumelo atrás do outro, alguns bem recentes, da noite anterior. Helene rastejou para colher os quatro que estavam ali sob os galhos; abria caminho com as mãos, afastava os ramos e rastejava um pouco mais, aconchegando-se ao chão da floresta. Como cheiravam bem! "Mamãe!" Helene pegou um dos cogumelos, partindo a base bem rente ao solo, e o enfiou inteiro na boca; a polpa firme e macia quase derretia inteiramente na língua, uma delícia. "Onde você está?" A voz de Peter parecia engasgada, estava com medo, não conseguia mais vê-la e acreditava estar sozinho. "Onde você está?" Sua voz falhava. Helene deixara o cesto na clareira. O segundo cogumelo era ainda menor, ainda mais firme e mais fresco, com o talo claro quase tão grosso quanto o chapéu marrom. "Mamãe!" Peter lutava com as lágrimas. Helene viu suas pernas finas de garoto entre os ramos, o modo como sapateava pela clareira, de pé no lugar em que ela deixara o cesto, e depois se abaixava, para em seguida se erguer novamente. Juntou as mãos em concha formando um funil diante da boca e gritou: "Mamãe!"

Não havia eco. Em cima, nas copas, o vento fazia as folhas farfalharem, chicoteava os galhos mais altos, queria alcançar a terra. O garoto gritou em todas as direções. "Mamãe!"

Não seria simples? Bastaria ficar quieta. O exercício mais simples, o mais simples de todos, não havia tremor, nenhum estalo, apenas silêncio.

O garoto sentou no chão e começou a chorar. Aquilo não era uma brincadeira. Se aparecesse agora ao lado dele, saindo do matagal a apenas alguns metros de distância, ele saberia que o estava observando e se escondera intencionalmente. Com que intenção, por quê? Envergonhada, permaneceu em silêncio, enquanto o garoto chorava. Respirava de leve, nada mais simples que isso. Nenhum espirro, nada que denunciasse sua presença ali.

As formigas faziam cócegas nela; sentia algo queimando seus quadris, aquelas bestas minúsculas entravam por suas roupas e picavam. Uma aranha vermelha de patas finas e longas, não maior do que uma cabeça de alfinete, andava na sua mão. O garoto se levantou, olhou para todos os lados, pegou o cesto da mãe e caminhou na direção sudeste. Bobo é que não era, sabia que a aldeia e a cidade ficavam exatamente daquele lado. Helene enfiou um cogumelo atrás de outro na boca; como era doce ficar sozinha, poder mastigar, em silêncio.

Quando não ouviu mais os passos do filho na mata rasteira, saiu de seu esconderijo. Agulhas e fragmentos de casca de árvore grudavam em seu sobretudo curto. Ela tentou limpar a saia. Ouviu um farfalhar, um pássaro levantou vôo. Helene correu entre os pinheiros e carvalhos jovens, em meio à floresta, na direção em que ele havia desaparecido. Chamou, "Peter", e ele respondeu enquanto ela ainda gritava a segunda sílaba de seu nome. Respondeu em voz alta, aliviado, feliz, o riso carregado de impaciência, e gritou: "Estou aqui, mamãe, aqui."

Pontos bem finos, a pele sobre o olho, tão suave, o olho de um ferido, de um pai, da guerra. O globo ocular mal podia ser reconhecido debaixo da carne inchada. Helene retirava, com a pinça, os estilhaços de vidro de uma das faces, ainda reconhecível, e da outra, que era apenas carne crua e sangrenta. O ferido não se mexia; depois de várias tentativas o médico conseguira, apesar da dose mínima, anestesiar o homem. Os medicamentos eram escassos, a maior parte das pessoas tinha de ser tratada sem narcóticos. Ficavam deitadas nos catres e estrados de cama, que haviam sido arrastados para fora das casas; alguns se encolhiam no chão, porque não era possível dispor de leitos suficientes, ou debaixo de tendas, nos cantos do hospital, já bastante destruído. Helene colocou um pouco da tintura vermelho-ferrugem nas feridas, solicitou gaze, mas nenhuma das enfermeiras tinha um pedacinho que fosse para poder atendê-la. A garotinha a fitava, muda há dias; tinha o cabelo um pouco chamuscado na frente, e um galo, nada mais; havia perdido a mãe. Não dizia mais uma palavra. Precisaria ser levada para fora do hospital, a algum lugar; mas quem poderia fazer isso, ou mesmo pensar que isso fosse necessário? Ali recebia sopa sempre que alguém tinha tempo de cozinhar, sempre que voltava a haver gás e quando a água voltava a sair das torneiras.

Pouco depois dos últimos ataques, a clínica feminina no balneário marítimo Lubmin, junto a Greifswald, fora evacuada. Helene prometera que a levaria consigo, assim que a penúria dos feridos na cidade fosse um pouco abrandada; não falava mais do filho.

"O fórceps, enfermeira Alice, a pinça." Helene correu, estendeu os instrumentos, abriu o peritônio, cortou, porque tudo tinha de ser rápido, e o médico agora cuidava, em outra tenda, de uma jovem grávida, que apenas havia machucado seu pé, talvez o tivesse perdido. Helene cortou e costurou, estancou sangue com tampões; uma menina lhe estendia os instrumentos, o bisturi e a tesoura, o fórceps e as agulhas. Helene trabalhava dia e noite, às vezes pegava no sono, uma, duas horas, no galpão que as enfermeiras haviam arranjado e transformado em cozinha. Só de vez em quando pensava que tinha de ir para casa e ver se estava tudo em ordem. Mandava Peter ir à escola. Ele retrucava dizendo que a escola nem existia mais, que dirá aula. Meu Deus, tinha de arranjar o que comer, tinha duas pernas ou não? Tinha de dar um jeito e arranjar onde ficar! Ele por acaso não tivera sorte? Não sofrera nada em nenhum dos ataques. Certa vez, no inverno, trouxe uma mão para casa e não quis dizer nada sobre ela. É provável que tivesse encontrado na rua aquela mão, uma mão de criança. Helene teve de fazer um bocado de esforço para lhe arrancar a mão. Ele não queria soltá-la. Mas o garoto tinha de ir embora, sem dúvida; não podia se ocupar dele, não precisava dele, que ele fizesse suas tarefas de casa, esquentasse a lareira, e desse um jeito de arranjar, por conta própria, carvão ou lenha; por todo lado havia lenha; tinha de deixá-lo sozinho, há semanas, há meses. Quando chegava em casa, era recebida por seus olhos arregalados; ele sempre queria saber de alguma coisa, fazia perguntas, queria saber onde a mãe estivera e pedia para que ficasse com ele. Tentava agarrá-la com as mãos quando se deitavam juntos na cama, seus braços a envolviam como se fossem tentáculos de um polvo. Tentáculos, ele se agarrava a Helene como se tivesse ventosas. Seus braços arrancavam dela o último ar. Mas ela não podia ficar, tinha o que fazer. Não falava com mais ninguém. "Mãe!", chamou de seu leito uma velha moribunda. Não estava se dirigindo a Helene, que não era mãe de ninguém ali e, portanto, não precisava se virar, podia ficar em silêncio e continuar dando pontos, enfaixando, tratando dos remédios. Assim que a água voltava, lavava os feridos, ainda que precariamente. Ela quase não segurava mais as mãos dos moribundos: morria gente demais, havia mãos demais, vozes demais, gemidos e lamentos, depois silêncio; os lençóis tinham de ser fechados e amarrados, os cadáveres, arrastados para os carros. De volta à mesa de operações, um homem precisava ser operado pela quarta vez, no crânio, e o médico queria que Helene ficasse a seu lado. Se ainda havia algo a salvar ali, ninguém sabia, mas ele foi operado. A ponte na entrada da cidade havia sido explodida, o Exército Vermelho estava de tocaia nas proximidades, o ódio dos famintos, a primeira coisa que chegava eram as histórias: haviam farejado sangue; avançavam lutando e querendo vingança; todo mundo tinha mesmo de sentir medo, o Exército Vermelho já estava ali; faltava uma atadura de gaze, uma compressa, uma atadura qualquer. Quanto tempo fazia que estivera em casa pela última vez? Um dia ou dois? Não sabia mais dizer. A última vez que dormira haviam sido poucas horas na noite anterior, em um leito precário no galpão, ocupado por várias enfermeiras alternadamente; só uma vez sonhara algo naqueles últimos meses: dava pontos nas pessoas, emendando-as umas às outras, formando uma grande mancha de gente, e ela não sabia que parte daquela mancha ainda estava viva, que parte já estava morta, apenas costurara, unindo as pessoas umas às outras... Todas as demais noites e horas de sono foram sem sonhos, agradavelmente escuras. Helene corria para casa, já estava escuro, não erguia os olhos, não observava nenhum dano causado pelas bombas, nenhum dano material; o que acontecera com aquela casa, com a outra? Ela só corria, precisava dizer a Peter que ele tinha de providenciar uma nova fechadura. Helene se apressava, os pés tinham de ser mais rápidos no trabalho de sustentá-la, não conseguia avançar, o chão cedeu, ela resvalou, pedras, cascalho, areia, pisou na terra, resvalou mais, devagar, mais fundo, seus pés escavaram o chão arenoso, tentou ajudar com as mãos, por certo de quatro conseguiria se levantar e avançar, mas acabava resvalando de novo, no final das contas. Uma cratera de bomba podia se transformar em armadilha, uma armadilha-relógio, uma armadilha noturna. Um passo para dentro e não havia mil que levassem para fora, podia-se fazer o esforço que quisesse. Helene não gritou, não chamou, embora ainda existissem pessoas por ali, mas todas em seus próprios caminhos, ninguém no dela. Tomou impulso mais uma vez, tateou em cima e embaixo, até sentir algo firme e conseguir se segurar. Estava tão escuro que não conseguia saber o que era. Moveu-se ao longo da parte firme, talvez fosse um cabo, um cabo firme, um cano de água retorcido, e tinha também algo mole, que ela largou, pois podia ser uma pessoa, um pedaço de cadáver. Continuou se movendo ao longo da parte firme, impulsionando seu corpo para cima e saindo de dentro da cratera. A rua estava negra, o céu, escuro, em nenhuma das casas havia luz, talvez uma queda de energia tivesse vitimado o lugar. O calçamento estava liso por causa da garoa. "Ladrões!" À distância, podia ser ouvida a voz de uma mulher exaltada, que se queixava das pilhagens. Quem iria querer discutir com ela naquela noite, na próxima ou na seguinte? Em uma das janelas escuras, havia um rapaz apoiado. De braços abertos, gritava em meio à noite: "O salvador, o salvador!" Só raramente ainda se viam rapazes; eram obrigados a falar em um salvador, possivelmente acreditassem nisso, na salvação, na redenção. O que fora perdido estava perdido. Helene tinha de prestar atenção para não escorregar de novo. Ouviu homens atrás de si. Palavras insinuantes. Apertou o passo, agora corria de verdade. Só não podia se virar, de jeito nenhum. Um disfarce seria bom; a terra exalava o perfume da primavera, uma noite poeirenta na primavera.

Tinha de decidir algo, pensava agora; não, não era uma decisão, somente uma resolução que tinha de ser tomada. Todos os alemães haviam sido instados a deixar a cidade, ali não havia mais nada, não havia aula, não havia mais peixes para Peter. Mas mandá-lo para onde? Ele não se separaria dela, jamais, não voluntariamente. Ela não tinha tempo para viagens planejadas, não podia levá-lo a lugar nenhum, também não sabia para onde. E Peter não se deixaria mandar embora de jeito nenhum. Ele desconfiava de qualquer desculpa, descobria qualquer subterfúgio, por mais sutil que fosse. Embora não tivesse mais nada a lhe dar, as palavras já haviam acabado há muito tempo, não tinha nem mais pão, nem uma hora para lhe conceder, não lhe restava absolutamente nada para dar ao filho. O tempo de Helene significava alívio, alívio para os doentes, viver um pouco mais, um pouco menos dolorosamente. Uma nostalgia de mundo, de um mundo pelo qual teríamos de morrer, batia nos corações. Por que Else sempre lhe cuspia na cabeça? Não morra, Else, só apague. E assim estava tudo bem. Helene se entregava aos feridos e doentes, eles não lhe perguntavam nada; pôr mãos à obra, era o que devia fazer, era o que conseguia fazer.

Em casa, encontrou Peter na cama. Ele já estava dormindo. Acendeu uma vela e colocou sobre a mesa o arenque pequeno que havia enrolado em uma folha de jornal e trouxera no bolso do vestido. Ele ficaria todo alegre de ter um arenque para o café-da-manhã. Helene pegou no armário a maleta vermelha como sangue de boi e a abriu. No fundo dela, colocou a meia de lã com o dinheiro de Wilhelm. Por cima, pôs duas camisas, duas cuecas e um pulôver, que tricotara para ele no último inverno. O pijama que ele vestia já estava curto demais. Por que Peter tinha de crescer justamente agora? Teria de se sentar ainda naquela noite à máquina de costura que trouxera do prédio vizinho até seu apartamento depois do último incêndio. Faria um pijama novo para ele, nada muito elaborado, um pijama bem simples. Tinha tecido para isso. Para que, se não aquilo, guardara um pijama de Wilhelm por tantos anos? Pôs dois pares de meia na mala e o livro preferido de Peter, com os mitos e epopéias da Antigüidade clássica, que há meses vinha lendo repetidas vezes. Sem pensar muito, escreveu em um bilhete: tio Sehmisch, Gelbensande. Aquele irmão de Wilhelm tinha de existir. Pelo menos uma mulher, que esperava pelo marido naquele lugar, marido que em pouco tempo haveria de voltar da guerra. No campo, pelo menos ainda havia algo de comer. Que cuidassem de Peter, o dinheiro de Wilhelm talvez ajudasse. Colocou o bilhete com o endereço do tio e a certidão de nascimento de Peter debaixo da meia com o dinheiro, bem embaixo, pois ele não poderia ser descoberto antes do tempo. O peixe entalhado em chifre também era para Peter, que o levaria na mala. O que ainda poderia fazer com aquele peixe? Queimou as cartas de Leontine em uma panela no fogão, todas as cartas, decidiu queimar todas. Assim que tivesse de deixar Stettin, começaria a procurar por Martha, tinha de encontrá-la. Tinha a nítida sensação de que Martha ainda estava viva, tinha de estar. Talvez o campo de trabalhos forçados fosse um lugar seguro. Um lugar seguro para viver? E Martha era tenaz, suficientemente tenaz. Mas quem poderia saber por onde ela andava? Helene queria passar por Greifswald, por Lubmin, as pacientes precisavam dela. Ao fazer o pijama para Peter, as pedaladas regulares na máquina a acalmaram. Não deveria faltar nada para ele, por isso tinha de mandá-lo embora, para longe dela. Helene não chorou, estava aliviada. A perspectiva de que as coisas melhorariam para o filho e de que alguém falaria com ele sobre isso, sobre aquilo, sobre o sol do entardecer; tudo isso a deixava alegre. Helene costurou um cós duplo e botou um bolsinho na parte superior. Ali, enfiou seu anel de noivado. Um pouco de ouro por certo não faria mal. Depois fechou o bolso com uma costura. Ajeitou o pijama bem em cima, na mala. Não poderia dizer-lhe que estavam se despedindo. Ele não a deixaria ir.

Epílogo

Peter ouviu o que o tio lhe disse. "Ela vem desta vez, aquela que diz ser sua mãe." O tio limpou o nariz no lenço xadrez e cuspiu, cheio de desprezo, em direção ao monte de esterco. "Pois é, e veja se agora se mexe", disse ele, olhando para o céu, na direção dos grous. Os outros já haviam migrado para o sul, há semanas. O tio mandara Peter ajudá-lo a tirar o esterco do estábulo. Afinal de contas, ele não devia pensar que estava ali para vagabundear. Só porque bancava o esperto na escola não precisava achar que era fino demais para trabalhar em casa. Peter não achava nada disso. Ajudava no estábulo, ajudava na ordenha, recebia seu leite, e tinha seu próprio lugar para dormir, no banco da cozinha. Era suportado.

"Durante todos esses anos ela não deu notícias", praguejava o tio. Simplesmente foi embora. "E uma coisa dessas quer dizer que é mãe", acrescentou, cheio de desprezo. Abanou a cabeça e mais uma vez cuspiu. Com o ancinho, o tio revolvia o monte de esterco à sua frente. "Cuide sempre pra que ele não se espalhe aqui embaixo, amontoe tudo bem direitinho."

Peter assentiu e correu na frente, até a porta do estábulo, que já era mantida fechada porque o outono estava bem mais frio que de costume. Abriu a porta. Gostava do hálito morno dos animais, de seus grunhidos e mugidos, do ruminar e do mastigar. Ela havia dito que viria para seu aniversário, seus dezessete anos. Peter sabia que o tio se aborrecia por causa de sua mãe. Sua mulher e ele não tinham filhos; ao que tudo indica, jamais quiseram tê-los. Peter crescera e se tornara de grande utilidade na chácara, mas os primeiros anos haviam sido difíceis, pois todos acreditavam que era necessário se habituar uns aos outros, mas não sabiam se aquilo ia durar algumas semanas ou alguns meses. Nesse meio-tempo, ficou claro para todos que ele viveria ali para sempre, ou seja, até ter idade suficiente para decidir que poderia ir embora. Ninguém havia se habituado a ninguém; apenas se suportavam. A cada gasto com uma peça de roupa, tio e tia soltavam um suspiro de desagrado. A bicicleta na qual Peter ia para a escola — primeiro dava uma passada em Graal-Müritz e, mais tarde, ia até a estação ferroviária para pegar o trem para Rostock — fora montada com peças ainda em bom estado. O rapaz catava as peças que faltavam e, se ainda não tivesse conseguido todas as necessárias, tentava arranjar algum dinheiro para comprar as outras. Economizou o que ganhou virando feno desde bem cedo até tarde da noite em suas primeiras férias de verão. Depois disso, conseguiu adquiri-la, e de quebra provou ao tio e à tia que podia ser muito útil. E assim estava tudo bem. Ele também não podia comer muito. Quando comia demais alguma vez, diziam-lhe: "Esse daí ainda vai acabar comendo os tijolos de nossa casa." Tio e tia sempre voltavam a manifestar a esperança de que alguém viesse buscar Peter, a mãe, sobretudo a mãe, teria de vir, já que havia sido ela que lhe dera o endereço deles no passado. Tio Sehmisch, Gelbensande. Simplesmente assim, sem perguntar. Mas ela permaneceu desaparecida por muito tempo. Também o irmão poderia muito bem se dar ao trabalho de aparecer, o irmão, que durante todo esse tempo morara com sua nova companheira junto ao mercado, em Braunfels, próximo a Wetzlar, gozando de todo o conforto do lado ocidental. Ele era uma figura importante por lá, e certamente não tinha tempo para um embaraço como aquele. Mais um para alimentar: foi assim que se dirigiram a Peter na chácara durante os primeiros anos.

"De onde ela é? É do lado ocidental?" Peter sabia que suas perguntas apenas levariam o tio a se aborrecer ainda mais, mas queria saber, queria saber de onde ela era.

"Ora, ora, ora, do lado ocidental. Vive nas proximidades de Berlim. Quer ver você, ora bolas." O tio esfregou o nariz sem olhar para Peter. "A tia logo escreveu perguntando se ela quer você de volta. Ora, ora. Ter você de volta. Não está tão bem assim", disse ela, "ah, vive humildemente com a irmã em um conjugado, trabalha muito. Ah". O tio ficou de cócoras. "Por acaso todos nós não trabalhamos muito? Aqui, Peter, mãos à obra." Peter ergueu o cocho, o tio ergueu-o do outro lado, e juntos eles o carregaram até o estábulo mais distante, onde naqueles dias a porca mais velha daria cria.

Peter agora sabia que ela vivia nas proximidades de Berlim. Não tinha marido, e, mesmo assim, não queria o filho de volta. Só queria vê-lo de novo.

Peter sentiu que contraía os lábios, e com os dentes mordia a pele solta para amolecê-la e voltava a morder para em seguida arrancá-la. O que ela estava pensando? Depois de todos aqueles anos. Ele não era alguém que se deixaria ver, simplesmente ver, apenas ver, de jeito nenhum. Que ela viesse para ver o que era bom.

O tio foi buscar a mãe pela manhã na estação ferroviária de Gelbensande; ela chegaria no trem que passava por Rostock. Perguntou se Peter queria acompanhá-lo, mas a tia disse que a porca dera cria durante a noite e que alguém tinha de cuidar dos leitões. A porca tivera leitões em demasia, faltavam duas tetas para abastecer todos, e os dois leitões a mais estavam ameaçados de ser mortos a mordidas ou de morrer de fome, porque cada um dos filhotes vigiava sua teta possessivamente. Peter gostava de ir ao chiqueiro; ajoelhou-se ao lado da porca deitada e escolheu o mais forte entre os leitões que estavam mamando. As cerdas claras da porca eram estranhamente macias ao longo do úbere; algumas tetas estavam mais cheias do que outras, algumas eram grandes e grossas, outras, pequenas e longas. Peter tirou o leitão mais gordo de sua teta, e ele grunhiu como se alguém estivesse querendo esfaqueá-lo. Segurou-o nos braços por alguns instantes para que um dos dois mais fracos pudesse mamar por algum tempo. Com o leitão nos braços, Peter caminhou sobre a palha. Subiu pela escada até o forro onde ficava o feno. Lá estava seco e morno, ainda mais aquecido do que embaixo. Peter se escondia ali, às vezes, para sonhar e para ler. Pelas frestas da clarabóia do telhado, podia-se ver muito bem a chácara inteira. Dali de cima, podiam ser vistos até mesmo o portão, a entrada e o começo da aléia de choupos. Ele pegou seu canivete no bolso das calças e fez um pequeno entalhe na moldura já toda enfeitada, mais um, um desenho, um ornamento. Não demorou muito até ouvir o barulho do motor e a caminhonete aparecer em seu campo de visão. O tio saltou do carro, abriu o portão, voltou a embarcar, entrou na chácara e saltou novamente para fechar o portão. Hasso apareceu latindo e pulou ao encontro do tio. Era um cão pastor bondoso, bravo o suficiente para vigiar a chácara. O último cachorro, um vira-lata bem grande, do qual Peter gostava muito, acabara levando uma injeção letal por ordem do tio, porque não latia alto o bastante. A outra porta do carro se abriu, e uma mulher jovem desembarcou. Dali de cima, parecia uma menina, as pernas esguias sob a saia, o sobretudo axadrezado da moda, o lenço de cabeça azul. Peter reconheceu os seus cabelos loiros, que pareciam tão claros, como se tivessem se tornado brancos. A figura conhecida, o modo de andar, o modo como colocava um pé diante do outro... Peter se arrepiou todo. Ela trazia consigo uma bolsinha pequena e uma sacola de compras em uma das mãos. Hesitante, olhou ao seu redor. Talvez tivesse trazido um presente para ele. Qual seria a idade de sua mãe? Peter calculou rápido, ela devia ter quarenta e sete anos. Quarenta e sete! Pelo menos seis anos mais nova do que o tio e a tia. O leitão nos braços de Peter grunhiu. Peter observou o tio desaparecer com a mãe para dentro de casa. Cuidadoso, Peter desceu a escada e levou o leitão de volta.

"Peter!" Aquela era a voz do tio. É provável que ele tenha aberto a porta para chamá-lo. Ficou em silêncio, não respondeu. "Venha aqui dentro tomar um café!"

O tio jamais o chamara para tomar um café. Só escondido é que Peter certa vez pegara um pouco de café do bule e o degustara com muito leite e açúcar.

Peter esperou até ouvir apenas o resfolegar e o respirar dos animais, e depois voltou a subir para seu esconderijo. Pelas frestas, podia ver a casa; cobrindo a porta da entrada havia um telhadinho de madeira, com bancos à esquerda e à direita, onde se podia tirar as botas de borracha e calçar os tamancos de madeira. Quando fazia frio como agora, Hasso se deitava sobre as pranchas entre os calçados e bancos. Ele gostava de morder os sapatos, era seu único defeito, mas era perdoado por latir tão alto. Peter podia entrever o rabo de Hasso pelas frestas da clarabóia do telhado, e ele batia de vez em quando contra as pranchas. Em seguida ele observou Hasso levantar-se de um salto, abanando o rabo. O tio apareceu debaixo do telhado e berrou: "Peter!"

Já no modo como era chamado, apenas pelo nome, podia-se reconhecer que a visita estava sendo levada em consideração. Jamais o tio se mostraria tão paciente em outras circunstâncias; jamais chamaria seu nome sem praguejar, chamando-o de moleque, perguntando onde ele se metera de novo. Peter teve de sorrir. Logo ela apareceria debaixo do telhado. Será que também chamaria seu nome? Peter sentiu-se excitado. Não diria onde estava, jamais. "Peter!" Podiam chamar quanto quisessem, esperar por ele, alimentar esperanças de que fosse aparecer. Com uma das mãos, Peter tocou suas calças e ela estavam cheias de feno e palha grudados.

"Espere só", ouviu o tio dizer ao cachorro, "vou lhe mostrar como botar sebo nas canelas". Peter estava apertado, mas não queria deixar aquele esconderijo, queria vê-la aparecer debaixo do telhado, procurando por ele.

"Onde está Peter?" Foi o que ouviu o tio perguntando. "Pega, Hasso, pega." O tio batia impaciente na própria coxa. Com certeza a tia já colocara as batatas no fogo, lá dentro. A mãe ficaria para o almoço, ao meio-dia. A tia queria fazer enrolados de couve. Peter sugerira que ela fizesse arenque azedo. Pensou consigo mesmo que a mãe gostava tanto daquele prato quanto ele. *Rollmops* e arenque azedo. Mas a tia não gostava de peixe. Eles moravam a oito quilômetros da costa e a tia nunca comera peixe na vida. Não havia peixe nunca, portanto. Peter acabou se lembrando de quantas vezes no passado sua mãe havia lhe preparado um peixe. *Zimbro*, ele se lembrou da palavra. Que palavra bonita. E ele a falou em voz alta: *Zimbro*. Eram umas frutinhas pequenas e pretas, com as quais a mãe temperava o peixe. Peter gostava de cheirar as mãos dela; mesmo quando ela tirava as vísceras do peixe e o temperava, o cheiro de suas mãos era maravilhoso. Talvez algum dia pudesse esquecê-lo, o cheiro de sua mãe. Só às quatro o trem dela partiria de Gelbensande, passando por Rostock, de volta a Berlim. Hasso abanava o rabo. Ele parecia não estar levando a sério a ordem do tio para procurar por Peter.

O rapaz pegou o lenço no bolso da calça e limpou as mãos. Tinha de limpar suas mãos muitas vezes, várias vezes ao dia. Os outros garotos do colégio diziam que se ficava impotente por causa disso. O que era bom. Peter não podia imaginar que algum dia quisesse ter filhos mesmo. Agora sua mãe apareceu debaixo do telhadinho. Não estava mais usando o lenço de cabeça, e também devia ter deixado o sobretudo em algum lugar lá dentro. Seus cabelos estavam presos no alto da cabeça. Ela devia estar tiritando de frio. Peter a viu cruzar os braços e ficar parada, indecisa, na escadinha debaixo do telhado. Diante de seu rosto, o ar que ela expirava formava uma névoa branca. Tinha um belo rosto. Bem-proporcionado e grande. Sua testa era abaulada e alta, os olhos, puxados, olhos que, como Peter sabia muito bem, luziam claros, tão claros quanto o mar Báltico no verão. O tio havia descido ao pátio e instigava Hasso a procurá-lo. "Vamos, Hasso, pega." Peter viu o tio dirigir-se ao estábulo; afinal de contas, hoje pela manhã havia sido dito a Peter que ele tinha de cuidar dos leitões. O tio desapareceu de seu campo de visão, e Peter ouviu a porta abaixo de si sendo aberta. Com cuidado e em silêncio, o tio forçava passagem entre os fardos de palha. Ele o ouviu chamar seu nome, e depois ouviu um pisotear e em seguida um estardalhaço, como se o tio estivesse martelando o chão com os pés e por fim chutado um balde; ouviu também o grunhir dos leitões, como se ele agora estivesse lhe dando pontapés.

Os passos do tio atravessaram o estábulo, talvez ele suspeitasse de que Peter estivesse tratando das vacas. Mais uma vez o som de seu nome veio até ele, abafado pela palha. Hasso latiu; dessa vez foi um latido breve e bem distante.

Depois que a porta traseira do estábulo foi fechada e tudo parecia ter voltado à sua santa paz, Peter se esgueirou para fora de seu esconderijo. As frestas deixavam o olhar livre para o telhado diante da casa, para Hasso e para o tio. A mãe com certeza voltara a entrar, buscando o calor do lado de dentro. Será que ela perguntava algo, será que pedia informações sobre ele? Talvez estivesse orgulhosa com o fato de ele estar fazendo o curso secundário. Tio e tia não gostavam de falar disso, mas não haviam ousado contrariar o professor e as recomendações que ele dera. "Ora, por mim", dissera o tio depois da conversa na escola, "desde que Peter continuasse ajudando na chácara, poderia também ir à escola, se fizesse mesmo questão". Peter já sabia para onde queria ir mais tarde. Em Potsdam, nas proximidades de Berlim, havia sido aberta uma faculdade de cinema há algumas semanas, lera sobre isso no jornal. Certo domingo, ouvira uma longa reportagem sobre isso, no rádio, na qual diziam que estavam interessados em formar pessoas jovens e talentosas. Quem sabe se ele não se enquadrava no perfil? Eles ainda haveriam de ficar de olhos arregalados, o tio e a tia, o pai e a mãe.

Embaixo, no estábulo, ouviu-se um estalar de bicos e um farfalhar de asas entre os gansos. Algo deveria tê-los espantado, gansos não estalam o bico à toa. Só quando estavam com fome ou ficavam com medo de alguma coisa. Peter quis descer e ver o que estava acontecendo, mas era perigoso demais. Lá fora, saía fumaça da chaminé. Era hora do almoço, Peter estava com fome. "Está na mesa!", dessa vez era a tia que gritava debaixo do telhadinho diante da casa: "Peter, vamos comer!"

Ele sentia uma enorme satisfação em resistir à fome e em enfrentar sua mãe, uma satisfação indomável, constrangedora e docemente dolorosa. Peter os imaginou sentados à mesa, o tio praguejando, a tia embaraçada e xingando apenas em voz baixa, a mãe em silêncio. Será que a mãe estava sentada no banco da cozinha que servia de cama para ele à noite? Ela com certeza não perguntaria "mas onde é que ele dorme?". Algo assim ela não perguntaria, pois tinha de se mostrar agradecida por ele poder morar ali nos últimos anos. Certa vez, Peter ouvira o tio e a tia brigarem por causa de dinheiro, à noite, e tivera a impressão de que o pai de quando em vez lhe mandava alguma coisa. Mas Peter não tomava conhecimento de nada disso, o que sabia era que tinha de trabalhar para custear sua estada, e trabalhava, e a custeava a ponto de merecer o tempo livre em que ficava longe da chácara, quando ia à escola. Como será que ela falava dele? Será que dizia "meu Peter", ou será que dizia simplesmente "Peter", ou até mesmo apenas "o garoto"? Talvez nem falasse dele. Talvez ficasse em silêncio. Provavelmente não estava querendo entender por que ele não aparecia. Poderia ser constrangedor para ela o fato de seu filho ser tão mal-educado e não querer vê-la. Que fosse... Peter levou a mão ao volume em suas calças, se tocou e se apertou, delicadamente. Que ela fosse embora, a mãe, aquela mãe lá embaixo, que fosse de uma vez por todas. Será que não entendia que estava esperando em vão? Ela não ficaria diante dele, não agora, não hoje, aliás, nunca mais. Podia muito bem afastar seus cachinhos loiros da testa, lavar seus aventais brancos e viajar de volta para a tal da irmã, em Berlim. Que fosse embora, que se mandasse!

Peter mantinha os olhos fixos nas frestas da clarabóia. Flocos grandes e aparentemente moles bordejavam no ar. Não se podia dizer que caíam, eles pairavam, dançavam em direção ao alto e ao leste e pousavam sobre o relevo das pedras, lá embaixo, no pátio. Quantas vezes não imaginara, ainda criança, que fugia do tio e da tia, lá para longe, para a lavoura, para a neve? Que se deitaria na neve e simplesmente esperaria, até que a respiração parasse... Mas isso agora era parte do passado, não faria aquele favor a eles, queria fazê-los esperar e se debater e simplesmente seguir seu caminho, solitário. Não precisava de ninguém.

Hasso latiu e correu para o portão, abanando o rabo. Alguém de bicicleta e com uma tina de leite no guidom abriu o portão e limpou os flocos de neve do rosto. Ela, Bärbel, usava seu anoraque vermelho. Bärbel era o máximo. Pelo menos era nisso que ela acreditava. Seus pais a mandavam até ali durante os finais de semana para buscar leite. Bärbel tinha a idade de Peter e já fazia um curso de vendedora em Willershagen. No verão, ele às vezes a via em Graal-Müritz, na praia. A Peter só era permitido de vez em quando andar de bicicleta pela charneca de Rostock até chegar à costa, embora o passeio fosse curto e rápido. Às vezes, porém, ia sem pedir permissão. Na praia, podiam ser vistos os garotos e garotas, todos eles seminus. E também Bärbel. Bärbel achava que o mundo lhe pertencia porque a praia e os veranistas ficavam a seus pés. Ninguém a via como estava, agora, no inverno, vindo com a tina de leite no guidom da bicicleta até a chácara e escorregando por causa da neve. Ela escorregou mesmo, e estatelou-se no chão com a bicicleta, enquanto Hasso latia e abanava o rabo. O tio apareceu sob o telhadinho. Não podia saber como Bärbel era no verão, na praia, porque nunca fora à praia. Apesar disso, gostava de Bärbel e não queria que Peter ou a tia apanhassem o leite para a moça. Isso o tio preferia fazer sozinho. Bärbel era uma galinha tonta. Dissera a Peter que ele era um tanto retardado mentalmente. Ela tinha razão, em tudo que dizia, tinha razão.

Peter ouviu a porta do estábulo abaixo dele ser aberta. "Sumiu", ouviu o tio dizer a Bärbel. "E justamente hoje. Dá pra acreditar nisso?" Bärbel deu uma risadinha. Bärbel muitas vezes dava risadinhas quando ia com o tio para o estábulo. Também dava risadinhas quando andava de bicicleta e quando estava na loja, onde já podia ficar no caixa na condição de aprendiz. E lá também dava risadinhas e suspirava quando Peter perguntava querendo saber quando voltariam a ter mel de abelha de verdade.

Peter ouviu o que acontecia lá embaixo. O tio e Bärbel agora falavam baixinho. Cochichavam. Talvez também nem estivessem falando. Peter ouviu o leite jorrar do grande tanque para a tina de Bärbel. Depois ouviu a porta do estábulo e viu através das frestas Bärbel estendendo a mão para o tio, abrindo o portão e empurrando sua bicicleta para fora. O tio voltou para casa. Virou-se mais uma vez para o lugar onde Bärbel agora fechava o portão. Hasso estava parado diante do tio, com as orelhas erguidas, abanando o rabo e ganindo. Com certeza estava sentindo o cheiro dos enrolados de couve, e devia estar esperando que sobrasse algo para ele. O tio olhou para todos os lados. Não chamou mais por Peter; afinal, não era possível saber se ele desaparecera apenas por algum tempo ou se para sempre. A hora já estava adiantada e já até começava a escurecer. A escuridão das tardes de novembro; hora de mamãe partir. Talvez fossem apenas as nuvens de neve, que anunciavam a chegada da noite. Talvez o tio já estivesse alegre, talvez aliviado com o fato de Peter enfim ter desaparecido. Sumido. Com certeza o tio ficaria furioso quando Peter voltasse a aparecer, à noite, sentindo falta de seu lugar para dormir, no banco da cozinha. E ainda era capaz de fazer exigências. Era isso o que o tio diria.

O que a mãe imaginara? Ela queria vê-lo, e daí? Será que queria lhe pedir perdão, e será que devia perdoá-la? Não podia perdoá-la; jamais conseguiria perdoá-la. Isso era mais forte que ele; ainda que o quisesse, não poderia. O que ela queria descobrir ao vê-lo? Corajosa, isso ela era. Vinha agora, depois de tanto anos. Simplesmente aparecia. E escolhera para tanto o seu aniversário de dezessete anos. E eis que ele agora o passava em seu esconderijo, no forro em que se guardava o feno. Ele grudou os olhos na fresta para não perder o momento em que ela iria embora. A escuridão iminente prejudicava a visibilidade. A pequena lâmpada na porta de entrada havia se apagado. Na janela da cozinha, via-se a luz acesa. Peter não estava com frio. Só a fome se anunciou mais uma vez. Desceu a escada sem fazer barulho e se esgueirou até o tanque de leite. A escuridão não chegou a ser um problema, pois conhecia o estábulo como a palma de sua mão. Abriu a torneira e bebeu. O estalar dos focinhos mamando e os gemidos baixos dos leitões soaram agradáveis. Nenhum berrou ou grunhiu mais alto, talvez os dois a mais já tivessem morrido. Lá fora, Hasso voltou a latir por pouco tempo. Peter limpou na manga da camisa o leite que ficara na boca; tinha de se apressar; não queria perder o momento em que ela fosse embora. Rapidamente, voltou a subir a escada. Assumiu sua posição junto à fresta e fixou os olhos no pátio envolvido pela escuridão azulada da noite. Na palha, acima dos animais, estava quente. Ele havia mijado no cantinho, antes, quando ficara apertado. O que mais poderia fazer? Ali no estábulo ninguém haveria de perceber, ninguém haveria de cheirar nada. Peter gostava de mijar na palha. O que podia ser mais bonito do que mijar na palha? Mijou em arcos bem altos, tão longe quanto conseguiu.

Ouviu vozes vindas do pátio. Será que ela ainda sorria de vez em quando? Sempre que sorria, formavam-se covinhas em suas faces. Peter se lembrava delas, das covinhas da mãe. Foram raras as vezes em que ela sorrira. Peter se ajoelhou junto à fresta. À hora azul do anoitecer, viu sua mãe andando sobre o tapete fino da neve que acabara de cair. Ela amarrou seu lenço de cabeça e abriu a porta do carro. O que lhe havia restado de sua mãe? Peter teve de pensar no peixe, naquele peixe engraçado, feito de chifre. Ninguém soubera o que fazer com o peixe — nem o tio nem a tia. Peter ficava olhando para o peixe por muito tempo, todas as noites; ele o abrira e olhara em sua barriga, mas ali não havia nada, apenas um espaço oco. A mãe lá embaixo havia dado um nó em seu lenço de cabeça. Ali de cima não parecia que alguém estivesse sorrindo, e as palavras de despedida, ao que tudo indica, foram breves e rápidas. Em uma das mãos, a mãe levava a bolsinha e a sacola de compras. Será que estava levando o presente de volta? Talvez não tivesse se lembrado de comprar um presente, e aquilo que carregava na sacola fossem apenas provisões para a viagem. Peter achara o espaço oco no interior do peixe bem sinistro. Fazia dois ou três anos que ele levara o peixe consigo para a costa, e lá o jogara no mar. Peixe bobo, não queria afundar, nadou por entre as ondas. Como gostava da linha curva do horizonte! Ela podia ser vista em contornos bem especiais das costas escarpadas, no leste, ali de Fischland. Talvez as costas da mãe estivessem um pouco encurvadas... Só um pouco, como se ela estivesse desgostosa, talvez um pouco zangada. Que se zangasse, que ficasse desgostosa, era o que Peter queria. Ele não conseguiu pensar em outra coisa, a não ser no fato de que ela estava desgostosa, zangada. Mas isso não devia importar nem um pouquinho para ele; só uma coisa ele desejava com certeza: nunca mais vê-la, pelo resto de sua vida. Peter viu a mãe segurar a maçaneta da porta e depois entrar no carro. O tio fechou a porta dela e depois foi para o outro lado, para entrar também. Peter ouviu o vento nos choupos. A tia abriu os dois batentes do portão. O motor foi ligado, a caminhonete deu a volta no pátio e em seguida deixou a chácara para trás. A tia falou com Hasso e fechou o portão. Peter se deitou de costas. A palha lhe fazia cócegas na nuca. A escuridão acalmava, estava completamente tranqüilo.